主交易员

国家级操盘手手记

钱本草 著

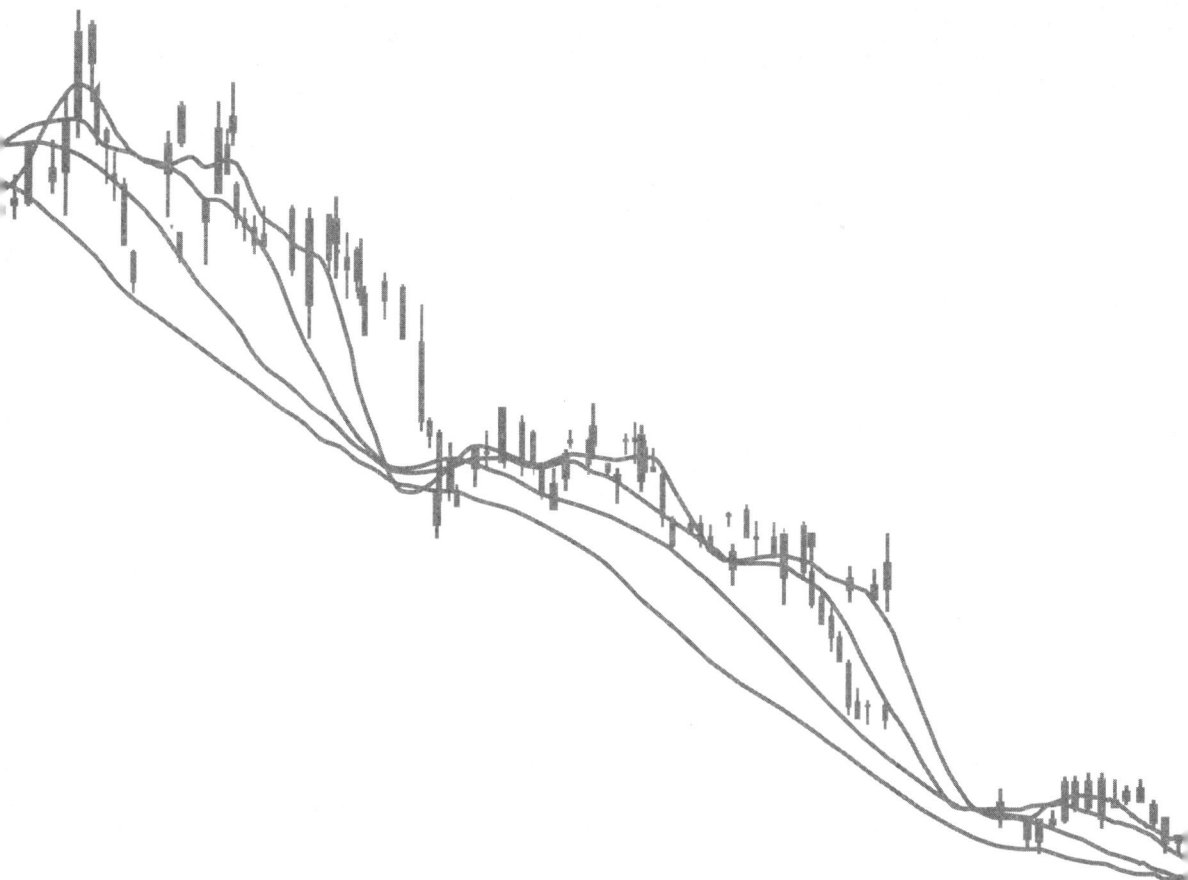

民主与建设出版社 博集天卷 CS-BOOKY

楔 子

尼尔逊皱着眉头，把一份某人的A股账户交易记录交给了乔治。无论A股牛市熊市，此人年收益率均在300%以上。七年大学生涯，这个叫作姚志超的家伙居然把3 000多元变成了700多万元，哪怕放在全球金融界都堪称奇才。

乔治没有在意厚厚的交易记录，目光仍久久停留在姚志超儿时的照片和资料上。尼尔逊不解地问："真不明白您为什么对这个毛头小子的幼年经历如此感兴趣。金融市场对盘，难道不更应该了解对手的交易策略吗，如果他将成为对手的话？"

乔治的口吻很平静，流畅如VOA（美国之音）新闻播报："人类从四五岁开始有记忆，那时，一年光阴就是生命全部。随着年龄增长，一年时光在一生中占比越来越小，从感觉上，18岁的时候人生就已经过了70%。每个人的少年时光都会有遗憾，此后几十年不过是为找回当初的一念，这一念就是所谓潜意识。时光流逝，交易员的策略、经验都会越来越成熟，但是，潜意识里的弱点永远不会变。只要知晓对手的潜意识，弱点便无所遁形，除非他是交易者。"

尼尔逊摇了摇头："这样一个年轻人，履历一眼就能看穿。他怕是连外汇市场都没见过，怎么可能是交易者？"

乔治继续翻看着资料中的照片，小伙子身材不高，眉眼中依稀带着姚绍棠那副玩世不恭的模样。尼尔逊说得没错，他的少年经历实在太简单，潜意识很容易被识破。既然如此，为什么灵魂深处依然传来一种不祥的预感？

尼尔逊继续说道："您能从照片上看出什么来吗？"

"他眉宇之间有郁结，心中就一定有件憾事。看起来我们要去趟华夏的桑园古镇了，不只为姚志超，还要会一会那位几十年未见的老友姚丹月。"

"那好，我这就去安排，"尼尔逊顿了一下又问道，"要Miss陈随行吗？"

乔治面无表情："她的潜意识里有太多负面情绪，没有正能量的人不可能成为交易者，只能成为'鸽子'。放飞吧，早一点让她去姚志超身边，我想会有用的。"

尼尔逊已经去安排专机了，乔治静静点燃了一根雪茄，回想着上午的会议，不祥的预感越来越沉重。

…………

"半个世纪以来，元老院和所有普通人一起捍卫了这个国度的自由与繁荣。特别委员会的诸公，你们要清楚地知道，自由与繁荣的背后是我们控制了世界上绝大多数资源！40年前，战争可以得到一切，但总有人能活下来，威胁将永远存在。要想一劳永逸解决所有问题，只有金融市场！用财富剥夺财富，当所有人陷入虚幻的癫狂，我们就能刺破泡沫，世界将只留下绝望！"

"众所周知，1929年，普特朗教授对大危机束手无策，任凭'尾单13'屠杀了所有交易员，如果不是姚绍棠出现，我们还不知要走向何方。乔治先生只是普特朗教授的学生，最辉煌的战果是打破马斯特里赫特条约，现在却要对付姚绍棠的后人。我们如何相信你一定能打赢这场输不起的战争？"

…………

乔治从胸腔中喷出一口烟雾，希望脑海中姚绍棠的影子也随之远去。

1929年，金融危机席卷全球，包括合众国顶级交易者普特朗教授在内的元老们却束手无策。来自中华民国的交易者姚绍棠曾拯救了华尔街，也成为唯一与"尾单13"交手活下来的人。元老院确认"尾单13"是大危机的始作俑者，姚绍棠却对其中秘密只字不提。元老院不允许世间有这样的秘密存在，1934年，合众国迫使国民政府放弃了法币银本位，也借国民政府之手除掉了姚绍棠。

今天，这片废墟上的土地还是站了起来，如果不加遏制，20年内大中华经济区将在所有方面超越西方世界，这是西方世界绝对不能接受的。

普特朗教授早就预见到了今天，临终前留下了一份对盘方案，股市、期市、汇市三栖立体战术堪称金融市场绝响，每一个节点都经过无数次运算，不可能有任何失误。方案一旦付诸实施，整个亚太经济圈将不战而屈。

无数次精确演算后的结果在乔治脑海中闪过，结局原本应该是场命定。

——最初，整个亚太金融市场都会单边上涨，虚幻的财富会刺激贪婪，让人们把全部财产都投入其中，由此，这里才能变为鲜血淋漓的屠宰场。

——接下来，各类金融指数都会上蹿下跳，波动、巨幅波动，只有巨幅波动才能成千上万倍扩大贪婪，再把贪婪变为绝望。

——某一天，市场会急转直下，再也无法挽回。想象一下，整个市场在几十分钟内从暴涨到暴跌，大喜，大悲，大喜，再大悲，这将是一个多么震撼的场面！普通人心志根本经受不起如此跌宕，最终的羊群效应会无与伦比，市场一定会彻底崩溃！

一切会发生吗？无数次精确计算的结果会失手吗？

姚氏子嗣现在只是桑园古镇的小康之家而已；至于Sara……那就更不可能了。姚志超是姚绍棠的曾孙，也是姚氏门人中唯一进入金融业的人，一个二十几岁的年轻人，怎么可能成为挽狂澜于既倒、扶大厦之将倾的交易者？

淡蓝色的烟雾中，眼中的一切显得分外扑朔迷离。临窗的茶几上有一个陈旧的相框，看着依稀可辨的四个人影，妻子俏丽的身影又站在眼前。

向来古井不波的乔治有了一丝悲凉，灵魂深处的预知是，不允许染指以大中华为根基的亚元区，那里再也不会束手就擒、任人宰割，结果只能惹火烧身，给合众国和元老院带来毁灭性灾难。

不，不可能，这绝不可能！

"Sara，真的很想念你。我已近黄昏，这将是最后一次出手，操盘手敲击键盘的声音会变成隆隆的枪炮，繁华将从此变为废墟。你的心愿一定会完成，我向上帝保证！"

目录

第一章　受　训_1

第二章　画 饼_29

第三章　初 战_55

第四章　魅 影_87

第五章　变 数_115

第六章　迷 局_141

第七章　绝 杀_163

第八章　图 圄_187

第九章　破 茧_221

第十章　猎 鹿_247

第十一章　攻 伐_273

第十二章　窥 天_297

跋_320

受训

1

我叫姚志超，明德大学证券投资专业应届硕士毕业生。

很小的时候起，爷爷就教我和哥哥练习独坐冥想，用爷爷的话说，他早知道我没冥想的天分，但是，冥想可以压制火暴的性格，让我起码变得淡定些。

进入大学第一天起，我就有了一个秘密：冥想的时候从来都没有感悟过天地，甚至没有想过生活中的人和事，绝大多数时间都在回忆一个女同学——洛迎，怀念我们共同度过的中学时代，想象着多年后以各种大人物的身份与她重逢。很遗憾，不要说重逢的场景，不知道为什么，就连洛迎的面貌都越来越模糊，后来只记得她喜欢穿淡蓝色的长裙，脑海中只剩一袭淡蓝。

如此，与其说是冥想，不如说是意淫。这当然不可能让我的性格中的火暴变为淡定，所以，我还是点火就着，尤其是现在。

北京交易局从来不招聘应届毕业生，今年破天荒来学校开宣讲会。我和同宿舍的方宏远、莫伯明有幸进入最后的面试，没想到，无数同学艳羡的机会竟然是一场地地道道的闹剧。

面试地点在汴州培训学院，交易局说好了，考试之后请我们在汴州玩一个月。根本不是这么回事，刚下车学员们就被没收了手机、笔记本、iPad以及所有随身行李，随着培训学院大门被一道电动栅栏封闭，我们和外界完全失去了联系。

天下可有这样的入职面试？

日复一日的强体能训练，泅渡、负重长跑……学员住在鸽子窝一样的胶囊里，不允许有任何形式的交流，不允许对训练有任何疑问，稍有违反纪律都会被罚在骄阳下站军姿。用教官的话来形容："来到这里，首先要忘记身份。无论是哪所院校的高才生，在这里只是一名普通的学员，必须无条件服从教官！"

训练是完全封闭的，比学员还多的保安把守着各个培训楼、进出要道和学院大门。这些保安怎么看都不是保安，他们训练有素、身手敏捷，抓起逃跑的学员从不手软。

更离谱的是，白天训练得筋疲力尽，晚上还要应付各种考试。至于考试内容，同样令人哭笑不得，题目从股市、期市、汇市到复杂的衍生品交易都有，我能看出，这些题目都改编自真实的金融破局战，是很有意思的案例。关键是考试方式，每人只发给一支笔，连草稿纸都没的用，这样复杂的案例用SAS、MATHLAB编程或许还能算一算，靠口算或者心算，鬼才知道在卷子上答了些什么。

学员们禁不起折腾，感冒了、发烧了，就算这样也要强行拉去训练、考试。用教官的话说，就算是累死、病死，不死在训练场上，也要死在考场上！我的身体素质不错，可是，随着培训接近尾声，越来越吃不消，无论体力、脑力都被消耗到极限。

终于熬到最后一天，没想到事情却更离奇。

并非所有人都参加当天的训练，而是从能站起来的学员中挑出了12个人，莫伯明、方宏远和我都不幸被选中。

一天强体能训练结束后，已经没有一个人能站起来了。每人身边各有两个保安扶持，被机械地拖着向前走。就算这样也必须参加当晚的考试，晚饭后的路灯并不明亮，前路黑漆漆一片。

大家艰难地挪动脚步，莫伯明用近乎呻吟的声音"喊"："这不是入职终面，你们不是交易局的人，是法西斯，打倒法西斯！"

"打倒法西斯……"人群一片嘈杂地跟着起哄，教官和保安根本不理会。

转眼，已经来到了目的地。确实是一次考试，房间里早就摆好了十几排电脑，从数量来看，应该是每人一台。

带头的教官环视着我们12个人，以铿锵有力的声音说道："能进入这个环节，你们每一个人都不简单。现在可以告诉大家，这些天的训练项目是特种兵体能训练，作为一名普通人能挺过来，向你们致敬！"

说完，教官和保安们集体向我们这群残兵败将敬了一个军礼，人群则发出一片惊呼。很多人都想到了，教官和保安是特种军人，训练的是特种兵项目！让特种军人训练证券市场里的交易员，比让交易员去训练特种兵做市场交易更离谱，特种兵就算不懂金融市场，好歹可以瞎蒙，让交易员去做特种兵……

我的脑海里闪过一个词：A部门！

传说北京交易局有一个神秘的A部门，司职国际金融市场对手交易。一连串念头在心中闪过：国际金融市场的操盘手必须有一副特别好的身板，因为，那是7×24小时交易，没有一个好体力根本就扛不下来；至于晚上的考试则完全是实战重现，真实的金融破局战胜负就在转念间，哪有机会让人用SAS、MATHLAB编程计算，只有依靠瞬间的顿悟。

这种转念，就是金融交易中所谓的"市场灵觉"。

记得很多大学教材里将之称为"市场感觉"，海外流行金融学教材说这是"潜意识"，是经验、能力、判断、心智在某一瞬间爆发出来的集合。我对这种顿悟颇有感觉，每次看穿市场胜负手都会有一丝激动、一丝狂热，还有一丝罕见的清明。正是这个原因，我是全系师生公认对市场把握最精准的一个，上学时就有很多基金慕名找我操盘。

只有选拔国际金融市场操盘手才会动用特种军人。相信所有人都想到了这一点，人群发出一片惊呼，如果能进入传说中的A部门，一个月的苦役绝对值得！

教官没有理会我们窃窃私语，继续说道："作为这次训练的教官，我的任务都已完成，今晚是你们的最后一场考试，也是唯一一场真正的考试，只有你们在场的12个人取得了考试资格。每台计算机是一个考位，每个考位上都有一份资料。考试内容我不懂，我们得到的命令是，你们可以用任何方式完成这次考试，包括互相交流，但是，只有通过考试的人才是赢家。现在，请各位就座，考试将在20分钟后开始。"

翻开那份并不精美的考试手册，立刻被震惊了。这不是一次考试，而是一场金融交易，一场真正的金融交易。

计算机已经预装好了模拟交易系统，我们这些人将共同操作一支名为DJ3021的指数期货。

每人手中各有100万筹码，如果交易结束仍旧能保住100万筹码，就算通过了考试。更刺激的是，考试说明用黑体标明：胜利者，手中剩下的筹码将在离开时被兑换为现金！也就是说，这不是模拟交易，而是一场真正的交易对手战。

没有任何规则，没有任何限制，可以毫无限制卖空买空。只要肯出1块钱，也能买卖价值100万甚至无限制数量的DJ3021，但是，如果对大势判断错误，一分钱的涨跌幅也能穿仓（赔光）。

难怪允许共谋，期指交易完全是零和博弈，一个人输的一定是另外一个人赢的。真刀实枪厮杀，所有人都会毫不留情地搏杀别人，也就不可能出现真正的共谋。

从给出的初始条件来看，考生每人手中的筹码占整个盘面资金量的5%，12个人占总盘子的60%，剩下的筹码一定在另外一个人手中，这个人就是游戏的庄家。考生的初始仓位都被设定在50%，有价值50万的DJ3021股指。

4:6，庄家没有绝对优势，给我们留下了胜利的机会。但是，单一散户不可能对抗庄家，必须跟庄家选择同一操作方向，买入或者卖出。涨或跌，二选一的选择做错了，盘局就输了。二选一，看起来很容易，实际上做出正确的选择却不那么容易。因为庄家也是人，没人知道庄家究竟在想什么，又会朝着哪个方向操作。

快到考试时间了，会议室里依旧一片欢腾。识庄、跟庄、破庄……没人想到这活儿颇有难度，大家只看到最后的奖金。

会议室里已经炸开了锅，看来人类的潜能是无限的，看到预期的收益，所有人的疲惫都被一扫而空，没有人再带出一丝疲态，人们激动地议论着。耳边一片嘈杂，我心中只有一个念头：好手段！只有将交易筹码变为现金，才能测试一个人真正的操盘能力，在真实的利益面前，人类心底最深处的弱点会一览无余。

我权衡了一下手中的筹码，轻轻地对方宏远、莫伯明二人说："咱们三个坐在一起，操作方向一致，相信我。"

莫伯明对我点头示意，却在无意间撇了撇嘴。我的交易技术全系有目共睹，只有莫伯明最不服气。他在所有场合试图证明比我强，每次我说东，他偏要说西，不把我辩到哑口无言绝不闭嘴。如果实在辩无可辩，就开始贬损衣着打扮、生活习惯。我确实不修边幅，芝麻大点的事情都能被他当作借口。倒是向来沉稳的方宏远坚定地坐在我身旁，他是宿舍老大，也是我的铁杆粉丝，股票账户一直交给我打理。我生活马马虎虎，方老大一直很照顾我，就连每日必读的《中华资本市场报》都由他来代买。

2

　　20分钟过去的时候，所有人都戴上了耳麦，会议室里计算机屏幕同时自动亮起，游戏开始了！

　　就在开盘的一瞬间，DJ3021就被拉出了一根下斜线。游戏的目标是保住手中的筹码，学员只要把筹码转成现金就算是胜利，所有人都会在第一时间卖出，暴跌也就在意料之中了。

　　怎么办？

　　平仓（全部卖出）肯定不行，一旦平仓，损失就变成现实。

　　那么，赌盘面下跌，也就是卖空？

　　也不行，庄家不可能让空方（卖出方，对应地，多方为买入方）在跌势中毫无悬念地获利，必然要对筹码大清洗。也许大势马上就会反转，如果设错了卖空点，同样会被清洗。

　　似乎是为了烘托紧张的气氛，屏幕下方的计时单位居然是毫秒，每扫一眼，数字飞快的变化都让人触目惊心。不足三分钟的时间，耳麦中就听到了两次警告，距离穿仓已经只有一线之遥了。

　　抚摸键盘的手有些颤抖，虽然我很清楚这只是一场考试。

　　必须下决策了！坚决止损，绝不能把筹码赔光，可以留下一点仓位，但主力必须平仓！为了迅速出货，我的报价甚至低了盘面10个点位，当然，成交的一瞬间价格也下跌了整整10个点位！

　　成交的时候，莫伯明在身侧发出了一声怒吼："我×！"完了，莫伯明一定不会再跟着我的方向一起做了，从此莫伯明将成为敌人！

盘面还在继续下挫，刚才卖空的人已经获利了。

要跟着卖空吗？

盯着屏幕上那根单边下滑的分时走势图，我几乎马上就要下单了。

一个念头在心中盘旋：再等等，再等等，**市场不是你个人的想象，操盘最忌讳开盘就买卖，最初的交易完全是噪音，在职业炒家眼中几乎可以忽略不计，任何时候都必须有足够的耐心。**耳麦里再次传来了穿仓提醒，要想保持现在的仓位，必须马上补充保证金。算了，穿仓就穿仓吧，一切现金为王。

开盘仅仅五分钟，我就第一次穿仓了！擦了一把额头上的冷汗，还好，保住了绝大部分筹码。

下面怎么办？跟风卖空，还是等止跌企稳后再次建仓？

庄家原本就有40%的筹码，现在大势颇强，应该不敢抗衡大势。既然如此，就必须卖空。

一定是这样的，先建10%的仓位！令人欣慰的是，在建仓的同时，盘面上的卖空盘继续增多。

似乎是为了嘲笑我的决策，刚刚建仓几秒钟后，大势突然掉头向上，一路冲破几条压力线，从反转点回到开盘价仅仅用了不足一分钟，而且还在继续向上突破！目瞪口呆地看着屏幕上那条大大的"V"，所有卖空盘都在瞬间穿仓，耳麦里再次发出了嘀嘀的警告声——我第二次穿仓了。

庄家出手了！

如此凶悍！

略一思索我明白了，庄家在第一次出手的时候就动用了所有筹码，包括我在内，这时候所有散户建仓都是试探性的，不会超过手中筹码的50%。庄家赌定全仓押上可以形成资金优势，一定能击穿我们的试探性报盘，所以，他敢于对抗整个市场！

我粗略地计算了一下，交易到现在整整十分钟，十分钟内我已经损失了全部筹码的15%！如果其他人的损失相当，那么，庄家仅用十分钟就赚到了9%左右的筹码，还仅仅是一次试探性攻击。

这个人好厉害，除非12个人全部共谋，否则，所有人败局已定！

这不是游戏，最后的奖金是100万真金白银啊！突然间一种莫名的冲动占据了我的思维，想不顾一切搏一把。

就不信了，你能把DJ3021拉到天上去，期货市场不可能有单边走势，就如同刚才不可能单边下滑，大势必然也不可能永远上涨。

我再次把手指放在键盘上，一旁的方老大也紧张地盯着我。这一次，我还是准备卖空，也就是赌DJ3021下跌，而且要一次性赌上所有筹码。**金融交易最忌讳"倒金字塔式加仓"，意思是最初投入少量的钱并且赚钱了，于是便迅速投入更多的钱，如此成本便会越来越高，一定会摊薄盈利。倒金字塔式加码结果只有一个，前期盈利会被后期越来越多的筹码摊薄，一遇风吹草动就会亏损。结果：从盈利颇丰变为大亏特亏，后悔不迭。可以想想，有多少人在股市这样操作。**

下单前的一瞬，我心里涌动着强烈的渴望：会赢的，会赢的，一定会赢的！隐约间，甚至想到胜利之后跟方宏远、莫伯明二人大吹特吹……尽情的意淫中，突然间想到了一个念头，异常冷静、异常决绝：凭什么相信你一定会赢，你想赢，就会赢吗？

我再次犹豫了，手指悬在了键盘之上，死死地盯住昂头向上的分时走势图。方宏远好像在焦急地说着什么，我没听清，因为，包括莫伯明在内，会议室里好几个人在大呼小叫，招呼大家一起顺势做多！

所有人都明白现在的涨势是庄家在多头逼仓，只要大家跟庄集体做多就能赢利。但是，这怎么可能？

3

金融市场最能反映人类的弱点，那就是理性自利，人们都希望结局朝着有利于自己的方向发展，不会关乎整个局势变化，这就是纳什均衡中典型的"囚徒困境"①。我数年来战绩辉煌，莫伯明还是不肯相信我，莫伯明的召唤怎么可能影响在场的所有人？

莫伯明可能让别人对抗庄家，自己却去跟庄。如果每个人都这么想，联盟根本不可能形成，一定会有人跳出来跟庄卖空。虽然每个人都知道，要战胜庄家，就绝对不能卖空。这是人性致命的弱点，不可能有例外，一定会有人反其道而做空。

有一个人反水，其他人就会输，只有反水者自己赢。因为，谁都能猜到后面的结果，庄家马上就会卖空。

要反水操作吗？

我尽量伸开自己的双手，然后用四指紧紧地握着拇指，全身肌肉感觉到紧张后，再放松一下，然后继续放松、握拇指。这是一个标准的"抓握"②动作，操盘手在精神高度紧张的时候会以"抓握"提升自己的精气神。

手指悬在键盘上方纹丝未动。指尖处传来的酸痛告诉我：等待，必须等

---

① 两个共谋犯不能互相沟通。如果两个人都不揭发对方，每个人都坐牢一年；若一人揭发，而另一人沉默，则揭发者立即获释，沉默者入狱五年；若互相揭发，二者都判刑两年。博弈结果一定是双方互相揭发。

② 具体内容可参照八段锦。

待，等待最后的时机！

其实，连我自己也不明白，究竟要等待什么。

跟猜测的一模一样，感到有人跟庄做多，庄家立即反手狙击爆发的拉升力量。果然，叛徒不止一个，一旦出现信号，盘面的形势便在瞬间改变。分时走势图在瞬间掉头向下，以不可遏抑的加速度在屏幕上滑出了一道单边下挫的悬崖。莫伯明在会议室里大声咒骂，声音中更多的却是一份得意，因为，他早就放空了全部筹码。

我毫无动静，方宏远干脆坐到了我身边，说道："我向来只赌人，不赌技术，姚老三，这一次我还是赌你！"

我没有理会方宏远，甚至根本没有听到他的话。当时，我在反复推演盘面，脑海中依然只盘旋着那个冷静的念头：等待，只有等待！

团结散户是不可能的任务，剩下的就只有跟庄了！如果要跟定庄家，就必须看穿庄家最后的胜负手，所以，我只能选择等待。金融交易中，等待是最累人的事情，不是累身体，而是考验心志。眼睛盯着盘面，必须克制住赢利的欲望，又必须忘记损失带来的恐惧，一分一秒眼前流逝的都是真金白银，还要在一种空灵的境界中捕捉一闪即逝的机会。

距离收盘时间只有几分钟了，盘面还在不停下挫。与盘面单边上升一致，庄家也不可能允许单边下滑。他一定会在某一个时点拉升DJ3021，那就是最好的时机！

是这样吗？

我不自觉地又开始了自我对话：当然不是！如果盘面真的可以预知，庄家根本无法清洗所有散户。

我没有想明白，已经开始有人提前下单做多，DJ3021已经止跌企稳，这个时候庄家却像是凭空蒸发了。跟着，买空卖空盘在不断压缩沽价空间，在这种局势下，庄家不可能清洗掉别人的筹码，难道庄家已经确信大家都是输家，没有一个人赢利？

尽量放松自己，做到平静，做到置身事外，但不知道为什么，随着平静的延续，大脑像是不能思维一样。

时间越来越少了，现在必须下单了，否则赌局结束，我就输了。可是，心底深处的警告越来越强硬：不能下单，真的不能下单，这个时候下单才会满盘皆输！

时间毫不留情地流逝，必须做点什么。我连续做了几个"抓握"，突然间，盘面出现了变化，分时走势图拉出了一根向下的垂线，正好跟大家的判断相反！

没错，庄家怎么可能让人们如此轻易获利，他一定会在最后几分钟内大洗盘，将所有人清洗出局！

如果说开盘时的那种暴跌令人目眩，这次暴跌已经使人绝望，分时走势图在几秒钟内就击穿了所有的支撑位。很多人试图赌反弹，毕竟单边下滑是不合理的，可是DJ3021依旧以猛烈的速度下行，跌穿了一个又一个根本不可能的位置。

神经高度紧张起来，因为，我清楚地知道，机会来了，就在此时此刻！

只剩下最后的一分钟了，留在场上的人全部改为卖空——除了我和方宏远。脑海里毫无来由地灵光一闪，像是看到了什么：立即做多，这就是最好的机会，也是整场交易的胜负手！在收盘前最后几秒钟内，DJ3021一定会回到开盘价，而且，那将是一次更为急速的拉升。

平生第一次，我真真切切觉得感知到了传说中的"市场灵觉"。最后的结果会是这样吗？我无法理解这种来自灵魂深处的预知，这是市场灵觉，还是又在意淫什么？在期货市场里，如果出现方向性判断失误，会立刻穿仓离场，一点机会都没有。

明明知道这是最关键的胜负手，还是难下决心。"抓握"的双手已经把拇指掐得生疼，心中的念头却再次冷笑：怎么，连自己都不相信吗？

像是证明给自己一样，那一刻，一系列市场暴跌案例突然在我脑海中重现：亿安科技成为中国第一只百元股，后来连续40多天封死在跌停之上，就算这样的股票，在打开跌停之后也有40%的反弹；银广夏、啤酒花、湘火炬、合金投资……这些股票都曾经经历了20、30、40个甚至更多跌停板，但是，无论怎样凶猛的跌势，无论怎样违法违规的负面消息，一旦跌停打开，所有股票都会有一波像样的反弹，而且都是突如其来。

暴跌之后必然伴随暴涨，这是金融市场的天道，与基本面无关，不可

更改！

明白了。

庄家绝不可能在收盘前维持这种跌势，一边倒的走势确实能洗掉所有多方，却无法洗掉所有人的盈利！最后的几分钟同样有人能跟风做空，比如，莫伯明。至于最后的十几秒，没人相信庄家敢在最后的时刻掉转枪口！

所以，结果一定是这样：最后的十几秒才是真正的绝杀，也才是真正的机会！

对，就赌最后十几秒大势会翻转！

距离收盘只有半分钟的时候，我坚定地押上了所有筹码，身后的方宏远叹了一口气，也押了上去。

我不知道方宏远的动作，只知道双手很稳，几乎就在下单完成的同时，分时走势图像毒蛇一样昂起了头，收盘前的十几秒钟果然再次拉起了一根向上的线，而这个十几秒的时间内，已经没有人能修改交易指令了。

收盘了，我赢了！

半个小时就像过了一个世纪一样漫长，汗水已经湿透了衣服。我向后一仰，长出了一口气。最后十几秒的操作全盘押上，杠杆率非常之高，不但挽回了所有损失，也使得本金几乎翻番。屏幕上最后利剑般的走势图在提醒我，赢了，我真的赢了！

身畔的方宏远也满头大汗，他激动地冲上来和我拥抱。我抱着方宏远，想说些什么，一瞥间，看到莫伯明抱着脑袋坐在椅子上。我走过去，想伸手拍拍莫伯明的肩膀，莫伯明突然挡开了我，面无表情地说："对手交易，愿赌服输，赢就是赢，输就是输，技不如人，没什么好说的。"

方宏远试图安抚莫伯明："别这么说，我们永远是好哥们儿。"

刚才的刺激实在太强烈了，莫伯明情绪已经失控。他勃然变色，几乎是吼道："好哥们儿？你方宏远会是好哥们儿？"

方宏远一下愣在当场："伯明，你什么意思？"

莫伯明没有回复，起身默默地离开了考场。几个教官顺次走进来，没有人阻拦莫伯明，也没有在意其他人，他们直接走到我和方宏远的面前。

我想迈步走过去，没想到腿脚有些发软，居然打了一个趔趄。一位教官伸手扶住了我："两位小伙子，108名学员，只有你们两个通过了全部考试，祝贺你们！分别跟我们走吧，下面将是最后的面试。"

方宏远不知被带到了哪里，我则进入了一间贵宾室，沙发上早就坐着一位40多岁的中年人。看我走进门来，他起身缓缓走向我，一字一句清晰地说道："恭喜你，姚志超，终于通过所有的考试。现在只要你愿意，就可以进入交易局。"

没有听到A部门的消息，心里很失望。怎么，仅仅是交易局，不是A部门吗？

我默然坐在沙发上，中年人和颜悦色地说："交易局从来都不录用应届毕业生，这次是特例。我从来不表扬别人的交易技术，今天要说，你确实是一个不可多得的金融奇才。我们调阅过你所有的交易记录，入市七年，无论牛熊都能保证赢利，本金从区区3200元翻到720万元，控盘水平远超我们见过的所有职业基金经理。"

我不好意思地笑了，720万元对一个未出茅庐的学生是一笔巨款，可我硬是一分钱不敢花。因为，总觉得这不是自己的钱，终归有一天要还回去，平日稍大点的开销只能靠方宏远接济，整天一副穷酸样。

房间里的人终于向我伸出了手："我叫祖归海。现在，是否进入交易局，我们正等着你的答案。"

祖归海？交易局的副局长祖归海？我在网站上查过资料，祖归海分管银行类业务，如果是A部门招聘，怎么会是他出面，不应该是主抓国际金融市场的一把手林灵素吗？

祖归海的眼光温润而平和，那双伸出的手距离我越来越近，在我眼里像是电影里的慢动作。

不知是不是没有听到A部门的消息而失望，我下意识地有了一个退缩的动作。就在这一瞬，面前的那双眼睛中闪过一丝精芒，我莫名其妙地感到一种威压，可以断定，就在那个时刻，他一定洞悉了我思维的所有变化。

那丝精芒一闪而逝，当我回过神来的时候，所有的威压都消失得无影无踪，眼前只有一双令人如沐春风的眼睛。祖归海在微笑，我却冷汗涔涔湿透了脊背，连忙伸出了双手："祖局长，能进入交易局是我的荣幸，怎么可能不答应？"

老祖会心地对我笑了，虽然目光中不再有威压，却意味深长："小伙子，再次恭喜你，不但赢得了交易局的入场券，也赢得了本次比赛的100万元奖金！把银行账号给我，奖金马上就会到账。"

4

北京交易局大名鼎鼎，没想到，我的日子过得很不如意。

转眼就到元旦，冥想成了半年来唯一的功课，坐在工位上发呆、思念洛迎是成了最重要的工作。因为，处长魏华始终看我不顺眼，除了疾言厉色训斥就是冷嘲热讽贬损，就是不给我安排任何正经工作。

今天是元旦，我又来到西单的大街上"冥想"。有点特殊，静怡的世界没被擦肩而过的靓女打断，脑海中也第一次失去了那个淡蓝色的身影。整整一个下午，手里捏着一份今天的《中华资本市场报》，脑海中飞舞盘旋的始终是头版头条——《世纪初一场牛与熊的对话》。

《中华资本市场报》在市场中具有举足轻重的地位，新年头版头条从来都是重量级人物的重量级文章。今年却出现了特例，这篇文章作者自称"红桃K"，是一个无名之辈，报社也破例没对作者介绍一个字。

《世纪初一场牛与熊的对话》诉说了一个股民的梦境，一头牛和一头熊在讨论今年的A股市场。一头会开口说话的"牛"率先提出了"大势"的概念，给资本市场贴上了"做多大中华区"的标签。这头牛预测，生物、制药、IT产业将成为新世纪的新引擎，在新兴产业引领下，整个大中华区的金融市场必将获得前所未有的春天！

新年伊始，包括A股市场在内的大中华区金融市场必定有一波强势涨幅，这些观点我都认可。说来奇怪，不知道为什么，第一眼看到这篇报道的时候，内心深处竟然传来一种熟悉的心悸，如同看穿了市场的胜负手。我猛然意识到

《世纪初一场牛与熊的对话》将成为整个市场的胜负手。随着这种明悟，一种阴冷的感觉突然直入骨髓，让我深刻地体会到一种莫名的畏惧，某种不为人知的危险在悄悄靠近。

这种感觉让人无法逃避也无法抗拒，忽然间有了一个想法：文章一定和我有莫大的关系，将把我推入一个无底的旋涡，从此命运将彻底改变。

《中华资本市场报》在全中国有几千万读者，新年头版头条跟我有什么关系？

实在想不明白，于是，在赛特商场找了一个试穿鞋子的沙发，坐下来仔仔细细重读了整篇文章，全然不在乎营业员不满的目光。随后，营业员惊讶地看到，我把破烂的报纸撕掉了几个角，放到嘴里咀嚼起来。

纸团在上下牙床间翻滚，精神越来越集中，那篇文章在佛祖般布道说法，让人不得不相信里面说的每一句话。只读到一半，已经很笃定，这不是一篇普通的文字，作者不但专业娴熟，而且手腕极高，就像希特勒的演讲能让人相信法西斯的歪理邪说，就像传销头目的洗脑能让人对荒谬的发财速成术深信不疑，每一个读者都会把牛市情绪变为信仰般的决心：A股市场必将马上迎来一个崭新的时代，从此市场将是一头疯牛！

如果所有人都有了这种信仰般的决心，那么，无论"红桃K"想把市场带向何方，都有可能实现，比如，一场涨幅百分之百的疯牛。

疯牛不好吗，尤其对从事证券投资行业的人？我没有丝毫欣喜，莫名的畏惧反而更深了。

我不由有点生气，不就一篇文章吗，新年第一天就自找不自在，意淫出这样一种感觉，可知道"红桃K"是何许人也？

不对！

我隐隐觉得猜到了"红桃K"的心思，一个阴险的谋略在脑海里呼之欲出，又似乎遥不可及……

不知什么时候我又回到了西单的街道上，默默回忆着文章的每一个细节。"噗"的一口吐掉了几乎化为纸浆的纸团，身旁一位靓女投来鄙夷的目光，我激灵地打了一个冷战，一眼看穿盘面的感觉回来了："红桃K"想要的绝不仅是一次大牛市！如果判断不错，有了这样的开头，后面相伴而生马上会有一系列的惊天动作。

"红桃K"无限放大正确，用非理性情绪把市场引向另一个极端。世界上怎么可能真正存在所谓的"疯牛"？物极必反，如果真的出现了"疯牛"，相伴而生的必定有一场巨大的股灾！

冥想中的淡蓝色可以让我物我两忘，这一次，脑海竟然幻化出一片渐渐凝聚的红色，最后成为空灵中心的一点，就像洁白皮肤上的一个红疹，看着极不舒服。每一个看到的人都知道，这点红疹将迅速扩散到整个皮肤，任何人只要想一想最后场景都会头皮发麻。

撬动一次大牛市用不了这么大的手笔，难道他们的目标是……

天啊！

难道有人要攻击刚刚兴起的大中华区金融市场？果真如此的话，那这篇文章只是序曲，先把A股市场高高拉起，再重重摔下来，然后攻击就会延续到期货市场、货币市场、汇率市场……整个大中华区的金融体系都将遭到立体式全面进攻。

西单大街上的人很多，凛冽的寒风却让我几乎无法站立。深深吸了一口冰冷的空气，我不由暗自发笑：美国大片看多了，还是实在太无聊了？就算真有人想攻击大中华区金融市场，跟你一个交易局的小杂碎有什么关系？

杞人忧天。

天黑了，必须结束毫无意义的胡思乱想，晚上要和方宏远、莫伯明一起吃饭。汴州受训后，莫伯明进入市场上鼎鼎有名的建天证券做操盘手，我和方宏远则进入了交易局。我被放逐在研究处"冷宫"，倒是方宏远在行政处混得如鱼得水。

看起来，汴州培训确实和A部门没什么关系，否则，我和方宏远不会都被放在二线部门。可惜了，我们曾在校训碑前宣读过的职业誓言——也是我年少时的梦想。

鄙人敬谨直誓：无论身至何处，遇贵人或普通人，我愿尽余之能力所及为投资者博得最高回报，凡我所见所为均应恪守秘密，愿我生命与职业能得无上光荣！

明大西门鸿发苑是一家经典的陕北小馆，从944路公交车上跳下来的时候，鸿发苑门口已经点起了红彤彤的灯笼，远远望去颇有过年的气氛。

莫伯明早就坐在大厅一张桌子旁，看我心事重重地走来，一把抓住我身上破旧的羽绒服喊道："老三，你小子到底赚了多少钱，多到让你天天穿件破羽绒服装穷？还脏成这副德行，你是真不怕丢人啊，以后别说认识我！"

这么一说，我才注意到羽绒服不知在哪里蹭脏了，应该是下午失神的时候搞上去的。有些心疼，这是高中时期就穿的羽绒服，总穿着它在洛迎面前晃来晃去。算了，如果把羽绒服的来历告诉莫伯明，非被笑死不可。

我从来不在意别人说我什么，顺手抓起盘子里几粒花生米扔进嘴里："这有啥，我大学不就这么穿吗？咦，方宏远这厮怎么还没来，说好了他请我们两个吃饭，还千叮咛万嘱咐怕我不来，好意思让我们等他？"

莫伯明把大腿架到空椅子上，没好气地说："不比从前你给他操盘的时候了，人家现在红得很，就连我们建天老大都跟他称兄道弟，会有空搭理我们？不用等他，开喝吧！"

参加工作后，方宏远立刻买了辆高配路虎，天天开着招摇过市。按他的话说，不管真牛假牛，只要看起来很牛，就能办成很牛的事儿。果然，才毕业就开路虎，人们不知他到底什么来头，都愿意和他结交，莫伯明的老板吴铮就是其中之一。

跟建天吴铮走得很近就很牛吗？

我撇了撇嘴，根本不屑一顾。建天证券控制了很多上市公司，在市场上有"建天系"之称，是最凶悍的庄股，可我从来没觉得它有什么了不起。建天手法极其拙劣，"苏四山事件"就是它弄出来的，不过是先放出并购之类的利好消息，然后凭借资金优势拉升股价，吸引散户跟进，一旦到达某个位置庄家就突然平仓出货。结果，一批无辜的股民对假消息信以为真，冒失跟进，在庄家出货后又后悔不迭。

这哪里是庄家，说它们是强盗都嫌高抬了。我曾劝过方宏远，跟吴铮这种人走得太近，搞不好哪天就被送进去了。

正想说些什么，莫伯明的手机响了。接完电话，他把手机扔在桌子上，颇为不满："这小子，问你是不是已经到了。让我们先开始，还说无论多晚都一定赶过来。他这么在乎你，为啥让你等着？咱们这种小鱼小虾人家早看不上了。"

莫伯明话里明显带着火药味，我连忙打圆场："算了，这厮可能确实有些忙。"

"爱来不来，正好不想见这种人。"说着，莫伯明用手敲了敲桌子，"姓方的那点道行，咱哥们还不知道？他能开路虎，还不是知道消息，公募基金拉盘，他就卖掉？只有这种方法稳赚不赔。你也学学他，别榆木脑袋不开窍，以为自己能成为传说中的交易者啊？"

莫伯明明明知道方宏远的账户由我操盘，偏偏要敲打我方宏远知道"消息"，还贬损我想成为"交易者"。

"交易者"是职业操盘手中广为流传的一个传说，据说是一批极具天赋的人，市场灵觉超级强大，不但能从蛛丝马迹中看穿市场情绪，甚至能按照个人意志引领市场情绪。就像高明的催眠术，交易者可以把对手变为一个任你操纵的木偶，大家天天开玩笑，说自己操作失误是遇到"交易者"了。

默默喝干了杯中的二锅头，我有些心酸。交易者是每一个证券从业者都心动的传说，我曾经认为自己就是一个这样的人。仅仅半年，雄心壮志就扔到九霄云外。从不敢动炒股赚的钱，平日生活也就只能靠微薄的工资，北京南四环一间主卧室的房租就会耗费一半，押一付三，每三个月付一次房租，也就是说，辛辛苦苦积攒的积蓄每三个月都会被人放一次血，特别痛苦。

不知不觉一瓶酒快下肚了，我俩明显都有了酒意，话题也宽泛起来。

大家都在券商圈子里混，《中华资本市场报》是必读的东西，说着说着就提起了《世纪初一场牛与熊的对话》。与我的想象一样，莫伯明已经深受感染，对"红桃K"赞不绝口，就是老鼠仓思路从来不变。

"这么好的行情，你不要浪费交易局的位置。只要把自营中心的人拉出来，我就能忽悠他去拉动一只股票，到时候咱俩事先进去，在高点卖出。我赚到手的钱也分给你五个点！"

"操盘手干了大半年了，咱这老鼠仓脑袋啥时候能换一换？拉到高点你跑了，自营中心怎么办？"

莫伯明根本不屑一顾："怎么办？凉拌！反正你们是公募基金，亏了是别人的，兄弟们发财全是自己的。再说，今年大势一定像'红桃K'说的那样，交易局只管尽情拉盘，怎么会被套住？"

一提到"红桃K"，心里惴惴的感觉就愈发明显。我向来喜欢率性胡说，今天却罕有地保持了沉默。

　

快九点的时候，小饭馆的门吱呀一下打开了，方宏远闪身走了进来。看着这位昔日同窗，不知为何，就是觉得很别扭，动作鬼鬼祟祟，活脱儿一个溜门撬锁的毛贼。

酒后的莫伯明明显兴奋起来，借着酒劲对方宏远吆五喝六。没等方宏远坐稳就满满给他倒了一杯白酒，旁若无人地叫喊道："你小子怎么才来，我们都喝了两瓶了。来，马上把这个喝了，补补课！"

还行，没喝多，知道把一瓶吹成两瓶。

记忆里，每遇酒场方宏远总是百般推托，能找到一百个理由不喝，还能找到一千个理由让别人喝。我一直觉得，让酒、推酒不是一件简单的事情，一个人的本性会体现得淋漓尽致。这一次与预想的不一样，方宏远一反常态，豪爽地把一杯白酒一饮而尽。方宏远喝干了杯中酒，我反而觉得更不对劲了。

我喝多了还是能觉出来，他的眼神很紧张，脸上的笑容也是硬挤出来。

转眼方宏远就牛饮般喝下了半斤，莫伯明惊讶地睁大了眼睛："我说方宏远，今天遇到什么好事了，这么好兴致？"

方宏远流露出一丝难为情，开口说道："老二，我不比你们操盘手、研究员，行政处全是伺候人的太监活儿，能有什么好事？我是觉得明年形势很好，说不准大家能有个好收成。"说着，他从包里拿出一份《中华资本市场报》递给了莫伯明，"这是新年第一份《中华资本市场报》，头版头条就有这么一篇文章，你们看了吗？"

看到莫伯明伸手接过这张报纸，又看到他把头版放到了桌子上，报纸展开的一瞬，《中华资本市场报》那几个鲜红的大字刺得我双眼生疼。即使半醉半醒之间，还是感觉到心底再次爆发出的危机感。当时甚至有种错觉，有人把我扔在寒风肆虐的旷野，刺骨的寒冷瞬间浸透了全身，激灵一下酒全醒了。

那一刻，我像是明白了什么：清晨的预感是对的，这篇文章一定是一场棋局，就是在现在，危机已经无法避免了。一瞬间我觉得特别难过：难道，铁杆粉丝、同宿舍混了四年的哥们儿，一个要我为他打理账户的人——方宏远，要害我？

也就是一念之间的事情，还没来得及想清楚，就听到莫伯明"啪"的一声把报纸拍在了桌子上，搞得整个大厅的人都转目看向我们。

"好，好，好！"莫伯明一连说了三个"好"字才接着说，"算你有眼光，我们正说这事儿呢。'红桃K'真是一个高人，能看出这样的大机会。他说的没错，'可以注意那些有重大重组题材的个股，新概念肯定会从那里脱颖而出，我看好农业和生物科技领域'。这绝不是市场上串联股评人士公然'点股'的龌龊手法，这才是真正的大势研判、真正的市场研究，难得《中华资本市场报》能有这样的好文章。"

方宏远的眼神分明透露出一丝急切，表情又在掩饰这份急切。他故作轻松地向我望过来，问道："志超，你呢，你怎么看这篇文章？"

这才是今晚方宏远的目标，来探究我的想法。我才不会告诉你呢！

清醒时要注意别人面子，醉酒后不存在这个问题。我突然把那张报纸扔进一盆锅仔之中，借着酒劲大喊道："狗屁的市场报，今天只喝酒，谁也不准说市场！"

说完，我端起杯子对方宏远一举，不由分说一饮而尽。内心深处却只有一个念头：无论今天喝成什么样，这篇文章的事情，一个字都不会说！

我向来好酒，别说扔报纸，大学时代酒后在地下通道里跟流浪汉再喝一捆啤酒的事儿都干过。这种做派很符合我的性格，按说大家不该有什么惊异，可是，就在扔掉那份报纸的一刻，方宏远的眼中透露一种不敢相信的神态。

方宏远端起一杯酒，准备喝下去。莫伯明突然压住了他的手臂，不怀好意地说："你们两个别抢酒，先说好，今晚把谁留下，姚老三要起酒疯来没人拦得住，上学时在四环上他可是拉过出租司机方向盘的。"

莫伯明的意思很明显，方宏远也没有推托："两位兄弟，我专业上混得不行，伺候人的事儿还是由我来吧。今晚我已经从建天借了车和司机，咱们放开喝。"

听说从建天借车，莫伯明的脸色明显不愉，贬损着说："那多不好意思，你是太监，我们又不是主子，怎么好意思把你当太监用？"

　　不等方宏远说话，莫伯明不依不饶地接着说："既然有司机，你就不用当太监伺候了，问来问去干吗，想把我们姚老三的话拿出去当消息卖钱吗？"

　　本已有九分醉意的我心里咯噔一下，难道这就是莫伯明的市场灵觉，也觉得方老大有问题？

　　醉酒之后时间过得很快，反反复复说着车轱辘话，散场的时候很晚了。依稀记得方宏远指挥几个人把我扶上车，居然还对一个司机颇为客气……

5

不知过了多少时间，意识渐渐恢复了，头很疼，口也很渴。"二锅头"本意是第二锅的头酒，原本是最好的酒，刚才喝的这几瓶怕是化学试剂配出来的吧！

已经不能再思考真假二锅头的问题了，必须对眼前的情况做出判断。汽车在高速行驶，路边橘红色路灯快速后退，车里只剩下我和司机。蒙眬中，我得到了一种判断，汽车根本就不是朝着我的住处前进，这里是北四环，汽车正在北四环上兜圈子！

方宏远他们去哪里了？

我转过头，看清了驾驶位上的人。这是一个40多岁的男人，脸上棱角分明，沧桑的面相没有给人稳重、成熟一类的感觉，而是让人感觉阴鸷，给人带来巨大的心理压力。一瞬间，心头冒出一个念头：关于那篇文章，此时、此地、此人，危机真的开始了。

这种念头让我吓了一跳，怎么真会有这种事情？我不过是一个小杂碎，混得很不开心，对一篇文章的观点有什么大不了的？再说，他们怎么会知道我一定读了这篇文章，又一定有观点？醉酒醒来发现车在四环上狂奔已经够离谱了，为什么还要幻想更离谱的事情呢？

这样想着，心底的念头开始对自己冷笑：是不愿意相信还是不敢相信，如果不是，现在车怎么会在四环路上飞奔？

我再次打量了一下眼前的人，觉得有点眼熟，一时想不起来究竟是谁。

这都不重要，重要的是，心底那种莫名的危险越来越强烈。这倒不是说此时此刻我将面临暴力犯罪，而是整件事根本就是一个巨大的旋涡，从此将真正陷入不测的境地。

盘面经验告诉我，交易的时候任何情绪都是无用的，无论愤怒、焦急、沮丧、恐惧，还是喜悦、激动、兴奋，脑子里不能有任何情绪，眼前应该只有一点跳动的分时走势图。得益于操盘的经历，感觉到危险，我丝毫没有动容，什么也没问，什么也没说，甚至没有任何表情和动作，只是缓缓回过头继续看着车窗外的夜景。

这里，难道不是一场交易吗？没有资金优势的时候，必须等待对手情绪爆发，然后谋定而动。

片刻沉默之后，驾驶位上的人终于率先开口了："年轻人，不简单啊。跟方宏远说的不一样，你不是一个粗枝大叶、胸无城府的人，恰恰相反，你心思缜密、反应足够机敏，现在这种情况还能丝毫不流露情绪。"

人性最大的弱点是情绪，如果一个人丝毫没有情绪，对手就根本无法判断他在想什么，也根本想不到他会做什么。这一点，我在交易中体会得特别清楚，无论庄家如何放出假消息、如何利用"对敲""洗盘"之类的手法掩饰，最终目标都是刺激市场情绪。我的操作思路则是抛开所有消息，只通过"量价配比"判断市场情绪，价格可以作假，交易量也可以作假，市场情绪却永远无法掩饰。

只要能跟对市场情绪，就一定能跟对大势，我从未失手！

果然，对方一开口，我立刻听出了蛛丝马迹：这个人自视颇高，但是，控制欲太强，忍耐力又有限。既然如此，他马上就会说出自己的目的。看我依然没有任何反应，他再次开口："说说吧，《中华资本市场报》那篇文章，你怎么看？"

天啊，所有的预感竟然都是真的，真的有人为了我的观点大做文章？跟着，我心中一凉，今天方宏远算是彻彻底底把我卖了！想到方宏远，一个名字在脑海中一闪而过，不会错的，原来是他！

我早该想到了，眼前的人是建天证券总裁吴铮！吴铮做事高调，每次造势都亲自频频在电视、报刊上露面，难怪觉得有些眼熟。只有这种恶棍才能想到把我灌醉，再弄上车盘问。究竟是为了什么，堂堂建天证券总裁，一个在A股市场呼风唤雨的人，要听一听我这个小杂碎的看法？

我没有理会吴铮的发问，而是毫无表情地说："方宏远呢？"其实，我并没有丝毫怨恨方宏远的意思，以方宏远的身份和地位，他不可能知道整件事的深浅，只是奉命把我邀请出来而已。这也没什么，除了我这种油盐不进的人，大概整个券商界的后生都想讨好、接近吴铮这种大腕。

吴铮看都没看我一眼，语气变得愠怒起来："年轻人，说话客气点，就算你们局长林灵素，在我面前也不敢这样说话。你说不说都已经没关系了，答案早就出来了。如果今晚你在酒桌上不避讳这个话题，那只是怀疑，现在却已经是肯定。我嘱咐过方宏远，如果你一言不发，甚至做出扔掉报纸的举动也不要奇怪，干脆不要再问。"

吴铮怎么会对这篇文章如此感兴趣，莫非他就是"红桃K"？这个念头只是一闪而过，马上就被否定了。吴铮要有"红桃K"的本事，也不会做出苏四山那样下作的盘局了。况且，"红桃K"旨在整个市场，等于把一国投资者当作待宰羔羊，建天没有这样的实力，世界上有这种力量的只有一种人——在国际金融市场兴风作浪的国际炒家。

既然如此，吴铮为何要粉墨登场？

突然，我想到很久之前的一条传闻：建天刚组建的时候，有消息称吴铮的启动资金来自地下钱庄，也就是非法进入中国的热钱。如果传闻是真的，莫非吴铮背后的势力就是令人闻风丧胆的国际炒家？

看我依旧沉默，吴铮得意地递给我一个信封，说道："只要说出真实想法，这个信封就是你的，打开看看吧。"

汽车正行驶在一段平缓的路上，我大致判断了一下路况，丝毫没有接过信封的意思，只是平静地说："停车，我要下车。"

不愧是资本枭雄，得到这样的答复，吴铮竟然没再动怒。不过，他也没停下汽车，而是继续说道："我知道，方宏远能进入交易局是因为汴州受训抄袭了你的操作。人家现在混得风生水起，你却默默无闻。不要意气用事，人一辈子真正的机遇只有一次，错过今天我都替你后悔。你难道就不好奇信封里装的是什么吗？"

我当然很好奇！不但好奇信封里装的是什么，也好奇吴铮怎么会对汴州受训的经历知道得这么清楚。

看我没有说话，吴铮更得意了："世界上没有什么人不能被收买，之前你不曾被人收买，是因为还没遇到我这么大的庄家。"

这么大的口气，信封里会是怎样的筹码？打开这个信封，说不定第二天就富甲京华了。世界上的交易从来都是公平的，得到这些筹码，要付出怎样的代价？从现在的情况看，我对"红桃K"的判断一定是正确的，那么，幕后的人也绝不是让我评价一下这篇文章这么简单，天下怎么可能真的有免费的午餐？

看我终于露出了若有所思的表情，吴铮再次把信封递了过来，嘴角勾出得意的冷笑。

我经常会干一些不着调的事情，但内心深处实是有着极强的自制力。**在金融市场中，每个人一定要有底线，要用理性而不是欲望去交易。一旦接近底线，无论输赢都必须立即平仓。否则，按照欲望而不是理性去交易，建仓、平仓都会犹豫不决，甚至根本无法杀伐决断。一定要对市场心存畏惧，突破底线的事连想都不能想，只有这样才能抄底逃顶！**

很可惜，大部分人并不了解这一点，人们是一群无知无畏者，把欲望当作现实。强者诸如吴铮这样的"庄家"，唯恐上市公司正常路径赚钱太慢，在谎言和欺诈掩护下强拉股票；老鼠仓诸如莫伯明，总是幻想着咬公募基金一口，无惊无险地赚一笔大钱；弱者诸如炮灰般的散户，每天都幻想着能够识庄、跟庄、克庄，所以，杨百万进去杨白劳出来就成了常态，不输到裤衩高高飘扬绝不罢休。

看着身边得意的吴铮，我心中涌起了一阵愠怒，突然伸手推开了递过来的信封，大声喝道："滚开，立刻停车！"

汽车已经绝尘而去，吴铮最后的话还在耳边回荡：信封里是一张美利坚合众国护照和一封来自华尔街顶级投行自营部总裁的聘任函，你随时可以来找我；还可以告诉你，他们是主宰人类命运的上帝，忤逆上帝是不会有好结果的，他们可以给你荣华富贵，也可以让你沦落为罪犯、神经病甚至街头乞丐！如何选择，就在你一念之间。

四环上的车灯晃得我睁不开眼睛，华尔街大佬的位置固然想都不敢想，脑海里却突然意淫出另一种想都不敢想的悲惨命运：原来，我对"红桃K"的所有预判都是真的，但是，"红桃K"是一股异常强大的势力，根本不可战胜；我终于被人算计，锒铛入狱，最后丧失了神志，痴痴傻傻地在大街上流浪；多年之后，我瑟缩在街头躲避冬日的寒风，路人时而投来怜悯的眼光，谁会想到这个自生自灭的乞丐还有另一种人生？

想到这样的悲惨人生，我站在原地，已经无法挪动脚步了。

第二章

画饼

1

一方面，我是一个心怀天下的人，当然不肯向吴铮屈服，至于想象中悲惨的命运，就是一个笑话而已，一个小杂碎，谁会害我啊？另一方面，我还是很有自知之明的，一个小杂碎，平时就要做小杂碎的事。

说起来太惨了，我就是有心给莫伯明传递"消息"也没机会。上班七个月，手头上没有任何正经事情可做，处长魏华这个50多岁的老头子处处难为我，连领用办公用品都从中作梗，搞得我全部家当只有一张办公桌。正常渠道领不到，只能从综合处借来一个文件柜，人家左右放着也是无用，倒不如给我做个人情。

费了九牛二虎之力才把文件柜搬回来，看到里面布满灰尘，就想打扫打扫。

矮胖矮胖的魏华像幽灵一样无声无息地闪身走了进来，大概是听到走廊里有动静了吧。我正全神贯注擦文件柜，根本没注意有人走进来，也没意识到同一办公室的小丁恭恭敬敬站了起来。

突然，一声炸雷般的怒喝在耳边响起，魏华那张满脸横肉的脸已经被愤怒扭曲："姚志超，谁允许你搬其他处室的柜子？其他处的柜子里装过什么知道吗？看着是个空柜子，实际是一柜子的炸弹。没有任何手续，将来他们不但说丢了文件柜，还说丢了一柜文件，到时候处理你还是处理我？"

从小到大，我还是第一次如此被人当面喝骂。面对大发雷霆的魏华，立刻被骂蒙了，全然不知发生了什么事情。

看我一片茫然，魏华更有了底气，声音变得更大："机关里是有规矩的，不懂规矩，趁早给我滚蛋。你这种四六不懂的人，就应该开除！就应该判刑！"

巨大的声浪让我回过神来，看我紧紧盯着他，魏华觉得权威受到了挑战，宣泄般再次大声吼道："你，就是你，姚志超。你这种人就该马上开除，就该判刑！"

越是瞬息万变，我越能感悟市场情绪。不知道刚才算不算是顿悟，就在对视的一瞬，我觉得看穿了魏华的心思：老子被祖归海压了一辈子，总要找个出气筒！天天穿得破破烂烂的，料你没什么背景，没什么经济能力，欺负你又怎么了！换句话说，我是一个毫无反抗能力的人，说到底不可能给他造成任何威胁，所以就可以肆意伤害。

魏华不知道我在想什么，还在虚张声势："还985大学硕士，不经我允许就搬柜子进来，好大的谱儿！不知哪个没眼的让你进了机关。"

一种焦躁的情绪迅速占满脑海，我不想再听魏华狂喷什么，对他吼了一声："魏华，有本事你就开除我、判我刑，没本事就别在这里瞎吵吵！"

魏华根本没想到我敢还嘴，一下愣在当场。仅仅是几秒钟，分贝立刻又上去了，他用手指着我："反了，反了你了，真是个没教养的东西，竟然敢跟我这么说话。你瞪什么瞪，还敢打我不成？"

魏华的手指指指点点地上下戳着，焦躁的情绪立刻在我心里爆炸了。我甚至想象到一个场景，我提着一把刀，狞笑着捅进了魏华的胸腔……我知道这种想法很疯狂，可是，越想克制反而越克制不住，想把杀了他的想法付诸实践！

魏华的嗓门更大了："没规矩的东西，你是不是觉得进了交易局就成了领导。我工龄都33年了，你到我的岁数，还不得觉得飞上天了！告诉你，这里不是你撒野的麦子地！"

一种不受控制的狂躁占据了大脑，那一刻，我把手重重扇在这张讨厌的脸上，啪……魏华根本来不及躲闪，脸上就挨了几记又辣又响的耳光。既然打了，轻了也是打，重了也是打，无论将来怎样，今天先打个狠的！魏华号叫着摔在了地上，就在我想放手痛殴的时候，手腕被一只有力的手从后面抓住了。

直觉告诉我，这个人是祖归海，也充满了怒气。

魏华狼狈地爬了起来，根本不假思索就开始辩解："祖局长，您嘱咐我对这小子看严点，他偷拿了其他处室的文件，我不过批评了他几句，他就动手打我，野小子下手也太黑了。"

魏华偷天换日，把我借文件柜说成偷文件，这可是违纪违法！咦？当着分管局长不可能当面撒谎，原来祖归海是这么嘱咐魏华的？

来不及细想，魏华的声音突然变小，因为，祖归海的表情看似没有变化，办公室里的紧张风向却陡然指向了魏华："本事见长啊，魏华，50多岁学会打架了。为什么要打姚志超？这事让林局长知道，你该知道后果！"

林局长是林灵素，交易局局长兼首席交易员。如果说祖归海是一位稳重谦和的长者，林灵素一举一动都透着阴沉和肃杀，全局人都敢在背后大骂祖归海，却没有人不怕林灵素。工作稍有差池，从处长到普通员工都会被搞得下不来台，大家当面喊他林局长，背地叫他"林阎王"，都说这个人自负、嚣张，下手整人狠辣决绝，不留丝毫余地，魏华再以混不吝自居也一定怵火。

魏华不愧为老油条，马上就忘记了耳光带来的羞辱，留着巴掌印的脸上居然还能带出一丝真诚的歉意："祖局，是我工作方法太粗暴，我自己承担全部责任。"

坐在祖归海面前，我丝毫无法判断事态发展，只是隐隐约约又感到了那种莫名的威压。终于沉不住气了，轻声说："您不知道，魏华也忒欺负人了，他……"

"无论他做了什么，又能怎样呢？"祖归海直接打断了我，脸色却温润而平和，"我不想听任何解释，只想告诉你，人在愤怒的一瞬智商相当于零，一旦被负面情绪控制，什么丧失理智的事都能做出来。姚志超，你淳朴而聪明，对金融市场有着独到的理解，是一块可造之材。可是，你必须知道，任何情绪都是交易行当的大忌，情绪有多强，输得就有多惨。"

一时间，我不知该怎样回答眼前的老祖。这个道理我懂得，只是不能像祖归海一样说得这样透彻。操盘手一定要使性情脱离环境变化，始终恒定如一。在金融市场中，只有如此才能不受市场情绪的影响，否则，操盘手跟普通散户无异。

领导如此语重心长，还有什么不敢说呢？我抬起头："祖局，道理我懂，可长期这样，还是没忍住。您看能不能给我换个处室，魏华这种人实在难以忍受。"

祖归海没有马上回答，过了一会儿，像是下了很大决心才说："很多人以为机关里的人个个深藏不露，其实不是这样的。无论多高的衙门，绝大部分还是普通人，和市井之人一样，会为了蝇头小利当街撒泼，机关里的人也一样。你以后会不断遇到这种人，没有魏华，会有孙华、赵华，躲不掉的。汴州那场测验的庄家是我，从盘面上能看出来，你有着超强的市场灵觉，也有着沉重的戾气。原本对你寄予很大期望，希望你能学会克制情绪，这才让你在魏华手下历练。现在看来，唉……你要知道，脾气越暴躁，市场灵觉的反噬就会越强，一旦市场灵觉被暴躁支配，一念之差会毁掉全部。"

原来汴州受训的对手就是面前的祖归海，他不是分管银行业务吗，怎么也是市场高手？难怪会对他有异样的感觉。

来不及惊讶，祖归海接着说："我只能暂时压住这件事，这件事林局长迟早会知道的，以他的性格，结果不用说你也能猜到。机关有机关的规矩，我没法子再留你了。"

打魏华之前脑子曾有一瞬转念，动手的结果可能很严重，只是没想到来得这么快。既然要开掉我，老祖为什么要压住魏华？

祖归海抬起头，目光意味深长："不在交易局，并不妨碍我对你的前途负责。年轻人应该去基层磨炼，现在，交易局下辖的S行正空缺一名行长，你正好可以去那里主持工作。同意还是不同意，想清楚再回答我。记住，人一辈子真正的机遇只有一次。"

外派S行，主持工作的副行长？

S行级别只有正科级，硕士毕业定级为副主任科员，这个职位倒也做得。不过，S行级别虽低，却是一家资产近千亿的中型银行，行长位置是局里为数不多的肥差。进交易局不足一年，还打了处长一顿，这样的好事就轮到了我头上？

这也太狗血了吧？

我踮起脚尖，然后足跟轻轻触地，感觉很真实，不是在做梦，但我还是不敢相信眼前的事实："我能去S行吗？"

面前的祖归海特别慈祥，像是父亲跟我谈心："你的资历远远不够，出了打人这档子事难度就更大。不过，不用担心，我会去做工作。今天就当是任前组织谈话吧，过了春节就去上任，我会支持你！你到S行后直接对我负责，向我汇报，不用理会其他人。"

看我不知所措地坐在对面，祖归海露出了慈祥的微笑："富贵不还乡，如锦衣夜行。马上就过年了，你回家去吧，过了年就去S行上任。对了，有件事情想拜托你，我有个朋友正在你的家乡做慈善，你回家时，替我出面接待一下。"

2

　　我的家乡在桑园古镇，是一个美丽的北方小城，京杭大运河穿城而过。这里也是久负盛名的杂技之乡，人们常说"上至九十九，下至刚会走，桑园耍杂技，人人有一手"。我自幼在这里长大，爷爷告诉我，桑园最古老的称谓并不是"杂技之乡"，而是"九达天衢"。自京杭大运河通航起，多年来，先民最主要的谋生方式不是杂技，而是经商。

　　故乡确实有杂技传承，只不过是做生意的幌子而已。在盐铁专营的封建社会，很多买卖官家不让做，只能靠杂技班掩人耳目。走南闯北演杂技、跑马戏，都是为了倒腾私货，真实的生意掩藏在杂技班中。到了今天，人们反而只记得这里是杂技之乡了。

　　祖归海的朋友叫凯德·尼尔逊，合众国猎鹰慈善基金会的创始人。这个和善的老人年事已高，但他的一双眼睛仍然湛蓝湛蓝的，显得愈发精神矍铄。他来我的家乡做慈善，主要是帮助桑园一带降低居民用水中的含氟量，同时也为一些贫困的家庭提供免费医疗和扶贫款。

　　第一次见到尼尔逊，他正站在一个窄小破旧的院子前，等着一个颤巍巍的老太太给他开门。看到老人终于站定，尼尔逊才谦逊地站在院门外问道："老人家，请问我可以进去吗？"

　　从未见过有人对底层人如此尊重，大概这就是他们传承的一种精神吧，尊重任何人的私域。不像我们，一群虎背熊腰的保安在豪华小区门口竖一个牌子

"私家领地，非请莫入"，以为这就很高大上了。

和尼尔逊就这样认识了，我们很谈得来，他不喜欢镇上的"招待"，倒是喜欢跑到我家里，一待就是一个晚上。家里有外国人做客，父母显得很热情。

通过交谈，我知道了这位老人的过去非常辉煌，50年前他是一位军人，30年前成为雷曼兄弟总裁，叱咤国际金融市场。后来，尼尔逊退休了，开始为慈善事业奔波。尼尔逊对自己的往事一带而过，倒是对我幼时的琐事非常感兴趣，他看我小时候的照片、作业本，甚至饶有滋味地听我连比画带说地讲起小时候因为调皮被爷爷暴打的经历。

看着尼尔逊每天都这么快乐，我不由问道："您是金融市场前辈，当年直面瞬息万变的金融市场，现在又在全世界赢得了慈善家的美名。您觉得自己人生中最美好的时光，是当年直面瞬息万变的金融市场，还是现在做慈善？"

当时，尼尔逊正翻着一本他带来的破旧的英文杂志。听到我的问话，他抬起头来若有所思："嗯，应该都不是，那些日子只是我为这个世界做事，不是我活在这个世界上。我觉得最快乐的日子应该像现在这样，什么都不想，什么都不做，脑海信马由缰。如果可以选择，我宁愿一辈子虚度光阴。人生有无数种可能，不只是功成名就才显得辉煌，无论哪一种人生，只有你自己认为是最好的，那才是你自己的时光！"

尼尔逊说到这儿，端起杯子喝了口水，然后注视着我。

不可否认，这个答案太震撼了，这样的人生才是真正的人生。尼尔逊好像知道我在想什么，接着说道："姚，你也可以拥有这样的人生啊，东方道家同样追求'自然、无为、守静'。我跟常青藤院校的金融系都很熟，如果你喜欢，我可以写一封推荐信，让你去读博士。否则，北京交易局看起来很风光，谁又知道其中艰难？在那里，你真的快乐吗？"

常青藤院校非常看重推荐人，以尼尔逊的资历推荐我，任何一所院校都会敞开大门。尼尔逊的表情很真诚，根本不知道为什么，我看着他，我的脑海突然出现了吴铮恶狠狠的形象。

由于一直在金融市场上混，我对人的直觉一般不会有错误。面对尼尔逊，怎么能联想到吴铮呢？他们完全不是一类人好不好！

如果没有刚才一个转念，我可能想都不想就会答应。现在却只有沉默着，不知道该说什么。

尼尔逊淡然一笑："这只是我的建议，人生的一种可能。人生会改变，而是否改变，决定权在你自己。就像我刚才说的，自己认为最好的人生才是最好的人生，不是吗？"

人生原本有多种可能，它会因一个念头而改变，是吗？

尼尔逊依旧翻着手中的英文杂志，看我有些发愣就顺手递了过来："姚，你看这些吗？"

是一本早年的《外交事务》。这是畅销全球的杂志，主要八卦国际关系，跟金融或者经济根本就不沾边。我摇了摇头，但还是接过了这本杂志。首先映入眼帘的是封面上的人物，是保罗·克鲁格曼。

克鲁格曼是1991年克拉克经济学奖的获得者，2008年诺贝尔经济学奖得主，他的研究方向是国际金融市场，怎么会登上主讲国际关系的杂志封面？

杂志里果然有克鲁格曼一篇文章，叫作《亚洲奇迹的迷思》。我想起来了，这是当年非常著名的一篇文章，克鲁格曼公开指责东南亚诸国的财富价值观有问题，曾经引发南洋诸国无数口水。

我只听说里面的一些观点，无缘遍读全文，急急忙忙想明白究竟。

文章说，过去150年间，发达国家所以能够持续成长，80%的原因在于科技进步，资本投入贡献度不足20%。所谓南洋儒家价值观，根子还是信奉"强人"，经济成就的基础是无限制投入资源，根本不是科技进步。所以，所谓"四小虎"只是纸老虎。

我知道这篇文章是因为克鲁格曼大骂儒家价值观，引发了东西方大论战。真正看完文章，这才明白克鲁格曼另有深意。对一种文化的价值观大批特批，必然引发无数口水，也必然吸引全世界的眼球。如此，南洋诸国就会被放到放大镜下，经济体系中每一个瑕疵都会有人关注，都会有人细致观察。

果然，此后两年，南洋诸国的诸般事情都被翻了出来，指责也越来越多，就连本国人也开始不满：有人说南洋诸国房地产价格暴涨，几年来涨幅已经达到百分之几百，所有人都已经买不起房子了；有人说南洋诸国的银行粉饰报表，向公众隐瞒了坏账；有人说南洋诸国短期外债太多，败家子借高利贷只图一时享乐……

总之，南洋诸国虽然经济都蒸蒸日上，大家还是众口一词觉得南洋诸国快完蛋了，最终成为1997年东南亚金融危机的导火索。

种种信息在脑海一一闪过，我突然有一个清晰的结论：好阴险的手段！

无论银行坏账还是高耸的楼市，都是国际炒家在兴风作浪，它们给南洋诸国埋下了祸根，然后再把祸根暴露在阳光之下，把所有的错误都归诸南洋诸国！

我已经完全沉浸在个人的思维里，顺口就按照推理说下去："越是弱势的国家越容不得别人说它短处，就像越是穷人越不能听人说他穷一样。克鲁格曼攻击南洋文化价值观，一定会引来无数口水。由此，南洋诸国所有的缺陷都会被拿到了放大镜下品头论足！"

尼尔逊的脸上露出了一丝不易被察觉的微笑，我没有注意，还在自顾自地说着："每个经济体都有自净能力，随着经济增长，缺陷会不治而愈。世间本无事，庸人自扰之，如果短时间内把所有问题都暴露出来，那么，经济体不但不再有自愈时间，反而像得了绝症。一旦公众情绪被点燃，经济增长进程就会被打断……"

就在这时，耳边忽然传来一声轻轻的叹息，异常清晰！

"唉……"

我一下呆住了，这分明是洛迎的声音！平时连她的容貌都想象不到，怎么会突然听到她的声音？

不能说这个声音大或者小，只能说很淡，就像直接印到脑海里一样。明明空灵妙曼，听在耳朵里却像一声晴天霹雳，眼前的世界地震般开始剧烈晃动，我突然就懂了叹息声中的情绪：危险！

《中华资本市场报》的文章只是让人觉得危险在靠近，一声叹息之后，我觉得坠入了万丈深渊，就连身体飞速坠落谷底的感觉都如此真切！

刚才是什么感觉？茫茫谷底，有一种无法预知的命运在等待。现在，已经坠入其中，一切都已无法逆转。

冥想时我会拷问自己，或者自己跟自己对话。一问一答，脑海中意念都源自内心。这一次完全不一样，洛迎的叹息根本不受控制，我也没有能力在瞬间对危险做出如此精确的判断。已经不能思考了，叹息声牵动了冥想，明明是面对尼尔逊，眼底变成了一片刺目的鲜红。

危险根本就是真的！

《亚洲奇迹的迷思》骨子里跟《世纪初一场牛与熊的对话》一模一样，都是为了唤醒某种非理性的市场情绪。不同的是，《对话》只是未脱蝉蛹的幼虫，而《迷思》已经破茧成蝶，而且手法更狠毒！

那声叹息分明在告诉我：尼尔逊，就是尼尔逊！他跟吴铮一模一样，是在拷问我的市场灵觉。

尼尔逊的脸色看起来很担心："姚，没什么事情吧，你的脸色很不好，怎么突然冒出一头冷汗？如果需要看医生，我现在就送你去；如果不需要，建议你休息一下。"

心中的感觉让我无法言语，只得对尼尔逊苦笑了一下，摇了摇手。看着尼尔逊担心的表情，有个冷冷的念头冒了出来：无论如何伪装，眼神中那抹得意的狡黠能掩饰吗？

3

哥哥在省公安厅刑侦处工作，每年都是大年三十才到家。

看到久别重逢的哥哥，我立刻忘记了所有烦恼冲上去，哥哥也冲过来狠狠地捶了我几下，我们抱在了一起。

相拥的一瞬，很诧异，哥哥悄悄在耳边说："老二，晚上咱哥俩单独待会儿，有事情要问你，记住，别让爸妈知道。"他的声音虽然很低，但我还是听出了哥哥的担忧。哥哥向来是一个开朗的人，为什么会担忧呢？是担忧我吗？

看着我们哥俩亲热，爸爸在一旁笑得很开心。对他来说，我们兄弟每年这个瞬间都是最幸福的时刻："志荃，你们哥俩每次见面都有说不完的话，从爷爷家回来再说吧，别让爷爷久等。"

爷爷的名字叫姚丹月，年过百岁依然精神矍铄。我从小顽皮，不怕火父亲，却非常怕火爷爷，每次面对那双不怒自威的眼睛，自然而然变得心虚。

爷爷只是一个乡间老农，农闲的时候会做一些小生意；据说早年他是大队饲养员，"文革"年间偷着养过几只母羊，用羊奶不知救了多少人；80年代，他是镇上第一个开小卖部的人，我们的家境从此殷实起来，也就仅此而已。我懂事之后总是在想，爷爷身上怎么会有这种威势？最奇怪的是，包括父母、伯父伯母在内，镇上的人都觉得爷爷是一个很谦和的老人，只有我们孙子辈才领教过他的威严。

奶奶早就过世了，每次放假回家，我都会去爷爷那里待一段时间，多陪陪他老人家。尽管很不情愿被逼"冥想"，还是喜欢跟老人家谈天说地，说一说股市，说一说市场里面的趣事。老人家从不插嘴评论，只喜欢点上一锅旱烟，泡上一杯浓茶，安静地听我述说。

爷爷的小院已经很热闹，伯父和叔伯兄弟们已经到了，妈妈和伯母在堂屋忙活，爷爷正在院子跟伯父说着什么。哥哥跟伯父打了个招呼就忙不迭赶去扶着爷爷，爷爷笑呵呵地甩开哥哥的手："志荃，我还没老到那个地步吧。"说着，爷爷环顾了身边的儿孙，说："年夜饭，嗯，人都到齐了，来，大家到里屋，我有话要跟你们说。"

每年年三十的年夜饭都是我最幸福的时刻，昏黄的灯光映照着堂屋灶台冒出的烟雾，女人们在屋里忙碌，男人们在里屋聊天，整个院子却有一种特别的温馨。但今年的气氛明显不对，从我和哥哥进门，爷爷的脸色就变得异常郑重，又透出小时候的威势。

坐定后，爷爷看了一下伯父和爸爸："你们要孩子都太晚了，孙子现在都要上大学、研究生，明年志荃就要结婚了，眼看着咱们这一支后继有人，很高兴。从明年开始，就不必每年都凑到我这里来过年了，都有了自己的儿孙，不能老守着我。"

这件事非常突然，伯父和爸爸根本没想到，都想张口说些什么，却被爷爷一个手势制止了："老大、老二，你们不要反对。这事我反复想过了，他们下一代的人会遇到很多事情，以后每年不一定都能回来。"

我敢肯定爷爷说这话的时候眼睛向我和哥哥这边瞟了一下，眼神中充满了担忧，又有无限希望。是说我吗，还是说哥哥？好像是说哥哥吧，哥哥明年结婚还不得去嫂子家啊。当时我不明就里，多年之后回想，爷爷那年除夕一定在说我，只是不能说破。如果当时我理解了爷爷的点拨，此后一年可能会好过很多。

每年的年夜饭都很热闹，十几口人围坐在爷爷的炕桌上喝酒，一碗碗油汪汪的扣肉、酥脆的萝卜丸子、香喷喷的粉条烩菜，用燃烧的白酒热好的烧酒……

爷爷坐在土炕中间，慈爱地看着我们几个孙子："你们赶上了一个好时候，年纪轻轻就走出了小镇。一定要记住，人这一辈子无论事业如何，平安才是亲人最大的期望，平安就好。"

平安？我心中一动，这就是爷爷对我们最大的期望吗？难道他不希望子孙闯出一番事业？多年后才知道平安就好，简简单单的四个字，要有怎样的人生历练才能悟透这一点？

从进屋开始哥哥就若有所思，这时突然冒出一句不着边际的话："爷爷，姚绍棠这个人您听说过吗？"

一听到"姚绍棠"三个字，爷爷眼睛里分明闪过了一丝凌厉的神采，口吻却依旧淡然："姚绍棠？我知道。上一代镇上最有本事的人，当时全国最大的白银商。"

上一代镇上最有本事的人？爷爷跟我聊过镇上很多往事，从未说起过这个人。如果是镇上最有本事的人，老人家为什么不跟我说？原想开口问些什么，却突然闭嘴了。潜意识里我觉得看懂了爷爷的心思：爷爷不想提这个人。既然他不愿提及，就不该多问。

伯父插嘴说："绍、丹、卜、志、馥，按家谱算咱们的近支啊，可惜咱家的家谱早年间就丢了。"

不知为什么，哥哥今晚坚持刨根问底，道："按族谱绍字辈应该是我的老爷爷辈，就是您的上一代人，您见过他吗？"

如果按家谱排序，曾祖是"绍"字辈，爷爷是"丹"字辈，父亲是"卜"字辈，我们是"志"字辈，爷爷跟"绍"字辈确实只差一代。

"见过，这个人早年游历合众国，民国23年去了上海，然后就突然消失了，再也没有回过镇上。"

爷爷的表情看似没有任何变化，我却觉察到他的眼神中流露出一丝难以名状的感情，骄傲、无奈、悲伤……我想到一个圈里的传闻，民国23年，也就是1934年，正好中国第一代金融家与合众国国际炒家交手。不过，据说国民政府方面的主操盘手突然被害死，白银战争一败涂地，国民政府被迫放弃了法币银本位。

如果姚绍棠是当时全国最大的白银商，他一定难逃此劫。

我和哥哥都想接着这个话题说下去，不知道为何，所有人都感到酒席上弥漫着一种难言的尴尬。

在爷爷家吃了20多年年夜饭，从来没有过这种情况，就因为提起姚绍棠吗？

爷爷坐在土炕中间，身上那种若有若无的气场已经很明显了，每个人都能感觉到，每个人又都说不出什么来。能给人这种感觉，平生所见之人唯祖归海有点意思，却跟爷爷相差甚远。

爷爷只是一个乡间老农，为什么身上始终有种一切尽在掌握的淡定？

儿时一幕幕在眼前闪过。爷爷给孙辈立下的规矩很多，除了每日必修冥想，食不言、寝不语，五点必须起床练习书法，十点睡前必须做一套八段锦……一个小镇上的普通家庭如何能知道甚至坚持？

这些还可以理解，毕竟爷爷上过私塾。但是，他对英美历史的了解就无法解释了。中学的时候，爷爷看我学习世界史合众国部分，顺口说了一句："华盛顿，异人也；起事勇于胜广，割据雄于曹刘，既已提三尺剑，开疆万里，乃不僭位号，不传子孙，而创为推举之法，几于天下为公。"

当时根本不以为意，还以为读过私塾的爷爷随口所说。现在才知道，那是华盛顿墓碑上的中文墓志铭。可是，爷爷怎么会知道这些？他一生都没走出古镇。还有，他讲过最多的，是桑园古镇的商道传承。

商道……我皱了皱眉。

猛然间，我才意识到我对爷爷年轻时一无所知。爷爷青年时代正是中国第一代金融市场刚刚兴起的时候，也是一个英雄辈出的年代。那时，他正年轻，为何这段时光从来他没跟任何人提过？

我无法问爷爷，他不想说的事情从来都不会多说一个字；伯父和爸爸也只知道很小的时候奶奶就过世了，是爷爷独自一人把他们抚养成人，奶奶的事情，爷爷就从未跟儿孙提过只言片语，我们甚至不知道奶奶的名讳。

难道，爷爷身上，有什么秘密吗？

爷爷有个习惯，十点钟必须入睡，无论什么日子。当镇上的爆竹声响成一片，我跟哥哥同坐在家里的炕上，他的问题让我摸不到头脑。

六月份开始，省公安厅刑侦处头号大事不是什么大案要案，而是查封一个人的户籍和所有官方资料——这个人就是我！同时被调查的还有一个民国时期的人，就是姚绍棠，同样出生于桑园古镇。

哥哥正好就在刑侦处，虽然应该瞒着哥哥，前两天还是有人无意间告诉他弟弟被查了。我的户籍资料很简单，省厅把户籍迁徙记录、在校留存档案调走上交就算结案；至于姚绍棠就很麻烦，时过境迁，除了我们村的大族谱，刑侦处没有拿到任何东西，据说省厅领导对此非常不满，点名派将限期解决。

哥哥不知道究竟为什么上级要把一个民国年间的人翻出来，倒是我的事情，有老刑警帮哥哥做出了判断：要么我犯了滔天大案，警方在摸排社会关系；要么就是有人派我执行一项特别重要的任务，也就是所谓"特勤"。

我硕士毕业就到了交易局工作，肯定不是犯案，那就只有后一种可能——特勤，如果我被选为特勤，条件成熟的时候，我存在过的一切痕迹都将被抹去，整个人将在世界上彻底消失，直至完成任务。

那位老刑警也告诉哥哥，特勤遴选是有规矩的，只要我不自愿，组织上不会强行派一个人去执行任务。我没听说过什么特勤任务，只知道被魏华欺负到快混不下去了。莫非祖归海知道什么，这才着急忙慌把我外派S行？还嘱咐我务必跟他单线汇报？唉，祖局长，知道您是为我好，如果您知道什么事情，应该说一声啊。

我跟哥哥说了自己的情况，没有任何官方的人找过我，更别说什么特勤。就是春节前还在机关里被骂到狗血喷头，明天突然就成了S行副行长了。

哥哥长出了一口气，他说："原以为你已经答应了，所以才特别着急。听前辈们说，特勤未必像007那么刺激，却一定像007那么危险。小时候我们向往神秘的生活，觉得自己能当英雄，长大了才知道，家人所有期望只有两个字——平安，平安就好。老二，如果有一天真的有人来跟你谈什么合作，无论多优厚的条件都不能答应。我总觉得，今年这一年你会有很多事情发生，所以心里有些打鼓。"

是吗？这就是哥哥的灵觉，跟我一样？

突然想到五月份那场离谱的入职测试，从时间推算，通过测试后正好是六月份，难道就有人着手抹去我的资料了？还有吴铮对我的绑架，吴铮口口声声说他背后的人不会放过我，他背后是谁？

原本想跟哥哥说一说，看着心事重重的哥哥，我没有开口，也不知道从何说起。这些事毕竟是胡思乱想，说出来怕哥哥无来由担心。

看着我若无其事，接下来的话题就轻松了。我一直对哥哥的工作很好奇，就央求他讲些趣事，哥哥也放下心事开始胡吹。

在派出所实习的时候哥哥抓到过一个老贼，刚到审讯室，一群警察上来就是一顿突击审讯。那个老贼坐在那里一动不动，对任何形式的询问都不理不睬，不露一丝声色。当时所长跟哥哥讲，这帮小伙子根本不是老贼的对手。所长进入审讯室，什么都没做，老贼突然就显得特别紧张。哥哥说，他是真害怕了，因为所长一直在观察、揣摩他的情绪变化，他才觉得末日到了。海外军警教材里很多都有反审讯内容，如果被俘后遭遇审讯，一定要放松，尽全力保存体力，不能有任何情绪，更不要试图跟审讯者辩解什么。反审讯术的要害其实很简单，不带有任何情绪，不要试图去通过自身努力改变什么，等待就是最好的策略。一旦暴露情绪甚至情绪激动，所有的事情就全完了。

我笑了："老大，这套东西在金融市场完全适用，不要干公安了，跟我来金融市场操盘吧，你一定是一个优秀的操盘手！"

哥哥也笑了："谁让咱们是亲兄弟呢，一起冥想很多年啊。"

4

　　春节后古镇上没几个人，晚上有个小饭局，下午一早我就独自流连在小城。

　　我喜欢这种感觉，每一条街道、每一个胡同、每一个角落都有儿时的记忆，这块方寸之地是我当年的全部世界。依稀可辨的景物甚至会给人一种错觉：我依旧年少，和洛迎一同生活在小镇上。

　　洛迎，同窗六年，我不曾跟她说过几句话，偏偏就是这个影子片刻没有离开过脑海。每天都会毫无来由地想到她，只是一个简单的念头，此时此刻她在干什么？可曾有片刻想到我？

　　根本不知道什么原因，从意识到喜欢她第一天起就不敢有丝毫表露。每天上学、放学我都会算准时间，这样能在路上碰到她，也只是碰到而已，匆匆一眼又无言而过。高考后洛迎选择了复读，大学一年级的时候，我想她想得实在受不了，旷课回桑园古镇，就为远远地望她一眼，那一天，她依然穿着一条淡蓝色的连衣裙。

　　想象原本想什么就是什么，可我完全无法控制冥想的世界。无论怎样强迫自己，就是想象不出和她重逢的情景。有时能想象她在附近，当走近她的时候，我们之间会突然横出一条大河，平地掀起滔天巨浪；有时能想象她在一栋建筑的某个房间等我，但是，一旦走进去，那栋建筑就会突然变得像迷宫一样，根本辨不清方向！

　　这是为什么？

　　无论多少次冥想，我都没能得到答案。

不知不觉走到了古镇唯一的十字路口，邢大壮早就到了。

我跟大壮在一个院子里长大，一起上小学、中学，是最无间的朋友。我上了大学，邢大壮则上了警校，毕业后回家乡当了一名警察，现在在镇上混得很开。整个春节都在忙于应付尼尔逊，根本无暇跟发小聚一下。

今天终于有了机会。

一个熟悉声音在路边喊着："姚志超，摇把子！我在这儿。""摇把子"是我小时候的外号，是冬天发动拖拉机的一种工具。顺着声音找去，穿着便装的邢大壮正站在道旁边的烧烤摊里挥手。

见到邢大壮，我分外惊喜，邢大壮的眼神中则透着热切，第一句话竟然是："摇把子，年初《中华资本市场报》的头版头条我们都看了。你在交易局消息灵通，快告诉我，今年是不是到了兄弟们在股市上发横财的时候了？"

"红桃K"的文章竟然连小镇上的警察都知道，两个多月前的经历记忆犹新，我不由叹了一口气。正想说些什么，突然听到老板和人争吵起来："干什么，别的顾客已经等了很长时间了，你凭什么拿？哎，你回来，没给钱就想拿走？"

"他妈的，老子是警察，拿你几个羊肉串怎么了？下次一起给！"一个蛮横的声音传入了我们的耳朵。

我还没反应过来，邢大壮噌的一声站了起来："朱狗剩？你在干什么，又拿人家羊肉串不给钱？"

朱狗剩？不是我们这届一个小痞子吗？这路货色也当警察了？抬起头，一个身穿警服的人正气势汹汹地站在老板面前，正是我们那一届的朱狗剩，还是二级警司警衔。从小我就觉得他是一个业余强盗，勾结社会青年去学校里找学生要钱，隔三岔五叫人来打班里的同学。有一段时间，我发现他下晚自习后偷偷跟踪洛迎，就让邢大壮带着几个厂矿子弟，狠狠地教训了一顿，他才算老实。

朱狗剩听到邢大壮的声音，脸上立刻就像长了一朵花："哎哟喂，邢警司，没看到您老也在这里，我这儿孝敬您几串羊肉串。"

说着，朱狗剩踮着脚就跑了过来，邢大壮没好气地说："滚，谁要你孝敬！你今天这身皮又是从哪里借来的？告诉你多少次了，协勤不能穿警服！赶紧给我把这身皮脱了！"

朱狗剩的脸上没有一丝愧色，他的眼睛转向我，尽量用一种夸张的口吻喊道："哎哟，这不是咱们镇上最牛的姚志超吗？听说你进了北京的大机关了，大伙老羡慕了，我都跟着脸上有光彩。老同学多年不见了，来敬您一杯。"

说着，朱狗剩就从我们的小桌子上抄起来一瓶啤酒，对着我张嘴就喝。

邢大壮厌恶地推了他一把："滚滚滚，谁跟你是同学，赶紧滚蛋！"

邢大壮有点过分了，无论朱狗剩是不是人品卑劣，好歹同学一场。被人骂了，朱狗剩丝毫没有觉得难为情，身子往下一躬："喳，奴才这就滚。"说着用手指了指手里那瓶啤酒。

邢大壮看起来很不耐烦："拿走，拿走。"

朱狗剩屁颠屁颠拿着一瓶啤酒、几个羊肉串走了。看着他的背影，邢大壮叹了口气："这个朱狗剩，初中辍学就成了地痞流氓，为了不让他在外面惹事才招他当协勤，结果，这家伙每天都借警服招摇撞骗。他每天都找不同的摊贩拿点羊肉串，以人家不找麻烦为准。要是碰到不知情的新摊子开张，他能一晚上在人家这儿开三桌！"

我有点奇怪："当协勤就没工资吗，不会自己买？"

邢大壮摇了摇头："有多少钱能搁得住他糟蹋，吃喝嫖赌样样精通，没钱就跟他妈要，不给连他妈都打。可怜他老娘守寡养他，临老还遭这么大罪，白内障这么多年，还是靠你带来的老外才做了复明手术。据说老外还给了他家一笔钱，这小子吹了七八天了。有机会跟那帮老外说说，别见人就给钱，给这路货色还不如扔茅坑里呢。"

轰走了朱狗剩，终于进入正题。

邢大壮早就成了"红桃K"的忠实粉丝，甚至带来了一些她的文章。也难怪，一个月来"红桃K"已经成为《中华资本市场报》头版常客。只要翻开报纸，总能为那些高屋建瓴的文章折服，她以战略家的手笔，在雄辩中说服人们信奉她所说的一切。不得不佩服"红桃K"的眼光，敢在二月末市场一片狼藉的形势下大言"机会来了"，为自己贴上"做大势"的标签，称自己是一个战略家。

不过，我还是看出了玄机，开始耐心向邢大壮解释。

在金融市场中，造势远比实盘交易更重要，良好的造势者可以不费一枪一弹拉升（砸盘）一只股票、一个板块甚至整个大盘。

与常见的造势方法相比，"红桃K"高明了不知多少倍。**戒备心理是人类的生物属性，如果直接告诉一个人买什么股票，他通常不会相信。所以，造势必须由浅入深，设定一个迷局让人们自己去猜，只有自己猜出来，才觉得是真的。**

讲大势的"红桃K"在一处不十分显眼的地方，小心翼翼地加入了"你可以注意那些有重大重组题材的个股，新概念肯定会从那里脱颖而出。我看好农业和生物科技领域"。通篇强调大势，只在一个看似不起眼的地方提到某一个板块，不提具体某一只股票的名字，也不提具体的原因。虽然只是一个不起眼的地方，却一定会给人留下最深刻的印象。对读者来说，大势的概念毕竟太虚无了，只有这几个字最贴近现实，这个板块就一定成为整篇文章的结论——在所有正确前提下包裹的错误结论！

所以，"红桃K"的目标一定在农业板块。

所谓生物高科技，庄稼、牲畜都是生物，换成生物高科技就让人目眩神迷了，就像外资投行忽悠全球投资者买国别债券一样：落后国家不好听，没人喜欢买落后国家的国债；后来就改成发展中国家，好听多了，还是不行；现在改名叫新兴市场国家，嗯，果然很有效，新兴市场国家的国债好卖多了。

"红桃K"的意图越往后就越明显，在继续主张做多的同时，干脆直接谈到了"我们中国是历史最为悠久的农业大国，有世界上最好的口味"，"在生物高科技这个领域中国人完全可以与洋鬼子叫板"。静心品评这些文章，很煽情，也很独到。公平地说，所有观点都是正确的，甚至对农业板块的提法也切合市场大势。只不过，把这些所有的正确加在一起就成了一种错误，成了一个弥天大谎。到了这个份上，造势已经告一段落了，"红桃K"下面就会依靠一只股票拉升一个板块，然后利用一个板块拉升整个大盘，最后就是大盘普涨。

"红桃K"不会公然点出某一只股票的名字，点破这层窗户纸，所有的努力都将付诸东流。只有欲迎还拒，才能让外行人不知情，让内行人绝不以为非。

目标并不难猜想，如果是一个极为艰难的谜底，"红桃K"的造势就失去了作用。一提到农业板块，所有股民一定都会想到一个名字——国裕股份，也就是大名鼎鼎的"国裕系"。国裕系是A股市场为数不多的民营上市公司，也是农业板块龙头。这些年来，国裕系虽然极为低调，却实实在在占领了一、二线城市高端农产品市场。正是这个原因，国裕系向来都是最值得投资的股票，无论大势多么惨淡，国裕系股价每年都会有3%~5%的分红，给投资者带来稳定的收益，是价值投资的不二选择。

难道"红桃K"是国裕系的枪手？默默回想着国裕系的所作所为，不可能，这是一家以实业著称的公司，不可能在A股市场造势，更不可能卷入国际炒家的纷争。

继续扫过"红桃K"的文章，最近一期文章提到："……可以判断目前市场还会有一波下跌趋势，因为在市场上没有明确龙头之前盼望大牛市是极不现实的……"龙头……"红桃K"的目标已经开始聚焦，证明她马上就要出手了。小镇上的消息很闭塞，邢大壮订阅的《中华资本市场报》也会比北京迟几天。

邢大壮诚惶诚恐地在等待，我问道："除了报纸，还通过什么了解市场信息？"

"看电视，每天都有很多股评的节目。"

电视股评是我最鄙夷的一种信息来源，天知道所谓"名嘴"在背后究竟干什么！如果点股、评股真能指导人们赚大钱，那他们何必抛头露面把珍贵的消息告诉别人？

圈里曾经有这么一个故事。

股评人问：您想点评到什么程度？证券公司的老总掏出一沓钞票：您就点评到这个程度。股评人目测了一下钱的厚度，大概有十万：明白，有数！

"你最常看的股评节目是什么？"

"江南卫视的《金手指》，这几天他们邀请了大名鼎鼎的吴铮，几乎每次必捧国裕股份。"

跟"红桃K"配合的大字号人物原来是吴铮。也难怪，从吴铮跟我的交集来看，他跟"红桃K"原本就是一丘之貉。

对一家上市公司来说，被吴铮这样的资本枭雄看重并不是什么好事，极有可能意味着控制权易手。我默默计算了国裕股份的市值，建天收购国裕股份几乎是不可能的事情，除非国裕系遇到什么过不去的坎儿。

看我一直皱眉，邢大壮终于忍无可忍："几乎所有的股评节目都提到了国裕股份，春节停牌前就噌噌往上涨。老大，你自小脑子就最好使，又是干这行的。你说吧，该怎么办，就买国裕股份还是换一个没涨起来的？"

看着百爪挠心的邢大壮，我笑了："大壮，这么多年，我不会斩钉截铁地告诉别人买哪只股票。这一次，肯定就是国裕股份了，如果所有人都认为一只股票会涨，而且它已经涨起来了，那就毫不犹豫进场。这就是当代经济学奠基人凯恩斯提出的'选美理论'，大意是金融投资如同选美。如果猜中选美比赛冠军就可以得到奖金，你应该怎么猜？千万别猜你认为最漂亮的那一个，应该猜大家会选哪个，即便那个女孩很丑。不论是股市、期市、汇市，一定要买大家普遍认可的那一个，哪怕根本就是垃圾股。"

邢大壮不愧是个警察，很有风险意识："这个倒是很好理解。那老大，你得告诉我，什么时候离场啊？"

"新手炒股不容易赚钱，很多是因为不能延续赢利，刚赚钱就跑路。获利平仓听起来很简单，其实却是最难的一关，如同武功心法里的最后一关，最难，攻击力也最强悍。赔钱谁都会，大不了死猪不怕开水烫，赢利就不同了。一定要耐心等待赢利延续。现在市场情绪亢奋，无法判断顶在哪里，就一定拿着，直到出现明显的跌势，这个时候再抛出不迟。一只涨幅迅猛的股票连续跌停的概率非常非常低，所以不太可能从赢利直接变为亏损，走得早了却可能吃不到肉。判断跌势也很容易，'盈利+本金'损失到10%就一定是跌势了，无论什么情况都必须平仓。问题是，一旦出现跌幅，人们又总是心存幻想，所以才会被套牢，其实每个人都有逃跑的机会。"

邢大壮将信将疑地看着我："这样啊。我说老大，你不会坑我吧？就像小时候，天天捅咕我们去外校打架，自己躲在后面偷看，见我们挨揍好第一个跑路。没事就带我们去厂子里偷铁，也是每次躲在墙头外面接应，让我们冲到前面去跳坑。"

我有些不屑，骂道："老子是让你从窗户里进去捡废铁，谁让你去偷铁，偷铁不够还把人家窗户拆了向外扔大铁锭。结果人家把窗户堵住让咱们连废铁都没的捡！什么时候听我的都没错。"

5

过了春节，我就要去S行报到了。

没想到尼尔逊会为我设宴饯行，来的都是基金会前辈。根本不知为什么，我的目光自然而然被尼尔逊身边一个老人吸引。老人年龄应该很大了，与爷爷相仿，他礼貌地向我点了点头，我想回以微笑，就在牵动嘴角的一瞬，却莫名其妙感觉到一种畏惧，那种感觉让人根本不敢靠近他，我甚至极不礼貌地后退了一步。

没有人在乎这个细节，尼尔逊轻松地说："嘿，姚，这是我们基金会里年龄最大的前辈，乔治·坤图。"

想说些什么应付场面，我突然意识到，尼尔逊始终在老人身后半步的位置，亦步亦趋。能让尼尔逊落后半步的人，又是怎样的人，尼尔逊不是这次捐赠的最高领导吗？

尼尔逊带来的酒名叫"回沙"，泥封开启的一瞬，土陶瓶中散发出一种若有若无的淡香，每个人都知道是酒香，却又丝毫不含酒的气息。

酒是好酒，尼尔逊也很健谈，席间充满了春风一般的和煦。我的思维很活跃，只是每次向乔治·坤图敬酒都有一种隐隐的抗拒。对方是海外友人，不能这样想，对方的目光也不允许这样想……

我强逼着自己微笑，端起了酒杯："很高兴能认识您，乔治先生。"

乔治的笑容总是那么令人愉悦："也很高兴能认识姚先生这样年轻有为的人，我们很快就会再见面的！"

再见？当然会再见，我很希望能跟这些上帝的使者保持联系，他们的一言一行都能令我看到善良。

我酒量本来很好，一对多也实在难以应付。几大杯微带淡黄色的酒液下肚，早有了明显醉意，迷迷糊糊中，我听到乔治在侃侃而谈："世界上每天都会有很多事情发生，有好事、有坏事，有人哭、有人笑，这就是东方道家所谓'无常'，生命只是万千'无常'的一种，亲爱的朋友们，举起杯，让我们为'人生无常'干杯！"

这么好的祝酒词，怎么能不喝酒呢？于是我又灌下一大杯，天旋地转的感觉越来越强烈。心中只奇怪一件事，这些老外喝起酒来怎么这么像中国人，把白酒当啤酒喝？

乔治的声音带着难以抗拒的磁性继续飘来，如同电影画外音："世界上有很多种生存方式，有人辛苦一生食不果腹，有人犯了弥天大罪却大富大贵，怎能说清对与错呢？无论哪种人生，都是上帝的安排，平安幸福度过一生才是最幸福的选择，来，让我们祝在场的所有朋友平安幸福！"

基督徒因信称义，认为人生任何苦难都是上帝的安排，对他们来说，接受上帝的安排就是最好的选择。

说得对！平安，这辈子只要"平安"二字。从此我就是S行主持工作的副行长了，什么"红桃K"，什么《世纪初一场牛与熊的对话》，即使一切都是真的，与我何干？

这样想着，乔治端着酒杯来到面前："小伙子，你说呢？"

又一大杯酒下肚，一个"好"字已经到了唇边。可是，就在乔治靠近我的一瞬，突然感觉到了一种莫名的压迫、一种罕见的凶戾之气，脑袋倏然就有了一丝难得的清醒，突然就明白了乔治的真实意图。

在金融市场中，任何承诺都是不能反悔的，见到股票上涨后悔没买，有用吗？半醉半醒间答应了他，就等于做出某种不可撤销的承诺，因为，这种承诺是潜意识里对自己的承诺，是最关键的一念，一旦答应，后果不堪设想！

这样的转念用不了一秒，可是，几天、几个月、几年想不通的事情早就在这一念间早有定论。一念间决定了你是选择拼搏奋进还是甘于平淡，是走正道还是走邪道。与一生相比，一念间的时间短到可以忽略不计，但是，最终决定命运的时间只有这一念。

我曾看过一条新闻，说某人因为口角把一个襁褓里的婴儿摔死了。如果转念之间能遏制心中的暴戾，能在心中保留一份善，世界将会减少多少悲剧？一念间走错，无论如何都无法回头！

清醒只是一瞬间的事情，脑海立即再次陷入一片天旋地转，我含含糊糊地说了一字，根本不知道在场的人是否听清："不。"然后，就不省人事，断片了。

人生其实很有趣，如果我能听到二人后面的对话，此前此后所有难题都将得到答案。

"尼尔逊，他已经醉了。"

"吴铮未能验证他的交易者身份，我们总算不虚此行。很奇怪，他虽然有姚绍棠的血脉，却丝毫没有姚绍棠的风采。按朱狗剩的说法，中学时代，除了为一个女孩打了他，没什么特别的事儿了。他的'交易之门'到底是什么呢？"

"亲爱的尼尔逊，每个人一生或多或少都会有遗憾，所有遗憾都是在幼年、少年时期形成的，一生奋斗只为弥补当初一份遗憾。交易之门能让交易者完全理性地看待这份遗憾，完全控制情绪、自知本我才能在金融市场纵横自如。"

"我们对姚绍棠可是开出了元老院元老的位置，他都没有答应。给姚志超一个华尔街投行总裁已经是小看他了，现在只给一个中国小城镇里S行副行长，是不是太儿戏了？"

"中国有部小说叫《三国演义》，孙权想以大片土地收买刘备，周瑜却认为刘备一生颠沛流离，从未有过安逸的生活。只需给他盖一个好房子、娶一个媳妇，刘备就会丧失斗志，安然在江南过小生活。姚志超就是刘备，华尔街总裁、合众国公民身份，我们第一次出价太高了，所以吴铮才会被拒绝。以他的人生经历，S行副行长这样的小官更有效，没有经历的人最贪恋权力，以权力剥夺他人财富，简单、粗暴、易行，是弱者最好的选择。这样最好，上帝一定不希望见到血腥，安心做好我们后面的事吧。"

"好的，明白。"

↗ 第三章

初 战

1

天津马场道上有一处奇怪的小洋楼，周围的邻居从来没见到这所小洋楼通电，只是偶尔从窗户中看到一丝微弱的光芒。

六月的深夜，路上已经寂静无声，小洋楼的光芒还在。

偌大的客厅里只点着一盏颇为古老的油灯。豆大的灯火摇曳不动黑暗，人也就显得特别沉重。房间里的摆设很古怪，没有沙发、茶几之类，只有绕墙几大排书架，客厅中央摆着一个宽大的书桌。

绝对不会有人想到，交易局局长兼首席交易员林灵素就坐在书桌旁，对面坐着一位老人。与林灵素的高大强壮相比，老人显得很瘦小，看不出具体多大年龄。如果交易局的人看到这个场景，一定很惊讶：二人就这么简单坐着，堂堂"林阎王"完全被对方气势压制。

寂静的夜里，老人的笑声比夜枭还要难听："林大局长来访，蓬荜生辉啊。哈哈哈，堂堂一位大局长还用来鬼市吗？"

林灵素想尽量表现得平静："怎么，开门做生意，我就不能来吗？"

提到生意，老人有点心不在焉，低头拿起一本桌上的线装书来回翻着，用嘶哑的声音说道："说说吧，什么生意？"

林灵素缓缓地说道："在这里不用兜圈子。以你的耳目，一定知道那个传说中的人已经出现了。汴州受训验证了他的潜质，可是，这个人实在太暴躁，竟然在机关里动手打人，究竟是不是他？"

老人好像不关心这个话题，翻了翻白眼，随口说了一句："是与不是，跟我有什么关系吗？就你们那些手段，窥探别人潜意识，证明不了什么不是更好？说到底，金融对手战是心理战，操盘手的潜意识是最大的隐秘。一旦潜意识暴露，对手就能利用交易指标不断发出心理暗示，就会任人摆布。"

林灵素说道："形势如此，你知道那个人对整个市场的意义，我必须在最短的时间内证明这件事，只要你肯出手，价格不是问题。"

老人仍旧心不在焉，随手翻动着书页："不是问题？你自幼在这里长大，明白这里的规矩。来鬼市的人，所求一定是天道不允许的，付出的代价根本不能以金钱来衡量。人啊，真是可笑，原本的代价都承担不起，为了达成交易，却要付出更多的代价。"

林灵素依旧没有任何情绪："鬼市也是市场，跟大市息息相关，覆巢之下焉有完卵？你难道真的不关心那个人是不是姚志超？"

老人根本不以为意："'四海皆通不通情，六亲不认只认钱。'只要能付出对等的代价，鬼市从来不拒绝任何人。现在你要问的是全世界金融圈最隐秘的事情，如果我猜得不错，你肯定连代价都没想好就上门了。来干吗，消遣我吗？"

林灵素确实没想好，一方面老人索要的代价经常高到离谱，根本不是钱能做到的事情；另一方面，这是牵动大势的事，原以为老人一定会出手。没想到，老人完全不为所动，依然坚持鬼市等价交换的规矩。

坐在那里，林灵素一时语塞，不知说些什么。

老人轻轻一笑："你还是跟从前一样。"

林灵素的眼神渐渐淡了下来："从前的话题我不想再提。那么，就简单些，这笔交易，到底需要怎样的代价？"

老人的眼光终于聚焦在林灵素脸上，声音听起来却更加令人难受："我想要什么，难道你不比我更清楚？"

这一次，林灵素没有直接回答问题："你手下虽然只有几十号人，却无一不是精英中的精英，不是上市公司的董事长，就是独霸一方的商界风云人物，还不够吗？"

老人随意翻看着手里的线装书，又恢复了心不在焉的模样："你知道的不少嘛！"

林灵素说道："圈子里知道轩辕抱朴的人极少，知道天津鬼市的人却很多，没有这个市场不能完成的交易。如果不是你在背后操盘，这个市场怎么可能有这样的能力？怎么可能突然出现那么多逆天的富豪？"

林灵素对面的老人叫轩辕抱朴，天津鬼市当家人。20世纪80年代以来，秦池、小霸王、旭日升……无数创业者都起步于天津鬼市，后来却又因为某种原因放弃鬼市。

林灵素低下头，眼光里充满了决绝："20年前若兰去世，你对我说'我帮不了你'，今天轮到我说这句话，我不会再回鬼市。"

老人的语气第一次不再嚣张，而是变得很淡："有些事是永远抹不掉的，你，七岁就开始混迹鬼市，是交易的天才。但是，你太热血了，意气用事，感情一上来就什么都不顾。不仅仅鬼市，这是所有交易的大忌。只要你能自愿坚持对等价格的原则，鬼市迟早是你的。在日本待了那么多年，不知道'油断一刻，误我一生'的道理？"

林灵素的回答也变得讳莫如深："是吗？从前的事情，我真的记不起来了。"

老人摇了摇头说："好吧，回到生意。那不是生意，只是传说，世界上哪有什么交易者，'南商北姚'更是虚无缥缈。总不能见到一个姓姚的交易员，就说是'北姚'的传人吧？"

林灵素也摇了摇头："'四海皆通不通情，六亲不认只认钱。'现在我只想知道，作为顾客，要从鬼市得到姚志超的真实消息，有没有代价可以交换？"

轩辕老人知道，林灵素认准的事，无论怎样都无法阻止。可是，这件事实在太重要了，根本不允许失手。林灵素插一脚进来，只会坏了大事。既然今天他送上门来，就一定要设法阻止他调查姚志超。

轩辕老人核桃皮一样的老脸突然不再装蒜，一下变成了《蓝精灵》里的格格巫，拿着一个苹果在诱骗一个不通世事的小蓝精灵。

"我可以答应你，不过有个条件。你先不要插手这件事，先让姓祖的小娃儿去折腾吧，他们不择手段，效率会很高。没有得到结论之前，姚志超暂时没有危险。你只要在后面等着摘果子就可以了，何必如此心急？所以，不要阻止姚志超去S行当行长。"

2

从来没有想过，我会一夜之间成为一家银行的一把手。

一把手看起来威风八面，实际上非常辛苦。祖归海和人事局送我报到之后，一连二十几天根本不得片刻闲暇，地方局部委办要一一拜访，行内各个部门要来一一汇报，还有一堆文件要看明白，不知道哪张纸里就藏着地雷。

这份工作我完全是从零开始，自从身上多了一份责任，再也没有时间关注金融市场，最初几天还粗粗扫上几眼《中华资本市场报》，后来就连这点事都顾不上了。《中华资本市场报》等一堆财经资料就摆在桌子上，我却必须把全部精力都投入到新的岗位，甚至忘记给方宏远、莫伯明打电话。

又是一天头晕眼花的会议，快下班的时候电话铃突然响了。拿起听筒，电话另一端传来了一个声音，简练、冰冷又不容拒绝："我是林灵素，晚上见个面。"

林阎王！

我在心底惊呼了一声，差点喊了出来。无论是交易局，还是S行，我从来都没直接跟林阎王正面接触过，今天怎么会突然给我打电话？莫非因为暴打魏华的事情来找麻烦？没听说魏华是林阎王的人啊？

当然不敢直接这么问，连忙恭敬地说："林局长，您来S市了吗？"

听筒另一端的回答依旧简练："下楼，我在门口接你。"

看我出门，办公室里的人连忙跑出来操持派车。他们很多人比我年龄还大，自从我来了，一直鞍前马后伺候着。开始，我非常不适应被人前呼后拥，时间一长反而觉得习惯了，时刻有人跟在身边听从指挥的感觉确实不错。

我心里美滋滋的，还是板着脸让他们回去了，不能让这些人见到林灵素，想必林灵素一定也这么想。

从见面到现在，林灵素没告诉我去见什么人、到什么地方，只是一言不发地开车。局里曾经盛传，林灵素是个老光棍，性格怪异，除了棍子一样生硬的批评，从不跟下属说话，看起来真是如此。

林灵素的目的地地处闹市，是一片独栋别墅群。我不懂建筑，也知道这不是小手笔，整个小区古朴而富有活力，舒展而不张扬，零星点缀而浑然天成。现在，昏黄的路灯已经亮起，晚风轻拂着碎石路，仿佛进入了另一个世界。

我不由警觉起来，林灵素不会给我介绍什么贷款户吧？他是交易局一把手，如果要介绍什么人贷款，可难办得紧……

车停在小区中央一栋三层的小楼面前，一个中年人迎向了正在下车的林灵素。没有夸张的寒暄，林灵素只是指着来人对我说："这位是我一个多年的好老兄。"接着又指着我说，"韩兄，这是我们交易局里最年轻的行长，姚志超，出身明德大学，证券投资专业。"

我听懂了林灵素的重点，重音在"明德大学，证券投资专业"，不是"行长"；而且，他不像愚夫愚妇一样称呼来人为"某总"，这让我放心了不少。

面前的"韩兄"身高一米八左右，头发已经有些花白，年龄在四十五六岁。他从林灵素身边走过，微微笑着向我伸出手："老弟，久闻大名了，走，咱们屋里说。"

无论是林灵素的介绍，还是刚刚的握手，韩兄的表情和神态中都看不出丝毫的态度：没有霸气，一眼望去就令人心生好感；没有媚气，不是平时见过那种贷款户；淡淡的从容中带出一丝傲气，又绝不是目空一切的狂妄。

我暗自琢磨，眼前这个人一定不简单。

见过很多"别墅"，无非是装修豪华、空间宽阔，看上去就给人暴发户的感觉。我虽然没钱买这样大的房子，却不屑那种金钱装潢出的土气。

一路走来，小楼里的景色完全超越了我对房子想象的极限：客厅有一百多平米，一条鹅卵石铺成的小路从门口蜿蜒而去，穿过一个潺潺的小池塘，水畔植竹、池中游鱼；从地板到顶层是通体的，傍晚的阳光透过楼顶的玻璃洒进客厅，恍若真的置身一片竹林之中。

刚进入客厅，耳边就传来了声声琴韵。琴音入耳的一刻，心情一下就静了下来，脑海中不再有任何事情、任何顾虑，甚至可以说没有任何念头。通常，我只有在冥想的时候才有这种心境。

怎样的国手才能弹出这样的曲子？

竹影后，隐约可见一个白衣少女正在抚琴，她很专注。琴曲还在继续，每一刻我只听到一个音节，每一刻脑海又都像一首曲子在盘旋。

客舟听雨，我想，我见到了一条云低江阔的大河。

正在陶然间，琴音却停止了。白衣少女轻快地跳到了林灵素身前，说道："爸，你怎么才来，我跟韩叔叔已经等你很久了。"

爸？林灵素从哪儿冒出这么一个女儿？局里不是盛传这古怪的家伙是个光棍吗？

眼前这个女孩有些眼熟，我略一犹豫，女孩对我点头说道："姚行长好，我是信贷部的楚牧儿。"

想起来了，眼前的女孩是S行的职工，叫楚牧儿，去年的大学毕业生。脱下工装的楚牧儿显得愈发青春靓丽，齐耳短发、高挑的身材、一袭简单的白裙，俏生生地站在面前。

我转头望向林灵素，林灵素看着女儿，眼神充满了怜爱："我女儿，楚牧儿，中国财经大学毕业，在你手下讨一口饭吃。"

我觉得脑子再次短路了：林灵素姓林，他女儿怎么会姓楚，莫非姓母姓？林灵素可是交易局的一把手，他女儿再怎么着也不至于安排在外省吧？

"韩兄"已经招呼我们落座，这时我才看清竹林后的天地：靠近竹林处有一张琴桌，楚牧儿刚才就是在这里抚琴；稍远的地方是餐厅，放着一张宽大的长桌，周围摆了几把方凳，其余再没有其他家具或者电器。

一个房间里的家具、装饰越繁复，主人的脑子就越简单，所以才会用布局来弥补；相反，如果房间布局至简，则主人一定饱经风霜。

还在琢磨眼前这位韩兄到底是何方神圣，韩兄已经双手递过来一张名片，随口说道："这儿是我跟朋友们共用的地方，别名'清苑居'。牧儿那儿有几张电子门卡，待会儿让她拿给你一张，欢迎你常来。"

我低头看看名片，字体凹凸有致，很简单："国裕（国际）集团韩志刚"。确实不需要写任何职务，韩志刚，名字已经是A股市场里的传奇。我早就该想到了，国裕系的注册地就在S市，在巴掌大的小城里，能有如此气势的人，也只能是国裕系系魁韩志刚了。

市场对国裕的评价迥然相异，有人说国裕是国内最有产业理想的上市公司，十几年来坚守农业领域，"国裕"二字代表着超高的信誉；有人说国裕是最大的"善庄"，上市以来股价始终节节上升，为投资者赚足了真金白银；有人说国裕扮猪吃老虎，始终致力于在城市郊区拓展生产基地，十几年内大中城市远郊的土地已尽入囊中。农业只是一个借口，时机一旦成熟，国裕就会进军房地产，业内将无人能敌！

韩志刚则是神一般的人物，从不公开露面，不宣传什么，也不反对什么，市场没有任何公开信息。正是这个原因，"红桃K"、吴铮造势才能掀起巨大的旋涡，创造无限的想象空间。

这段时间与市场隔绝了，面对韩志刚，脑子像是突然复活："红桃K"、建天系、吴铮……我急切地想知道，现在市场到底怎样了，国裕系还在暴涨吗？毫无来由，一个冷冷的念头在脑海中闪过，让我心惊胆寒：来这里之后，连一次冥想的机会都没有，每日湮没在"繁杂"的日常事务，这就是他们的目的吧？

"他们"指谁，心里一清二楚，平日偶然也会冒出一两个这样的念头，从不敢深想。S行日常经营管理确实可以用繁杂二字形容，沉湎于具体事务，有什么不好吗？起码每天很充实、很满足，一家机构的一把手，这是我的事业、我的平台。

不知何时，楚牧儿已经在桌子摆下了几碟小菜、一个酒坛、一壶烧酒。以酒为柴，微显透明的骨瓷酒壶下燃起淡蓝色的火焰，阵阵浓郁的酒香扑鼻而来。我向来好酒，清香型、浓香型、酱香型一闻便知，这一次却根本不知道酒壶里装的是什么酒。

没有虚伪的寒暄，没有你争我夺的落座次序，没有推杯换盏，林灵素、楚牧儿、韩志刚和我自然而然坐在一起，很随意地开始饮酒。

林灵素的脸色很平静，却字字心惊："韩兄，已经证实，建天系开始建仓了，现在国裕的股价压都压不住，涨幅已到200%。后面的事情，你要有充分的准备。"

韩志刚的表情没有丝毫动容："是吗？林兄，你的意思呢？"

在林灵素和韩志刚的聊天中，我知道了最近两个月的市场形势，跟我的想象基本一致：建天力捧国裕，根本就是不遗余力。

为了增加消息的分量，建天斥巨资聘请海外巨头安达信会计师事务所和合众国康奈尔大学为顾问，公开发布了一系列研究报告。报告称，国裕系已经在生物技术方面有了实质性突破，有实力在全世界整合整个农业产业链，到时候业绩增幅何止数十倍。

"中国知名上市公司+世界知名事务所+世界知名院校"，由海外势力鼓吹一种产业理念很有震撼力，在国裕股份带领下，今年3月3日开始，A股市场走出了一波强劲的牛市，尤其是农业板块，就连最垃圾的股票也能拉出一波行情，整个市场已经到了任何人都能赚钱的地步。

天啊，我对"红桃K"的判断竟然是真的，如此狂飙的A股市场，搞不好会比1997年东南亚金融危机还惨。

这些跟我有什么关系呢？平安，平安就是亲人对我最大的期盼。只要平安就好，才不去想什么金融市场。

我心里释然了，独自抿了一口酒。

酒很醇，几杯就令人微醺。我醉眼迷离地坐在那里，韩志刚一手持杯，正跟林灵素交谈："国裕股份的法人股都在集团手里，建天收购国裕几乎不可能。吴铮把股价拉得这么高，他最后怎么出货？拉高股价谁都会做，如果不能把账面浮盈变成真金白银，岂不是纸上富贵？"

也许酒精刺激的作用，我想都没想就随口说道："很简单啊，把股价拉上去七八倍，始终鼓吹公司正面形象，在最高位突然让股价跌50%，然后再缓慢地拉起来，出货就是分分钟的事。不过，等建天甩仓，韩兄你的麻烦就来了。"

老毛病不改，怎么又开始信口胡说了？交浅言深，第一次见面就臭显摆？我不好意思地笑了笑，不再开口。其实我更多的是担心，国裕系虽然业绩斐然，但这是一家实业公司，控盘、反控盘，并购、反并购不是强项，如果建天在前期暴涨中积累了足够的现金，国裕还真未必能全身而退。

韩志刚的表情看不出丝毫动容，说道："国裕一向只关注实业，并不擅长资本市场。但是，如果建天执意挑起事端，我们也只好奋起迎战。之前我已经专程去天津求教了轩辕老先生，先生给出了两种应对之策。这次请林兄来S市，就是想当面请教。"

不知道轩辕老先生是谁，只是看到一提到这个名字，向来很酷的林灵素不自觉地直起了身子。要怎样的人才能让韩志刚称为"先生"，又能让林灵素从心底表示尊敬？

林灵素像是知道轩辕老先生说过什么："韩兄的意思呢？以国裕系的土地资源储备，整个房地产市场将无人能敌。一旦转型，不但股价飙升有了基础，源源而来的现金流也会彻底断绝建天的非分之想。"

韩志刚的语气很干脆："这是先生的建议之一。你知道，我不会这么做。国裕系的核心优势是研发，是产品创新，是质检，我们的土地经过多年养护和轮休，不是钱能买来的东西。农业是一轮永不坠落的夕阳，中国两千年来农耕立国，如果农业不能领导世界，其他的就更不用说了。"

林灵素说道："韩兄，要想清楚。他……轩辕先生也曾跟我提及，这才是最有把握的应对之策。国裕系只需要一个新闻发布会，天下谁敢争锋？"

钢质火机清脆地响了一声，袅袅青烟在韩志刚手中腾起，他抬头望着已经昏暗的客厅顶棚："游荡江湖这么多年，资产为王的时代，怎么能不知道未来几年内房价依旧会持续暴涨？轩辕先生说得好，衣、食、住、行，八九十年代我们解决了衣和食，之后20年必然就是住和行，当下一定是房地产和汽车的时代。只不过，归去来兮，田园将芜胡不归，不能全国的企业家都卖房子吧？"

韩志刚说得很晦涩，我只是隐约明白：房地产肯定能创造很多利润，但是，企业的存在真的仅仅为了利润吗？有了钱，就真的能缔造一个产业帝国吗？有了钱，就真的能买到技术创新了吗？我们早就有了富可敌国的公司、数量众多的富人，怎么到现在连最普通的计算机芯片还要大量进口？

林灵素的脸色变得凝重起来："那第二方案就不用说了。这是一场赌局，只有抢到足够的筹码才能遏制建天前期赢利。否则，一旦失去公司控制权，国裕系将不复存在。”

韩志刚沉默片刻才回答林灵素："从初创到今天，国裕同人不知耗费了多少精力、多少心血，打开一个个市场，创新一种种产品，都是一点一滴、千锤百炼地积聚起来，绝非一朝一夕之功。如果有人执意挑起战火，志刚愿意迎战。”

这些话都是市场隐秘中的隐秘，林灵素和韩志刚丝毫没有避讳我的意思。让我来到如此私密的场合，不可能吃顿饭这么简单。如果林灵素需要我做什么，为什么从始至终都没有开口？

更令我惊奇的是楚牧儿，从始至终她都没有插嘴，也没有露出丝毫惊奇，偶尔会为我们三个人满酒，完全一副置身事外的表情。一个涉世不深的小姑娘，听到这些还能波澜不惊，要么阅历足够丰富，要么就是完全不懂。

3

国裕股份的贷款申请就放在办公桌上，国裕系希望以20个交易日收盘均价的60%向S行质押贷款60亿元。

刚刚开完审贷委员会，所有委员都对这份贷款申请投了赞成票。这是一份没有任何瑕疵的贷款申请，于S行只有收益，没有任何风险。即使在最熊的年份，国裕股份依然走出了5%的涨幅。60%的质押比率已经很合算了，审贷委员会没有任何理由拒绝国裕系贷款。60亿元贷款，如果放给其他企业，一笔一笔要耗费多少人力、物力和费用，现在一把放给国裕就可以了。用副行长聂国强的话来说，平时都是求着国裕系贷款，还得是信用贷款，现在却送上门来。

否决这样一笔大生意，要么整个S行都以为我根本不懂银行，要么猜疑我没收好处不动手。实际上，整个S行只有我一个人知道其中风险，贷款成交后国裕系便会跟建天拼抢筹码，换句话说，这是国裕系的赌命钱，一旦签署这份协议，S行就等于深度介入一场龙争虎斗。贷款成交后国裕系便会跟建天拼抢筹码，我为了S行的利益也不可能坐视不理，这不是等于把我绑架了吗？

我心里恨恨地想：林灵素，这么大的事情事先根本不打个招呼，反而利用国裕系的市场地位逼我就范！

平心而论，我很佩服国裕系的产业理想，也很尊重韩志刚这位出身实业的企业家。如果韩志刚或者林灵素直接邀请我去操盘，我都未必拒绝。现在这种安排让人很不爽，有被玩弄于股掌之间的感觉。

建天那帮虾兵蟹将根本不堪一击，但是，后面有从未谋面的"红桃K"。

如果对手不是建天而是"红桃K"，就完全不是一回事了。

想找一条理由否决贷款申请，几次拿起笔来又几次放下。还在犹豫，办公桌上的电话响了，一个熟悉的声音从电话的另一端传来："姚老三，怎么一去S市就杳无音讯了？怎么，怕兄弟们去攀附吗？"

是老大方宏远，我非常开心，一下像是回到了从前："方老大，这段时间都忙疯了，你怎样？"

电话里方宏远也很兴奋："老三，别提了，你还不知道，我现在已经从行政处调到了市场处，职务提为副处长。"

市场处副处长？岂不是由林灵素直接管理，方宏远能伺候好这位冷面大爷吗？当然不能直接问，只能简单说："好啊，祝贺老大高升，市场处可是局里最核心的地方。"

方宏远却仿佛被触及痛处，兴致有些低落："别提了，有些事真是一言难尽。还是地方大员好啊，起码是个真正的官了。"说着，方宏远兴致突然又高了起来："老三，这几天我得了一个好差事，去S市，驻国裕系调研，终于可以放放风了。万事有兄弟你在，我就安心多了。"

怎么，方老大要来国裕系调研？怕是林灵素把他派来替国裕系操盘吧，方宏远一向信赖我的手艺，所以才会这么说。

方宏远的口气变得神秘起来："老三，这次任务对我真是非同小可，你必须好好帮帮我。"

不就是操盘吗？林灵素连你方老大都派来了，我还能置身事外吗？

"放心，老大，有什么事情咱们兄弟一起扛着。"

方宏远继续说道："老三，任务可不只工作啊，还有哥哥我的终身大事，你鬼点子最多，一定要替我多出力！"

终身大事？我一下来了精神，当年莫伯明去操场堵徐悲鸿艺术学院的女生就是我陪同。

"方老大，说清楚点，怎么回事？"

方宏远的口气依旧神秘："嘿，老三，见面你就知道了。她是个记者，这次跟我随行，是一个绝好的机会。"

女记者？随行？

"这么说，我马上就要有大嫂了！"

"什么大嫂，还早着呢，记得要出力啊！"

提起追女孩，我再次想到精于此道的莫伯明："老大，莫老二现在怎么样了？"

提到莫伯明，方宏远突然变得支支吾吾："这个，伯明……吴铮已经升他做首席交易员，我想约他出来见面，这个人你也知道，根本不听劝。唉，咱兄弟的情分是摆在这里的，以后再说以后吧。"

方宏远一定已经知道了什么，所以才会劝莫伯明。结果本在意料之中，以莫伯明的性格，不会听任何人劝。如果他知道真正的对手将是我，只会更加兴高采烈，巴不得血拼一场呢。

我长叹了一声，在贷款申请上签下了"同意"二字。

韩志刚很重视交易局和媒体的调研，一早就约我来高速路口接人。我看了行程单才知道，跟方宏远随行的女记者叫陈若浮，来自《中华资本市场报》。

方宏远从迎宾车上下来，我的目光却被另一侧下车的女孩吸引住。她应该就是方宏远的意中人，二十出头的年纪，一米七左右的身材，披肩长发像瀑布一样垂下来，最耀眼的是一身鲜红色短裙，把皮肤衬托得更显白皙迷人。

我暗自感慨：真像方老大自己说的，只赌人，不赌股票，挑女朋友的眼光还真不含糊，这样的姑娘只存在于电影里。

韩志刚已经走了过去，我连忙跟上，完全没有意识到眼睛依然直勾勾地盯着眼前的女记者。她的眼睛很漂亮，漂亮到看一眼就舍不得离开，顾盼生姿中还有一抹无言的冷漠。也就是一转念的事，韩志刚已经握手完毕，三人一起向我走来。韩志刚指着我好像在说着什么，笑靥如花的陈若浮主动对我伸出手来，我的脑子却在胡思乱想。

方宏远在一边大声提醒着我："姚志超！姚行长！"

太尴尬了！回过神来，分明就是我抓住陈若浮的手不肯松开。陈若浮大方地说道："姚行长，您好，早就听方处长提起过您，很荣幸能见到您这样年轻有为的领导。"

再否认都没有用了，倒不如索性顽皮一些："陈记者，您好，没想到《中华资本市场报》还有电影明星加盟。"

　　大家都笑了，方宏远的笑容很勉强，投来一抹不满的眼神。哥们儿，知道你小心眼，我不是这样的人，不会见了漂亮女人就走不动，更不会跟你抢。

　　方宏远和陈若浮住宿安排在S行培训中心，也是我在S市暂时的栖身之所。为了方便方宏远，我特意把他们两人的房间安排成对面，当然，我也跟方宏远住隔壁。

　　下车到宾馆后大家继续寒暄，这时，韩志刚的手机响了，刚听了几句韩志刚的脸色就有些诧异，用低低的声音问："怎么会这样？"

4

国裕股份盘面出事了，好事。

数月绵涨缔造了200%的奇迹，今日，国裕股份迎来了有史以来最大的一次单日涨幅，当日尾盘最后20分钟暴涨10%。

看着国裕系交易室大屏幕上那根长长的光头光脚阳线，我久久没有说话。走势更是带着一种狂傲的气息：最后20分钟，分时走势图几乎没有任何停顿，直接在屏幕上画出了一个上扬的斜线。

开盘价、收盘价还有实时价格，收盘价最重要，收盘价代表市场一天对一只股票的认同，越是周五、月末收盘价就越重要。国裕股份今天收盘成了这副样子，不容小觑。

方宏远很轻松："不是暴跌就好，反正S行的贷款还没批下来，建不了仓。"

怎么，国裕系质押贷款的事情传出去了吗？我心中一动，似乎方宏远知道这个消息意味着什么祸事。转念一想，方宏远是林灵素派来的人，知道内幕理所应当，没什么不妥。

我盯着交易室的大屏幕，开始在心中推演各种可能。**尾盘、高位、放量突破，人们通常会这样理解：将有大资金不惜成本推高国裕股份。**难道，建天真的强大到可以强行建仓吗？这显然是不可能的，建天向来以强盗著称，从来不会光明正大，一定会想尽阴谋诡计，躲在后面捡便宜。

建天系究竟想干什么？

转念间，我心里已经有了计较：唉，伯明，那点算盘还能瞒过我吗？如此才智也算高手了，何苦为吴铮这种人卖命？

看我叹气，方宏远一下就紧张起来，抬头紧紧盯着我。

看着方宏远两只直愣愣的眼睛，我笑了："干吗看着我，我也不知道。放松些，暴涨总比暴跌好很多。再说，20分钟的走势什么都看不出来，看清对手动作起码要等一轮反复。"

方宏远长出了一口气，笑道："姚行长，当了领导就开始装深沉？刚才的脸色都快吓死我了。"

说着，方宏远像是想起什么，急急忙忙地说："老三，说件正经事。别摆领导架子，给我办点事吧，必须完成任务！"

方宏远想送给陈若浮一架古筝，又没胆量亲自送去，就想让我以S行的名义送给陈若浮，为了表示重视还点名让我亲自去。我心里不由苦笑了一下，方老大，咱就这么大点胆子，送女孩子礼物还要兄弟出马？不过，方老大的事情别无推托，别说送礼物，就是上刀山下火海也得硬着头皮去。

这件事很耗费时间，选好古筝，又亲自送到宾馆，陈若浮恰好出去了，我只好留了个字条放在前台。

回到行里的时候已经快下班了，办公室的人还在，在开门的空当赶紧交代了一句："把信贷部的楚牧儿叫来。"

楚牧儿就坐在我办公桌对面。

我很欣赏眼前的女孩，坐在行长面前，她没有任何紧张，没有任何怯场，甚至没有任何窃喜和张扬，只是静静地等着。几个月来，行里的年轻人在我面前要么噤若寒蝉，要么拼命表现，就是没有一个人敢跟我对视。

"将国裕系质押比例降20个百分点，改为40%。"

方宏远提及国裕股份贷款的事情提醒了我，现在国裕系自己是大股东，盘面涨涨跌跌没什么。林灵素这么做其实非常危险，执意让国裕去市场上跟建天拼杀一番，还要以自身股份作为质押贷款，如果国裕股份在一系列不可控因素下暴跌40%，说不定股票就得被S行没收，那时候才会真正失去控制权。我心里甚至有些愤懑，觉得林灵素这么做成心是为了验证我的交易能力，所以必须把质押点位降低20个百分点才安全。

这种想法肯定不能跟楚牧儿说，告诉她怎么做就可以了。

眼前的楚牧儿表现出了与年龄不相称的沉稳，她没有任何犹豫，也没问为什么，只简单回答了两个字："好的。"

单独面对楚牧儿，我不再有往日那种高高在上的感觉，甚至不觉得对方是一个年轻漂亮的女孩，望着她，只是觉得心很静。

有了这种心境，谈话变得很轻松："明天一早你就去韩总那里，他会给你一份盖好章的空白合同，这种变更在我权限之内。"

听完这些，楚牧儿的脸色变得凝重起来，但回答依然简洁明快："知道了。"

我不由暗自在心里点头，但还是嘱咐了一句："牧儿，这件事，知情范围就控制在你、我、韩总三人。记住，不要让任何人看到那两份合同。手续做好后不要存档，直接放到我这儿。如果我不在行里，给……"

说着，我把办公室的钥匙递到楚牧儿面前。

5

　　韩志刚和方宏远陪陈若浮调研去了，我坐在国裕系宽大的交易室里，回想着清晨的会面。韩志刚的表情很自然，没有任何客套，也没有任何担忧："志超老弟，林兄交代过你的实力，我已将交易室最高权限转授给你，放手去做，杀伐决断只在你一念之间，国裕系和志刚就拜托了。"

　　争抢筹码关系到全局胜败，韩志刚还真淡定，就那么肯定我有十足把握打赢建天？想到这里，心中不由暗自感叹那位林局长：还真把我彻彻底底卖给国裕系了，不但让我放贷款，还派方宏远出马，真让他操盘，怕是没几个回合贷款就打水漂了。

　　没法子，只有亲自上阵了！

　　金融市场很像物理学，一旦涨（跌）势头确立，就会产生势能或者说惯性。比如，昨天国裕股份尾盘高高扬起，无论今天基本面如何，早盘一定会有几分钟惯性拉高，股价会高开飘红。

　　今天不会这样。

　　我太了解莫伯明了，此人极为自负，不可能借助市场规律做任何事。相反，越是离经叛道，他就越是兴高采烈。不得不说，假以时日，莫伯明一定可以成长为一个优秀的操盘手，可惜，他现在就遇到了我。

　　莫伯明会在开盘的第一时间吃掉所有买盘，然后把股价做低。**一旦市场没有按常规高开，早盘就会放大利空情绪，加上莫伯明推波助澜，今天一整天都会走成跌势。我要做的，就是不畏大跌，勇敢建仓，让建天与国裕的筹码此消**

彼长。

上午9∶30，屏幕已经亮了起来，盯着那些五彩斑斓的图形，我甚至能感觉到莫伯明就坐在对面。

就在开盘的一瞬，一单抛盘立即吞噬了所有买盘。没有任何征兆，国裕股份开盘几十秒内就破位下行！是莫伯明的手法，凶悍、张扬、为所欲为，像是一个挥舞着屠刀的恶魔冲入市场。昨天，莫伯明强拉国裕股份，股价破位上行；今天，他开盘就抛出大单，不但很快吃掉了昨天的涨幅，还强逼股价破位。

莫伯明，我知道你要干什么！

按照"拉高七八倍，暴跌50%，再拉高，出货"的逻辑，必须在最初拉高前持有足够的筹码，否则边拉边建仓不会有足够的盈利。

从此，国裕股份将时跌时涨，一次比一次振幅大，每一次都很逼真。因为，每一次莫伯明都在尽全力表演。不断假突破，让技术派股民反复追入；转身又马上做空，让股民刚尝到甜头就被套；一阴一阳、一阳盖两阴、一阴包两阳，没有任何节奏……

人性之中，死亡并不可怕，面对骤然而来的死亡，很多人都能视死如归（对套牢毫不心痛）；可怕的是钝刀子割肉，让人时刻面对死亡，那种恐惧会无以复加。单边下滑会让股民破罐子破摔，反正跌成这样了，干脆不卖了！只有反复振荡，先让你赢利，再让你被套，再赢利，再深度被套，才会心甘情愿吐出所有筹码。

莫伯明会突破每一个压力顶，也会砸穿每一个支撑位。每次突破，都会有人追涨；每次振荡，都会有更多人被套；这样，下次突破压力顶时，解套盘就会蜂拥而出，这时莫伯明就会接下所有解套盘。

国裕股份振幅虽然狂野，但旨在洗盘，不可能让股价单边下挫。等过段时间，回头一看，股价其实始终在横盘。一旦积累到足够的筹码，建天系就会突然亮出獠牙，不惜成本拉升股价，直至疯狂的程度，然后再把股价砸下来，出货！

一整天，空方都没有遇到有效抵抗，K线被做成一根光头光脚阴线。已经安排好的十几个交易员在几十个账户中逐步吸筹。无论建天还是国裕，吸筹都必须做到无声无息，不能让对手有所察觉，所以，每一单都不是很大。

再有20分钟就要收盘了，今天的操作很单一，人也不由懒散起来，交易员们甚至摘下耳麦低声交谈。我没有制止，仰了仰身子，舒适地靠在椅子上，推演着收盘时的跌幅。今天的场面一定很惨烈，比昨天尾盘涨幅更震撼，否则，很多人就会坚不出货。

轻松的盘面让我有了冥想的感觉，那个淡蓝色的身影再次浮现在眼前。还是想象不到她的面孔，不敢再奢求，对这种悲凉已经习以为常。犹如雾中寻影，她变得时而清晰，时而模糊，突然有那么一瞬，她在我眼前变得栩栩如生，我竟然看清了洛迎的目光，仅仅是目光而已。我马上理解了那目光的含义，非常明确：盘面马上就要变化！

倏然睁开眼睛，夏日的空调风吹到身上，竟然有一种凛冽的感觉。屏幕上的盘面果然已经背离了最初推测，距离收盘只有十分钟了，盘局没有下跌，反而平静如一潭死水，抛盘变得无影无踪，所以，无论系统还是交易员都没有提醒我。

盯着平静的盘面，一股熟悉的紧张袭上心头。平缓的分时走势图就像一根针尖直刺心脏。我知道，这不是幻觉，而是一种真实的感觉—— 一种让人感到刺痛又无法言明的感觉。多少年来面对市场，我第一次感觉到了焦躁。那就是，明明知道结果，却不知道对手将以何种方式实现结果，只能隐隐约约判断出，下面的市场走势将对我极其不利。

这是市场灵觉给出的预知吗？莫伯明，相交七年，怎么可能猜不透你？

我迅速切换到1分钟K线，1分钟K线在没有大单接盘的情况下竟然莫名其妙地翻红了！如果按照我的推算，这是绝对不可能的事情。

直起腰身，我抓起电话下达了操盘命令："盘面不对劲，操盘手立刻就位。"

被陡然严肃的语气吓了一跳，人们手忙脚乱地戴上了耳麦。我没时间理会这些人，眼睛直直地看着翻红的1分钟K线，紧张的感觉已经让我莫名其妙地开始心慌，在空调吹拂下，竟然起了一身鸡皮疙瘩。

一个念头突然在脑海中冒了出来：对方主交易员换将了，这个人的功力远胜莫伯明，与我势均力敌！

但是，这种感觉又不是特别清晰，就像隔着磨砂玻璃。

连续三个1分钟K线都被做成了红色，盘面出现了缓慢的攀升。不知为何，我就是觉得屏幕上的红色特别妖冶，刺得我双目生疼。

就在刚刚翻红的价位，有人开始出货。从数量和速度判断，这是一批散户。他们的情绪被今天的盘面感染，生怕再次被套牢。**这也是散户最常见的一种错误，被套牢之后稍有翻红立刻平仓，其实，翻红后的一两个点位根本不足以弥补损失，也代表不了什么。**

这不是莫伯明的手法，莫伯明从来都是大开大合，不屑于用1分钟K线进行微操。但是，细节里又带着莫伯明的味道，每一次1分钟K线都是先抑后扬，在最后一刻才放量接下卖盘，除了我的同窗，很少有人会这么干。

我的对手究竟是莫伯明，还是一个高手跟莫伯明的组合？

明天，会是怎样的走势？

6

晚上，韩志刚设宴款待方宏远和陈若浮。

有时，人的第六感觉很奇怪，你明明背对一个人，也能知道这个人把目光聚焦在你身上。整整一个晚上我都有奇怪的感觉，方宏远看着陈若浮的目光很热辣，而陈若浮的注意力却只停留在我身上。

淡酒之后陈若浮艳若桃花，衬得身上的红裙愈发艳丽。看着方老大痴迷的眼神，我开始嘲笑自己：这可是方老大的意中人，方老大要是知道我现在想什么，还不得吃了我？

晚宴很尽兴，韩志刚谈到自己的产业理想，勾勒了国裕系未来的蓝图。我想，这些都将成为这位记者笔下最好的素材。

回到宾馆的时候，陈若浮意犹未尽："韩总，第一次真正接触国裕，否则，始终不敢想象一家农业公司能做到如此规模。时间还早，能再向您多请教一会儿吗？"酒后独处正是追求女孩子的好时机，方宏远一定不愿意陈若浮请教韩志刚，不过，他一定不敢反对。

陈若浮的房间是一个套间，客厅里有一个大阳台，妙曼轻纱之间，不知何时已经放好了昨天我送来的那架古筝。

看我注视那架古筝，方宏远露出了得意之色。

我在心里暗骂：蠢货！天下间怎么会有女孩子不喜欢男生送礼物，由我送去味道就完全变了，成了接待单位送礼了。

酒后陈若浮双颊浮起了一抹腮红，追问韩志刚："韩总，都说您是市场中最神秘的人，国裕系也格外传奇。在人人向往资本的时代，为何您始终不为所动呢？"

韩志刚轻视方宏远，却从没把陈若浮当作后生仔："《中华资本市场报》关注股市，你的焦点也在资本市场。但是，资本并不能代表一切，无论资本市场如何辉煌，最终必定要实体业绩支撑，只有资本的市场不是市场，是一个诅咒，一个对真正市场的诅咒。"

"您的意思是，现在的资本市场是泡沫，最终一定会破灭？"

韩志刚笑了："小鬼，你不是在挖什么新闻吧？今晚的话不准捅到《中华资本市场报》上去啊。"

陈若浮也笑了，脸上露出了一丝顽皮："韩总，把您当作长兄才这么问，不会把长兄的话说给无关人。"

韩志刚的话很有哲理："西方人始终认为市场是创造财富的最优方式，可是，任何事情都有限度，一旦突破限度就会走向反面。如果人们只关心自己得到多少钱，根本不关心创造了多少价值，这时候的市场已经不再是市场，人也不再是人，是一个嗜血的恶魔，为了眼前的利益，什么坏事都敢做，什么因果都敢担，为求一时之利，不仅牺牲品德，牺牲生命，连子孙后代都敢牺牲。牺牲了这么多，真的能得到财富吗？"

陈若浮若有所思："您的意思是，如果每个人都求资本收益，世界将变成地狱。所以，您才会谨守忠诚。"

就微笑而言，成功的男人远比美女迷人："有了钱，真能缔造一个产业帝国吗？真的能买到技术创新吗？英特尔、微软、IBM，这些领袖世界的企业哪一个是靠钱建立起来的？我们早就有了富可敌国的公司、数量众多的富人，可结果呢？"

陈若浮静静地看着韩志刚，眼神中带着专注，带着崇拜，除了那一抹无法掩饰的冰冷："韩兄，道理我懂得。人心既已贪婪，如果国裕系必须在市场上对阵强大的资本，您有没有想过，在开战的一瞬，这人心，何足恃？"

陈若浮的话很真诚，无论表情还是肢体语言，那种感觉是无法作伪的。韩志刚显然被打动，灯光下，这个40多岁的男人愈显沧桑："创立国裕系，我深知财富创造之难。所幸者，国裕已经具备了接受挑战的实力，市场有贪婪，也有普通人想象不到的正义。不要说建天系还没成气候，就是当年富可敌国的洛克菲勒、摩根财团，无论多么强大的帝国，最终都没有逃出被肢解的命运。"

不得不说，韩志刚是一个很有人格魅力的人，一席话，让我们都受到了他的情绪感染。

陈若浮眼波流转，起身坐到了古筝之后，手抚琴弦，说道："国裕与建天，市场早已传言纷纷。我涉世不深，也知道此番纷争不能轻与，无奈人微言轻，只能略尽绵薄。姚兄木秀于林，胸中当早有破敌良策，风浪日近，唯愿诸君珍重万千。"

说着，陈若浮指下拨动了琴弦，初时只是琴音叮咚，继而又带着排山倒海般的气势，霎时我的脑海里出现了一个飘忽的身影，是一个远涉的征人，在漫天飞雪中回想着杨柳依依中的送别；季节在变换、时光在流逝，离去、归来，失去了什么，又得到了什么？

我开始信口吟诵："昔我往矣，杨柳依依；今我来思，雨雪霏霏；行道迟迟，载渴载饥；我心伤悲，莫知我哀……"

我还想接着说下去，却发现方宏远投来愤怒的眼神，不由马上收声。又想马上说些什么烘托方宏远，韩志刚在此时接口说："这是《诗经》中最漂亮的诗句，感时伤事，以乐景写哀，以哀景写乐，又倍增其哀。若浮，没想到你让我用听觉看到了这一幕，嵇康再世啊。"

陈若浮的表情有些羞涩："韩兄谬奖了，断不敢跟嵇康相提并论，嵇康临刑前一曲《广陵散》，据说是用'心弦'奏出，所以才说'广陵散从此绝矣'。"

韩志刚问道："心弦，什么是心弦？"

陈若浮笑了笑："我也不知道，那只是一种传说，据说心弦弹奏的琴音可直达三界，生死人而肉白骨。"

心弦？有机会倒要好好问问楚牧儿，她琴技这么好，没准知道一二。

方宏远的嘴唇动了几下，想接口又不知从何说起。方宏远的爱好是武器，没事就在网上泡军事论坛，对诗词歌赋一窍不通。

方老大啊，革命尚未成功，同志仍需努力！

7

　　刚刚上班，副行长聂国强就拿着一份材料神秘兮兮地走了进来。聂国强分管办公室和信贷，看他这副样子，一定又有什么新的大项目，于是打起精神等他汇报。

　　没想到，聂国强说的是另外一件事情，倒也开门见山："有件事得跟您汇报，我们几个副手商量了一下，决定调信贷部楚牧儿来办公室给您当秘书。"

　　我从来没有配秘书的想法，何况是个漂亮的女秘书。看着聂国强一本正经的表情，我婉谢道："老聂，S行行长最多就是正科，还没到配秘书的级别吧。"

　　聂国强连忙说道："规矩我知道。牧儿调来之后，只有秘书的职责，没有秘书的岗位，负责安排您的日常事务，不然，我们总不能每天为一点小事就给您打电话吧。"

　　聂国强已经40多岁了，我来S行之前，由他接任行长的呼声最高。几个月的接触，我发现这个人对经营很有想法，办事也滴水不漏，总能令我很舒服地接受他的建议。他对我主持工作没有流露出不满，相反，始终全力协助我搞好工作。

　　这几天聂国强比较被动，因为，他联系不上我。交易室有信号屏蔽功能，老是打不通聂国强就不愿意再打了，至于什么时候回电话，就只有天知道了。

　　眼下，说不定这种情况还会持续一段时间，还真无法拒绝他们"擅作主张"。看我不置可否，聂国强又说："这件事我们已经跟楚牧儿谈过了，她没有拒绝。"

我沉默了一下，问道："老聂，关于楚牧儿，行里有什么传闻吗？"

本意是想问一问行里是否有人知道楚牧儿的身世，没想到，聂国强答非所问，还带着一点神秘兮兮的笑容："没有，没任何传闻。这个孩子来自北京，刚毕业一年，没听说她有男朋友，您放心。"

男朋友？

整个S行都知道我单身，聂国强还曾四处张罗着给我介绍女朋友。可能是这段时间牧儿总是单独进我办公室，让他们误会了。我不由在心里暗自叹了一口气：牧儿很漂亮，也很干练，可是，今生今世，怎么可能对另外一个女孩子动心？

聂国强这副表情，一时间不知道说些什么才好。我不想让行里人知道我在干什么，又需要一个放心的人留意行里的事，放眼整个S行，只有楚牧儿最合适了。先让她干着，等过了这段时间，再重新给她安排工作就是。

聂国强顺手把手里的材料递过来："这是楚牧儿的基本情况，请您过目。您如果没什么意见，我们今天上午就安排楚牧儿到岗。"

聂国强走后，我大致扫了一眼楚牧儿的材料。很吃惊，在家庭情况一栏，她父亲的名字不是林灵素，而是一个叫楚啸天的人；母亲的名字叫穆若兰，已亡故。林灵素说过楚牧儿是他女儿，父女关系不可能乱认，为什么牧儿档案里把父亲填成"楚啸天"呢？

继续看下去。

楚牧儿是中国财经大学的毕业生，院校跟财经沾边，专业却非常边缘：心理学。除此之外，整份档案都很普通。记得林灵素曾经说过，不想让牧儿涉足金融圈，大概就是这个原因牧儿才会学心理学，又来到S市这个小城吧。

放下牧儿的档案，我开始琢磨起盘面的事情。

第一天异常之后，国裕系股价变得异常静默，接连几个交易日都没有任何动作，既不涨也不跌。就连盘中都走得异常平稳，波澜不惊，股价被稳定在37.1元一线，上下浮动不超过1元钱，让人根本摸不着头脑。

我拿起铅笔，在纸上画着各种图形。

不知从什么时候起，我开始习惯自己用手绘图，包括1、3、5、15、30分钟K线，MACD（指数平滑移动平均线）、KDJ（随机指数）等各种指标，能想到的图表都会亲手画一次。手工绘图很消耗时间，不知不觉时间很快就过去了，绘成的图形堆满了桌子。

办公室的门被敲开了，抬起头，楚牧儿身穿藏青色工装走了进来。

美女就是美女，穿上藏青色的工装依然别有韵味。这是她成为秘书后第一次进我的办公室，也是她成为秘书后我们第一次碰面。她走过来，脸上依旧平静，没有任何欣喜，也没有任何疑问，似乎很久之前她就是秘书一样。真不知道是怎样的阅历才能练就她这样宠辱不惊的性格。

楚牧儿递给我一份日程安排表："这是近几天的工作安排，必须出席的场合已经勾出来了，您看是否要做修改？"

我扫了一眼日程安排表，楚牧儿很细心，她知道我现在根本没心思理会行里的事情，日程安排上已经做了最大的缩减。

抬起头，我看见牧儿的眼光聚焦在桌面那堆凌乱的图形上。

我笑了，解释道："很奇怪，是吗？每个人都有自己的读盘方式，我习惯自己画图。"

牧儿摇了摇头，回答道："我不懂金融市场，也没有接触过。只是有点奇怪，图形都在屏幕上摆着呢，您如果需要我可以去打印一份。"

我顺手在桌子上拿起几张图形，说道："不用，已经习惯了。**手工绘图是培养读图能力的最好办法。即便是看电子屏幕，也不能扫一眼就完事，散户最常见的读盘方式是一眼就看完之前十几个交易日甚至几十个交易日的分时走势图，这么做是没有用的，只有亲自用眼睛盯看完一天分时走势图走势才会有感悟，因为，盯盘的时候每一分每一秒都在与整个市场博弈，怎么可能没感觉？散户可以这样锻炼自己：随意选择一只股票，自己跟自己赌定第二天走势，然后买入。记住，第二天无论对错一定卖出，三十次以后，一定会有所感觉。**"

楚牧儿走后，我没像往常一样去楼下食堂吃饭，肚子又确实有些饥饿，就在办公室里随便翻了起来。

还真就找到几包方便面、几个卤蛋、几根火腿肠，最难得的是，还找到一个电磁炉、一个饭盆。大学时代，能有这样的配置，绝对是一次豪华盛宴，大家把走廊里的电线私接到宿舍里，熄灯后架起电磁炉煮方便面，走廊里就会飘荡出这种味道。

再煮几分钟就可以吃了，我蹲到电磁炉边上，手中还拿着上午的十几张图形。一张张图形在手中再次翻过，还是一点头绪都没有，图形宛如天成，根本没有人操纵的迹象。通常来讲这是不太可能的事情，无论对手采取何种策略，一定会露出蛛丝马迹。

种种推演在脑海中掠过，手下意识地伸向饭盆，下一刻，我的思维全部短路了："啊！"

一声惨叫在办公室里响起，楚牧儿快步冲进来的时候，她只看到地上扔着一个饭盆，还有一地方便面，我正站在原地发呆。

楚牧儿立刻明白发生了什么事情。她快步走了过来，抓过我的手，看到四根手指上已经烫出了四条深红色的印记，估计很快就会成为燎泡。

带着责备的眼神，楚牧儿说："你，小心点。"

就在这时，办公室的门口又出现了几个人影，大概他们也听到了我的惨叫。第一个冲进来的人正好看到楚牧儿抓着我的手，马上讪讪地站在门口，不知前进还是后退。楚牧儿显然也意识到了什么，白皙的脸庞突然变得绯红，一下甩开了我的手。

人们手忙脚乱地开始收拾残局，没有人敢主动走过来问什么，房间里的气氛变得非常尴尬。

8

办公室里充满了方便面味，是不能待了。整整一个下午，我都在商场和马路上徘徊，脑子里只有一个问题：对手究竟想怎么做？

想不通答案，我却在无意间来到了韩志刚那栋清苑居，这里的环境很好，一早就跟楚牧儿拿了把电子钥匙。打开门的时候，我看见楚牧儿正静静地坐在水泉边读书，我的脑子还停留在冥想的世界，直愣愣就向楚牧儿走过来。

"喂，你怎么了？"

直到楚牧儿叫我，我才看清楚眼前的景物。楚牧儿已经脱下工装，换上一袭白衣："下午你不在，外面的小办公室味道也很重，就跑到这里来躲清闲。"

阳光透过穹顶在水面荡起粼粼波光，我摇了摇头，回想了一下，竟然全然不知道刚才怎么走进房间。

炒作期货或者外汇的人应该知道，面对不可捉摸的市场，如果连续找不到市场灵觉，甚至频繁进出、频繁犯错，那么，最好的方式就是马上离开，找一件其他事情转移自己的视线。股市的道理也一样。

也罢，既然来了，就跟牧儿多聊一会儿吧。

楚牧儿在这里看书，手里是一本斯波朗迪的《专业投机原理》。心中有了主意，我指着这本书问道："对这个有兴趣？"

向来高深的牧儿有些落寞："一直很喜欢，可惜，我大学读的是心理学，只是零星看过一些这方面的书。"

我接过楚牧儿手中的书，做了个很夸张的动作，一把就把那本书扔到了水池里。看我再次变得不正常，牧儿的脸色有些不悦："干吗？！"

那本书在空中划了一个抛物线落在水里，溅起水花、惊走了游鱼，书页又渐渐被水浸透，最终沉了下去。

没有理会生气的楚牧儿，我自顾自说道："大多数刚涉足市场的人都会看这些书，人们总以为市场有某种规律可循。看了这些书，就更相信一根、两根、三根K线就可以预知后面的走势。市场总是变幻无常，所有人都想预测后面的走势，如果预测准了，那该赚多少钱？"

楚牧儿语气缓和了很多："这本《专业投机原理》在海内外再版了几十次了，很权威啊。里面列出了几十种图形，我经常对照国裕股份或者其他股票的走势，很多时候都能预测对！"

清清的溪水中，游鱼在其中穿梭，留下影子，又倏然不见。我的目光停留在池底的封面上："是吗？预测对了一定很高兴。错误的时候呢，是不是觉得自己学艺不精？"

楚牧儿戒备的神色消失了，第一次有了小女孩的神态，她跺了跺脚，说道："人家是学心理学的，又不是操盘手，自然有错的时候。不过，等经验丰富一点，就好了。"

不得不说，牧儿生气的样子真的很好看，尤其是跺脚的时候。

"牧儿，**用理论预测市场，跟猜硬币正反面没什么区别，反正不是涨就是跌，总有一半是对的。所以，理论界才有人说技术分析是骗人的巫术。你的专业是心理学，该知道人类思维存在偏差，总会夸大对自己有利的证据，又忽略对自己不利的证据。在一个神秘的世界里，如果没有确定的东西，人们就不知道该怎么买卖，说穿了技术分析只是精神安慰，毫无用处。**"

楚牧儿有些不服气，口气再次强硬起来，开始称呼我的职务："姚行长，我知道你是操盘手出身。难道你不相信任何理论？没有一套成熟的理论指导，怎么操盘？"

"我刚接触市场的时候跟你一样，每天抱着技术分析的书，当时特迷KDJ。一看KDJ在上面交叉就卖出，在下面交叉就买入。在历史走势中，KDJ看起来确实可以预测明天的交易，但**实际上KDJ的'金叉''死叉'都形成于当天收盘之后，在当前的市场，既看不到'金叉'，也看不到'死叉'。**"

牧儿的神情变得很专注，她不再称我为"姚行长"："你的意思是，市场不可预测？"

"金融市场，无论怎样的交易结构，交易结果都是无数次博弈的结果，可以说，最后形成的价格一定是天道。世界上没有一个人、一种理论能真的窥破天机。"

牧儿接着问道："那么庄家呢？如果庄家有了资金优势，不就能控制价格吗？"

"可以，只要有足够的钱就可以控制价格。关键是如何出货，还要维持在高位出货，这就是一个动态、系统的控制过程，需要操盘手控制个人情绪，甚至完全放弃个人情绪，才能顺应、改变乃至操纵市场情绪。"

牧儿果然悟性极高，她想了想说道："如果不了解市场情绪，只知任性妄为，就绝无可能跑赢市场？"

"从跳大神一样试图预测市场走到懂得风险控制、仓位管理、相机抉择，再到形成独特有效的交易策略，靠读书是不可能完成的，更重要的是实盘交易，在交易中练就足够好的心理素质，所谓股道炼心就是这个道理。每个人的阅历不同，也会有不同的心境，至于能不能悟道，就要看个人的造化了。"

看我一副深沉的表情，楚牧儿也若有所思："那么现在呢，国裕的股价一动不动，我一直奇怪你为什么保持静默，现在我懂了。你就是《笑傲江湖》里的令狐冲，独孤九剑只有在对手出招的时候才能看出破绽，敌不动，我不动，一旦对手出招你就会出手。是吗？"

令狐冲？独孤九剑？破绽？

一连串的词汇在我脑海中反复重现，思维突然接上了中午煮方便面的情景：对手在煮一盆方便面，明明已经熟透了，就是不端下来。不端下来，我就吃不到。

猜不透对手，是因为对手现在相机而动，利用横盘诱使我露出马脚。这个时候我无论做什么都是错误的，因为，一旦出手，就会先露出破绽，他们等的就是这个时机。

想通了这个道理，我高兴得想蹦起来。我没有蹦起来，门被打开了，韩志刚、方宏远和陈若浮依次走了进来。

看到我们两个坐在水池边聊天，三人露出了三种完全不同的表情：韩志刚的眼神中带着浓重的忧虑；方宏远变得异常欣喜；陈若浮则秀眉微蹙，眼神变得更加冰冷。

第四章

魅影

1

　　十几天来国裕股份一直横盘不动，今天一开盘就高开三个多点位，盘中还在快速拉升。这本在意料之中，国裕股份可以无限期等下去，建天系或者说"红桃K"却无法等待。就像那盆方便面，最后必须端下来，否则就成了一锅糨糊，我吃不到，他们同样也吃不到。

　　楚牧儿从来不进交易室，交易时段，她会在附近找个小房间休息。今天，刚一开盘她就匆匆走了进来，从急促的脚步可以看出，一定有急事。

　　果然，楚牧儿脸色凝重地递过来一沓明传电文。电文虽然很多，却只有一个内容：从今天刚一开盘起，就有人不断在北、上、广、深的大证券营业部1∶20高杠杆融资，融资款项全部指向国裕股份。

　　所谓融资，就是客户用股票做抵押向券商借钱炒股，也就是所谓"配资"。但是，账户总市值不能低于借入的资金安全比例，否则就会被强行平仓。莫伯明是张扬又好面子的人，开盘就向证券公司融资等于露怯，他不屑于干这种事。如果我的对手不是莫伯明，怎么看起来手法跟十几天前如出一辙，开盘就不惜成本拉升？对手明明已经知道这样做的结果，我不会在乎价位高低，只会倾全力跟他们争抢筹码。

　　有了巨额融资，整个上午国裕股份的价位都在快速走高，股价涨幅令人目眩。我觉得越来越糊涂，价位被拉到这样的程度，不可能达到震仓的目的，对手究竟想干什么？

　　中午闭市的时候，方宏远和陈若浮来了，带来了丰盛的午餐。我注意到，陈若浮穿着另一件纯红的连衣裙，越发显得俏丽。交易员们从陈若浮手中领走盒饭时，都忍不住会多看一眼这位红裙丽人。方宏远把我拉到一边悄声说："若浮没进过交易室，也没见过人操盘，下午让她在交易室待会儿吧？"

我脸色马上沉了下来，任何一家上市公司的交易室都是最机密的地方，陈若浮只是一个记者，不适合留在交易室。

看我脸色一变，方宏远像牛皮糖一样缠了上来："老三，今天就再帮哥哥一次。"

本想开口拒绝方宏远，突然，我神经质般地问了一句："上午你们干什么去了？"问完之后，连我自己都觉得好笑，我管人家小两口干什么？

听到我急切的声音，方宏远立刻警觉起来："问这干吗，有什么想法？"

我笑了："就是看看你们有没有越线。"

方宏远挠了挠头："越线？我倒是想呢，只是到现在为止没有任何进展。上午没干什么，若浮在房间里写稿子，我在房间里看电视，怎么了？"

看着可怜巴巴的方老大，一时间我又心软了："吃完饭你带若浮去转一圈，下午开盘前必须离开。"

盒饭很快就发完了，我、楚牧儿、方宏远、陈若浮各自拿了一份套餐，在一张空桌子前坐了下来。

楚牧儿第一次在清苑居见陈若浮，我就觉得气氛不对，这是一种说不出来的感觉，楚牧儿充满了敌意。看起来陈若浮想打破僵局："牧儿，我们都不懂操盘，你在姚兄身边，怎么看今天的盘局？"

楚牧儿扒拉着盒饭里的米粒，一副拒人千里之外的口吻："我只负责老板日常行政事务，对业务上的事情从来不会多问。"

陈若浮笑了笑："牧儿，就是随便聊聊，不要这么沉重。再说，姚兄只是给国裕帮忙，操盘不是S行的业务啊。"

方宏远倒是毫不在意，筷子上夹着一个肉丸子，对我指指点点地说："若浮，不用担心，志超可是真正的实战派，本科时候就替私募基金操盘了。有他在，没有赢不了的盘局。"

方宏远的话带着十二分的信心，这一刻，陈若浮的眼中闪出一丝不易发觉的狡黠，还有一种莫名的冰冷。

2

对普通人来说，总以为交易员掌握很多复杂的量化分析工具、金融工程知识，而这些天书般的数学模型是金融市场获利的秘籍。其实不是这样。通俗地说，所有量化分析、金融工程原理早都被做成了软件，识字的人看一眼就能知道结论，众所周知的事情，还算是秘籍吗？要捕捉一闪即逝的市场操作机会，只有依靠市场灵觉，无论多么精密的算法都不可能模拟金融市场走势，因为，**市场投资者是人，人类情绪无法模仿**。所以，现在无论中外，操盘手十有八九都是工科专业毕业，这样的人不会像文科专业的人太情绪化。

金融工程的奠基人、1997年诺贝尔经济学奖获得者莫顿一直以为他的模型可以超越人脑，于是创立了长期资本管理公司，2000年德国债券市场一次意外波动就让堂堂诺奖获得者破产了。对此，莫顿的回答非常无奈：我们的模型没有错，是世界错了。

交易室中最震撼、最拉风的摆设，就是那些认为世界错了的玩意儿——推演金融工程算法的计算机。每个交易员的头上、面前、身侧都有不同屏幕，分别显示市场各种指标走势，传递着来自世界各地的信息，路透、彭博、万德……设定好的交易软件会不停报出各种警示信息，所有工位上的屏幕连成一片，看起来颇为壮观。

午饭后，陈若浮好奇地在交易室里东走西看，摸摸这里，摸摸那里，不时问些什么。方宏远则一直陪在她身边，不厌其烦地解释着，仿佛是个百事通。我很奇怪，通常楚牧儿都是陪我吃完午饭就离开，以便我能休息一下；今天，她不但没有离开，还亦步亦趋跟在方、陈二人身后，目光一刻都没放松。

我实在弄不明白这两个姑娘是怎么回事：一个不像是参观的，倒像是鉴宝的；一个不像是陪同的，倒像是检查设备的。

就快开盘了，可能是楚牧儿的行为太不友好，陈若浮跑上主操作台，方宏远则拦住了楚牧儿在问些什么。我能看出来，楚牧儿想甩开方宏远，方宏远却像牛皮糖一样缠着她。

陈若浮看着一排排的机器，仿佛一个古董玩家见了稀世珍品。最后，她用手抚摸着主显示屏左侧的一块屏幕说："姚兄，能进到交易室已经大开眼界，多谢！我跟方处长马上就走。"

看着方、陈二人走出交易室，我长舒一口气，似乎一块石头落地。为什么怕陈若浮留下来？肯定不是因为交易室的规矩，我从来都不是一个在乎规矩的人。那么，是怕楚牧儿不高兴？恐怕也不是。

正胡思乱想，开盘后国裕股份就出现了异动：不再是单边上扬，而是开始上蹿下跳，不停有大单卖出，接盘者却寥寥无几。

楚牧儿原本已经出去了，又一路小跑冲回交易室，还没见过她如此匆忙。楚牧儿再次递来一叠明传电文，所有电文都只有一个内容：上午那批在营业部融资的客户几乎在同一时间打电话征询营业部，不停交涉能不能不平仓！

交涉平仓，当日交易怎么可能平仓，这帮人疯了吧？

国裕股份没有明显跌势，没到平仓的地步。这个时候打电话去问，还不停打电话，嫌死得慢吗？

营业部那些人都是耳听六路、眼观八方的主儿，一旦有一批这样的电话，不但电话内容会以最快的速度在整个市场传播，各种不靠谱的传闻也会不胫而走，到时候什么奇谈怪论都可能出现！

倏然，我明白了对手的意思：这是一个真实的谎言。

因为真实，所以阴险。

早盘，对手真的借到了很多钱，然后疯狂地买入，把所有本金加融资全用完了。这是完全真实的买盘，根本就是不惜成本，所以，盘面才会如此飙升。有了这些，所有人都会以为国裕股份是一只强庄股。

尾盘，账上的钱真的打光了，他们就开始不断询问营业部能否不平仓。这些人明明知道，一旦有这样的电话，还是一批电话，接电话的人一定会怀疑幕后庄家后续资金不继，市场里也会出现各种传闻。

实际上，上午强拉盘面的账户确实没钱了，一查便知。

所有的信息都是真实的，所以，市场一定会对国裕股份的走势产生怀疑。这个时候，对手就会反手做空，一个大单挂出去，打压国裕股份、跌破融资上限并不难，一旦到达这个位置，他们就可以"合理合法"地真正被强平。

主力资金早盘买的必须要亏着全砸出去，价格将砸穿前面所有支撑位，像瀑布一样飞流直下。到时候，市场上每一个人都会知道：国裕股份庄家过度透支，被强行平仓。而真正融资做股票的人也会亏损平仓，下面就是暴跌了。

通常来说，杠杆融资是为了拉升股价，真没想到有人会想到用强平杠杆的方式打压股价，结果确实令人震撼！

杠杆融资强平带来的下跌动能远比亏损几个本金强大，不仅仅是资金量放大几倍，更重要的是杠杆放大带来的跟风盘以几何乘数计算，然后再打破下一个支撑位，引发下一轮强平，形成恶性循环。所以，一旦有融资账户被强平的消息传出，那就是灭顶之灾，大家想一想2015年6~7月的中国股市大振荡就明白其中道理了。

对手精心编制了一个真实的事件，欺骗了整个市场，必将引发一次极度惨烈的放量暴跌。庄家因资金链断裂被强行平仓，传闻并无半分虚假。只要看盘，就无人幸免，所有人都会夺路而逃。

在一个遥远的地方，所有的抛盘都被吸到一个无名的黑洞。如此，建天系完成了整个吸筹，积攒了足够筹码！

我甩了甩头，开始仔细琢磨破解之道。

连续破位下跌，向来被市场理解成庄家出货末期的手法。现在对手却反其道而行之，利用破位走势制造恐慌，最后大举吃货，可谓狡黠！为了达到目标，对手甚至不惜自残肢体，赔掉高价从营业部借来的融资，可谓残忍！

不让对手轻易拿到筹码，必须提高成本。需要根据市场情绪在不同价位布防，让市场感觉到支撑越来越强劲，当人们觉得跌无可跌的时候，所有人都会突然站出来跟建天系争抢筹码。

一番飞快估算后，我自信地戴上了耳麦，对着麦克说："所有操盘手就位，在38.65、37.60、35.20之上按计划各自设定防线，35.20点位**前期横盘时间最长，支撑一定最强**，也是今天的生死线，不准跌破！"

偌大的交易室里只剩下空调运转的声音，所有人都戴上耳麦，眼睛紧盯着屏幕。每个人都知道，这是一场白刃战。人们尽量调整着呼吸，适应着即将到来的节奏。

两点左右，几乎所有屏幕上都跳出一条信息提示："市场传闻国裕股份庄家资金链断裂，预计今日将有较大跌幅……"我心里暗骂了一句，还真有嫌天下不乱的主儿，随之精神也全部集中到了屏幕上。

左侧屏幕上显示出的是系统自动计算出的参数，这是最重要的数据，通常主交易员都会根据这些参数下达操盘指令。刚才陈若浮还挺识货，在这块屏幕前停留了很久。

我不知道为什么还会想到陈若浮，耳麦中已经传来交易员的请求："重仓38.65，请求确认。"

看了一眼左侧屏幕，想确认一些数据，就在看到屏幕数据的一瞬，突然眼前一晃，竟然清晰地看到了一个不知怎样的场景。

没错，刚才眼前一定看到了什么，完全不是冥想！

如此关键的时刻，我怎么会"看"到什么？看我愣在主操作台上，耳麦中的声音变得急促起来："1号、1号，请求确认。"

刚才是什么感觉？

我眨了一下眼，再向屏幕看去，就在刚才，所有买单都已被空方吞噬，股价已经冲破第一道防线掉头向下，再创新低了！屏幕依然在闪烁，惨白的光芒就像一双恶魔的眼睛，狰狞地盯着所有人。

我像是知道了什么，急忙下令："所有交易员注意，35.20实盘布防，出清。"这样做等于直接把防线退缩到最后，对手抛售多少我们就接盘多少，已经没有任何策略。近乎无赖斗殴的指令让所有交易员都回头看向主操作台，人们一定想知道，为什么会出此昏着。

无法回答，因为，我也不知道为什么。

这样做确实很蠢，可是，现实情况下这是最优选择。等一会儿，无论出现怎样的异常，只要护盘资金集结在底线，就不会有大问题。

面对一张张疑惑的面孔，我只能坚定地说："立即执行，大家都是老交易员了，懂得规矩。**交易室中绝对不准质疑主交易员的决定，更不得更改，否则，无论盈亏都是严重违反纪律！**"

话音刚落，一单价值2亿元的卖盘在瞬间吞噬了底线上的所有护盘资金，如果不是护盘资金已经开始集结，这一单怕已把底线刺穿了。分时走势图拉在屏幕上划出了一道单边悬崖，更可怕的是，这一单的尾数分明写着一串数字："131313"！

尾数是市场参与者的身份标识，所有试图操纵市场情绪的庄家都会把自己混迹在众多买单之中，只有在最后时刻才敢报出一两单带尾数的单子，以宣示胜利。现在，空方居然直接以大单暴露身份，要知道，一旦直接向多方亮明身份，就等于向整个市场宣战！

"尾单13！"有交易员开始惊呼，也有人噌的一下从座位上站了起来！

券商操盘手中流传着一个"尾单13"的传闻，这是金融市场中的一个魅影。几十年来一直有各种传说，拉美债务危机、墨西哥金融危机、英镑危机、东南亚金融危机……无数次国际金融危机都有"尾单13"的影子。这个从未露面的恶魔在志在必得的时候，就会以交割单尾数表露自己的身份，每次交割单最后六位数字都会被设成13，即131313！

我从未想过会在金融市场中面对传说中的"尾单13"，甚至根本不相信"尾单13"存在于市场之中。

我还没从震惊中反应过来，"尾单13"的身影根本没有丝毫停顿，开始了肆无忌惮地强攻。这是一种饱和式攻击，就像战场上的万炮齐鸣，足以摧毁敌人任何坚固的防线。瞬间，屏幕上又有无数条"尾单13"出现，单子不大，却数量极多，屏幕上的场景极度震撼，"131313"这个尾数像是被锁定在屏幕上一样。

我是"尾单13"！

我来了！

那个诡异的数字在屏幕上不停滚动，每闪烁一次，我就像听到一声魔鬼的脚步声，缓慢却清晰可闻。随着时间流逝，那种敲打在心坎上的脚步声越来越近！下一刻，它将破门而入，毫不留情地把股价打到无法想象的低位！

市场信心一旦丧失，就算国裕倾尽全力接盘，到时候也无法阻止什么了。

我尽量伸开自己的双手，然后用四指紧紧地握着拇指，全身肌肉感觉到紧张后，再放松一下，然后继续放松、握拇指，连续几次"抓握"让我从惊恐中回过神来，对手不可能是"尾单13"！如果"尾单13"的传说是真的，它们不会给我留下余地，出手的第一时间就能击溃防线。现在的攻击看起来很猛，只要我坚守底线，不出昏着，防线就不可能破。

想到这里，我再次把目光转向了左侧的屏幕，果然，随着护盘资金到位，各种指标显示正常。

3

看到屏幕上的指标，突然觉得眼前又是一晃。也是在这一瞬间，心中出现了一种莫大的压力，接着，脑袋就像要爆炸一样，疼痛直沁骨髓。

怎么，又清晰地看到了幻境般的场景？

不是，我看到的图像还是各种指标，但是，屏幕上分明有种力量汹涌而出，让我用尽全身力量也不得解脱。这个时候必须集中精力读盘，但是，做不到，真的做不到。忽然间我有了一种感觉，想抓住一样正在远离自己的东西，但是，抓不住……

刚才是什么感觉？

过了很久吗？

仿佛睁开了双眼，周围的景色变得清晰起来，我竟然回到了中学校园里的教室，一个女孩，一袭红裙倚窗而立。

长裙映衬出女孩姣好的身材，是她吗？我觉得清醒了许多，但是，她是谁？中学时代的教室，我可以回来吗？怎么不记得曾经回到这个地方啊？眼前的一切看起来如此真实，为什么一切都显得那么诡异？

到底有什么地方不对？

窗边的女孩始终没有回头，只是看着窗外在轻声自言自语。略一凝神，我听清了女孩的话：雄雉于飞，泄泄其羽，我之怀矣，自诒伊阻。这是《诗经》中的《邶风·雄雉》，意为一个女子思念情郎。

背影已然这样漂亮的女孩子，又在思念谁，是我吗？为什么觉得眼前这个女孩子在思念我？这个背影很熟悉，难道我认识她？

对，我认识她，她就是陈若浮！

刚想到这个女孩是陈若浮，忽然感觉身边每一寸气息都在清晰地传递这样一个转念：陈若浮，她是你宿命中的缘分，将成为你的女朋友直至妻子！思维似乎顺从了那种意志：这样惊艳的女孩子成为女友乃至妻子，就算沉迷于彼岸又能如何，何必留恋此岸？一瞬间，我甚至有种冲动，想走过去从后面拥抱陈若浮。

我为什么要拥抱陈若浮？

很久很久以前，确实有这么一间教室，我在那里失去了一段缘分，是陈若浮吗？应该不是吧？眼前的女孩红裙飘飘，我却感觉意志一点点被掏空。挣扎着闭上了眼睛，身边的景物依然清晰地印在脑海之中，根本避无可避。

心中腾起一丝紧张的感觉，肯定是忘记了什么。刚才在哪里？刚才又发生了什么？怎么一点都想不起来了？

又在胡思乱想了，面前的女孩不就是陈若浮吗？少年相伴，一起度过了青涩时光。如今，她在等我，为何不走上前去？

心头一阵迷茫，我已经走了过去，虽然一定有什么地方不对劲。

脚步无声，我在一分一寸地接近她。现在，只要伸出手就能触及眼前的女孩了，只要抱住她，就可以拥有整个世界！那将是多么美好的一个世界，红袖添香、紫衫轻动，未来的岁月将绚丽多彩。

但是，我仍然想不明白眼前究竟是怎么回事，就像之前所有的记忆都消失了，不知道自己是谁，也不知道接下来要做什么，只能被动地接受眼前的一切。

用手抓着头发，我陷入了冥思苦想中。

听到后面有声音，窗边的女孩回过头，粲然一笑，真的就是陈若浮！她脸上的笑意很淡，淡到不可说、不可拟，即使如此，眉眼之间的妩媚已经根本无法抗拒。一步之遥，陈若浮轻轻走了过来，裙角飞扬，每一步都踏在了我的心坎之上。

终于，陈若浮来到我身边，眼神之中充满了爱怜："姚兄，何必回到从前，我就是你的永远。以后我们在一起，你就在S行，一起过简简单单的生活。会有快乐的一生，平安就是最大的幸福。这样的人生，难道你不期盼吗？"

是啊，很久之前有一个很重要的人说过，平安就是亲人最大的期盼。平淡幸福的一生、和心仪的女孩子厮守终生，不也是我的期盼吗？何必要卷入金融市场那些是是非非？

我的嘴角勾起了一丝微笑，双臂已经张开。

"唉……"

根本不知为什么，洛迎的叹息再次在我内心深处响起。

伴随这声叹息，脑子"轰"的一声，瞬间有了一丝清醒，一下我就明白了叹息声中的情绪，非常清晰：不要答应！

没错，这声叹息一定是这个意思，答应陈若浮一定意味着放弃什么。究竟要放弃什么呢？为什么一切看起来是如此真实，一切却又让人感觉如此似是而非？

虽然想不明白究竟要放弃什么，我还是感觉心头一阵绞痛，那是一种痛彻心肺的感觉，甚至能让人感觉喉头有丝丝甜意。究竟失去什么才能令人如此痛苦，以至于呕出心头一点精血？

不由激灵打了个冷战，突然之间耳中传来嘈杂的声音，眼前变得清晰起来，我看到了宽大的交易室，有交易员已经站起来，正在大声向主操作台喊着什么。

交易时刻，我正对着左侧的屏幕发呆！揉了揉眼睛，左侧的屏幕没有任何异常，各种指标在其上胶着，怎么会溜号到如此地步？

不对啊，刚才我到底在想什么，怎么一点都想不起来了？只剩下一种身临其境的震撼和一丝无法掩饰的恐惧。

想不明白这些事情，耳麦里听到了交易员的大喊，他们在提醒我要马上做出决策。盯着盘面，略一凝神就明白，形势如此，确实必须下决断了。

"尾单13"强攻35.20的生死线，虽然国裕系支撑住了价位，却消耗了10亿资金。仅仅一天就用掉了1/6护盘资金，就算今天守住了，第二天仍然会大幅低开，人们会争相逃命，跌势会愈演愈烈。

一定要让市场看到希望，也就是说，必须打破暴跌的市场预期。比如，收盘前几分钟把股价拉起来，而且是一次强力拉升，人们的信心就会完全改变！

这样想着，交易指令几乎脱口而出，就在这一刻，耳边突然再次清晰地听到一个声音，那是一声轻叱："陷阱！"

这是第一次在清醒状态下听到耳边响起一个声音。没错，是洛迎的声音，不是一个简单的情绪传递，更不是冥想状态下自我拷问般的对话。

主操作台上向来只有主交易员一个人，何况我还戴着耳麦，怎么会清楚地听到有人说话？而且，我不但听到了这个声音，也完全理解了这个声音的情绪，完全的冷静，完全的淡定，没有一点拖泥带水，根本不容置疑。

没有时间再想了，必须先解决盘面的事情。有了刚才的停顿，我马上就明白了：**现在大势已成，再任性的人也不能对抗大势、空耗实力，只有把希望留在明天开盘，期盼开盘后的V字翻转。**没有什么可害怕的，对手不可能无限循环砸盘；每一次循环我手中的股份都会大幅增加，如果这种趋势持续下去，对方不可能完成建仓！

以对手的智力显然早就想通了这一点，尾盘却依旧维持汹涌的攻击，甚至尾单131313再次占据了整个屏幕。

想不通对手要干什么，干脆把心一横，硬以报价吃下所有卖盘！今天，只要维持住现价就是最大的胜利。

第一天护盘就消耗了15亿元资金，占护盘资金的1/4。明天，如果对手再这么玩下去，建天建仓就将变成泡影。这显然是对手不能接受的结果，那么，明天又会怎样呢？

4

尼尔逊懊恼地对眼前的乔治说："没想到姚竟然扛过了高频频闪，这套东西在审讯的时候从来没有失过手，难道交易者真有通天彻地之能？"

乔治永远是一副冰冷的表情："尼尔逊，我曾经告诉过你，高频频闪系统对付特工还可以，要对付一个交易者，还差得远。"

尼尔逊表情变得倔强起来："不可能！高频频闪是一些不连续的图像，在屏幕上出现的时间低于千分之一秒，肉眼根本看不到频率如此之高的图像，所以屏幕看上去还是原来连续的图像。但是，大脑一样能感知到那些频闪信号，让人们对某种事情深信不疑。只要还有人类的眼睛，就一定会受到影响，是不是鸽子未能将发射系统植入屏幕？"

乔治心不在焉地摆弄着手中的东西："元老院放出来的鸽子，怎么可能完不成任务？姚虽然有一双人类的眼睛，但还有着一颗交易者的心，连他自己都不知道内心深处的潜意识是什么，怎么能用外力颠覆？"

尼尔逊有些丧气地低下头："无法改变他的潜意识，那么，他会像普通人一样忘记这段经历吗？"

乔治的表情很轻松："高频频闪原本是一种被禁止的广告术，二十世纪五六十年代通用、美孚等第一代全球巨无霸曾率先在全球公映的电影中插入频闪，只是非常简单的商标，或者一个商品形象。如此简单的频闪也差一点搞得天下大乱，人们的潜意识在不知不觉中就接受、喜欢上这些产品，甚至很多人对这些商品有了依赖性。如此粗糙的技术都不会留下记忆。经过特工部门改进，技术不知提高了多少倍。姚就算是交易者，也一定具备人类的生物属性，怎么可能记得？"

尼尔逊叹了口气："只能这么安慰自己了。"

乔治说："每个人的心理都是无法探究的，所以，金融市场才千变万化，才能把人性的善与恶演绎到极致。鸽子在屏幕里植入高频频闪，也许能改变姚的潜意识，最糟糕的结果恰恰相反，激发他打开了交易之门。我们做出这种选择，就要承担风险。这些我都不担心，我担心的是，这个小家伙潜意识肯定受到了重创，居然还能保持足够的定力，真的有胆量用15亿资金硬接下所有卖盘。"

尼尔逊的表情有些惊讶："这不正是我们需要的吗？成功消耗他们的弹药，有什么好担心的？"

"尼尔逊，一场真正的金融对手战，身处其中和看客完全是两个概念，事后所有人都会有一套理论，一旦身在局中，有了利害关系，就会有贪婪、焦虑、恐惧，判断就不可能超然。我们释放出如此天量卖盘，原以为姚会乱了方寸，甚至反向拉盘。没想到，他还是毫不犹豫接下了所有卖盘，如此年轻的一个人，究竟有怎样的历练才做到这样的心境？"

尼尔逊觉得听懂了，于是问道："那后面呢，亲爱的乔治，关于国裕股份还是原计划不变？"

乔治摇了摇头："你应该读一读华夏的《孙子兵法》，早在两千多年前就诠释了金融市场的真谛。正所谓'兵者，诡道也'，如果今天姚拉盘了，我们的方略可以不变。不是这样，就要变阵。建天必须并购国裕，但不是现在。"

尼尔逊也摇了摇头："真是不懂，有您这样的本事，还用怕一个乳臭未干的小孩子？"

"那是你不知道交易者有多可怕。全世界的人都知道，人类区别于野兽是因为我们会制造工具。其实，所有人都在撒谎，谎言说得久了就连自己都信以为真。人类区别于野兽的原因是懂得交易，让强者更快地剥夺弱者，迅速强大起来。只有将资源集中于极少数人，弱小的人类才能对抗自然，才能得以繁衍，否则，原始人连一只猩猩都打不过，怎么生存？"

尼尔逊反倒有理了："我们现在就是强者，谁也不用怕！"

乔治摇了摇头："现在的强者未必是将来的强者。2000年文明史，这片土地在1600年里占有了全世界80%的资源。上帝保佑，800年前华夏迭遭大乱，元代的时候，一个叫汪大渊①的中国商人来到了西欧，他就是西方交易者的祖先，所以，我们才有了后来的大航海，哥伦布、达·伽马都是汪大渊的弟子或者再传弟子，有了汪大渊的海图，他们才能扬帆远航发现新大陆。"

尼尔逊有些惊讶，问道："历史书上可不是这么说的。"

乔治的口吻非常不屑："合众国的纸上历史能信吗？胡说八道、打扮自己罢了。"

尼尔逊更不理解了："西方交易者传承源自东方，为什么东方交易者没在强盛的时候毁掉我们？"

"你以为他们不想吗，没这个能力而已。我们创造了金融市场，他们却指责我们违反了天道，不知东方人用了什么手段，让教廷相信西方交易者全部是异教徒，结果，西方交易者被赶到了茹毛饮血的美洲大陆。可惜，他们错了，金融市场可以迅速聚敛资本，让一个人、一个民族、一个国家在瞬间超越几百年、上千年的路程，所以，合众国才能在一百年内成为世界上最强大的国家。"

尼尔逊问道："那华夏为什么后来没有再出手呢？"

乔治的眼神变得无比坚毅："明中叶，华夏出现了一群叫作'东林党'的交易者，他们不但垄断了全世界80%的白银，还试图攫取帝国最高权力，终于遭到天谴。天道让这群自视颇高的精英败在了一个最卑贱的人手下，这个人就是魏忠贤。魏忠贤是自行悟道的交易者，也是交易者中的异类，他的出现不但毁掉了东林党，也毁掉了帝国300年基业，此后便有了甲申之难。绝对不能让这个国度的交易者复活，只有这样，阴暗的角落才能沐浴自由之火②！"

---

① 汪大渊，生于至大年间（1308—1311），元朝航海家，字焕章，南昌人。至顺元年（1330），汪大渊从泉州搭乘商船出海远航，至元三年（1337），再次从泉州出航，历经南洋群岛、阿拉伯海、波斯湾、红海、地中海、非洲的莫桑比克海峡及澳大利亚各地，然后不知所踪，曾有传说他到了新大陆。

② 东林党与魏忠贤的斗争背后也是两种经济主张的严重分歧。以首辅叶向高为首，东林党人多出身商人之家，施政主张之一是降低商税（杂项税），魏忠贤则坚决反对。天启初年，杂项税下降迅速，农税未增加，国用多靠发内帑，这也是东林党与阉党交恶的成因之一。

尼尔逊忽然想起一件事。"华夏交易者历来都是叶向高、魏忠贤一类的名人，这个小镇上的姚丹月丝毫没有交易者的风范。我们得到一些外围消息，这个人也没什么特别，每天早晨四点起床，总是穿一身中山装。"

"年轻时我们一起在华尔街工作，就是四点起床，读当天的所有报纸，等待开盘；当年我们穿制服，我穿西服，他穿中山装。60年了，他还是当年那个姚丹月，始终保留着华尔街的习惯，认为自己是一个操盘手。"

尼尔逊有些懊恼地说："可惜我们运气不好，总是找不到他。"

"不是运气不好，是姚丹月不想见我。姚家周围的房子都被外地人买下来了，其实真正的买主只有一个，就是姚丹月本人。经过刻意布置，未经姚丹月允许的人根本接近不了他家。我刻意找了他小半年，一次偶遇都没有，只有他才有这份灵觉。只在此山中，云深不知处。"

尼尔逊显然不相信乔治的话："我倒是觉得见了也没什么用，就算他是姚丹月，60年在这样的小镇上一步不动，早就垂垂老矣。我们还是把调查集中到天津的轩辕抱朴、北京的林灵素，就算他孙子姚志超也比他有用。"

"找到姚丹月不是目的，要确定天津鬼市背后的操盘手是不是他。我太了解轩辕抱朴了，他不可能有这样逆天的能力。"

尼尔逊说道："亲爱的乔治，找姚丹月这样一个老头子我都做不到，天津鬼市就更无能为力了。倒是北京那位林灵素，一旦开战他起码是名义上的指挥官，我想从他入手。"

"也好。"

5

清苑居的玻璃顶层已经不再有阳光透入，很晚了，没有开灯，我依然一动不动坐在客厅的黑暗中。

尾盘耳边响起的那个声音，记忆中分明是洛迎的嗓音，只是多了一份无法描述的从容与淡定，冷静与坚决。我连洛迎的形象都想象不出来，怎么会真真切切地突然听到洛迎的声音，还是带着这样一种感觉？

更可怕的是，下午的操盘经历竟然有很大一段时间完全空白。只记得有些恍惚，于是下令死守35.20，再之后有很长一段时间完全失忆了，什么都想不起来。对一个操盘手来说，无论洛迎的声音还是失忆，都是极其离谱的事情。

韩志刚把身家性命交到我手上，我却在操盘时失忆，真不知这位老兄该做何感想。

唉，陈若浮还曾说"姚兄当自有破敌良策"，失忆，就是我的良策吗？想到陈若浮，心中蓦然涌起一种从未有过的温柔，突然特别想马上见到她。甚至有种冲动，给她打电话，问一问此刻她在干什么。

房门被轻轻打开了，楚牧儿走了进来。我突然觉得特别尴尬，好像偷偷想起陈若浮很对不起楚牧儿。

好在突然打开的灯光让我睁不开眼睛，掩饰了一脸惊慌。

楚牧儿的白裙在眼前轻盈飘过，她简单打了个招呼，就开始在餐桌上张罗晚饭："一猜你肯定在这里发呆，还没吃晚饭吧？"

楚牧儿不知道下午的变故，却知道我喜欢来这里发呆。看我在饭桌上狼吞虎咽，她笑着说道："你吃饭的样子真像饿鬼投胎，面对这么大的场面，没想到你这种人还真能坐得住。"

我笑了："是吗，在你眼中我是哪种人呢？"

楚牧儿坐在对面托着下巴看我吃饭，眨了眨眼睛，露出了一丝狡黠的笑容："你？别看每天在行里装模作样，其实心虚得很。"

"是吗，为什么？"

楚牧儿的笑容更璀璨了："有很多文件本来可以马上就签的，可你偏偏拖一拖，宣示权威。从心理学上说，你在恐惧，恐惧你没有权威。"

我确实经常将各部门报来的文件压下来，不管对不对，先放两天再说。想了想，我问道："除了这些呢，你还看出什么？"

楚牧儿的眼睛亮了起来："你是一个双面性格的人，特别在乎S行的工作，却又没有真正的兴趣。看似不在乎国裕系盘面，却一切都在掌握之中，才能那么淡定。双面性格的人很多，你特别突出。"

双面性格？我不能否认，夹着鸡翅的筷子停在了半空中："那么，一个双面性格的人最终会发展到什么地步呢？"

看我一脸凝重，楚牧儿像是觉察到什么，连语速都变慢了："通常来说，随着年龄的增长，双面性格最终会归结为一种性格。如果岁月不能消弭两种性格之间的裂痕，这个人很可能会变成一个神经病、一个罪犯，或者一个人类历史上有杰出贡献的人。"

神经病？罪犯？人类历史上有杰出贡献的人？这其中的差别也太大了吧。我只听说很多世界奇案的主谋是神经病，因为双面性格无法充分展现，多年压抑才造就了天才般的犯罪能力。

看我一脸不信的表情，楚牧儿继续说道："双面性格的人最后只能表现出一种性格，另外一种性格要靠幻想，当幻想不能成为现实，就会出现幻听、幻视。普通人变成了神经病，天才人物却能接受或克服幻觉，然后就会成为超级罪犯或者最有贡献的人。从双面性格发展到神经病，再到最后是一个很漫长的过程，没有几十年是做不到的。不是没有五十几岁的罪犯，是很少抓到。杰出贡献的人也很多，最知名的是纳什，2002年奥斯卡获奖影片《美丽心灵》讲的就是这个故事。"

鸡翅还停留在半空中，担忧已经写满了脸庞：开始会幻想，然后就是幻听、幻视。我天天幻想洛迎，现在莫名其妙地听到了洛迎的声音，有了幻听、幻视，成为有杰出贡献的人肯定不可能，下面就该变成罪犯了。

"牧儿，请教你一个问题。一个人如果出现幻听，能不能治愈？"

牧儿的脸色变了："你……今天怎么会突然问起这些？"

我笑了笑，连自己都觉得言不由衷："没事，就是随便问问，觉得挺有意思。"

楚牧儿一定察觉到什么，想了一下才说："幻听的原因很复杂，大多是因为幼年心底有一件憾事。现在还没有查明真正的病理，也就无法依靠药物治疗，要靠患者的意志力。钟情于外物可以转移幻觉，比如暴力犯罪时的刺激，比如音乐。音乐比较难，据说只有'心弦'弹出的天籁绝音才有效。"

心弦？这个名词还真听陈若浮说起过，我不由问道："到底什么才是心弦？"

牧儿摇了摇头："我只知道皮毛，传说远古华夏有人能悟道至此。琴者，心也，心弦仅凭内心的感悟传递意境，据说可以启人灵智，需要灵魂力才能拨响。晋朝狂人嵇康一生信奉'任自然'，只有死后才用心弦奏出天籁绝音。所谓'广陵散于今绝矣'是后人穿凿附会，不是说嵇康琴技无双，而是说凡人根本无法弹奏心弦。"

楚牧儿的琴音曾让人物我两忘，就算不是心弦也有所裨益吧？我的目光投向了水池边，那里始终摆着楚牧儿用过的古琴："牧儿，第一次听你的琴音，我觉得看到了一条云低江阔的大河。"

楚牧儿的眼中闪过一丝惊讶："那首曲子叫《秋水词》，是一位前辈秋日临江忽有所悟而写，你竟然能听出曲中之意？"

我并不懂琴技，只得实话实说："有感而发罢了，能不能再弹一曲，就是觉得听到你的琴音心特别静。"

楚牧儿并没有立刻起身，坐在那里若有所思，似乎在下一个很艰难的决定。过了好一段时间，楚牧儿像是想起什么，第一次见到她的表情微显慌乱："好啊，那就为君奏一曲《有所忆》。"

琴音流水般在牧儿指下涓涓而出，原来声音真的可以凝聚成形，一首曲子，每一个音节都能久久停留在空间，在眼前幻化出一幅幅图像。随着素指下的韵律，我竟然觉得一阵阵迷糊，强自挣扎着睁开双眼，眼皮却越来越沉重。可能是操盘消耗了太多心神，也可能是真的困倦了，终于沉沉睡去……

一缕琴音在梦魂间游走，憔悴琴魂平生事，回首岁消人却留。怎么感觉有点不对劲，精神如此恍惚？

一幕幕如此清晰，我不知道是回想，还是在诉说……

最后一次见到洛迎是硕士毕业之前，当时洛迎也在一所地方院校读硕士。我从北京坐了七个小时火车才来到这所大学，想亲口告诉心爱的女孩，我去交易局工作了。

我在那所大学整整转了一天，终于在宿舍楼门口见到了她。看到我，洛迎什么都没说，冷冷地转身就走。

那一天，我没有追上去。

此后，每一时、每一刻这个名字都会涌上心头，我不止一次地想，如果当时追上去，会是一个什么结果？

耳边铮铮琴音缥缈如风中丝絮，几乎不可捉摸，一时间恍惚得更加厉害。是我的想象，还是有人告诉我，洛迎就在我的面前？

洛迎就站在面前……

无论冥想还是梦境，都无法想象她的形象，还以为这辈子一梦难求，不承想伊人就在身畔。

嘴唇激烈地嚅动，根本无力说出曾经千百次在心中默念的名字。

"你好吗？"

我几乎听不到自己的声音，却再也无法压抑心中的情绪，泪水无声地潸然而下，滴滴滑落在脚下的尘土之中。

洛迎走了过来，一点点接近我，这是盼望了多少年的场景啊！她终于肯走近我了吗？

眼前的女孩伸出手，轻轻擦了擦我脸庞上的泪痕。我读懂了她的眼神：

"别难过，我知道你的心思。可是，我们真的不可能在一起。"

为什么不能？

是因为我不能给你一个美好的人生吗？在这个世界上，有几个人能真的从一开始就完全规划好一生呢？

依稀看到了洛迎的面庞，有些似是而非，只有那双眼睛在诉说：知道你喜欢我，可是，你所说的那些明天，你自己相信吗？又怎么能让我相信？

意念里的感觉让我愣在当场：是啊，中学、大学的时候我曾经相信明天，可明天之后依旧是苦苦的等待，如今，我还相信自己的明天吗？如果自己都不相信明天，如何能让眼前的女孩相信？

洛迎已经转过身，我知道，不能让她走，错过这一刻将永远无缘再见。

我能追上去吗？除了梦想，除了誓言，除了明天，一切都跟半年前一样，能让眼前的女孩留下来吗？

能吗？

不能吗？

"不要走，好不好？"

洛迎停下了脚步，回过头默默地注视着我，四目相交的一瞬，仿佛穿梭了时空，唤醒了所有回忆：无数次在上学、放学的路上故意遇到她，又无言而过；无数次在背后默默注视着这个女孩，却也只敢这么默默地看着，从来不敢上前去说一句话。

她的目光中有鼓励，又有无限的诱惑："'红桃K'、《世纪初一场牛与熊的对话》，你知道吗？风浪日近，姚君以为当如何处之？"

"红桃K"、《世纪初一场牛与熊的对话》，这些我当然知道，那是一场阴谋……

正想说些什么，吴铮狰狞的面孔突然出现在眼前，元旦的时候他就这么问过我。猛地一个冷战，我觉得自己清醒了，无论冥想还是梦境，所谓洛迎只是一丝心中执念而已，有生之年怎么可能再有这样的场景？

在我眼前虚幻出洛迎的形象，不过是换了一种询问方式，有人想知道我对"红桃K"的判断。我的判断就这么重要吗？难道我身上有着其他秘密？为什么自己不知道？

虽然已经明白身处幻境，却根本舍不得眼前的一切。突然想起《鹿鼎记》中的百胜刀王，如果洛迎是陈圆圆，我宁可像胡逸之一样只在伊人身畔做一个菜农，不再去理会什么荡气回肠的金融江湖！

看着洛迎的目光，一句话脱口而出："究竟你想知道什么，我可以告诉你一切，只求你不要走，留下来。"

被戳穿了假象，洛迎的形象明显开始散乱，耳边的琴音戛然转而高亢，每一个音符都刺得人心脏生疼。终于，眼前洛迎的形象破碎了，看着片片光斑飘忽远去，我觉得整个身体重重沉了下去……

猛然睁开了眼睛，琴音已乱，牧儿更是一脸惊慌！随着瑶琴当的一声闷响，我彻底清醒了，眼前是怎么回事？

牧儿一脸惊讶，抬起头问我："洛迎是谁，你知道了吗？"

洛迎是谁，我怎么会不知道？根本没有理会楚牧儿的问题，我冷冷地问："请先告诉我，你是谁？或者说你背后的人究竟想知道什么？为什么要催眠我？"

牧儿的眼神中闪出一丝委屈，转瞬又坚强起来，开始直呼其名："姚志超，我不会解释。只想警告一句：你明明有一瞬已经识破了琴音里的读心术，为什么不愿意醒来？不管你多么留恋洛迎，现实中她都不存在了。心性如此脆弱，怎能堪当大任？"

楚牧儿是林灵素的女儿，催眠我，套取我的潜意识是林灵素的意思吗？

6

就在楚牧儿催眠我的时候，林灵素正独自在公主坟附近小店里喝羊汤，这是他多年来的习惯。羊汤入喉，只有滚烫的感觉，暂时不会再想起那个影子——亡妻穆若兰。

小店并不是什么繁华所在，晚上九点多的时候已经没什么人了。通常这个时候羊汤馆老板就会沏上一壶茶，坐在店门口看着人影稀疏的街道。

已经是深夜，很奇怪，今天店门口没有人。

走进只有二十几平米的小店，猎鹰慈善基金会的尼尔逊正坐在林灵素平时喜欢的位置上。尼尔逊像老朋友一样走过来做了个拥抱的姿势，林灵素没有理会这份热情，径直坐到原来的座位。

尼尔逊丝毫不显尴尬，满面春风地坐在了对面："真没想到，在这样的小店里竟然能碰到林局长。我叫尼尔逊，来自猎鹰慈善基金会，都说林先生是中国交易第一人，在市场上有沟通天地的能力。今日一见，果然名不虚传。"

林灵素的眼神很冷峻，没有理会尼尔逊的寒暄，向柜台后缩身的老板说："掌柜的，还是一碗羊汤、两个烧饼。"

八月的夏天，看着小店里的两个人对面而坐，时值壮年的老板竟然有些背上发冷的感觉。他犹豫了一下，看到林灵素回头示意，便走到后厨去了。

尼尔逊看着林灵素："看来，林先生对我们成见很深啊？"

林灵素没有回避，直盯盯地看着尼尔逊："那你倒是说说，我对你们有什么成见？"

尼尔逊咳嗽了一声，一副无辜的表情："您言重了，入境前贵国边检核查过我们所有人的身份，外管局检查过资金来源和用途。为上帝做慈善总没错误吧。"

林灵素的眼睛紧紧地盯着尼尔逊："是吗？跟踪、调查交易局的官员，左右交易局人事安排，收集经济情报，刺探公众人物隐私，这些事情都是上帝教你们做的？还有你们的爪牙建天系吴铮，杀人放火都小看他了。上帝无所不能，这些事都知道吗？"

尼尔逊的表情非常坦荡，无奈地说道："吴铮是给过我一些材料，说里面是您的背景和行踪。不过，我看都没看就烧掉了，在一个法治国家秘密调查守法公民，这是违法的，吴铮没有权利这样做！"

林灵素忍不住笑了："你不去好莱坞拍大片实在可惜了！你什么都没做，什么都不知道，什么都不信。所以，今天就在这里碰到我了？"

尼尔逊一脸真诚，苦笑了一下："今天确实是偶遇林先生，不过，我也确实有事要拜托林先生。"

林灵素向后靠了一下身子，态度很强硬："如果有事，明天到办公室找我。"

尼尔逊没有理会，诡异地盯着林灵素："拒人千里之外不是贵国待客之道。您还是多一点耐心听我把话说完。我只想拜托林先生找一个人，他叫楚啸天，当年名震日本黑市的'黑侠'楚啸天！"

听到楚啸天的名字，林灵素没有丝毫动容，也没有继续拒绝："你们找楚啸天，有什么事情吗？"

尼尔逊的眼中已经带出了特有的阴鸷，吐出了两个简单的字："偿命！"

羊汤馆老板正端着一碗热气腾腾的羊汤走来，恰巧听到这两个刺耳的字眼。"哗啦"一声，羊汤碗掉在了地上。很奇怪，他没有收拾一下的意思，却以迅雷不及掩耳之势走到柜台后，柜台下面的手抓住什么，恶狠狠地盯着尼尔逊的背影。

尼尔逊没有回头，林灵素微笑着对老板说："掌柜的，没事。这碗算我的，再去弄一碗吧。"老板脸色渐渐缓和，像是在柜台下放下了什么东西，转身离去。

林灵素转过头来，尼尔逊的语气不再有丝毫停顿，也不在乎磨磨蹭蹭的老板是不是听见："80年代初，我一个朋友的独生爱女死在楚啸天的手上，她的名字叫穆若兰。我们为上帝做慈善，也要为若兰讨回一个公道！"

提及穆若兰的名字，林灵素眼中闪过了一丝无法掩饰的怒火："尼尔逊，你活得不耐烦了吗？"

看到林灵素终于愤怒了，尼尔逊露出了狡黠的笑容："林先生，您这副样子倒是很像当年的楚啸天。"

林灵素平静下来，眼神却沉静得可怕。羊汤馆的老板还在身后，尼尔逊丝毫不怀疑对面的人一个眼神立刻就能让他永远站不起来。但是，尼尔逊丝毫没有畏惧，表情反而越来越得意："1980年，凭着一句'春晖开紫苑，淑景媚兰场'，楚啸天愣是把'资产阶级的毒草'君子兰炒得比黄金都贵，一盆君子兰都能换一辆皇冠小汽车了。他做的所有的一切，都是为了取悦穆若兰。若兰太单纯了，她相信了楚啸天，楚啸天却把全部责任都推给了她。"

提及君子兰事件，林灵素眼中的愤怒更盛，他坐在桌子之后几乎一字一句问道："若兰到底跟你们有什么关系？"

尼尔逊的表情显得特别耐人寻味："每一只鸽子都是和平的使者，可惜，若兰不愿亲口告诉楚啸天真相，选择跳楼自尽。如果不是这样，华夏市场早在30年前刚兴起的时候就该崩溃了！君子兰泡沫破灭后，楚啸天跑到日本横扫外汇黑市，得到了'黑侠'的称号，广场协议后突然销声匿迹。就连林先生都知道穆若兰这个可怜的女人，不知道负心人楚啸天是否记得往事？"

当年，楚啸天为了取悦妻子穆若兰，出手炒作君子兰，结果君子兰被炒成了天价。轩辕老人出手了结君子兰事件，言明了穆若兰的真实身份。楚啸天不愿相信，当面质问若兰，刚生产完的若兰却跳楼自尽，留下无尽的谜团。这些事林灵素反复想过，始终不愿相信挚爱的妻子是元老院基金会特工，直到今天才得到尼尔逊亲口确认。

是真的又能怎样？

林灵素的声音很低沉，却异常坚决："无论若兰是谁，她永远是楚啸天的妻子！"

尼尔逊笑了："林先生，如果黑侠楚啸天站在我面前，以他敢作敢为的性格一定会这么说。"

林灵素就是黑侠楚啸天。

爱妻亡故，楚啸天只身赴日寻访若兰血统，恰逢美日签订"广场协议"。广场协议规定日元必须升值，虽然会增加日本国民财富，也会制造巨大的财富泡沫；更重要的是，以当时中日贸易额度，日元升值会直接导致华夏输入型大通胀，损害大中华经济根基。

楚啸天通过日本黑市，玩了一手"以彼之道，还施彼身"。按照本意，日元将慢慢升值，渐渐对大中华区输出通胀。林灵素没有与合众国炒家直接对阵，而是顺势挟仓逼空，结果，三个月内美元对日元贬值60%。一步到位，日元迅速升值60%，大中华区无论如何都不可能接受这种涨幅，输入通胀也就变得太不可能。即使如此，80年代中期的大中华区依旧饱受通胀之苦，可想而知，如果当时日元没有迅速出清，又会是一个怎样的结果。

楚啸天广场协议一战成名，赢得了"黑侠"的称号，却再次销声匿迹。

尼尔逊突然变得无比狰狞，"穆若兰终究是被楚啸天逼死的！我们相信，全世界只有林先生才能找到楚啸天。"

看到尼尔逊一副怒不可遏的样子，林灵素不怒反笑："对了，这才像样。既然是狼，就应该拿出点狼的样子来，平白无故披上一张羊皮，让人看着都恶心！"

尼尔逊丝毫不理会讽刺："希望林先生转达我们的意思，伦敦LME期货市场有一场交易对手战，就是为黑侠准备的。如果黑侠赢了，若兰的事情将永远不会有人提起；如果黑侠输了，按规矩就要把命交给我们；如果黑侠不肯应战，嘿嘿，穆若兰和黑侠的故事将传遍中华，到时某人的局长位置怕也不稳！"

LME期货市场异动，林灵素早就看到了，没想到是为自己设好的赌命局。他连想都没想就做出了决策，应该偿命的是尼尔逊这些坏蛋！

这时，羊汤馆的老板小心翼翼地端来一碗滚烫的羊汤："刚刚好。"

↗ 第五章

变数

1

公主坟的羊汤馆里早就没什么人了，林灵素心痛地看着半夜从S市跑回来的女儿："牧儿，你学琴的第一天就知道，读心术极耗心神，轻易不能动用。是什么原因让你下定决心要催眠姚志超？"

楚牧儿的眼睛红肿，像是刚刚哭过："爸爸，他真的出现了幻听，我原本是想帮他，没想到这人恩将仇报，说我跟陈若浮是一样的鸽子。真是睁眼瞎，真正的鸽子就在眼前，他根本看不出来！"

林灵素拍了拍楚牧儿的肩膀："当初让你去S行，就是为了让你远离交易圈子。人算不如天算，没想到姚志超去了S行，你又成了他的秘书。在这种人身边，爸爸始终放心不下。时间一长，真怕你们会走到一起。"

父亲这样说，楚牧儿一下就急了："谁和他在一起？我再也不要见他，再也不要见到这个笨蛋！"

林灵素急忙安抚道："好，好，好，以后咱不去S行了，也就不用见他了。"

听父亲这么说，楚牧儿的情绪立刻平静下来，抱着父亲的胳膊撒娇："那太好了，不过，工作怎么办呢？"

女儿忽然的情绪变化怎么能瞒过林灵素的眼睛？他暗自心惊，嘴上却说："牧儿，这好办，如果不想在S行，可以另找一家；如果还想留在S行，过段时间一切就会水落石出，可以回去。"

楚牧儿横了爸爸一眼，说："姚志超一去S行，您就让我离他远点；我当了他的秘书，您马上就让我离职。不用瞒我，您和轩辕爷爷怀疑他是新一代

'交易者'，这不可能。"

第一次在韩志刚处约见姚志超，女儿突然出现，林灵素就知道好奇心极强的女儿猜到了什么。没想到，为了证明这一点，她竟然对姚志超动用了读心术这样的禁术。

林灵素问道："是吗，你怎么这么肯定？"

楚牧儿用勺子在父亲面前画了个圈，笑着说："这个人看似随心随性、无可无不可，实际上执念极重，放不下的事情太多。从小跟着轩辕爷爷，听说过很多'交易者'的故事，他对那个叫'洛迎'的女孩用情既专且深。心眷红尘，怎么能在瞬息万变的国际金融市场杀伐决断，怎么可能是交易者？"

随着楚牧儿诉说，各种信息开始在林灵素的脑子里交汇。

林灵素深知，轩辕抱朴看起来极不着调，却实实在在是高功大能，在交易层面，他如果说第二，没人敢说第一。老人答应出手验证姚志超身份，又说一切随缘，任由祖归海胡作非为。

当然不能这样下去，所以林灵素才安排姚志超操盘国裕股份。林灵素向来对女儿的琴技颇有信心，如果能知道一些更深入的消息，未尝不是件好事，也就任由女儿留在姚志超身边。

想到这里，林灵素说："孩子，有句话必须告诉你。千万别对他动心思，你们不会有好结果。"

还没有开始，父亲就毫不掩饰地公开反对，楚牧儿不由失声："为什么？"

林灵素摇了摇头，说道："牧儿，你要时刻记住，姚志超不是普通人，他没有普通人的感情，或者说心性已经到了仙佛的境界。你跟着轩辕老人这么久，该知道历代交易者身边的女人，从西施开始，几个能得善终？"

在轩辕抱朴身边，楚牧儿自幼听惯了添油加醋的故事，从来都不信这是真的。看父亲没有半分开玩笑的意思，却仍不以为然："爸爸，您说的这些我根本就不信。不然，怎么解释琴音中读到的东西？"

林灵素说道："打开'交易之门'以前，交易者无一不是至情至性之人，经历这样的情感才能幻灭凡尘。你也看到了，他的全部感情都寄托在一个虚幻的'洛迎'身上，这样的感情跟没有感情有什么区别？"

楚牧儿摇了摇头，正想说些什么，一个老人突然开门走了进来，轻松得就像在街边闲逛。老人边走边说："牧儿，你爸爸说得对。交易者之所以是交易者，就是因为丝毫没有凡人的感情，姚志超确实就是这样的人，或者说一定会变为这样的人。"

楚牧儿抬起头，一声欢呼："轩辕爷爷，你怎么来了？"接着楚牧儿笑弯了腰，"轩辕爷爷怎么穿成这样了，大热的天不热吗？"

大热的天，来人穿着一身笔挺的白色西装，还打着领带。只是表情嬉皮笑脸，怎么看都不正经。

看着来人，林灵素马上把脸沉了下来，自言自语："看来以后这个地方不会再清净了。"

来人正是天津鬼市的掌舵人，轩辕抱朴。

轩辕抱朴毫不在意林灵素的敌意，故意拽一拽自己的上装，拍了拍裤子："一家羊汤馆子，你可以来，尼尔逊可以来，我为什么就不能来？市场传闻华夏有人要出手伦敦LME市场，别以为我不知道你打的什么算盘。"

轩辕抱朴如此口无遮拦，林灵素听着不由直皱眉。

轩辕抱朴依然一脸轻松，转身对楚牧儿招了招手："来，丫头，几个月不见，让爷爷好好看看，是不是长得更漂亮了，是不是有男朋友了……咦，你的脸色……"轩辕抱朴突然收起一脸嬉笑，正色说道："牧儿，你对姚志超用过读心术了？"

楚牧儿点了点头，奇怪地问："轩辕爷爷，你怎么知道？"

轩辕抱朴还没答话，林灵素突然站起来打断了女儿："牧儿，让郑老板开车送你回家吧，我跟轩辕前辈有点事要说。"

听林灵素这么说，羊汤馆的老板郑新杰幽灵般从柜台后站了起来，牧儿还以为他不在呢。看着郑老板拿起车钥匙就向外走，有一万个不情愿，牧儿也只能跟着他离开了。

林灵素打破了静默："LME市场，我若输了，输掉这条命；我若赢了，就算不能取尼尔逊性命，起码能让日本商界一蹶不振，决战也就多了一份把握。"

轩辕抱朴好像没听懂林灵素说什么，坐下来一伸手就把林灵素面前那碗滚烫的羊汤端到了自己面前，然后低头吹着羊汤，过了好一会儿才开口说："这么多年一点都没变，还是如此胆大妄为。"

"怎么？"

轩辕抱朴没有抬头，依旧低头吹着羊汤："基金会在LME控盘量已经达到60%，这样的对赌盘局必然会输。今天上午对手挂出一单从未有过的九年远期铜期货空单，依然有人毫不犹豫接盘，等于承诺应战。林灵素，改了名字你依然是楚啸天，只有热血豪胆的'黑侠'才敢对抗整个市场。如果你当年不是这么胆大妄为，牧儿就不会没有妈妈。"

林灵素表情变得阴晴不定："以你的本领，如果当年肯施以援手，牧儿的妈妈就不会死。在你眼里，亲人的性命永远比不上鬼市规矩，你可以眼睁睁地看着若兰去死，同样的事情当然也可以发生在我身上。"

轩辕抱朴像是看到了一件特别离谱的事情，嘴里发出了那种夜枭般的笑声："'四海皆通不通情，六亲不认只认钱'，你还是不懂吗？当年你我各持己见，结果是我没了徒弟，你没了老婆。但今天不同，不是几条人命那么简单，LME期货指数是上海铜期货市场的风向标示，如果LME被暴炒，铜期货市场就会成为打开华夏市场的又一个缺口。期市不是股市，一旦被撕开一个缺口，就会全盘崩溃！"

林灵素无言以对，默然看着轩辕抱朴，好一会儿才说："我离开的时候你说过，我们之间互不相欠。今天，为什么又跑来教训我？"

轩辕抱朴一言不发，端起羊汤碗咕咚咕咚大喝了几口："好饭食，好饭食，不愧是单县羊汤啊！"

抹了抹嘴，打了一个饱嗝，轩辕抱朴的眼睛突然停留在林灵素脸上，再次发出刺耳的笑声："你让姚志超去S行操盘国裕股份，一则是为了检验他的操盘能力，二则更是为了打压建天系，更重要的，你从内心深处也希望牧儿窥探姚志超的潜意识。现在想依样画葫芦让姚志超操盘LME市场，牧儿已经对他用读心术，你怎么也不想想，姚志超现在信任你，还是信任祖归海？"

林灵素的精神这才真正紧张起来，失声说道："那怎么办？"

轩辕抱朴的脸色又露出了诡异的笑容："LME市场并非无解，只是你在姚志超口中得到实情肯定不可能了。"

2

凌晨的时候，我被一阵急促的敲门声惊醒。

揉着惺忪的睡眼开了门，怎么也没有想到来人是陈若浮。陈若浮的样子很狼狈，一看就是刚爬起来，还穿着睡裙，蓬松的秀发从耳边垂到胸前，丝毫没有打理的样子。

有什么急事这么早把我从床上抓起来？

我还光着上身，连忙想返回房间套上T恤，却被陈若浮焦急地推进房间，顺手递给我一份资料。接过来一看，是今天上市的《证券动态》传真清样，与《中华资本市场报》相比，《证券动态》是半月刊，读者相对高端，对市场影响力也很大。

只看到封面，我的脑袋"轰"的一声就大了。

封面文章是《黑马的画皮：国裕系地产帝国大揭秘》，作者赫然便是一年来名动江湖的"红桃K"。封面背景有些模糊，还是能看出来韩志刚刚刚走出交易局办公大楼。

从封面和标题我就能猜到"红桃K"究竟要干什么，糟了，被"红桃K"给耍了，精准地配合"红桃K"完成了关键的第一步！

当时第一反应就是通知邢大壮卖出，就算后面有涨幅，也不是邢大壮这样的散户可以吃到的。可惜，时间根本不允许我去打这个电话。**炒股的人经常都会听到一些消息，无论消息真假，炒作"消息"的技巧都很强，不是说听到某一个真实的消息就一定能赚钱。假设一个好消息是真的，正确的做法是，当**

听到好消息的时候立即买入，一旦消息得到证实立即卖出。金融市场是一个非常情绪化的地方，所谓见风即雨，一旦消息落到实处反而没什么价值了，就是所谓"利好出尽是利空"。最典型的例子就是降息，降息是利好，一旦宣布降息，大盘能有多少涨幅？又能涨几天？

我连忙打开稿件清样。"红桃K"的文章不长，只有几千字，却一如既往，有绝对强悍的杀伤力。

"红桃K"先从一个谜题开始：为什么韩志刚常年深居简出，从不在媒体露面？要么此人有官方背景，不方便出面；要么此人有见不得人的勾当，不能出面。可恨的是，"红桃K"并没有给出答案，而是用春秋笔法创造了极大的想象空间，言下之意，韩志刚有着深厚的官方背景，不方便出面。

接着，"红桃K"利用公开数据估算了国裕系的土地储备。20年来国裕系不断开疆拓土，尤其是一线城市郊区几乎全是国裕系的农业产业基地。农业用地与住宅用地当然有区别，"红桃K"再次模糊两个概念，国裕系资产何止被夸大了数十倍？

"红桃K"，画了好大一个饼！

最后，"红桃K"一五一十地解析了昨天的盘局：昨日国裕股份高开低走，振幅高达21%，极为罕见。这样的形态可以理解为庄家末期为出货护盘，也可以理解为庄家在洗盘震仓。

"红桃K"的推论是，昨天是庄家在震仓！

"红桃K"这样解释昨天的盘局：来自多家营业部确切的消息说明，是庄家主动打电话问是否可以不平仓，人为制造恐慌。昨日交易中出现了一个奇怪的"尾单13"，没有庄家会傻到在砸盘之初就表露身份，显然是诱空。从交易数据来看，昨日一两家大户硬性吃下了30亿元的国裕股份，散户被屠戮殆尽。

下面国裕的涨幅，将由幕后庄家一家独吞！种种迹象显示，这个幕后庄家就是国裕股份自己！

如果国裕系转型房地产，转型之前的第一件事恐怕就是砸盘、吸筹，把流通盘集中到自己手中，鬼都知道国裕股份到时候会价值连城。这件事只有国裕系最清楚，也只有国裕系会去做。

我昨天确实在二级市场大举接盘……人家说得一点不错！太可恨了，"红桃K"所说的事情全部都是真的，逻辑却全部都是错的。

在心里掐算着筹码，国裕系只吃掉了15亿元的本股，另外还有15亿元却被一些不知名的账户吸走，想必就是"红桃K"掌控的账户；两家合并计算，市场上的流通盘已经非常少。炒作如此小的一个流通盘，只是分分钟的事情，再加上国裕系转型房地产的概念，就可以用最小的成本拉动整个大盘指数！

这就是"红桃K"的真正的目标：强力做多A股，以暴利吸引全社会资金，然后再让市场重重摔下来，财富就会在瞬间蒸发。

这些天已经习惯了楚牧儿在身边，想都没想就对陈若浮说道："这件事韩总知道了吗？"说完才意识到，身边的人不是楚牧儿，而是换成了陈若浮，不由心情一沉。陈若浮并没有发现异样，摇了摇头："没有，我一个同学在《证券动态》供职，刚才她才把清样发给我，就赶着来告诉你，还没告诉韩总。姚兄认为这个'红桃K'想干什么？"

干什么？

"红桃K"真的要把国裕系送上云端吗？怎么会有人平白无故送给对手一束玫瑰？肯定还有后招，只是一时想不出来罢了。

虚掩的房门被"吱呀"一声打开了，一颗打着哈欠的脑袋从门缝里探了进来。是方宏远，他就住在隔壁，大概听到我房间有动静就过来了。方宏远揉着蒙眬的睡眼，突然看到我跟陈若浮衣衫不整地站在房间里，立刻睡意全无，眼睛好像喷火一样盯着我。

3

　　国裕股份每天的分时走势图都会被做成一个斜斜向上的45°角，一飞冲天再不回。几天来，韩志刚一直在跟我讨论对策，我们不可能抛售股票打压自己的股价，剩下的也就只有在媒体澄清真相了。

　　相比操盘，媒体造势或者说宣传就更是一门艺术，不是说起几个抓眼球的标题、断章取义"揭黑"，或者专门在网上挑起公愤，负能量只能制造戾气，不能带来利润。

　　抗衡"红桃K"，需要一个能与之匹敌的人物。我自信可以写出和"红桃K"一样煽动市场情绪的文字，缺点在于"红桃K"的人气已经发酵八个月，我还是一个无名之辈。韩志刚当然很有号召力，但是，韩志刚登场颇有此地无银三百两之嫌。

　　不管这些，选择旗手之前，得先搞定宣传平台。在微信泛滥的时代，人们总以为纸媒已经过时了，迟早会被淘汰。不是这样的，无论从团队力量、大势研判、公信力还是发行量，最强大的宣传平台依旧是纸媒，微信公众号几千字的轻阅读确实有很强的传播能力——不过是传播一句几十个字的新闻关键词而已，只懂得快餐式阅读的读者，同样不可能有耐心做任何事儿。

　　纸媒方面，只有《中华资本市场报》能和《证券动态》抗衡，也是我们的目标。八月末的一个清晨，我、韩志刚、陈若浮和方宏远一路回京，送陈若浮、方宏远述职，也为拜会《中华资本市场报》高层。

　　《中华资本市场报》编辑部在西二环，距离交易局很近。让我恼火的是，距离约定的时间过去了两个小时，才见到《中华资本市场报》副主编连真迦。连真迦个子高高的，是一个精瘦的中年男子，带着一脸不情愿来到了写字楼里那间只有七八个平米的会客室。

连真迦对迟到两个小时丝毫没有歉意，没有回敬名片，一屁股坐在沙发里，眼皮都不抬就懒洋洋地说："我上午去打了一场高尔夫球，70杆，原本还要打一场，结果你们来了，全给耽误了。勉为其难吧。报社要办一个评奖活动，费用大概在600万元，你们什么时候划过来？"

陈若浮之前联系过报社，说好了条件，连真迦希望国裕系能提供一笔600万元的活动赞助经费。这件事大家都心知肚明，600万元其实就是付给《中华资本市场报》的宣传费。

600万元怎么也是不小的一笔款子，原以为连真迦会比较隐晦地说出来，没想到他单刀直入。更可恨的是，说完，连真迦就从包里拿出手机来回刷屏，根本不理会坐在那里的我和韩志刚。

小会议室的气氛立刻冷了下来，这个家伙的T恤上绣了一个斗大的马车（爱马仕），比S行那些贷款户还像暴发户。我不由心头火起，这人见面就声称去打高尔夫，没有礼节，虚张声势并不能掩饰心中的贪婪和自卑，花哨的前奏还不是为600万元制造压力！

如果是S行的事情，我会立刻拂袖而去。转头看着韩志刚，他没有丝毫愠怒，脸上带着那种永远的儒雅，语气却已经毫不客气："连真迦副主编，就不打扰了，告辞。"

看着韩志刚起身，连真迦的眼睛突然离开了手机，眼神中露出一丝慌乱，又马上把愤怒的眼神转向陈若浮。自从回到编辑部，陈若浮早就失去了在S市的灵动，看连真迦愤怒地盯着自己，连忙走到韩志刚面前："韩总……"

见陈若浮为难，韩志刚眼神中露出一丝不忍，说道："若浮，具体事宜你和工作人员联系吧，原则上我同意。"

韩志刚刚说完，连真迦像是想起了什么，突然站起来，对着我说："我没空单独跟你们吃饭，不过你们来一次不容易。晚上约了一位老前辈，你们平时肯定不会有机会见到这样身份的人，一起吧。"说着，他从兜里掏出一张字条递给陈若浮，"晚上你也去，就是这个地点。"

等了两个小时，一场并不愉快的谈话却只有几分钟。陈若浮一直把我们送到楼下，欲言又止，看着她一副楚楚可怜的表情，一股爱怜之意油然而生，我想也没想就说："若浮，不用担心，晚上我替韩兄出面。"

听我这么说，韩志刚也无奈地笑了一下，说道："若浮，放心吧。你接着和我们联系，晚上带着方处长，会方便些。"

大家都明白，连真迦所谓请吃饭纯粹是找冤大头坑一把，实际上就是让我们去埋单。参加别人的饭局，原本不该带人，有方宏远官家身份的人在，连真迦会收敛一些。

八月的北京天到很晚才黑，我一早就来到香格里拉大酒店，因为电话里方宏远说提前见面，有事商量。没想到，方宏远没来，连真迦和陈若浮反而先到了，看来今晚的客人对连真迦一定非常重要。

时候还早，实在不想和这个人共处一室，就借口吸烟来到了酒店门口。京城华灯初上时，城市是美丽的，以前我身在北京却无缘繁华，如今已到S市，却能看尽锦绣，不得不说很讽刺。正胡思乱想，方宏远一路小跑过来，边跑边说："什么饭局，还让姚大行长亲自到门口接我？"

我没好气地说："方老大，你们家陈若浮的领导今天让我来埋单，顺便把你叫来镇镇场子。告诉你，这个人挺讨厌的，你们家陈若浮在他手下舒服不了。"

"是吗？我家若浮一向很上进的，究竟是怎么回事？"

"一句两句话说不清楚，反正见到你就知道了，叽叽歪歪的一个人。"

方宏远的眼睛露出了疑惑："人家再怎么着也是《中华资本市场报》副主编，不至于这么没水平吧？那我可得打起精神来，别给人留下坏印象。"

方宏远老是这样，生怕给任何人留下坏印象。魔鬼要吃你，难道还要顺从，给恶魔留下一个好印象吗？

看我一副心不在焉的表情，方宏远突然扳住我的肩膀，语气凝重地说："好兄弟，今天哥哥有件大事要拜托！可千万要使出浑身解数再帮哥哥一把。"

说着，方宏远从包里掏出一个信封递了过来。

看方宏远一脸严肃，我不由心里打鼓，大学时代，除了有几次喝酒把隔壁几个宿舍的哥们儿都放倒了，我怎么不记得办过什么大事？

看到一个空信封，上面还有张倒贴的邮票，我不禁莞尔。大学时代我是有名的"枪手"，学校不少男生都来找我写情书。一封情书换一条食堂的鸡腿，写得好还要打赏一瓶啤酒，方宏远在信封上倒贴邮票，显然是让我重操旧业！

我豪爽地拍了拍方宏远的肩膀，仿佛又回到了情书换鸡腿的年代："放心，老大，明天一早肯定完工！这次价格涨点，别一瓶啤酒、一条鸡腿了，西门鸿发苑，三瓶冰镇纯生、一条羊腿，如何？"

方宏远满意地对我笑着："那好，咱们就说定了！"

毫不犹豫接下了任务，但一想到给陈若浮写情书，署名却是方宏远，心里还是酸酸的。又有什么办法？方老大的目的并不仅是一份情书，还有让我纳投名状，宣誓从此不会染指若浮的意思。

这点小心眼啊！

4

原本想在凉爽的大堂里坐一会儿，一个领班模样的人走了过来："先生，请问您是淑兰厅订餐的姚先生吗？"

我们的包间正是淑兰厅："是啊，怎么了？"

领班轻轻鞠了一躬，轻声说："姚先生，房间里有位先生已经点完了菜品，不知您是否过目一下？如果方便，可否留一些押金。"

在香格里拉吃饭不是第一次了，还真没碰到要押金的事。我疑惑地接过了菜单，方宏远发出"哇"的一声惊叹，我的眼睛立刻也直了，只有五位客人，仅菜品价格就超过了三万，还不算六瓶53°飞天茅台。

在S行不是没请客户吃过高档饭店，从来没见过几万的菜单，我粗略看了一下：天九翅、血燕、长江鲥鱼……算下来一顿饭的价钱能在我们老家买一套房子了。还有六瓶茅台，陈若浮不会喝酒，我和方宏远不可能喝太多，连真迦和客人都是超级酒桶吗？

呸！

我暗自骂道，太过分了！方宏远看我变了脸色，也着急了："怎么办？不能得罪若浮的领导，可这也太贵了，掏不起啊。要不你跟韩总说一说，帮忙处理了吧。"

我不满地横了方老大一眼："他又不知道你追若浮，怕什么？"

说完，我对身边的领班交代了几句，就转身回到车里取了自带的一坛酒。就是韩志刚自酿的那种酒，本来舍不得拿出来，只是全然没想到连真迦如此过分。

方宏远还没进入包房就领教了连真迦刺耳的嗓音，正在训斥陈若浮："有机会出来跟我吃饭，全报社就你一个人，要晓得珍惜！不要只晓得在这里死眉塌眼坐着，今天的客人非常重要啦，要是再像上次一样半截跑路，明天就不要来上班了！"

我心里一哂，什么时候训斥下属不行，单单拣着这个时候，还不是想施压让我替你掏这几碗饭钱？

陈若浮在我这儿值这个价，你连真迦值吗？

不想再看连真迦表演，我把酒坛重重放到桌子上，以不容置疑的口吻打断了连真迦："连真迦，请客喝到假酒就不好了，我自带的酒水比茅台还要好。还有，你点的菜太腻，晚上吃多了不好，已经换了。"

连真迦没想到我如此直接，更没想到我会以这种口吻跟他说话。他转头的速度很快，一张趺鼠的脸变得扭曲。

就在这个时候，包房外面的服务员走了进来，带着一脸职业的微笑轻声问："几位贵宾，客人到齐了吗，请问是不是可以走菜了？"

毫无来由，连真迦突然对服务员尖声吼叫道："你们这些人一点礼貌都不懂啊？没看到客人还没来啊，我不生气，客人还不生气啊？"

连真迦在骂我，不过，愤怒等于认可了我的建议。

"连老板，我这不是来了吗？修道之人怎么会生气？哈哈！"随着一个洪亮的声音，一位精神矍铄的老人走了进来。

我转过头，觉得好气又好笑。这么热的天气，来人穿着一身笔挺的白色西服，皮鞋锃亮，还打着领带，额头却丝毫不见汗水。仔细打量这个人，他应该很老了，橘子皮一样的老脸上全是褶皱，但是，皮肤很有光泽，眼睛一点也不混浊，一眼望去反倒炯炯有神。

老人贼溜溜的大眼睛在包房里扫视了一圈，一眼就看到角落里的陈若浮，然后眼睛直盯盯地看着，大踏步走了过去："哎呀，这就是连老板天天夸的大姑娘陈若浮吧！名不虚传，美女啊！啧啧，老夫叫轩辕抱朴，是你们老板的好朋友，有人叫我抱朴子，也有人叫我轩辕教授，你喊老夫抱朴哥就行，以后有什么事找我啊，哈哈。"

以陈若浮的美貌，不定有多少追求者，直来直去被一个如此岁数的老头子搭讪，怕是平生第一次。在我的印象里，只有古代先贤敢称一个"子"字，这老头儿竟然自称"抱朴子"，还自称"教授"，不知道哪天是不是还要自封更高的头衔。

老家伙大大咧咧走过来，一身白西服，却伸出了一双脏兮兮的大手，陈若浮不由窘从中来，根本不知如何应对。我偷眼看着方宏远，方宏远的眼中也透着一份焦急，正在看我。

方老大是指望不上了，一种愤懑瞬时涌上心头，大踏步前进的轩辕抱朴被拦住了，手被另一个人的手握住——我伸过来的手。宽大的淑兰厅里响起了一个洪亮的男声，之前我从未向人如此介绍过自己："你好，我是S行行长，姚志超。"

老头儿被迫停下了脚步，立刻挡开了我的手，一边笑呵呵说话一边向一旁推我："小伙子，英雄救美啊？美女是毒药，英雄也不是那么好当的！让开，快让开。"

连真迦大概也没想到老人如此放肆，陈若浮真的拂袖而去就不好办了。他连忙从后面赶过来打圆场："哎呀，轩辕老先生，您别生气，姚志超不懂规矩。老先生快坐，小陈，快，快，招呼老先生坐。"

我的剑拔弩张、连真迦的焦急、陈若浮的厌恶，还有方宏远的不知所措，所有这些都没有给这个老头儿带来任何尴尬。他没有继续走向陈若浮，抽了抽鼻子像是闻到了什么，转身直奔我带来的那坛酒。

只见他来到桌子前，伸手"砰"的一下就拍碎了泥封。一股沁人心脾的酒香立即飘了出来，是我第一次见到韩志刚喝的那种酒。

老头儿闭上了眼睛，摇着头，很响亮地吸着鼻子，突然停在那里，有了点正常人的样子："蜀兴酒坛、文君烧酒，想不到这世界上居然还有人会自酿文君烧酒，隔壁千家醉，开坛十里香啊！"

一曲凤求凰，千载文君酒，这坛酒居然是文君烧酒。第一次喝这种酒，曾经向韩志刚询问，韩志刚只是笑了笑，说是源自一种古老的酿酒配方，名字早被人忘记了。原来，这就是失传已久的文君烧酒。

抱起酒坛，老头儿立刻又恢复了神经兮兮的状态，他选择了距离最近的位置一屁股坐下，然后就自顾自倒了一杯酒喝起来。连真迦在一边殷勤让首座，老头儿根本就当他不存在，不但喝酒吱吱直响，嘴巴也吧唧有声，就是不理身边的连真迦。

连真迦似乎早就习惯了老头儿这副样子，看老头儿不搭理自己，就开始转头看向我、方宏远和陈若浮。

此时，连真迦不再是一副市井模样，而是变成了一位标准的播音员，有声有色地介绍这位老人。在他嘴里，一个猥琐的老头儿成了半仙之体，不但精通命卜之道，能帮人趋吉避凶，还可以开卦算股票。经他指点的股票无一不是马上高高拉起，连真迦自己就曾多次蒙老头儿指点，狠狠赚了几笔。

连真迦说老头儿跟很多鼎鼎大名的老板都熟识，我却只记住一点，这个老头儿真的来自天津，有一个响亮的姓氏：复姓轩辕。天津是一个大城市，复姓轩辕的人怕也不会太多，眼前这个装疯卖傻的老头儿不会真是韩志刚和林灵素口中的轩辕先生吧？即使不是，连真迦的话还是提起了我的兴趣，这年头骗子并不鲜见，靠命卜之术帮人算股票，还真是头一遭见，倒是要见识见识。

看轩辕老头儿只是一口接一口独自喝酒，连真迦转头看着陈若浮，眼角都是笑容："小陈，快敬轩辕老先生一杯，要不是我，你这辈子怕是都难得见老先生这样的高人。"

这时候已经开始上菜，轩辕老头儿正甩开腮帮子猛塞酱牛肉。听到连真迦这句话，马上转过脸来，一脸坏笑："大姑娘，你敬酒老夫要喝，认识大姑娘才是天大的喜事！"说完也不看陈若浮，就把杯中的酒一饮而尽。

被敬酒的人干杯了，按规矩，敬酒之人也要喝干的，可陈若浮面前的酒是轩辕老头儿满上的，足足有二两多。

陈若浮端着那杯满满的酒不知所措，连真迦迫不及待插口问道："老先生，我一直在找您，千辛万苦啊。道家讲究缘法，看来我们还是有缘分的。这不，我特意吩咐小姚从S市带来一坛酒孝敬您老，这不，咱们的缘分就撞上了，您老能否再给我们这些俗人续点缘分？"

轩辕老头儿的眼睛始终没有离开陈若浮，回答听着像是说连真迦："命卜一道要窥破天机，天机又岂能容人真扰乱？人的财运是有定数的，强行改变必遭天谴。得到今日之财，难道就不怕异日功德化为虚无吗？"

从见面到现在，轩辕老头儿终于说了句人话，还真有点高人的风范。

连真迦听了，连忙用手点了一下刚放下酒杯的陈若浮："小陈，你怎么这么不懂事，给老先生敬酒还不喝完。"

陈若浮没有说话，轩辕老头儿"哦"地打了一声酒嗝，不由分说就又端起酒坛给自己倒满，并一饮而尽："美女再敬老夫酒，要喝，要喝。"

酒量再好的人，牛饮般喝下四两酒也会挡不住，何况文君烧酒虽然入口绵甜，实则后劲无穷。这个轩辕老头儿年纪不小了，半斤多酒下肚，竟然没有丝毫异样。可是，陈若浮在S市的时候就从来不胜酒力，如果把眼前这杯酒喝下去，怕是当场就会出丑。

脸上痒痒的，我知道，此刻方宏远正看着我。方老大，你可真是个笨蛋，这时候不表现什么时候表现！我端起酒杯，对轩辕老头儿说："来，轩辕抱朴，连真迦说你是高人，我来敬一杯。"

连真迦没想到我当面直呼轩辕老头儿的名字，又不好在贵人面前耍泼，只得以愤怒的眼光看着我，似乎要吃掉我一般。

我原以为轩辕老头儿根本不会搭理我，如果真是这样，就有借口贬损他了。没想到轩辕老头儿转过头："这个姓姚的小伙儿，你要为她强出头，是吗？听说你出身交易局，难道不知道浮盈皆虚幻，漂亮的东西才最能请君入瓮？金融市场可是一个强者才能容身的地方，心有不忍，孰人为你不忍？"

轩辕老头儿的话听起来很装，说实话，我没听明白。还有，他怎么会知道我的出身？看我已经被轩辕老头儿镇住了，连真迦的声音又开始严厉起来："小陈，老先生说的话你没听见吗？"

自从进入包间，方宏远一直没什么存在感。陈若浮有意无意瞟了方宏远一眼，方宏远却突然低下了头，过了几秒钟才抬起头来，小心翼翼地小声说："轩辕老先生，您看，要不我替若浮把这杯酒喝了？"

轩辕老头儿根本没有理会方宏远，自顾自地敲打着酒杯："文君烧酒，名不虚传，以花为媒引入五香，一种酒能品出浓香、酱香、清香、凤香、董香，好酒啊好酒。虽然饮之甜润幽雅，无福消受者也如穿肠毒药啊！"

还是云山雾罩，方宏远也根本不知在说什么，端着杯子放也不是，饮也不是。陈若浮轻轻侧了一下身子，恰好不再看到方宏远，突然端起酒杯一饮而尽。从我的角度，却能看到陈若浮的眼睛已经流出了两行泪水，却又借着擦嘴的机会掩饰过去。

轩辕老头儿顾左右而言他，连真迦直奔主题："老先生，您看现在的市场这么火爆，尤其是国裕股份，这些天都翻了几番了，以您的眼光，我们还能追吗？"

轩辕老头儿又一次喝干了面前一杯文君烧酒，算起来他应该喝了快一斤了，依然丝毫不显醉态。他声音洪亮，听起来如同寺庙中的悠远洪钟："老夫是修道之人，股票啥的其实并不明白，如果不是开卦，就只能顺口胡说八道了。炒股，道法自然，顺势而为就是了，可懂？"

我的心中一动，这句话听起来像应付，国裕股份如此形势下能说出"顺势而为"四个字已经很不简单，连真迦、方宏远一定没有听懂。几乎所有"大师"都在大骂"追涨杀跌"，认为追涨杀跌是投资最大的忌讳。

正好相反，追涨杀跌是职业短线高手最赚钱的方式。追随的是市场情绪，尤其是期货市场。整个涨势过程中只有在一点买入才是错误的，那就是最高点，其他时间都是对的！相反，整个跌势过程中只有一点卖出是错的，那就是最低点，没有那么幸运。不去追涨杀跌，大势已成，却要逆势而为，不是明摆着要以一人对抗整个市场吗？

连真迦不愧是副主编，没听懂也能接下话来，一定要达到自己的目标：直接知道涨还是跌，买还是卖。

"是，应该道法自然。不过，我们这些俗人哪识得什么'道'，更不敢妄自揣测天机。老天让我认识您，就是给我们这些俗人留下机会，让我们识破天机，您说是吧？"

轩辕老头儿终于有了些醉意，一双眯缝的眼睛色眯眯地盯着陈若浮："天道地蕴万千，万千人所悟更有万千，所悟万千，所得却非万千。参透天机，全在本心一念，一念之间，进则净土，退则凡尘。即使神乎其技，天道渺渺始终在上，焉能容你！大姑娘，你还是饮了这杯酒吧。"

轩辕老头儿今晚一直跟陈若浮过不去，就算连真迦都觉察出不对劲了。人们静默着，只有轩辕抱朴泰然自若地自斟自饮，时而嘴里发出"刺溜"一声。

突然，陈若浮站起来给自己满满倒了一杯酒："轩辕老先生，若浮只是一个小女人，不懂您的天机，也承受不起您'抱朴子'如此看重。再敬您一杯，还望能让若浮随安。"

在连真迦的怒目而视中，我和方宏远扶着陈若浮离开了淑兰厅。陈若浮醉了，出门的时候，她狠狠推开了扶着她的方宏远，几乎是吼道："方宏远，你想看我出丑吗？走，你给我走啊！"

方宏远很无奈，只得由我独自把陈若浮扶上车。从经验判断，陈若浮清醒的时间不会太多了，于是我急急地问："若浮，你家在哪里？我送你回去。"

陈若浮一愣，嗓音不再甜美，反而有点呜咽："家？我没家，每天晚上看着别人家阳台上亮起灯光，只能想一想家的温暖。我只租了一张床，那不是家，不是我的家，那儿什么都不是……"

陈若浮源自心底的酸楚，不久前我还感同身受。如此大的一个北京城，熙熙攘攘、人头攒动，身边却没有亲人，过着候鸟般的生活，今天结束了明天还不知要去哪里。

陈若浮继续说着："那老头说今晚喝的是文君酒，世界上真的有卓文君吗？怕还是司马相如多一些吧。"

我精于酒道，知道文君酒的故事。

西汉年间，出身巨富之家的卓文君为寒门学子司马相如才华所动，离家与之私奔；相濡以沫的日子，文君以秘法酿酒供养相如读书，于是世间便有了文君烧酒。只是，故事的结尾是一个悲剧。后来，相如得到富贵，却负了文君；文君隐匿于江湖，秘法自此失传。

这么想着，我说道："卓文君还是有的吧，不然怎么会有'文君当垆，相如涤器'呢？"

陈若浮的声音更低，像是自言自语："文君作《白头吟》，前面说'愿得一心人，白首不相离'，最后还不是叹息'男儿重意气，何用钱刀为'？姚兄，你自有文君相随，我却连司马相如都遇不到。"

没有北漂经历的人恐怕难以理解这种无依无靠的感觉，我只能轻声劝慰陈若浮："不会的，若浮，你这么优秀，怎么会遇到司马相如？"

陈若浮的声音高了一些，却依然像是闭着眼睛自言自语："你不会明白我们这些人的感觉。记者看似光鲜，遇到连真迦这种人，不知有多辛苦。只要他想，无论多晚都会叫我们加班，其实就是拿我们寻开心，为了那点可怜的工资，我们只能忍。有一次看新闻，说公安机关破获了一个特大贩毒集团，当时我就想，贩毒好啊，贩毒能赚很多钱……"

陈若浮居然真的小声呜咽起来，声音不高，但很凄婉。

陈若浮是真喝多了，已经失态了。酒也是好东西，能让人说出心底里那点最见不得人的东西，或许这才是她最真实的想法。

真实，但令人心碎。

很快陈若浮就会失去意识，让她睡在车上，那就真麻烦了。我提高了嗓门，大声说："若浮，别瞎说，贩毒是杀头的重罪，这种想法连有都不能有。有时候大善和大恶就只在一转念之间，这一转念会让你下地狱的！现在就告诉我，你住在哪里？"

陈若浮像是根本没听到我说什么，还在自言自语："不去贩毒，我就不用下地狱了吗？今晚那个老骗子一直在说什么天机、什么缘法，我不信这个，爸爸妈妈都是善良的人，都是好人，可是他们现在，他们现在……"

陈若浮陷入了沉睡，再也无法唤醒。

5

又是华灯初上时，我如约来到明大西门鸿发苑。昨夜酒后奋战了两个小时，一气呵成，终于完成了一封情书，手中方宏远倒贴邮票的信封已经被装满，颇令人满意。

这个点正是鸿发苑最热闹的时候，方宏远早已占据了一个靠窗的好位置，见我走来连忙起身招呼。我得意地把信封递给了方宏远："给，重操旧业，给你凑了一篇。"

方宏远一脸笑容接过了那个倒贴邮票的信封，没有打开，突然一脸担心地问我："你昨晚几点到家的，没被查酒驾吧？"

方老大这点小心眼我还能看不出来？不就是旁敲侧击在打听昨晚陈若浮的情况吗？有事直接问啊。

我一脸正经地说："照顾你的女人一晚上，我宾馆房间你去过的，大床房，唉，辛苦啊……"

方宏远一下就绷不住了，脸色也变了："老三，别闹，正经点，那可是你嫂子。"

我心里说，什么嫂子，若浮还没嫁给你呢，嘴上却哈哈笑了："昨晚嫂子喝多了，在车上就睡着了。放心，咱哥们儿不是那种朋友妻不客气的人。把嫂嫂送到宾馆，单独开了一间房。"

方宏远如释重负，又想揭过刚才的尴尬："老三，你说国裕股份到底是怎么回事，一直在疯涨？每天都以45度角向上攀，突破前期平台最多十分钟，眼睛连眨都不带眨的。每天盘中高点收市，九个交易日下来又翻了三倍，太强悍了吧？"

我嘴里正嚼着一条羊棒骨，含含糊糊地说："管他呢，反正只要没人砸场子，就跟咱们没关系。"

方宏远说："这么疯涨，如果你是散户，应该怎么做？"

羊棒骨的滋味不错，我心情也很好："当散户呢，要学会三件事，第一是平仓，第二是建仓，第三才是获益。"

方宏远问："第一件事不是应该建仓吗，怎么成了平仓了？"

我对着方宏远摇了摇羊棒骨："不对，是平仓，就像习武之人必须先学会挨打。人是一种精神动物，没有平仓时是账面亏损，一旦平仓浮亏就会变成实亏。无论浮亏、实亏都是真实的亏损，原本没什么区别，但是，实亏带来的精神压力远比浮亏巨大，甚至可以说不是一个量级。正是这个原因，包括职业操盘手在内的大多数人都从心底惧怕平仓。但是，要成为职业选手，第一件事就是必须学会平仓，犹豫不决只能是小亏变成大亏，大亏变成巨亏。这是一条铁则，可以说是底线，绝对不容突破，散户的平仓位最深只能设定为本金的10%，多了就不可能回本了。至于等个一年半载再回本的说法，我看还不如去买理财，一年半载得损失多少机会啊。"

方宏远带着钦佩的表情问："那么，建仓呢？"

"建仓说起来更简单，很多人认为建仓的第一要务是选择一只质地优良的股票，这是绝对错误的，必须彻底摒弃！建仓第一要务是选好时机，选好时机比选好股票重要得多。任何一只股票都有涨跌，选好时机任何股票都能赚钱。如果我是散户，每次做短线，至少要盯盘十个交易日以上；如果长期持有一只股票，至少要做一两次短线交易，然后再长期持有。这样才能了解股性，熟悉主力资金打法，才能选准时机。"

方宏远又问："第三获利呢，谁还不会赚钱？"

我又拿起一条羊棒骨："错，获利看似简单，卖出即可。你想一想多少人在股市里赢利只是纸上富贵空欢喜？就是因为不懂得获利。获利同样难在掌握卖出时点，这是一门学问，卖得早了赚的少，卖得晚了会赔钱。那么，什么时候卖呢？"

我啃着羊棒骨，嘴里的话含混不清，方宏远的目光变得急切起来："别吃了，快说！"

"新手往往一见盈利就立刻想平盘收钱，老鸟会根据自己对走势的判断决定平盘时间。如果无法判断平盘时点，我教你一个最简单的方法，直到浮盈开始减少才能考虑。操作方式很简单，跟盈利最高点相比，盈利一共损失了20%，无论后市如何都必须坚决平仓，落袋为安，就怕到时候控制不住自己。"

方宏远的眼睛盯着我，摇头叹息道："老三，你这脑子是怎么长的，谁跟你做对手交易算是倒足了大霉。咦，你怎么把我那条羊棒骨也吃了，快点放下！"

我拿起方宏远的羊棒骨在面前直晃："我写情书的手艺可在全校有名，帮咱们兄弟骗了多少姑娘啊。两条羊棒骨换一个漂亮的老婆，不同意吗？"

看着方宏远貌似憨厚的笑容，我心里却想：如果真可以用两条羊棒骨交换陈若浮，那么，宁可把天下的羊棒骨都让给你方老大了。

方宏远露出了一丝难为情，还是接着说："老三，羊棒骨都给你吃了。那说句实话，你觉得若浮对我怎么样，有戏吗？"

有戏？

就你方老大的表现，送若浮古筝让我去，送若浮回家让我去，连情书都让我代写，有戏才真的见鬼了！

不过，谁让你是方老大呢？

我想了一想，没有正面评价，面带神秘地对方宏远说："方老大，我觉得你应该更主动一些。而且，情书这玩意儿现在太老套了，都是咱们上学时候的事情了。现在，你应该再加上一束花，一束玫瑰花加上一封情书，现在的女孩都喜欢这个。"

听说送花，方宏远立刻紧张起来："你是说，让我去送花？"

看方宏远这副样子，我立刻后悔了："方老大，这可是你讨老婆，用这样无良的眼神看着我，不会告诉我，连送花都让我替你去吧？"

方老大一脸真诚："好兄弟，你知道我胆子小，又好面子，如果当面被拒绝那多不好啊。送佛上西天，帮人帮到底，主意是你出的，花还是你来帮我送，我现在就把情书抄一遍。大不了明天再请你吃两条羊棒骨？"

没来由地，一下想到了洛迎。如果让我亲手给洛迎送一束玫瑰，敢去吗？可惜，永远不会知道答案了。

看我在发呆，方宏远笑嘻嘻地说："老三，就这样啊。"说着，方宏远的笑容突然凝固了，目光一动不动盯着鸿发苑门口，像是看到什么妖魔鬼怪。

我转过头去，一个大摇大摆的人吸引着全场人的目光。就在几个月前，我们还曾经在这里一起喝着二锅头畅想未来，没想到几个月后就成了交手战的对阵方。来人正是我们宿舍的老二，建天系现在的首席交易员——莫伯明！

莫伯明还是老样子，洁白的T恤衫上印着一只向右看的老鹰，个头特别大，生怕别人不知道是阿玛尼，肩膀一摇一晃地走了过来。显然，他目标就是我们的桌子。

方宏远的表情一下变得紧张起来，几乎下意识地问了我一句："老三，怎么办？"

我用眼神暗示方宏远淡定的时候，莫伯明已经毫不客气地坐了下来："怎么，两位现在都已经是A部门的人了，就不再认识兄弟我，连羊棒骨都改成两根了？你们不知道吧，我每天下班后都来鸿发苑，就是为了等你们。"

我心中涌起一种莫名的酸楚，此刻无论说什么都已经没有用了。莫伯明的理想就是成为首席交易员，建天吴铮确实给了他这个平台。

伯明，咱何苦为吴铮这种人卖命？

我默默地给莫伯明满上一杯啤酒，说道："伯明，无论到什么时候，你都是我的二哥。来，喝一杯。"

"老三说得对，明天如何是明天的事情。来，先干一杯！"看着莫伯明喝了一杯酒，方宏远接着说，"伯明，别听人瞎说，我只是调到市场处工作，志超在外省S行，哪有什么A部门。"

莫伯明的表情突然变得很嚣张，用筷子点着方宏远说："方宏远，现在还说这些话有意思吗？傻子都知道汴州受训是A部门的选拔考试，只有你和姚志超通过。而老天对我也不算坏，没能进入A部门，成了建天系的首席交易员。"

"二哥，今天我们不谈这个，只喝酒！"

莫伯明端起酒杯一饮而尽，盯着我说："老三，三个月，每天我都来这个地方，不是为了找你喝酒。"

方宏远的眼睛突然警惕起来："伯明，是吴铮让你来见我们的吗？如果是他来让你见我们，一切无可奉告。"

莫伯明没搭理方宏远，而是自己倒了一杯酒："还是志超眼力好，早就看出吴铮是个人渣。他算什么东西，让我来我就来吗？"

明德大学西门距离建天系办公楼很近，说不定大厅里就有建天系的员工，莫伯明竟然敢这样公开辱骂吴铮。方宏远左右看了看，没人注意我们，这才压低了声音说："伯明，你疯了，这么说老板？"

莫伯明发出了一声不屑的轻笑："方宏远，别来这套，你跟吴铮也差不了多少，姚老三替你操盘七年，你天天在背后说什么？靠着交易技术好点，狂妄都没边了，老师们都不放在眼里，对你更是吆五喝六。你说，你最看不惯的就是姚老三，发誓总有一天要狠狠收拾他。"

方宏远背地里这么说我？

向来稳重的方宏远也勃然变色，几乎吼道："胡说八道，我什么时候这么说过？"

莫伯明还是不搭理方宏远，把火力对准了我："姚志超，我觉得你比方宏远还不是东西，不用故作深沉，我知道，你才是国裕系真正的首席交易员，方宏远没这个本事。上学的时候起大家就说你是咱们这届的交易第一人，我从来都不服气，就是要跟你比一比！"

莫伯明不服气，我早就知道，却没想到一丝执念如此之重。我无言以对，只得说："二哥，市场之上从来没有常胜将军，谁都有失手的时候，又何必如此在意。"

莫伯明粗暴地打断了我："少站着说话不腰疼，就你那副吊儿郎当的样子，怎么配进入交易局，怎么配做首席交易员？"

一股火气腾地一下就冲上了我的脑门："莫伯明，你今天来，就是要说这些吗？"

莫伯明看着我，突然笑了："从来什么都不在乎的姚志超也会生气？什么都不在乎是因为你觉得那些事都不值得你在乎，怎么，今天你知道在乎我了？"

莫伯明不是说假话的人，他说每天来这里等我们，应该是真的，否则不可能这么巧合。我没好气地说："有事就直说，别绕来绕去，不像个男人！"

莫伯明用手点了点我，终于转入了正题："看不惯你是一码事，怎么跟你较量又是另一码事。老子是首席交易员，不是罪犯。"

方宏远有些不解："炒股怎么谈得上罪犯？"

莫伯明皱了皱眉头，以很大的嗓门呵斥道："方宏远，谁让你说话了，这里有你说话的地方吗？"

莫伯明不再理会缩着脖子的方宏远，嗓音小了下来："吴铮不过是条看门狗，他不是建天真正的控制者。真正的建天控制者比吴铮更黑。他们看中了国裕系，国裕系就一定是他们的，奉劝你们远离国裕！如果执意跟国裕系韩志刚走到一起，咱们曾经一个锅里抢过马勺，别怪我没告诉你们，这些人什么事情都能干出来！他们黑白两道通吃，杀人不见血，让你们死了还得背一个罪犯的名声！"

方宏远愣了一下，说道："干什么，他们还能杀人不成？"

莫伯明的眼神中露出一丝凶狠，干脆地说出两个字："没错！"

↗ 第六章

迷 局

1

　　鲜花店老板把一束鲜红的玫瑰交给了衣冠楚楚的方宏远，方宏远犹豫了一下，最终还是把那束玫瑰递到了我的手上。老板上下打量着我，善意地提醒："小哥，送花的时候还是要穿正式一点啊。"

　　看我没有反应，老板无言摇了摇头。

　　回到宾馆的时候已经很晚了，宾馆大堂很静，明亮的水晶灯下，我穿着大裤衩、人字拖，却捧着一束红玫瑰，浑然没有在意迎宾小姐异样的目光（当然，就算意识到，我还是不会在意）。走到楼道的地毯上，人字拖在地毯上发出"嚓嚓"的声音。

　　"姚……"一个清脆的女声在身后响起，欲言又止。回头一看，陈若浮正俏生生地站在身后。

　　昨晚陈若浮醉酒，我费了很大力气才把她弄回宾馆，她的房间就在隔壁。刚才经过时并没有注意，陈若浮的房门一直虚掩着。现在最怕见到的人就是陈若浮，原本打算明天一早把玫瑰转给她，晚上也好替方老大好好编排一番台词，最好声情并茂，当场拿下。

　　没想到，刚到宾馆就跟她见面了。这么晚了，陈若浮依然穿着一件漂亮的红色连衣裙，没有穿丝袜，一双白皮凉鞋更显得脚踝圆润纤秀。能看出来，她刻意修饰过自己，化着非常精致的淡妆，白皙的面庞上涂了一抹胭脂，涵烟细眉之下点缀着淡淡的眼影。

　　一双秀丽的大眼睛正默默地看着我，看到鲜红的玫瑰，丽人双颊显得愈发氤氲。一种尴尬涌上心头，面对陈若浮，我第一次有了不知所措的感觉："若浮，这么晚了还要出去？"

陈若浮缓步走来，红裙摇曳，只说了两个字："等你。"

说着，陈若浮递过来几张信纸，天啊，这不是昨晚给方宏远写的情书草稿吗？

糟了！我觉得嗓子有些发干，脑子有些不听使唤。方宏远的手抄稿还在兜里呢，陈若浮看到的情书没有署名，还是我的笔体，岂不会认为情书是我写给她的？

我神经质般将手中的玫瑰花递了出去，替方老大表白的腹稿早就忘得一干二净，鬼才知道为什么接过情书草稿，顺便说了一句："你的。"

陈若浮的脸更红了，她接过鲜红的玫瑰，羞涩地低下了头："今天阿姨打扫卫生的时候，我去姚兄房间等了一等，结果就看到了这份心意……"

连替方宏远辩白的心思都没了，我愣在当场，完全不知道该干什么。

说着，陈若浮抬起头："姚兄才俊，初见之时就能猜到我喜欢古筝，后来更是见识了一个男子汉的担当。若浮原以为只能仰视姚兄，你能这么想，我好高兴。"陈若浮说着，声音突然变小，最后几不可闻。她本是一个极美的女子，以一副如此羞涩的表情站在面前，我就是再蠢，也该知道是什么意思了。

迎着陈若浮的目光看过去，陈若浮却不敢和我对视，只是低下头，羞涩地闭上了双眼。夏日的夜晚，阵阵少女体香混合着玫瑰花香钻入鼻孔，我突然就有了一种不可遏抑的冲动，想把面前的女孩拥入怀中。

从第一天见到陈若浮，我就感觉酸酸的，觉得方宏远根本不配。此情此景，愧对方宏远的感觉只是一闪而过，下一刻我就想象出把丽人拥入怀中的感觉。

原来旖旎时刻还能迅速陷入冥想，脑海里出现了这样一幅景象——某个不知名的时间，陈若浮独自倚窗，轻轻吟诵着《诗经》里的词句："雄雉于飞，泄泄其羽。我之怀矣，自诒伊阻。"一种征服的快感瞬间在心头荡漾，方宏远的托付早就忘到爪哇国去了。我得意极了，自然而然地向她伸出了双臂。

就在这一瞬，耳边再次响起了那声熟悉的叹息：

"唉……"

依旧声音很轻，跟着，一个淡蓝色的影子一下就占据了所有意念。接受陈若浮，难道从此忘记洛迎吗？一想到忘记洛迎，一想到冥想时心底不再有丝丝酸楚，喉头便涌出丝丝甜意。

特别奇怪，好像真的见过陈若浮倚窗而立，那一次感觉就是痛彻心肺，喉头就是这种丝丝甜意……

什么时候经历了这样的场景，怎么一点都记不起来了？

夏日带来的荷尔蒙开始退去。很短的几秒钟，我突然明白了一件事情：一定曾经有一次特别的机缘，让我对若浮有了情愫，否则，根本就不可能对身边任何一个女孩有感觉。

走廊空调开得很足，但我还是出了一身冷汗。

刚才要做什么，难道对陈若浮做出爱的承诺吗？这是人生中最重要、最圣洁的承诺，根本就是无法撤销的授信！所以，很多宗教根本不允许离婚，如果离婚则终身不许再婚。很多人都在婚礼上复述这段誓词："环境无论是好或是坏，富贵或是贫贱，健康或是疾病，成功或是失败，我将永远爱慕你、尊重你，终生不渝。"

现在，有几人懂得其中真味？

我擦了擦额头上的冷汗，面前的陈若浮好像感觉到了什么，睁开双眼，好像问了一句什么。

我还在想着洛迎，不知道糊里糊涂顺口说了些什么。回过神来的时候，才听到陈若浮说："天啊，是宏远，方处长？我……在S市确实跟他接触很多，不过，一直把他当作普通朋友。"

我自负什么事都能拿得起、放得下，此时此地，却窘迫得像做错事情的小朋友面对幼儿园阿姨。

陈若浮的面孔从羞涩变得失望，又变得泪水盈盈。她翻动着花束的标签，落款果然是龙飞凤舞的三个大字"方宏远"。我曾经笑话方老大，进交易局没几天，就开始学着领导签字了。

过了好长时间，陈若浮像是下定很大决心才抬起头，惨然一笑："姚兄，若浮今晚冒昧了。以姚兄度量定不会以此为意，若浮永远是姚兄的若浮。至于方处长，我会处置好一切，不必挂怀。"

我一阵紧张，陈若浮要如何"处置"方宏远的心意？方宏远如果知道今晚的事情，还不得杀了我？

原本想趁机逃走，就在转身的时候，我看了看两侧关着的房门，怎么觉得猫眼之后有人偷窥呢？

别想这么多了，赶紧跑路吧！

2

在《证券动态》不遗余力的炒作下，整个市场都知道国裕股份即将转型房地产，股价一飞冲天。

造势文章早就写好了，自信不比"红桃K"差多少，问题是由谁来署名？这个人一定要有权威、有公信力，还要比较中性，所以，不能是韩志刚自己。韩志刚希望是交易局局长兼首席交易员林灵素，我希望是副局长祖归海。

看我不置可否，韩志刚就没再坚持。

有时候私下琢磨林、祖二人，祖归海录取我进入交易局、放到S行的位置、100万元奖金……林灵素逼我给国裕放贷款、为国裕操盘、利用女儿用催眠术窥视我的潜意识……贤佞忠奸简直判若云泥。

一大早，我就来到交易局。今天约了祖归海，希望老祖亲自出面为国裕股份澄清事实。没想到，祖归海的办公室紧锁着，综合处的人说刚才老祖出去了，不知道去哪儿了。

真奇怪，明明是约好的。

我在交易局大厅踯躅，综合处的人气喘吁吁从楼上跑了下来："祖局刚才来电话了，让您下午去这个地方找他。"

看到便笺上的地址，我愣在了当场：建天大酒店？酒店跟建天系有什么关系吗？如果有，可就意味深长了。

下午两点的时候，祖归海就坐在建天大酒店一个套间的办公桌后面。在交易局半年多，从来不知老祖还有在酒店办公的习惯。

老祖一如既往满面春风："怎么，当了行长还这样一身行头？现在是带领几千职工吃饭的领导了，时刻要注意些。"

这不像是批评，倒像是一句玩笑。我对老领导笑着说："祖局面前，我永远是当年刚进交易局的小姚，至于穿着，没想这么多。"

"随性随真就好，世俗沾染得太多，性情自然也就会受到影响，反而不好。"祖归海的表情永远一成不变，"今天来，是为了国裕系的事情吧？"

祖归海开门见山，就不用绕弯弯了："确实如此。国裕系是S行贷款户，我很了解这家企业，他们不可能介入房地产。现在'红桃K'和她背后的势力不断煽风点火，再这样下去，国裕系就会被市场绑架，被迫转型，我们就会失去一家响当当的实业公司。"

祖归海向来是一个柔性的人，今天同样很委婉："记不记得离开之前跟你说过什么？你率真率性，又是一副暴躁的脾气，强大的市场灵觉反而会成为交易的负累。所以，才把你放到S行，希望你在那里建功立业。S行有几千职工、上千亿的资产，是一个人人渴望的平台。你去了半年，干得很不错，局里已经考虑由你正式接任行长，这个时候不要节外生枝。"

如果祖归海从开始就想拒绝，为什么不在电话里说明，还要让我来建天大酒店？坐在祖归海对面，再次觉得眼前这个人无法捉摸，那副平和面孔的背后有着太多的深不可测。

还想坚持一下："多谢祖局，我知道事情轻重。不过，市场如此传言国裕系毕竟不是一件好事，总要还投资者一个公正。"

像是不经意间，祖归海问了一句："国裕系转型房地产，有什么不好吗？还是'红桃K'咄咄逼人让你感觉不舒服？"

国裕系转型房地产有什么不好？还真没认真想过这个问题，单纯从利润的角度，"红桃K"简直就是活雷锋，双手奉送给韩志刚一束玫瑰。

不知老祖为何要提到这些，我迅速整理了一下思路，简单说道："您知道，如果把国裕的实业变成了房地产，甚至形成市场的一只疯牛，很快全国的资金都有可能进入类似的循环，这种结果的危害是怎么说都不为过的。"

祖归海表情依然波澜不惊，语气却不容置疑："你已经离开交易局，很遗憾这时候我们才谈起交易之道。交易之道是财富天道，只要所有人都认定的事情一定会形成趋势，没有人可以对抗。无论你将来是否回到市场，一定要记住，市场本就是一个让人暴露极端情绪的地方，只有个人情绪的好与恶，根本没有真正的对与错，唯一正确的选择是顺势而为。那些试图改变市场情绪的人，才是想偷天的人。"

顺应市场做出选择，道理听起来是没错的，如果国裕系转型为房地产，涨幅还是真的比现在更有想象力。

可是，这真的是市场之道吗？

看我愣在眼前，祖归海又说："我知道，前期国裕系是你在操盘。能看穿迷宫一样的走势的人不多，你算其中一个。"

我想解释些什么，祖归海对我挥了挥手，示意我不要打断他："我没有责怪你的意思，你大概还不知道'尾单13'是何方神圣吧？"

"建天系的主交易员莫伯明是我大学同学，他不可能是'尾单13'。"

老祖春风般的笑容突然不见了，他干笑了两声："嘿嘿。'尾单13'，'尾单13'！没想到有生之年真的会见到你。'尾单13'，它可能是一个人，可能是一个组织，也可能是一个国家，没人知道它是谁。'尾单13'最著名的现身时机是在1929年大危机的黑色星期四，最后所有的尾单数字就是13。"

如果这句话从普通人嘴里说出来，我会认为他得了妄想症，可是，祖归海不可能在这么大的事情上忽悠我。

老祖没有在意我惊异的面孔，继续说："1929年大危机后国会、货币署、FBI第一次联手调查'尾单13'的身份，这场调查持续了四年，几乎动员了全世界的力量，最后还是一无所获。当时获得的所有信息是，每次全球性金融风暴'尾单13'都会现身，比如早年的南海危机、密西西比泡沫，这些人在胜利前会亮明身份，留下131313的尾数。连'尾单13'的身份都无法证明，国会只能出台了那部史无前例的《1934年证券法》，对金融市场进行了最严厉的限制，禁绝了'尾单13'可能出现的所有交易机制。"

我震撼于刚才的话，冲口问道："那么这一次呢？对手是谁，是真正的'尾单13'吗，不可能吧？一个能做出1929年全球经济危机的大人物，怎么会看得上国裕股份这样的小角色？"

"可以这么考虑，不过，1934年的调查还有一个结论，就是'尾单13'最初出现的盘局是合众国西部一个肉制品厂的股票交易，还是店头，同样无足轻重。至于这一次……"

祖归海的口风向来很严，今天能说这么多已经很难得了。之前以为狙击国裕的是建天，最多背后有国际游资撑腰。现在，老祖却打开了一个潘多拉魔盒，一个从未见过的妖魔哗啦一下蹦到了面前，天下怎么会真有"尾单13"这样的阴谋家？

看我沉默在当场，老祖看似无意地问了一句："今天找你来，还有一件事情，帮忙看个案子。国内有人在LME市场对赌铜期货。你大致了解一下，不用太仔细，说出第一感觉就行。"

那份资料很厚，用了一个多小时才看完。在这期间，老祖一直在看电视，好像是一个什么电视剧。放下材料的时候，老祖轻轻摇了摇手，一副轻松的表情，示意看完这一集再说。屏幕上，一个男人正享受一群女人争风吃醋，其实是从现代穿越回去的一个瘪三。这种电视我一眼都看不进去，老祖多忙的一个人，怎么会在肥皂剧上浪费时间？

20多分钟后电视剧终于结束了，老祖平和地转过脸，似乎在做一件无关痛痒的事："说说看？"

对赌盘局很危险，但并非全无胜算。随着我的解说，祖归海变得越来越心不在焉，我甚至怀疑他是不是在听。

3

没想到，宾馆里还有级别更高的人物在等我——交易局局长林灵素。

如我所料，这位冷面局长丝毫没有提及楚牧儿的不辞而别，就更别说窥探我潜意识的事儿了。在父亲眼里，怕是女儿要杀人都会怪我没摆好姿势。

林灵素从始至终都是一副公事公办的表情，虽然觉得有些别扭，还是跟他、韩志刚一起讨论了《中华资本市场报》的造势问题。结果是，由几位知名大学的学者、证券界的名人，连续用几个专版论证国裕股份不可能转型房地产。

最后的爆炸招不是某一个人，而是由S市市政府出面。在全世界任何一块土地上，政府都是最强大的信用体，2008年全球金融海啸也必须由联邦政府出面对金融机构执行国有化，由市政府出面公布国裕股份三年发展规划，可以彻底断绝市场对国裕转型房地产的幻想。

剩下的问题就是，消息公布之后肯定有一轮暴跌，国裕股份贷款协议仍在，如果势头过猛，比如跌穿了贷款时股价的40%，质押的股份就属于S行了。林灵素看了我一眼，说道："还是原来的模式，让方宏远以调研的名义继续进驻国裕，跟主操盘手合作。"

言下之意，还是由我来操盘。

就在我以为林灵素要告辞的时候，他话题一转："手头有一个朋友的案子，你帮着看一看。不用太在意，告诉我第一感觉就行。"

说着他递过来一份资料，我打开一看，真的很奇怪。

林灵素和祖归海，两人给了我同样一份资料，都是LME铜期货对手战。什么样的机缘能让林灵素和祖归海两个人关注同一个案子，又都把这个案子交到我的手上？"告诉我第一感觉就行"这句话下午祖归海刚说过，我只是一个普通人，第一感觉就这么重要吗，重要到交易局一、二把手同时要听一听？

资料我早就看过，当年国际铜产量大幅提升，按照经济学理论，供给越多价格越低。谁也没有想到，LME铜期货市场三月主力合约不跌反涨，一年以来，合约价格从2 600美元一路上涨至3 400美元。我粗略估算了一下，控盘方至少持有所有流通盘的60%，只有这样的仓位才能肆无忌惮地逆势挟仓逼空。在期货市场中，控盘达到30%以上就算是很难打破的盘局了。所以，在LME市场做空铜期货几乎是必输的结局。

几乎必输，不等于必输。

只要盘局没有走完，金融市场中一切都存在可能，这也正是金融市场的魅力所在。正如资料所言，市场上尽人皆知本次多方主力是一位美籍日本人麻生泰男，据说他跟西方国际炒家有着千丝万缕的联系。

有报道将麻生泰男称为"锤子"，意思是此人有着锤子一样坚硬的性格。麻生泰男的"锤子"不是白叫的，此人做事不留丝毫余地，把对手赶尽杀绝。结果就是，他把三月期货合约价格拉得太高。

这种做法看似不给空头留一点生还的希望，实际上早就自掘坟墓。LME市场历来是金融巨鳄的天堂，无论你有多少钱，哪怕是最大的巨鳄，也必须在表面上遵循市场规律。把事情做绝，反而会坏事。正是这个原因，麻生泰男这个"锤子"露出了破绽。

恰好，我看穿了胜负手。

在建天大酒店的时候我就对盘局有了判断，LME市场是一个全球性市场，麻生泰男太渴望胜利了，把价格推得实在太高了，不给空方留一点生还的希望。但是，他可以控制一只合约，却不可能控制所有合约。

由此，铜期货各月合约之间的差价极大，所以，虽然多头已经取得了绝对控盘的力量，但也不是不能破开的盘局。

要赢得这场交易，功夫在盘局之外。

说穿了也很简单，现在一月、六月合约跟三月合约差价已经很离谱了，只要顺势继续做空一月、六月合约，无限拉大不同期限合约之间的差价；差价一旦扩大到一定水平，按规定英国FSA（金融服务管理局）必须介入；麻生泰男实在是太有名了，到时候只要散布麻生泰男被调查的消息（并非谣言），三月期货合约的盘局不攻自破。

当然，仅有思路是不够的。空方还需要一个技艺高超的操盘手，能够在瞬间拉开不同期限合约之间的差价，选择造势平台也是一门艺术。

无论微操如何，相信这都是唯一的绝地反击思路，要告诉林灵素"第一感觉"吗？一年来发生的事情让我精神高度紧张，年初就因为第一感觉才惹出这么多事情。谁知道我无意间的判断又会惹来什么乱子？

厚厚的一叠资料，我又心不在焉地翻阅了半个多小时。其实一眼没看进去，心里一直在紧张权衡：这番话已经告诉祖归海，要对林灵素重复一遍吗？

房间很静，跟波澜不惊的祖归海相比，明显能感觉到林灵素的目光中有一丝焦虑，他为什么这么紧张？

开口的一瞬，我做出一个决定："我对期货市场了解不多，判断做不得真的。在期货市场，尤其是国际期货市场，跟一个控盘量达到60%以上的多方做对手，如果是我，不会做这个案子。"

林灵素身子向前微微倾了一下，显然，他没想到我会这么回答，虽然只要是期货高手，一定会给出同样的答案。

我硬着头皮说："林局长，不好意思，交白卷了。"

那一刻，林灵素特别失望。

4

屈指算来，在北京已经盘桓了快一周。明天《中华资本市场报》的反击就要开始了，必须回S市备战，S行也有很多事情，我们周日必须赶回S市。

四年大学生活，我太了解身边这几个室友了。

方宏远气量很小，陈若浮拒绝方宏远，相信两人的关系会变得很微妙；如果方老大知道陈若浮的真实想法，一定会给我重重记上一笔，说不得连兄弟都没的做。不知道陈若浮究竟怎样"处置"方宏远，方老大没什么异样，反而对我更加热情，上车时还递给我一份当天的《中华资本市场报》，这是大学时才有的习惯。最令我惊异的是，一路上方宏远虽然不再主动向陈若浮献殷勤，二人看起来并没有一丝尴尬。

韩志刚驾车的时候不喜欢说话，陈、方二人很快就睡着了。我坐在副驾驶的位置上，窗外景物飞逝，我翻看着手中的报纸，渐渐陷入了冥想的世界。

国内期货市场规模异常狭小，可以说在整个经济体中无足轻重。但是，正是因为总盘子小，国内期货市场成为资本玩家的投机乐园，火爆的LME三月铜期货早就带动国内期货市场高潮迭起，橡胶、大豆、有色金属，无一不出现了多逼空的行情。

期货市场虽小，几十倍、上百倍的资本增值效应却远比股市震撼，股市诱惑普通股民，期货市场却会诱导商道的成功人士。对经济体系来说，一个商道成功人士破产的影响远比几百股民赔钱恶劣得多。

假设"红桃K"攻击国内市场的猜测为真，那么，以LME市场带动国内大宗商品就是环节之一，由此，必须终结LME市场麻生泰男的神话。

林灵素、祖归海都问过我案子的情况，是交易局要接手吗？如果交易局接手，操盘者就应该是林灵素本人，可是，他询问的方式实在令人恼火。老祖不分管市场业务，为什么也要询问我的想法，有些想不明白。

念及老祖，心中有丝丝暖意。听我说完LME市场的思路，老祖再次谆谆告诫，金融是一个高风险行当，不知多少市场灵觉优秀的人在交易中枉送性命。金融也有很多种，信贷、信托、保险，何必非要沾染交易市场？

我痴迷金融交易，也知道S行主持工作的副行长对一个年轻人的意义，从这里走上去，一生必将风光无限……

想着唾手可得的功业，嘴角露出了一丝微笑。

根本就是毫无关联，在这一瞬间，突然再次想到了年初吴铮的事情。我笃定地相信，吴铮所说是真的，信封里装着的命运远比S行行长风光。

怎么能把老祖跟吴铮相提并论？

一念之间，不由悚然心惊。我甚至已经想明白，当日没有接受吴铮的信封，并不是有多坚定的信心，更重要的是履历不足以知道那个信封的价值，老祖的给予更简单：权势、地位、金钱。吴铮和老祖本质是一样的……

怎么能这么想，老祖对我有知遇之恩，可以说，现在的人生就是老祖选择的。

自己的人生需要别人选择吗？

……我愿尽余之能力所及为投资者博得最高回报，凡我所见所为均应恪守秘密，愿我生命与职业能得无上光荣！……

这是我对自己的誓言，这才是我的人生。

临行前老祖问道："如果国裕系再次面临'尾单13'的攻击，或者S行有机会并购国裕系，你会出手吗？"

问完这句话，祖归海就坐在那里看着我，一种强大的威压扑面而来，让我不敢信口搪塞。我甚至有了一种错觉，面对祖归海，无法掩饰任何情绪。即使面对祖归海那强大的气场，我也一定能编排出一番令他满意的言辞，但是，我不想这么做。

一种倔强油然而生，我很少说话这样正经："居庙堂之高则忧其民，处江湖之远则忧其君。在其位谋其政，现在我首先要做好的就是S行的事情，不是关心金融市场。但是，国裕系是S行第一大贷款户，无论股票暴涨暴跌、公司被动战略转型还是管理层更迭，对S行都不是一件好事。所以，我不会袖手旁观。"

与猜测并不一致，听我说完这席话，祖归海的表情根本没有变化，就连威压也消失了，他只是淡淡地答了一句："哦，回去吧。"

当时并没有觉得什么，现在回想起来却有点心悸。老祖向来是一个含而不露的人，话里话外已经多次透露出不希望我涉入国裕系。然而，毅然回绝了他，一份近乎漠然的平静会隐藏着什么？

曾经有一种感觉，如果放弃了吴铮赐予的命运，就会有另一种悲惨的人生："红桃K"根本不可战胜，我被陷害入狱，成了神经病，成了流浪汉，在街头自生自灭……很久之前我已经相信自己对危险有预知能力，难道真有这样的命运在等待？奇迹般回想到醉酒后乔治的话，一字一句：……世界上有很多种生存方式，有人辛苦一生食不果腹，有人犯了弥天大罪却大富大贵，怎能说清对与错呢……

下意识地在报纸上撕下了一个小角，放到嘴里开始咀嚼。往日，随着这种不良习惯我的脑子可以迅速旋转，应对繁难的盘局。今日，刚咀嚼了没几下，突然就从心头升起一股狂躁，几乎不能自持。

也就是一瞬间的事情，我突然觉得身边的世界如此可恶，各种说不出来的负面情绪在心中爆炸。

原本在想象跟洛迎在家中共进晚餐，即使是一次普通的晚饭，跟爱人在一起也会很幸福。我突然瞪大了双眼，因为，脑海中出现了极其离谱的场景：我的面孔竟然换成了朱狗剩，洛迎最后和朱狗剩走到了一起；几十年后我变成了一个老乞丐，举着无力的双手在寒风中乞讨；最可恨的是，在我乞讨的几十年里，朱狗剩和洛迎始终享受着溢满的幸福。

眼前闪过朱狗剩和洛迎耳鬓厮磨的场景，狂躁的心情突然爆炸了，手恶狠狠地砸向了副驾驶前面的玻璃，似乎这样能砸碎脑海里的形象。车里本来很安静，突然发出"砰"的一声，我手上立刻流下了鲜血。韩志刚扫了我一眼，迅速把车子靠到高速路应急带并打开了双闪，陈若浮和方宏远也从迷迷糊糊中醒来。急刹车未能阻挡我的狂躁，风挡玻璃再次发出"砰、砰"的声音。

手上传来的疼痛令狂躁减轻了几分，韩志刚一把抓住了我已经鲜血淋漓的手："姚兄，你怎么了？"

一下我就恢复了正常，刚才怎么回事，就因为想到一个想都不敢想的命运吗？我"噗"的一声吐掉了早就成为纸浆的小纸团，歉意地对韩志刚笑了笑。

一只温柔的手开始有节奏地揉动着我的肩膀，关切的声音从后座传来："姚兄，你怎么了？"

回过头，陈若浮关切的目光正看着我，方宏远在揉惺忪的睡眼。不知为什么，方老大既没有对陈若浮的举动有怒火，也没有像往日对待兄弟们一样关切，反而眼睛不敢看我。

根本不是方老大的性格！

就在这时，韩志刚的手机突然急促地响了起来，接完电话，他的脸色变得极其阴沉。车上的气氛更加紧张，韩志刚默然问道："姚兄，刚才你暴怒是因为这个吗？可是，没看你得到任何消息，怎么会知道？"

就在刚才，林灵素给韩志刚打来电话，祖归海刚刚下令，明天，周一，交易局即将任命一位S行新行长，且去掉了"主持工作"四字，是正式行长，这个人不是我。行长人选做梦都没有想到，是当年我的处长——魏华。

韩志刚以为我突然暴怒是预知了此事，还以为我有未卜先知的能力。不是这样的，即使知道这个消息我也没有什么反应，原本对S行行长的位置就没多少兴趣，这种消息远不能让我失态。刚才我在胡思乱想，心爱的女孩被一个流氓骗走了，总不能向韩志刚这么解释吧？只能任由韩志刚去猜测。

5

聂国强早就急得在房间里团团转。我能理解聂国强的心情，行里普遍认为我二十几岁就成为代理行长，S行肯定是跳板，过几年一走行长的位置铁定是他的。魏华就不一样了，他还有八年才退休，占住行长的位置，聂国强这辈子怕都没指望了。

韩志刚开口说道："林灵素对S行的人事任命是有否决权的，我马上回京跟林兄面谈一下，看能否挽回。刚才我们已经电话沟通，林兄为此非常光火，周日上午召开局务会他没有参加，程序上不合规矩。"

实在不愿意熄灭聂国强眼中的希望，但我也知道，林灵素从来不过问下属单位的人事安排，如果看某个人不顺眼，谁的面子也不看，随便找个理由免掉了事。问题就是这个理由，就算林灵素可以免掉魏华，起码也得花几个月时间。

看我面无表情摇了摇头，聂国强懊恼地坐在了沙发上："那怎么办，难道就这么等着吗？"

此时此刻，我脑子静得出奇，根本没想S行的事情，反倒是不祥的预感越来越清晰，隐隐觉得悲惨的命运即将变为现实。这些事根本不能跟眼前的韩志刚、聂国强说，他们一定会认为我得了被迫害妄想症。

聂国强突然从沙发中站起来，大声抱怨道："干部任免是有原则的，必须广泛听取意见，怎么能姓祖的一个人说了算？"

看着两鬓斑白的聂国强，我突然感到一阵愧疚："魏华这个人不懂专业，搞人倒是一把好手，坦率地说，有这样一个行长，对S行和全体员工都不是一件好事。如果估计得不错，这是针对我个人的一项人事安排，我主动请辞，上面就会考虑S行的长远发展。"

聂国强更加激动，他摇了摇手："千万别这么干，上面那个姓祖的看起来和蔼可亲，做事却不择手段，他会不知道魏华是个什么鸟？魏华前几年来S行调研，走的时候竟然把我们办公用的笔记本给带走了，说什么也不还，这种货色怎么配当一把手？"

果然，周日晚上S行值班室收到局办加急传真，第二天祖归海和人事处将共赴S市宣布一项重要的人事任命。我始终没有接到任何电话，如果不是林灵素事先通知了韩志刚，没准还以为自己能扶正呢。

看着办公室送来的传真件，我嘴角露出了一丝冷笑：老祖，到底玩哪出？我来S行不会成为谁的代言人，更不会和谁合作构陷韩志刚这样的实体英雄。

交易局的工作组应该已经到了，我没有像往常一样带队到办公楼门口迎候，整个班子都自愿留在了会议室。看到祖归海和那个矮胖矮胖的魏华进入会议室，我丝毫没有掩饰地紧皱起了眉头。魏华一副摇头摆尾的样子，不像是一个科级行长，倒像是一位高级首长，边走还边挥手，不停地向人群致意。祖归海毫不在意我的表现，不急不慢地走着，时而跟身边的人说些什么，像是一切成竹在胸。

就在两天前，我还觉得这个人对我有知遇之恩；仅仅是一纸文件，就成了敌人，难道我们之间的关系只维系在一个S行行长的位置上吗？

接下来便是繁文缛节了，祖归海代表局班子高度肯定我半年来的工作，宣布对魏华的任命，强调新班子要做好团结。我不由在心里冷笑：在交易局的时候我跟魏华就水火不容了，现在来讲团结，岂不是睁眼说瞎话？

我不是一个善于掩饰的人，全行职工大会没结束就离开了主席台。已经没人给我留面子了，我又何必给人留面子？

根本想不到，就在我一个人在大街上胡思乱想的时候，建天系吴铮已经来到了S市，方宏远正噤若寒蝉地坐在他面前。

离京前的一个晚上，方宏远发现门缝里塞进来一张照片：陈若浮抱着一束玫瑰，微微闭着双眼，表情很激动；我一脸得意，正站在她面前伸出双臂。

大概下一刻两人就抱上了吧？朋友妻，不客气！浑蛋姚志超，原来是这种人！

方宏远愤怒地打开宿舍门，想冲出去找曾经的兄弟算账，门开了，吴铮正一脸严峻地望着他。

照片是吴铮塞进来的，看到惊愕的方宏远，吴铮一把把他推回房间："咱们关系不是一天了，现在想躲着我吗？告诉你，关键时刻只有我才能帮你。"

愤怒早就无影无踪了，方宏远想起了莫伯明的话，更加惊恐，说话几乎有些结巴："吴……吴总，你……你要干什么？"

吴铮顺手递给方宏远一沓照片，得意地说："给，自己看看吧。"

翻开这沓照片，方宏远立刻被嫉妒烧红了眼睛，他看到我把陈若浮从车里拖了出来，看到我们半搂半抱走向宾馆，看到我在前台开房，看到我把失去神志的陈若浮横抱进了一个房间。最令人气愤的是照片上的时间，有一张我抱着陈若浮进房间的照片，还有一张是门关了。

两张照片相差只有几秒，足以令人遐想连篇。

交易局的宿舍只有一张床、一个书桌、一把椅子，吴铮得意地拉过椅子坐下："没想到吧，同宿舍的兄弟是一个人面兽心的家伙！乘人之危，对你的意中人先下手为强。啧啧啧，若浮真是个漂亮的姑娘啊！"

方宏远忘记了所有的恐惧，几乎吼道："吴总，姚志超到底把若浮怎么了？"

吴铮的表情极其猥琐："若浮花儿一样的女孩，落到姚志超如此张狂的人手里，你觉得她还能留住清白吗？"

方宏远疯了一样在房间里走来走去，嘴里还在嘟囔："仗着自己交易技术好，上学的时候这小子就指挥我干这个、干那个，连内裤都是我给他洗，对我吆五喝六，早就看丫不顺眼了。尤其是每天装出一副穷样子来，他比谁都有钱，就是一分钱不肯花，什么玩意儿！"

"原以为他还算憨厚，没想到是这么个玩意儿，乘人之危，还信誓旦旦说帮我追若浮，就是这么追吗？都追到床上去了！"

"杀了他，我一定要杀了他！"

不知过了多久，方宏远终于颓然坐在床上，抱着脑袋不知在说什么。

吴铮语重心长地说："姚志超跟你有夺妻之恨，夺妻之恨，嗯，跟杀父之仇也差不多啊！不过，你也不能杀了他啊，杀了他，若浮就是你的吗？你还不是要去坐牢、去偿命？不能这么做。"

方宏远当然不敢真去杀，也不知该怎么做，很自然地问了一句："吴总，那您说该怎么办呢？"

吴铮长者一样注视着方宏远："以后不要叫吴总，喊哥就行了，关键时刻才能看出来谁是你真正的朋友。"

说着，吴铮递给方宏远一个大信封："打开看看，哥给你的。"

信封里只有一串钥匙、一个小瓶子，方宏远不解地看着吴铮。

"姚志超的厉害之处在于聪明过人，要对付这种人不能翻脸。这瓶'莫愁散'无色无味，只要每天吃上这么一点，就会使人智力下降，神不知鬼不觉没有任何身体反应。等他成了笨蛋，一切还不都好说了？"

说着，吴铮拿起信封里的钥匙晃了晃："事情无论办成办不成，金融街一套130平米的房子的钥匙就给你了。等若浮乖乖回来，你忍心让她也住这间破宿舍吗？"

看着那串钥匙，方宏远紧紧攥着药瓶，像是下了很大决心："姚志超有个习惯，可能连他自己都不知道。他喜欢撕下报纸几个角，放到嘴里咀嚼，到时候只要把药粉涂到报纸上就行！"

吴铮张狂地大笑起来："行，好兄弟，就这么干！走，哥带你去潇洒潇洒。"

听完叶志超在车上发疯的情况，吴铮会心地笑了："干得不错，按照现在的剂量给他吃下去，不出一个月他就会彻底疯掉。"

方宏远几乎哽噎着说："吴总，当时志超发疯的样子太可怕了，在高速公路上用拳头捶打车窗，手都打出血了。你只说吃下'莫愁散'会让人智力衰退，怎么会是这个样子？"

吴铮目露凶光："方宏远，你不知道吗，发疯也是智力衰退的一种。还称呼他为'志超'，难道忘了陈若浮的事情，要心甘情愿把若浮双手让给人家吗？"

方宏远的手有些哆嗦："吴总，我……我……我真是下不去手啊，姚志超要是真疯了，那可怎么得了。"

吴铮轻蔑地看着方宏远，又扔过来一沓照片："干你都干了，现在还想退回去，早就晚了！"方宏远打开来，手一抖，照片全都掉在了地上："吴总，你不能这样啊，不能啊！"

散落的照片上，方宏远被几个姑娘围绕着，动作不堪入目。

转眼间，吴铮又变成了一位长者，从随身携带的书包里拿出了一个红皮本子，递给了方宏远："给，西城晶华的房产证，是你的了。金融街一套130平米的房子，还是很值得的。"

第七章

绝杀

1

在陈若浮的斡旋下，《中华资本市场报》头版头条刊登了S市市政府一篇公告，公开宣布国裕系三年规划，称国裕系将完全聚焦于农业。接着，《中华资本市场报》连续几天刊发了一批著名专家学者文章，充分论证了国裕系在农产品市场的优势。

这些消息犹如重磅炸弹，市场立刻起了反应，国裕股份连续出现了几天跌幅，又转而趋于平稳。我没有出手干预，涨跌本是天道，只要给投资者稳定的预期，价格一定会达到均衡位置。

奇怪的是，国裕系刚刚开始反击，"红桃K"立即销声匿迹。陈若浮曾私下提醒我跟韩志刚，从媒体人的角度来看，"红桃K"的图谋怕不是在国裕系暴涨上赚一笔那么简单，静默越久，后面的动作就越可怕。

我当然知道，国裕股份是"红桃K"选中的造势王牌，前期炒作不成，一定会对国裕施以更凶悍的报复。莫伯明曾经说过"建天系看重国裕"，建天最终的目标一定是并购国裕，我们必须拿出对策。

最近心情实在太差，不愿意去想这些事。

不想见祖归海，更不想见魏华，我就一直待在国裕系交易室。S行传回来的消息多少令人不舒服，魏华上任后祖归海一直留在S市，不知做些什么。

又是一天波澜不惊的交易，晚上快休息的时候，宾馆房门被敲响了，我从猫眼看去，站在门外的人竟然是祖归海。

不用猜，肯定是来做思想工作的。

在领导位置上待了几个月，大概了解其中套路，无非是给失意者一些承诺：下次一定如何，过几年一定如何……真的信了，那是连春节都会过错的。职务序列提升从来都是有一拨算一拨，别说下次竞聘，更别说过几年，就算是明天，现在位置上的人还不知道在哪儿呢。

给老祖开了门，我毫不客气地拉了把椅子坐在祖归海面前，老祖眼神中流露出一丝不满。此前无论是在什么时候，我通常都会站着跟他说话，等他示意坐下才会坐下。

现在，就不管你这么多了。

老祖表情看起来波澜不惊，话题却没有一点铺垫："魏华任行长的事情，我是在帮你，知道吗？"

帮我？我就知道祖归海准这么说。

这个时候，老祖就是说孙悟空马上下凡都不会奇怪。我想尽量以平静的表情面对老祖，结果还是冷笑出了声。

老祖没在乎，还在侃侃而谈："我了解你，如果你继续留在S行行长的位置上，一定会更深涉入国裕系的事情。国裕系涨跌之争早就不再是一家上市公司的事情了，背后不知牵涉了多少势力，很多超出了交易局的能力范围。简单说，如果你强自为国裕系出头，这个世界上没有人能保住你。"

"是吗？我只是为了保住S行贷款资产，也尽一个朋友的义务，没有想过与谁为敌。如果真有麻烦找上来，也无话可说。"

老祖深吸了一口气，像是做了一个重大的决定："一个顶级操盘手成长需要时间，更需要世事历练，市场灵觉做出的预知需要配合一份平和的心境。顶级金融交易带来的心理压力远非一副暴躁性格所能承受，那种致命盘局中，输掉交易的人不仅仅损失财富，也会输掉健康、命运甚至是性命。"

金融交易会让人丧命？确实有报道称，某散户在盘面暴跌时心脏病突发死掉了，这大概跟金融交易没什么关系吧，我心理承受能力哪会那么脆弱？

老祖没在乎我的表情，继续说道："跟你谈起过'尾单13'，知道吗？这个世界上真正跟'尾单13'交过手的人已经一个都不在了。"

我再也忍不住了，笑着贬损："那真该庆幸，我现在还能神完气足地坐在这儿，您不是对着一个鬼魂吧？"

祖归海没有在乎我的讥讽，他沉默着，像在思考什么。

一片静默中，房间里的气氛陡然紧张起来，祖归海身上再次出现了那种令人心悸的气势，那凌厉的眼神像是两把匕首，割开了我的思维，让一切无所遁形。

"人们都知道1929年那场危机使全球陷入萧条，人们不知道1929年10月29日当天，惨烈的交易使纽交所全部交易员死于非命，根本查不到死因，只得事后宣布这些人在附近宾馆自杀，所以当时才有'开房间住宿还是自杀'的笑话。由于人员损失过度，纽交所连简单的股票交割手续都无法完成，只得对外宣称报价单太长，打了四个多小时才完成，因为，他们花了整整四个小时才调来交易员。志超，你该知道一个优秀交易员的价值，相当于用黄金铸一个人。"

大危机暴跌当天纽交所无法关门是人们熟知的往事，所有交易员都死掉了，这事却是第一次听说。我忘记了被免职的事情："那'尾单13'究竟是谁？"

看我二愣愣的样子，老祖的表情越来越严肃："我曾经跟你说过，美联储和FBI无法查证'尾单13'的真实身份。这些年圈里陆陆续续传过一些消息，合众国当局并非没有识破'尾单13'，不敢公布罢了。'尾单13'是一个全球顶级财团组织选出来的操盘手，这个组织名叫'元老院'，成员包括摩根财团、洛克菲勒财团等等。"

一丝疑惑闪过我的脑海："如果'尾单13'是合众国自己的财团，他们怎么会制造1929年大危机？"

"你别忘了，当年正值美利坚合众国揭出了城市之羞，当局要以反垄断为由头肢解各大财团，所以，各大财团就联手反击，制造了1929年大危机，让联邦政府过不下去。"

我依旧不明白，追问道："那大危机之后呢，这些财团不照样被肢解？"

"大危机后有的财团尾大不掉，想挑战元老院的领导权，"说着，祖归海突然转过头，目光灼灼地看着我，"元老院确实是一个真实存在的组织，所谓'元老'控制着全世界绝大部分财富，不允许任何人反抗，更不容许有人挑战他们的地位。1991年，英国政府违背元老院的意思签署了欧共体马斯特里赫特条约，立即就被惩罚。这样的老牌帝国也无法对抗元老院，在1992年的英镑狙击战中一败涂地，被迫退出马约，缺席现在的欧元。"

1992年，英国央行败于国际游资之手，这是全世界央行的笑话，甚至直到现在也没人能说清楚究竟是怎么败的，稀里糊涂就这么输了。

我闪电般回忆了一系列的国际金融大事，一系列无法解释的谜团立刻迎刃而解。英镑缺席欧元，最大的受益者当属美元，也就是合众国元老院。能击溃曾经的日不落帝国，除了合众国还能有谁呢？

窗外偶尔会有一辆轰鸣的大货车经过，整个城市已经陷入了沉睡。此时此刻，祖归海目光如炬的眼睛正盯着我："这么多年来，元老院始终在全球搜罗潜在的交易者，肯定有某一个契机让他们知道了你的存在。有人让你操盘国裕股份，就是为了验证你的交易能力。所以，从一开始我就坚决反对你涉足，没想到，你就是不听！"

"有人"指代非常清晰，除了不知道那个背后的组织叫元老院，每一件事我都是亲身经历。操盘国裕股份是林灵素的意思，楚牧儿曾窥探我的潜意识……一切听起来丝丝入扣，根本容不得怀疑。

原本我就怀疑林灵素做的一切是为了验证我的交易能力、窥探我的潜意识。林灵素究竟为什么要这么做？难道……

"我太了解你了，以你的性格，就算知道对方是'尾单13'也会与其死战到底。不用说我，世界上最强大的国家也对'尾单13'一筹莫展。如果他们要收拾一个人，没有人能保护他。更重要的是，不要以为交易行当风光无限，圈子里的顶级高手无一不是孤老终生，他们早就幻灭了凡人的感情，走入他们生命中的人不可能有好的结果！"

2

老祖的话听起来很贴心，实际上根本不解决任何现实问题，我只能以个人的方式应付令人讨厌的魏华。

以我的性子，既然不想见面，那就不见好了。十几天来，始终在国裕系交易室躲清闲，每天聂国强都会到宾馆说一些魏华的消息。聂国强还是低估了魏华的无耻，仅仅十几天，魏华就震惊了整个S市官场。

聂国强以一种极其戏谑的口吻描述了魏华的所作所为，这个年过半百的新行长爆发了惊人的活力，十几天内光顾了S市所有高档娱乐场所，包括几家全城著名的KTV！如此放肆的一个人，工作上也丝毫不知收敛。魏华到任以来几乎骂遍了所有副行长，包括聂国强在内都被任意踩躏。

久居领导位置的聂国强或许看不懂，我却明白魏华为何如此疯狂。

魏华自以为有了处长的级别，却从未有过风光的岁月，更不曾有颐指气使的资本，一定要变本加厉把失去的时光追回来。以他的经历根本就不懂领导艺术，以为只有这种方式才能服众。

据说魏华每天上班第一件事就是痛骂聂国强，就像当年骂我一样，恨不得数落聂国强八辈祖宗。

聂国强说这些的时候特别开心，我的判断是：仅仅几天，他们两人之间的矛盾就已经没有任何妥协余地了。所以，聂国强根本不在乎表面的东西了，他很快就会动手，以此人的手腕，魏华没有一点胜算。

这几天我深居简出，陈若浮一直陪在身边，倒也不觉得气闷。真不知道她是怎样"处置"方宏远的，方老大如此小气一个人，丝毫没有在我面前显示出不悦。不但如此，反而倍加殷勤。我不大离开国裕系交易室，方老大回到了大学时代，又开始照顾我的生活，每天都给我带一份《中华资本市场报》。

难得盘面轻松，像大学时代一样，开盘前我会读一遍《中华资本市场报》。但是，不知为什么，这几天我觉得异常暴躁，盯着变幻的屏幕始终觉得心中有股邪火，总是心神不宁。

陈若浮是第一个察觉我情绪出现变化的人。有一次只是水有些烫嘴，我却腾地心头火起，竟然想把水杯摔到计算机屏幕上。当时陈若浮就在身边，她把手按在我的手上："姚兄，知道这几天你特别心焦，暂时休息一下，心情就会好起来。看，你已经把报纸所有的角都撕掉嚼成纸团了。"

低头看着陈若浮手中的《中华资本市场报》，我不好意思地笑了笑。好久不看报纸了，没想到还是这样。

陈若浮的手依然放在我的手上，她用力抓了我一下："姚兄，休息几天吧，明天周五，估计盘面还是波澜不惊。今天已经收盘了，加上周末有三天时间，我陪你出门旅行一次，好吗？"

我心里一动，不是为美女陪游而激动，是想去省城看望哥哥和未来的嫂嫂。我看了一下交易室挂钟的时间，刚过下午三点，哥哥应该还没有下班。马上打他办公室电话？要不，来个突然袭击，给哥哥一个惊喜吧。

转念一想，这样的行程还是不要带着陈若浮，会让哥哥误会的。

说了自己的想法，陈若浮娇嗔起来："让人家陪你去嘛，到了省城你去找哥哥嫂嫂，我去找同学，不会让他们看到我的。周日咱们再一起回来。"

看我没再说什么，陈若浮订好了去省城的车票，又开心地准备行装。从前都是楚牧儿替我做这些事，一想到楚牧儿便有些怅然若失，才几天怎么会换成了陈若浮？

从宾馆到火车站，陈若浮肯定不会想到，刚从出租车上下来就有人喊我的名字。我们碰到了两个人，来自桑园古镇的邢大壮和朱狗剩。他们是来找我的。有了前几天暴怒的经历，我看到朱狗剩就觉得特别别扭。倒是陈若浮，明白他们两个是我老同学后显得温婉热情，虽然省城去不成了，但她没有丝毫不悦。

看到一身红裙的陈若浮，朱狗剩的眼睛立刻直了，从我们下车、上车到餐馆，他的眼睛一刻也没离开过眼前的丽人。

邢大壮实在看不下去了，刚坐下就敲着桌子骂："朱狗剩，可真是狗改不了吃屎，有这么盯着人家女生看的吗？"

听到邢大壮呵斥，朱狗剩立刻露出一副哈巴狗的表情："这不是替咱们老同学高兴嘛，志超有出息，当了行长，又有了这么漂亮的女朋友，等我回去一定好好宣传一下，让认识姚行长的人都跟着高兴。"

陈若浮不好意思地笑了笑，脸上立刻飞起了两朵红云。

洛迎的事情邢大壮从始至终都知道，看到陈若浮这样的表情，便对我投来征询的目光。若浮没有否认，总得给她留点面子，我随口说："大壮，来之前怎么不说一声？我今天要是离开了，不就扑空了吗？到底什么事还得亲自跑一趟？"

原来，市场如此火爆，历来好赌的朱狗剩不甘寂寞，又不懂股市，天天缠着邢大壮来S市找我。邢大壮原本就想来S市，两人就一起踏上了高铁，幸亏刚出站就遇到了要上火车的我们。

"不是说好了吗，有事我会给你打电话？今天这是碰到了，碰不到不是要扑个空？"

"是说好了，可你打吗？左等右等一个电话都不来。给你打吧，留给我们的电话天天不在服务区。这不，只有当面找你了，谁知道你要出差，原想着上班时候你还能跑哪里去啊。赶紧说说吧，股票怎么办？"

说到股票，朱狗剩的眼神才真正从陈若浮身上移开了："姚行长、姚财神、姚大爷，看在我们千里迢迢来找你的分上，你就开开金口，指点一下，这国裕股份能不能再接着买了？"

朱狗剩也买国裕股份了？

"坐着，别瞎插嘴！你懂个屁！"

朱狗剩笑得很灿烂，被骂却像得了圣旨："是，是，是，邢警司，我屁都不懂，您聊着，我绝不再插嘴。"

邢大壮转头对我说："都是一个班里出来的，朱狗剩这家伙拿钱去炒股总比吃喝嫖赌强，我就把国裕股份的消息也告诉了他。哥们儿，这事我就信你，前几天震仓的架势像是要跌疯了，要不是你的嘱咐，国裕股份根本拿不住，早卖了。你说，现在该怎么办？"

看到大壮眼神中流露出渴望，可国裕股份的盘局……

我现在是国裕股份的主操盘手，按圈里的规矩相关消息不能透露一句。看了一眼不远千里而来的铁杆粉丝，不知说什么才好。

我低头喝了一口水，却有四只手同时抓住我的胳膊摇晃，两个人异口同声地说："快说！"

看到我的无奈，陈若浮扑哧一声轻笑出来，连忙用手捂了捂嘴。朱狗剩的眼睛立刻又直了，结果被邢大壮狠狠打了一拳，立刻变回一副谦恭的模样，嘿嘿笑着。

陈若浮说："我替志超说吧，**想炒股票赚钱，其实很简单，就跟平时做买卖一样，哪里人气旺哪里的买卖就一定好。如果所有人都关注一只股票，就跟所有人都往一家店铺里挤一样，股票想不涨都难。想知道哪只股票人气旺，每天收盘看看涨幅榜就知道了，哪只股票涨得最高，哪只股票涨得最快，人气就一定最旺。五日排行榜中的第一，就是要买的股票，包赚不赔。**"

邢大壮问道："那什么时候卖呢？"

陈若浮说：**"快进快出，三五个点的盈利立刻就卖，打个短平快！"**

两人大概没想到陈若浮会说出这样一番话。四只眼睛一起看着我，朱狗剩还是没忍住："我说姚行长，这样行吗？人家都讲价值投资，你女朋友这么漂亮，怎么说话听着像我斗地主，手里没好牌都敢下狠注？"

这一次邢大壮没有骂朱狗剩，他一定也有同样的疑问："涨得最狠的股票都好几十块，这么高的价格怎么买啊，跌下来还不惨了？"

看我不置可否，陈若浮笑了："做短线，根本不用看基本面，就两个指标，股价、涨幅，股价越高、涨幅越高，就买。"

朱狗剩的眼睛被陈若浮的裙子映得更红了："为什么？"

"买高价股还是低价股，答案一定是高价股。就算有庄家，高价格也是庄家用真金白银堆出来的。低价股并不意味着低风险，跌起来同样比例很高。低价股里肯定有很好的股票，一是你未必能找到，二是找到了没人气一样赚不到

钱。牛熊循环就几个月、一年的事情，等有人关注早就熊市了，再好的股票也会跌到一塌糊涂。短线就是一两个交易日，牛市里大方向上不会有错误。从选股概率上判断，绝大部分高价股三天内不会有大跌，所以，要想赚快钱，就买高价股、涨幅最高的股票。"

这一次，邢大壮和朱狗剩变成一样的表情，他们张着两张大嘴，眼睛直勾勾地看着陈若浮。很明显，朱狗剩不再关注陈若浮的靓丽，而是震惊于这套交易策略。

奇怪，这套手法明明是期货市场里职业操盘手的交易模式，陈若浮怎么会表述得这么清楚？

原本有些怀疑，转念又释然了，我只是笑了笑说："若浮是《中华资本市场报》的记者，也是职业人士。这套理论只适合有经验的操盘手，你们千万不要模仿，心性修炼不够，会被套死的。散户操作，最重要的不是选择股票，而是仓位管理。最忌讳满仓杀入一只股票，那样根本无法应对可能的风险；当然，也不能分散，半仓或者70%仓位买入一只股票。记住，就炒作一只股票，不能分仓。一旦分仓太多，必然不能保证盈利，却一定会有亏损。散户精力有限，只能把注意力集中于一只股票，这样才能有感悟。盈利目标千万不要太贪婪，幻想一只股票可以翻上几番，这样的股票不是没有，你买不到，买到也拿不住。每一次选股，只要有3%的盈利就相当可观了，把止损点设到1%，三次亏损才能抵消一次盈利。如果按年计算，每年能有20%左右的盈利就相当可观，按复利计算五年内也能翻到两倍半了，不能太贪婪。"

虽然很讨厌朱狗剩，这人伺候饭局确实有一套，殷勤劝酒下，我跟大壮都喝多了。陈若浮极少插嘴，只是偶尔替我满杯酒、倒杯水，或者递下毛巾。快散场的时候，邢大壮不知脑子哪根筋出了问题，竟然敬了陈若浮满满一杯酒："嫂子，我都替志超高兴。谢谢你，从此他不会再想那些虚无缥缈的事了，你不知道，我劝都劝不住……"

听邢大壮口无遮拦，我一把将酒杯塞到了他嘴里："大壮，你喝多了，住嘴！"

3

深夜一点，S市已经一片寂静，国裕系会议室灯火通明。林灵素、韩志刚、聂国强、方宏远还有国裕系的领导班子，人人面上都挂着寒霜。我醉醺醺地被人从宾馆里拉出来参加紧急会议，粗粗看了一眼材料，宿酒立刻全醒了。幸亏昨晚没去省城，不然就惨了，国裕系果然出事了，还是大事。

早就知道"红桃K"和建天会出阴招，没想到这么损。

今晚（纽约时间今晨），向来只关注西方的《华尔街报》破天荒用一个整版的篇幅报道了中国一家上市公司——国裕股份，作者赫然又是那个兴风作浪的"红桃K"。她首先承认自己前期判断存在失误，并再次提出了一个惊世骇俗的观点：国裕股份当然看不上房地产利润，是因为得到了大笔外援；合众国孔农公司擅自进行生物技术试验被国会传讯，于是，他们把实验基地改到了中国，具体来说就是国裕系。

国裕系表面上专注于实业，对研发投入大笔费用，实际上，研发项目只有一个——在合众国本土被禁止试验的一种生物技术。这种技术表面上可以极大提高产量，但带来的污染更触目惊心。

"红桃K"自称掌握了国裕系历年审计报告底稿，发现"其他收入"科目曾多次有来源不明的巨款流入，这些巨款就是孔农公司拨款的铁证。除此之外，孔农公司还替国裕系摆平了国内种种关系，前段时间国裕股份大幅振荡，就是有基金看穿了国裕系阴谋，但是，国裕系和孔农公司联手压下了此事。

文章定论，阴谋一旦公之于众，各家银行将立即收回对国裕系的所有信贷资金，到时候国裕系就会原形毕露！

我不由暗自皱眉，国裕系主动放弃房地产高利润本就惹人怀疑，杜撰出孔农公司如此一个幕后黑手，在世俗眼中就有了合理解释。最可恨的是文章最后的倡议，等于要挟银行立即停止对国裕系贷款，以《华尔街报》的地位，所有华资行都会望风景从。

国裕系的资产负债率向来很低，加上这次的60个亿贷款不过就40%，可以说财务状况很健康。但是，如果银行真的突然停贷甚至抽回贷款，任何一个健康的企业都无法支撑下去。

临大事而不慌，韩志刚真是一个做大事的人物。

看我从材料堆中抬起了头，他开始侃侃而谈："今天的《华尔街报》的报道只是序曲。明天，不，应该说是今天，对手就会从各个方面发动进攻，最终的目标是并购国裕系。至于报道内容，国裕系确实有些事情不为人知，却并不像《华尔街报》所说的那样。其他收入确实是生物技术的科研经费，来源是天津的一个资金市场，用于研究反生物技术。"

反生物技术？我从来没听说过，天津的资金市场倒是知道，韩志刚和林灵素说过，应该就是圈内大名鼎鼎的鬼市。轩辕老先生就是那个装神弄鬼的轩辕抱朴吗？他竟有如此本事？

林灵素接口说道："'其他收入'科目的事不必解释，来龙去脉我最清楚。问题是如何应对明天的盘局，对手如果并购成功，不但获得了炒作中国市场的筹码，还获得了唯一可以对抗孔农公司的反生物技术。"

聂国强开口了，他看了一眼林灵素，清了清嗓子："林局长，您能亲临现场最好不过了，不然我也要连夜去北京向您汇报。我来说两句吧。今天的事情已经不是国裕系自己的事情了，还牵扯到S行的安危，有人半夜一点多整出一份黑材料，如果不是经办人通知我，身为主管信贷的副行长，我竟然根本不知道。大家可以看一看。"

说着，聂国强给每个人发了一份材料。

还真是一件大事，聂国强告诉大家，S行信贷部的人半夜敲开了他家大门。就在我和邢大壮、朱狗剩喝酒的时候，魏华火急火燎亲自指挥信贷部加班，炮制了一份明天行长办公会的材料，议题是立即停止与国裕系的信贷关系，收回所有国裕系贷款。加班到大半夜，临走的时候魏华又发神经一般把行办的人痛骂了一顿，说大家工作不力，让他一个大行长亲自加班到午夜。

办公会材料后面附着《华尔街报》的清样，魏华在上面留下了飞扬跋扈的字体：国裕系勾结外敌、违法违纪，人人得而诛之，司法机关将立案，S行必须马上停发国裕系新增贷款，原有贷款也要马上收回。

拿着这份材料，韩志刚的语气充满了讽刺："这个魏华，当S行行长实在是太可惜了，应该去市委市政府当主要领导，这样才能指挥司法部门。"

提到魏华，聂国强的情绪一下就被点燃了："魏华下午把我跟另外几位副行长叫去，说是讨论信贷制度的事，上来就开骂，说姚行长和我们是贪官污吏，把贷款给了国裕系这种烂企业。"

魏华如此肆无忌惮让我吃了一惊，聂国强职务低于魏华，所以，骂聂国强并不稀奇。想动国裕系就有些奇怪了，国裕系是省重点明星企业，不要说S行，市领导见了韩志刚都很客气。

魏华有什么底牌，还是纯粹犯浑？

聂国强的情绪很激昂："连五级分类都说不全，把关注说成不良，他知道什么是好企业、坏企业？知道什么是信贷？知道什么是风控？不要说国裕系，世界上顶级的企业也禁不起这么抽血。这么做不是控制风险，不折不扣是制造风险！再说，这样干，怎么向市政府交代？你们猜他说什么？"

"说什么？"在场的几个人异口同声问道。

"《商业银行法》规定地方政府不得干预银行信贷，如果他这么说倒也罢了，这条疯狗让我滚出去，说姚行长还有我都是S行的千古罪人，就是进了局子也是罪有应得！他妈的，魏华这种人还有资格说别人是罪人？他拿回来的票据财务都不知道怎么处理，不要以为干什么别人不知道！"

我连忙打断了聂国强："魏华打出来的旗号是'暴露风险'，意思是要摸清家底。每一任新行长都会这么做，免得为前任擦屁股。聂行长，别生气。"

聂国强知道我什么意思，仍然大声说："暴露风险？才不是！如果是国有企业，就要看行政级别，级别高的不用暴露；如果是民营企业就要看老板是否来拜过码头，不来就一定要暴露！一个月来韩总从未露过面，又是第一贷款大户，自然也就成为魏华的眼中钉。"

聂国强说的是实话，魏华这种人没吃过、没见过，偏偏就是这种人最不能容人忽视他的存在，韩志刚避而不见，他又知道我跟韩志刚交好，是一定要整治一番的。

林灵素叹了一口气："如果硬生生停贷，不但把国裕系逼入死角，一笔60亿元的不良贷款足以让S行难以翻身。何况，魏华想干的不是这一单，搞不好一个好好的S行几个月内就得被他毁了！"

林灵素来是为了处置国裕系《华尔街报》的事情，没想到魏华还在这个时候添乱。

"免掉魏华需要有一个程序，无论如何今天是来不及了。为今之计，只能在行长办公会上据理力争。"林灵素沉吟了一下，语重心长地说道，"志超，我知道你不想见魏华，可明天的行长办公会无论如何都要参加，市场对《华尔街报》的反应未必有多大，如果S行向市场宣布停贷，同业就会纷纷效仿，国裕系就彻底完了。"

4

从国裕系出来的时候已经凌晨四点了，坐在宾馆的沙发里，根本就是一夜没有合眼。六点半的时候，有人敲门，是陈若浮。她的头发很乱，眼睛红红的，似乎昨夜偷偷哭过："《华尔街报》的事，我昨晚就知道了，方处长告诉我的。"说着，陈若浮打开衣橱，慢慢地为我整理S行藏青色的工装。

回过头，一串晶莹的泪珠从若浮脸上滑下来。不知为什么，我突然就有了一种"壮士一去兮不复还"的感觉，隐约预感今天的行长办公会一定有大事要发生。恍恍惚惚间，我把手搭在眼前女孩的肩上："你哭了？"

陈若浮咬了咬嘴唇，背过身去："《华尔街报》的对手从来都是安然、世界通信、安达信这样的世界巨头。他们都能出手国裕系盘局，不知道会牵扯到多深的势力，魏华敢于如此放肆，也不知道有什么手段。今天……只希望你能平安。"

平安……

家人曾对我说过的这两个字，今天轮到陈若浮来嘱咐了吗？

心里那份不安再次开始弥漫，我叹了口气说道："人在很多时候都是身不由己，很多事情容不得选择。"

陈若浮什么都没有说，只是轻轻地帮我整理着西装和领带。她的手很慢，似乎这样就可以让我远离莫名的危险。看着眼前俏丽的陈若浮，我突然打了一个冷战，说道："时间不早了，我该走了。"

猛地打开了房门，没想到，隔壁的方老大不知什么时候已经站在门外了，手里拿着一份今天的《中华资本市场报》，却丝毫没有递给我的意思。看我一脸肃穆，方老大连说话都结巴了："我……我不是来偷听，你……你……"

我瞪了方老大一眼，头也不回地离开了宾馆。

8:30分，穿一身笔挺的西服的我跟聂国强、陈涛两位副行长一同走进会议室。

看我们气宇轩昂走了进来，魏华当时就愣了。跟着，被横肉挤成的斗鸡眼露出一丝凶光："姚志超，你不是心脏不好请大假了吗？今天怎么能参加会议了？"

原来聂国强怕魏华找我麻烦，一早就替我开出了病假证明。估计魏华也不愿意见我，吭都没吭一声就签字了。

包括我在内，S行一共有三名副行长，行长办公会的规则是行长两票，副行长一票。国裕系与S行合作了十几年，双方早就休戚相关，聂国强和另一位副行长陈涛不可能同意议案。但是，他们只有两票，平票时行长只有最后的决定权，根本无法否决魏华，我的出现打破了形势。

已经不可避免要正面交锋了，何必再装模作样？

我根本没有回答魏华，大摇大摆坐到了他身边，胳膊近乎挑衅地挤了一下。魏华反应很迟钝，我以为他在恐惧。当时，魏华确实在害怕，但他并不是恐惧失去会场控制权，而是在反复权衡是否拿出爆炸招。在他眼里，我是一个什么娄子都敢捅的愣头青，真把我置于死地，等这小子出来还不得杀人？

我的小动作和魏华的反应被会场所有人看在眼里，人们底气壮了很多。

聂国强马上说："新班子分工还未调整，姚行长跟我是分管信贷的AB角，从职责分工来讲，姚行长应该参会。"陈涛也马上接口，"是啊，我同意姚行长参会。没有哪条规定说病假就不能参会，这是带病坚持工作。"

看起来聂国强、陈涛是在替我打圆场，实际在警告魏华：我们已经形成统一阵线，你既无法阻止姚志超参会，更无法通过今天的议案！

魏华怒气冲冲地扫了聂国强、陈涛一眼，看起来像是要发作一般。我心里不由冷笑，魏华，你以为行长办公会是小孩子打架吗？这是经营决策，重要的会议必须事先跟班子成员单独沟通，封官许愿也好，威逼利诱也罢，会前必须统一思想。平日里行长有权威是因为这个位置可以分配副职手中的利益，所以副职乃至全行的人才围着行长转。硬生生拿走别人手中所有的利益，别说班子成员，就算是一个小办事员也不会束手待毙。

果然，会议一开始就失去了控制，办公室主任刚介绍完议案，聂国强就抢先发言："材料我看过了，如果国裕股份真的是报道中'孔农公司'所谓的试验基地，那我们就真的要重新定位与国裕股份的合作关系。"

看到聂国强抢先发言，魏华本来已经勃然变色，听到这几句话，歪过去的脑袋又正了回来，做出一副倾听的模样。

聂国强根本没用正眼看装腔作势的魏华，顿了顿嗓子接着说："不过，我想提醒在座的诸位，究竟这篇报道的真实性有多高，仅凭一篇报道就结束我们与一家上市公司的信贷关系，而且是合作十多年的贷款户，这起码是草率的，是不负责任的……"

魏华"砰"的一声把材料拍在桌子上，一双陷在横肉里的小眼睛恶狠狠地瞪着聂国强："聂国强，你50多岁的人了，怎么这么没规矩！发言之前必须先知道谁才是这里的班长！这个议案是我提出来的，我还没介绍你怎么就知道不真实？无论报道真假，《华尔街报》发出这种声音，今天国裕系所有股票必然暴跌，接下来就是产品滞销，现金流断裂。就算我们不停止国裕系的贷款，你们以为国裕系还能活下去？先下手为强，收回一点算一点；否则，颗粒无归，你负得起这个责任吗！告诉你，我们不但要立即停止对国裕系贷款，还要立即公开宣布这件事，只有这样才能弥补前任班子的失误！"

在办公会上魏华都这副德行，就知道为什么聂国强恨他入骨，必将其置之死地而后快了。包括与会的中层干部，没有人在意一脸怒气的魏华，聂国强甚至发出了不屑的轻笑。

我立即接过了话头，魏华不是喜欢给人扣大帽子吗，今天我也给你扣一顶："说到责任，我们就来说一说责任。我们责任是赚取最大利润，是防范信贷风险。可是，履行责任的前提是我们有基本的判断力。外媒是什么人，是宣扬腐朽帝国主义文化的阵地，是亡我之心不死的敌对势力！大家想一想，我们怎么能相信敌对势力？凭一篇报道就要毁掉一家响当当的民族企业，听从敌人的安排，起码的原则去哪里了？"

听我侃侃而言，魏华凸出来的斗鸡眼显得愈发凶恶，似乎要活撕了我："那你是质疑我的原则了？质疑我就是质疑祖局长。"

到了这个时候，别说祖归海，就是抬出玉皇大帝来我也不会在乎。我转过头，毫无畏惧地盯着魏华那双斗鸡眼："我相信领导，不相信你魏华。就算《华尔街报》真能把国裕系逼入绝境，就算国裕系的现金流真的出现问题。我们还有土地作为抵押，有S市财政出具的安慰函，一样可以保住本息。既然能保住现有资产，应该做的就是积极应对这场公关危机，不是去一窝蜂恶化事态！银行是经营风险的企业，责任是在风险可控的前提下最大化利润，世界上从来都不存在没有风险的业务！"

魏华冷哼了一声，眼睛直直地瞪着我："所有债主一窝蜂上门逼债，你以为那些玩意儿还有用？"

我与魏华本来并排而坐，现在变成脸对脸吵架。这双斗鸡眼的情绪虽然一如既往激动，却没有丝毫慌乱。会议只开了几分钟就吵成了一锅粥，魏华还能成竹在胸，莫非他还有别的底牌？

看着不可一世的魏华，聂国强的声音似乎是从鼻孔中哼出来的："魏大行长来S行快一个月了，聂某人总算见识了大领导的威风。行长办公会要听取大家的意见，我们来这里也是为了表达意见。可是，我们的意见有人听吗？能听吗？会听吗？议案？这结果是议出来的吗？笑话！我提议，票决！"

S行成立以来，从来没有在行长办公会上进入票决程序，魏华来后不足一个月就成了这个样子。听到聂国强副行长提出票决，魏华居然长舒了一口气，把目光停留在我身上。迎着魏华的目光，我第一次觉得心惊。

只听魏华问道："姚志超，你也同意票决吗？别怪我事先没提醒你！"

这个时候还想恐吓？我把身体紧紧靠在椅子背上，坚决地说："票决，我反对这项议案！"

听完这句话，魏华没有一点愤怒，一双凸出来的斗鸡眼向上翻着，反而露出笑容，缓慢地说："姚志超，记住了，是你一意孤行否决我的提案，不是我先找碴。都是交易局出来的人，本来不想赶尽杀绝。既然这样，就不要怪我了。"

说着，魏华突然站起身用手指着我，穷凶极恶的表情跃然脸上："姚志超，不要在这里装得大义凛然。你究竟收了韩志刚多少钱，是我说，还是你自己说？"

这声怒喝把全场焦点吸引到魏华身上，魏华从口袋里掏出一张纸，摔到我面前。我奇怪地拿起来打开一看，不由得哑然失笑。

我以为是什么，不过是一张会计传票复印件，收款人写着我的名字，从时间金额判断，转入户头的100万是汴州受训的奖金，付款方是太行贸易公司。当时，祖归海的解释是奖金不能从交易局账户直接划转，太行贸易公司只是一个通道。

我用手敲打着那张A4复印纸："怎么，魏大行长长进了，知道翻我个人账户了。无论你用什么手段拿到这张凭证，盗取他人银行信息都是非法的，不知道吗？"

没想到魏华不怒反笑，他没有说话，再次扔给我一张纸。是一张S市工商局开具的证明信。

我打开一看，呆在了当场。

直到这时我才知道，太行贸易公司的大股东是国裕系旗下的一家企业，属于国裕系孙公司，已在工商局办理了注销手续。

我根本不知道什么"太行贸易公司"，但是，有这样一张证明，分明就是国裕系无缘无故付给我100万元。

这是怎么回事？

我从来没有怀疑这100万元的合法性，也就从来没有查证过资金来源，怎么转眼间就变成了贿赂？那时候我还不认识韩志刚，也没有来S行当行长！是祖归海无心之错，还是哪个环节出了错误？

看着我目瞪口呆地站在那里，魏华大声吼道："你收受韩志刚100万元贿赂，证据确凿！所以，你到S行马上就有了国裕系那笔60亿元贷款！别以为神不知鬼不觉把太行贸易注销就没事了。就你这样一个犯罪分子，也配跟我谈什么原则！"

说着，魏华一声狞笑："我现在就以行长的身份实名举报你收受贿赂。鉴于有人实名举报，我再以行长的身份向行长办公会提议，暂停姚志超副行长职权。姚志超，我待你不薄，也给过你机会，是你要挡我的路！"

5

我不知道自己怎么离开的会议室，又怎么回到了宾馆。联系了韩志刚，韩志刚根本不知道有这家太行贸易公司，查证之后才知道这是一家子公司未经董事局批准就擅自注册。太行贸易公司所有的业务活动就是向我的账户打了100万元，然后就注销了。

现在，最有效的证人肯定是祖归海，我却没有联系他。心里已经很清楚，老祖从一开始就在引我入局，他不可能出面替我证明什么。

老祖口口声声说希望看到我成长起来，难道就是送我去监狱里成长？遇到吴铮后我曾经幻想，我会被人暗害，会银铛入狱，会变得精神失常，会流浪街头……现在我已经被人暗害，后面的事情也是真的吗？

有人在叫我的名字，陈若浮正在宾馆门口等着我。看到陈若浮，我清醒了很多，脑子也开始飞速旋转起来，必须对眼前的事情做一个决断了：后面怕是会有大麻烦，现在必须把这件事告诉哥哥，让他给家里一个交代。

和陈若浮相跟着回到了房间，我没有避讳陈若浮，用宾馆房间的电话拨通了哥哥的电话。奇怪的是，打了几次，对方都是无人接听。

我沮丧地低下头，看到桌子上放着《中华资本市场报》，应该是方宏远在我走后放到房间里的。我习惯性地拿起报纸，却没有心思阅读，下意识地，一手拨打电话一手掐下了报纸一角放到嘴里。几乎就在同时，心中突然腾起一种极端暴躁的情绪，我甚至想，如果电话再不通就砸了它。

电话终于通了，另一端接电话的人却不是哥哥："你好，请问你找志荃有什么事吗？"

强压住心头的怒火，我问道："姚志荃的手机怎么会在别人手里？"

"志荃刚出去，有什么事情我可以转达，或让他给您回电。"

接电话的人很礼貌，可是，我还是爆发了："他妈用不着你转达，我就问你姚志荃到底去哪里了？你们公安部门联系不上自己的干警吗？"

对方显然没想到我会发这么大火气，只听到一句"神经病"，电话就被挂断了。

扔下电话，心里却更加烦躁，陈若浮小心翼翼地走了过来："志超，怎么回事？"看到陈若浮担心的表情我心里很愧疚："没事，找我哥哥，结果他不在。"

陈若浮想说些什么，却被一阵敲门声打断。

进来的人是S行财务部总经理肖总，这是一个兢兢业业的人，也是聂国强的死党。看到我跟陈若浮单独在房间里，肖总小心翼翼地问道："姚行长，能单独跟您待一会儿吗，聂行长托我给您带点东西。"

看着陈若浮离开了房间，我已经烦躁到不能自控。肖总小心翼翼地递来一个档案袋，里面是一叠报销凭证，还有一个U盘。肖总用手指着这些东西说："这个人根本不知收敛，我们很容易就拿到了，里面是他胡作非为的证据。"

明明知道聂、肖二人是一番好意，把这些给我已经尽了最大努力。不知为什么，就是不能克制心头那份暴躁，我几乎吼道："这就是聂国强拿出的手段吗？还不是拿我当枪使！有什么用？"

陈若浮突然从房门口走了进来，边走边说："肖总，你不要在意，志超现在情绪不太好，不要跟他一般见识。"

我已经不能思考了，脑海中只剩下暴躁，对陈若浮吼道："陈若浮，你说什么？"

在陈若浮示意下，肖总迅速离开了房间，陈若浮再次把手放到了我的手上，柔声说道："去清苑居吧，那里也许会让你静一下。"

清苑居幽静依然，陈若浮缓缓把肖总拿来的档案袋交给了我："我不知道上午究竟发生了什么。只想知道，这些东西真的要用吗？"

我把档案袋放到了一边，柔声说道："若浮，现在已经没有退路了，要明刀明枪对付我的人是魏华，不是我要对付别人。"

陈若浮低着头，搓着自己的手，"就是说，你要跟他们斗下去了？"

叹了一口气，没有说什么，我还有别的选择吗？

陈若浮低头摆弄着自己的手，说道："你要做什么我不想知道，那是男人的事情。可无论做什么，我只想你平平安安的。平平稳稳地工作，平平淡淡地过日子不好吗？我们都是小人物，何必理会市场里的是是非非？"

说着说着，陈若浮的眼中似乎已经含着泪水，在午后阳光的反射下显得五彩斑斓。看着那些跳动的颜色，我觉得心中一酸：是啊，我曾经就想找一份简单的工作，与心爱的女孩平平淡淡地在桑园古镇度过一生。

下午的阳光洒在客厅的小溪之上，粼粼波光在身边闪烁，我忽然想到了几年前的一幕，那时我正少年。

曾经有一个这样的下午，高三春节后还未开学，明媚的冬阳穿过教室的玻璃窗，清晰映出空气中飘浮的尘埃。同学们大多没有来，只有洛迎坐在前桌，那一天，她穿着一件淡蓝色的布衫。

光影中的尘埃变幻无端，我恍然觉得走到了未来。三年，我没有向她表白；三年之后呢，会忘记她吗？十年、二十年之后，可会有一次心酸的街头偶遇？

这样想着，我在一张纸条上写下几个字"真的很喜欢你"，然后用笔杆捅了一下洛迎，洛迎回头的时候，我的心似乎跳出了喉咙，一只手用不可思议的速度盖住了纸条，另一只手递给洛迎一本数学参考书，以一种神秘的口吻说："据说一模的试题都来自这本书，不要告诉其他人啊。"

看着眼前的红裙，恍然间像是回到了那个下午。若浮的眼波如此熟悉，多了一点亲切，少了一丝酸楚，心底冒出一个念头：她应该才是宿命中的女孩吧，我们应该一起经历春之媚、夏之艳、秋之娆……

非常自然，没有任何迟疑，我缓缓地把手放在陈若浮的手上："不用担心，我相信，十年、二十年之后会有一天，我们可以坐在一个地方心平气和地谈论这些往事。"

洛迎映在心底的影子越来越淡，仿佛有一个声音向我说：该结束了，面前的陈若浮才是真正的洛迎，或者说洛迎才是陈若浮吧？我心底升起一阵温暖，等了这么多年，伊人终于还是来到身畔。

我抬起头，想看清陈若浮的面庞，这个时刻应该在生命中永恒吧！

四目相交的一刹那，不知什么原因，我觉得看清了陈若浮眼中的那种颜色，五彩斑斓并不是泪花的光芒，而是另一种似曾相识的色彩！那顾盼生姿的眼波带着一丝狡黠、一丝冰冷、一丝肃杀。

好像有人讲述过一个我和若浮的故事，像极了洛迎，却又似是而非。洛迎可能永远是一个故事，却是不能失去的故事。一旦故事成为别人的故事……脑海中终于出现了一丝清明，如此可怕，就像看穿了画皮之下的千年狐妖。

我深吸了一口气，尽量使自己表现得正常。

这时，若浮轻轻抱住了我。平生第一次怀中有了软玉温香，我再次感觉脑海陷入了一段漫长的沉寂，好像有什么重要的事情要告诉自己，却懒得去想。

陈若浮附在耳边说道："答应我，不要再参与国裕系的事情了，好吗？我也不想再做记者了，更希望做少儿民乐培训。只要你答应我，一切都会好起来。"

是吗，只要我答应你，一切都会好起来？

按魏华拿出的证据，我已经触犯了法律，若浮一个弱女子，连连真迦这样的人都应付不来，凭什么告诉我"一切都会好起来？"我猛然抬起了头，对怀中的陈若浮说了两个字："不行。"

若浮好像早就知道答案，听我这么说，眼泪扑簌簌流了下来："姚兄，我失态了，去补下妆。"

从来没等过女孩，不知道补妆也要用一个多小时，此时此刻她大概还在嘤嘤哭泣吧？我无心催促陈若浮，独自面对着竹林发呆。

悲凉的心境被一阵敲门声打断，明明是敲门声，在耳边却像雷鸣。我分明捕捉到一种感觉：刚才拒绝了陈若浮，也就丧失了最后的机会。命运已经真正被改变，从此，危机真的避无可避。

这种感觉无法言明，却又十分笃定。

打开门，门外站着的人是方宏远。方老大的表情很紧张，就连说话都有些结巴："已经找你一圈了。上午那个事情，祖局长……祖局长已经知道了。他现在已经来S……S市，亲自处理……处理这事儿，还让我来找你。现在马上跟我回……跟我回S行培训中心吧，他正在那儿等你呢。"

望着慌乱的方宏远，我觉得自己知道了真相。

祖归海如果真来S市，聂国强一定会通知我，怎么也轮不到方宏远来送信。老祖根本就没来，方宏远诓我回宾馆，只能是一件事情：将在那里对我实施抓捕！

方老大露出讨好的笑容，就在这时，我身上的手机铃声突然响了起来。毫无来由，我想到了爷爷，一个笃定的念头在脑海中闪过：此时此刻，能救我的只有爷爷。

会是爷爷的电话吗？

第八章

图圈

1

除了家人，爷爷的小院从来都没人光顾。今夜，桑园古镇已在深夜中沉睡，爷爷小院的百格窗上还倒映着两个人影，房间里弥漫着扑鼻的酒香。

爷爷用手轻轻敲打着酒坛："落桑酒，六月桑葚落而制曲、九月桑叶落而成酿，曝秋阳三月酒韵不竭反盛，十二月桑枝枯而窖封，开坛之香，白鹤为此千里而翔，又名'鹤觞'。难为你了，还能找到真正的落桑酒。"

爷爷对面的人正是轩辕抱朴，林灵素只知道轩辕抱朴是天津鬼市的主宰，只有轩辕抱朴才知道真正的主事人是早已遁世的爷爷。在别人眼里，轩辕抱朴已是尘世高人；在轩辕抱朴眼里，爷爷已经可以和曾祖相提并论了。在轩辕抱朴的记忆里，无论什么时候师兄都能精准地计算出一切，冷静、默然，就像一台毫无感情的机器，轩辕抱朴自问今生都无法达到这样的心境。

"师兄，祖归海所做的一切真的经过了你的首肯？"

爷爷抿了一口杯中的落桑酒："祖归海那娃儿来过镇上，我没有见他，他一定会再来的。"

"那您的意思？"

"祖归海是商家传人，又是交易局副局长，只要志超在他手下，无论他想让志超做什么，或者不想让志超做什么，不必顾忌志超是谁的孙儿，更不用来问我。"

"猎鹰慈善基金会跟祖归海过从甚密，S行的事情就是他们安排的，师兄也不闻不问吗？"

"互相利用有可能，走到一起就不至于了。祖归海是商氏门人，从古至今，商氏只问结果，不看手段，南宋吕文德、明代叶向高都是这样。祖归海想以交易局的名义控股国裕系，然后让国裕系转型房地产，利润始终是商氏家族的唯一目标。现在他最大的障碍不是猎鹰慈善基金会，而是志超。"

轩辕抱朴又追问了一句："他们已经动用了暴力手段，不再是纯粹的市场行为，我们就这么袖手旁观吗？"

爷爷的目光变得难以捉摸："60年来，无论你有多大的烦恼我从未让你失望。'四海皆通不通情，六亲不认只认钱'，轮到了自己的孙儿，我亦无能为力。交易之道只能靠他自己勘透，一念之间乾坤已定，他的命而已。"

"没有人能打开交易之门，也没有人能阻止交易之门打开，这个道理我懂得，猎鹰的乔治一定也懂得。我担心的是，他们根本就不想阻止志超打开交易之门，而是直接毁掉志超，一了百了。"

"乔治是一个交易者，但是，交易者仍然是人。道理谁都懂得，真正能遵循天道的有几个？有句话叫利令智昏，太看重眼前的利益，就会忽视很多东西。我猜想，乔治知道普通手段无法彻底毁掉志超，又不能冒天下之大不韪杀掉他，唯一的办法就是把他送到真正的鬼市。"

曾祖对轩辕抱朴说起过鬼市，又语焉不详。江湖曾有传闻，天津鬼市之所以无所不能，就是因为轩辕抱朴通晓如何进入真正的鬼市。每当有人问起这些，轩辕抱朴从来都是一笑了之。看到轩辕抱朴的笑容，人们便更以为这是不传之秘。

如今爷爷再次提及，轩辕抱朴突然觉得有很多事情需要问清楚："真正的鬼市？"

爷爷平静得就像拉家常，而不是谈论自己孙子的生死："是的，只有真正的鬼市才能毁掉志超的市场灵觉，所谓'鬼'也是人，只是没了神志，就是神经病。"

神经病？神经病也能做交易吗？

爷爷解释道："如果一个普通人变成神经病，平日执念便会显露无遗。如果是某方面的天才变成神经病，潜意识中的灵觉也会显露无遗，言行中流露出来的信息足以做成任何事情。2001年有个片子叫《大腕》，大概编剧听说过什么，片子结局就是真正的鬼市。几个神经病在讨论房价'你说这样的公寓，一平米你得卖多少钱？2000美金那是成本，4000美金起，你别嫌贵，还不打折'，这就是天机，天大的商机。2001年4000美金一平米的房子在所有人看来都是神经病才报出的价格，现在看4000美金简直就是白菜价。如果有谁读懂了里面的天机，富甲天下只是最小的事情。"

轩辕抱朴追问道："真正的鬼市还有什么？"

爷爷的眼中带着一份遗憾："父亲说起过，那里可以得到任何想要的东西，名垂千古、荣华富贵、快意恩仇，甚至可以起死人肉白骨，一切都不是问题。真正的鬼市，不会有人问及对错，没有任何禁忌，不问手段、不在乎身份，只有一条，就是你能出得起代价。"

"进入鬼市，如果负担不起代价呢？"

爷爷像在说一件很平常的事情："心中执念既断，便再也无法存活于世。从古至今，鬼市都是市场的巅峰，始终游离在世俗势力之外，任你权势通天也无可奈何。当今世界，任何一个国家的精神病人都不用遵守法律，除了这一条，有哪条法律全世界一模一样，又有谁不用担负刑事民事责任？这种法律条款不可能凭空而来，是为了鬼市而设。"

"那就是说，如果在真正的鬼市除掉了志超，圈子里的人同样无可奈何？"

寂静的深夜，爷爷的淡然中带着看破红尘的沧桑："志超的劫难在鬼市，契机同样也在鬼市。父亲说过，凭空冥想毕竟能力有限，要想达到大成境界只有进入真正的鬼市。在那里，只要志超能自愿勘破一念，走出鬼市的时候甚至可以超越交易者，成为商者。即使如此，我也舍不得志超去鬼市，不想让他经历这次劫难，关键是要看住林灵素，我担心他会把对志超不利的证据全部毁掉，这样志超就会失去保护。"

轩辕抱朴沉吟了一下："不毁掉这些证据，难道眼睁睁地看着志超进监狱吗？"

爷爷没再说什么，转移了话题："上次你带来的那个小韩，他们遇到麻烦了吧？还好，我找人拆借了一笔钱，应该可以渡过眼前的危机。"

2

　　我拿出手机，不是爷爷的电话，是莫伯明。他的声音很暴躁："姚志超，你现在到底在哪儿？我问了十几个人才找到这个电话。刚才我都想了，这是最后一次打给你。"

　　我已经猜到了莫伯明的意图，简短地说道："二哥，请讲。"

　　"不管你现在正在做什么，立即离开S市，也不要再回北京，先找个地方躲起来，暂时不要露面，不要告诉任何人你去了哪里。千万不要再接触方宏远，他的话你一句都不要听，这个家伙不是东西，丫早就投靠了吴铮！还有，你身边好像有个姓陈的小妞……"

　　听到这里，一股凉气突然从背上升起，像是感觉到了什么，想都没想就对莫伯明吼道："别说了，自己小心……"还想再说什么，突然听筒里远处传来一个冰冷的声音"别动"，之后电话被挂断了，只剩下嘟嘟的忙音。

　　莫伯明怎么了？

　　来不及细想，方宏远已经站在面前谄媚般地笑着，脸色异常尴尬。我不知从哪里冒出来一股无名怒火，一记耳光响亮地甩在了方宏远脸上，方宏远立刻捂着脸，一缕鲜血从嘴角流了下来。

　　这时，陈若浮终于从盥洗室里走了出来，恰好看到我痛殴方宏远，一个字也没说，一脸寒霜站到了方宏远面前。

　　"你怎么来了？"说着陈若浮挽起我的胳膊，"不要理他，我们走。"

　　我没有动，盯着方宏远问道："如果我不去宾馆，你们就在这里动手，还是另找机会？"

方宏远装模作样地笑着说："什么动手不动手的，说什么呢？我不怪你，不就是没控制住情绪嘛。"

盛怒之下就想做点什么让方宏远看，我用手揽住陈若浮的腰，低头说道："若浮，该来的事情总要来，走之前有一件事要拜托，帮我联系伯明，我担心他现在出事了。"

陈若浮还挽住我的臂膀不肯松手，坚决地说："不，我不让你走，更不许你出事，哪儿也不许去。"

"若浮，别孩子气，我要去，不为别的，只为我自己。我一定能清清白白、平平安安地走出来。"

小区门口已经有车在等候，若浮坐在副驾驶的位置，方宏远和另外一个人把我夹在了后排中间。跟电视剧里的情节差不多，周围始终有几辆车忽前忽后跟随。我不由心底冷笑：这么大阵仗，真是太高看我了。

S城很小，十几分钟后就到了S行培训中心。刚刚走下车，陈若浮就挡在我身前，因为，几个身穿便装的彪形大汉已经向我们走来。我想轻轻拉开陈若浮，不想，陈若浮的步子站得异常稳健，根本拉不动。

来人已经到面前，他们没有说话，只是想强行拉开陈若浮，我惊异地看到，两个一米八以上的汉子，脸上竟然浮现出吃力的神色。下一刻，陈若浮就被拉开了，我心中还在惊异，以刚才的情形看，两个壮汉显然不是陈若浮的对手，怎么会这么快就结束了？

陈若浮一个踉跄，我才在三个人撕扯的空隙中看到了一个熟悉的身影，正在酒店大堂踯躅。那不是哥哥吗！

哥哥注意到这面的情况，立即飞奔过来。原来哥哥回办公室后查证是S市电话号码，回拨无人，立即开车赶到S市。可惜，我已经没有机会跟他交代了。

哥哥冲到我们面前，却被人拦在了几米之外。我看到哥哥亮出了公安厅的工作证，也看到来人立刻客气了许多。哥哥还在跟人理论什么，有一个人已经向我开口："请问，您是S行副行长姚志超吗？"

"我是。"

"我们是S市检察院反贪局的工作人员，现在，依法传唤你协助调查一起贪污案，请签字。"

　　哥哥终究没有能够走到我的身前，后视镜里，我看见哥哥在随车奔跑，陈若浮则呆若木鸡般站在宾馆门口。我问自己：几天来感知到了危机，变得异常暴躁，为何现在反而如此平静？

　　跟从来没想过要当行长一样，我也从来没想到有一天会成为犯罪嫌疑人，在哥哥和陈若浮面前被检察院的人带走。

　　跟想象的完全不一样，检察机关对我的讯问非常简单。他们向我出示了魏华的"证据"，我解释了情况，要求讯问人员向祖归海、方宏远、韩志刚三人核实。然后，讯问就变得轻松起来，气氛很平和，更像是拉家常，我甚至可以在办案人员陪同下在院子里散步。

　　最令我惊异的是，办案人员对案子根本没有一点兴趣，第一次讯问后就不再提起。后面，与其说是讯问，不如说是我在滔滔不绝地讲课，给他们讲解当前的资本市场，分析每一只他们提出来的股票。

　　能看出来，他们真的很入迷，谁让现在的市场这么好呢。开始，我还以为他们这么做是为了转移话题，让我放松警惕，然后突然直逼中宫再讯问核心问题。

　　没有。

　　几天过去了，我依然在给他们讲解市场，算起来羁押时间明天就要到期了。刚吃过晚饭，我正跟两个办案人员在房间里随意聊些什么，一般情况下他们都会留下两个人陪我同住，我可以睡觉，他们必须有一个人醒着。

　　门突然被敲开了，有人穿着一身运动服走了进来。办案人员连忙起身招呼"孙检好"，来人正是孙立民，市检察院检察长，由他亲自牵头处理我这个案子。

　　孙立民示意大家都坐下，然后对我点了点头："姚行长，吃完饭咱们出去走走？"已经是例行公事了，几天来，每天吃完晚饭我们都会去院子里散步。孙立民喊姚行长也让我觉得安心，没有从犯罪嫌疑人升格为罪犯。

　　孙立民脸色很轻松，就像平时聊股票一样："姚行长，知道吗，你的案子很诡异。"我一下就愣了，这是第一次讯问后唯一一次提及案情。

　　我连忙跟上了孙立民的脚步，他脸上露出了微笑，声音却很低："交易局方面和方宏远不承认奖金的事儿，就连汴州培训都不承认，从会计账务来看交易局也确实没有这笔费用支出。姓祖的分管局长说当时已经完成了对你的S行任职谈话，按照这种说法可以认定受贿罪名成立，直接批捕。但是，那100万元的会计传票原件消失了，就连太行贸易公司的注册记录都被完全抹去，你的账户现在被人重做了一遍，没有一点痕迹，我们无法证明你有罪。那张传票原件我是见过的，这么关键的证据能凭空消失，可见保你的人有多大本事。从检30多年，从未办过这样简单又这样复杂的案子。"

有人要保我？什么情况？

我没敢接口，孙立民说道："我让人查过你的情况，你确实是一个奇才，进股市七年资产从几千块钱变为700多万。有这样的本领，赚到千万上亿甚至百亿只是迟早的问题，怎么会为100万动心？按你们聂国强副行长的说法，这完全是魏华打击异己。"

我摇了摇头，不敢承认。孙立民继续说："这些天我们接到了很多魏华的举报材料，涉及贪污、受贿、挪用公款等多项罪名，简直就是个该死的浑蛋！下车伊始就指手画脚，向韩志刚索贿不成就下令终结与国裕系的信贷关系，还擅自对媒体公开停贷的消息，市委市政府对此非常恼火。"

S行对国裕系下了停贷令，国裕系就面临灭顶之灾，我预留了20%的股票下跌空间怕是不够用啊，该怎样应对？现在不是想这些事情的时候，脑子开始飞快地转动：检察长告诉我的，到底是真的假的？

我们已经在小院里转了三四圈，孙立民的脸色越来越沉重："一提魏华气就不打一处来，还是说说你的案子吧。一个无罪推定的案子遇到了前所未有的压力，今天市里主要领导亲自给我打电话，要求必须保证你人身绝对安全，又让我想尽一切办法留住你，好像是在等待什么指令。真不明白市领导到底是什么意思。"

我也很奇怪："我在检察院啊，怎么可能有人身安全问题？"

"交易局的人天天在检察院交涉把你带走，明天就是羁押的最后期限，我们没有理由再拒绝。这事很蹊跷，多了也不能说，现在只能告诉你，只要你不离开检察院，我们就能保住你。你今天晚上随便对专案组说点什么，有借口留下就行，拖上几天事情一定会有转机。"

我什么罪名都没有，竟然让我自己交代点什么，然后再因为这点什么留在检察院？这些人对我再好，一天不出检察院我一天就是犯罪嫌疑人！

看我无言以对，孙立民没有强求："也难怪你不答应。时间太短，情况我自己都不清楚，不能跟你解释什么。一定要记住，将来真的遇到危险情况，不要试图跟歹徒争论什么，沉默是最好的选择。真有那一天，除了姓名、单位、职务、住址什么都不要说，不开口、不动怒、不接招，要保持绝对静默，等待救援。"

孙立民的交代跟哥哥过年时对我说的意思一模一样，肯定没骗我。可是，这是检察院的地盘啊，他一个检察长担心什么？我就是一个普通人，听这意思一出检察院就会有什么歹徒对付我？

交易局来接我的人一个都不认识，面对几张微笑、和善却又陌生的面孔，几次想脱口而出留在检察院，终究选择了离开。孙立民亲自检查了来人所有的证件和手续，没有任何问题，又一直陪我走出检察院，最后带着一万分的担忧说道："好吧，S市检察院将派一辆车沿途保护，直到你们安全回到北京交易局。"

交易局的人好像知道会有这样的结果，连客气都没客气就应承下来。在孙检察长的目送下，交易局、检察院两辆车相跟着驶出了S市检察院大院。

令我恼火的是，刚才在检察院的时候这几个人满面春风，恭贺我逃脱了牢狱之灾，刚一上车，就有两个人把我夹在后座中间，一动不能动，与抓捕的时候一模一样。检察院可以如此对待我，交易局的人凭什么这么干？

汽车刚刚离开S市地界，我们的座车就在瞬间突然加速，几乎就在同时，一辆右侧行驶的大货车毫无先兆地并线，检察院的车就像鹅毛一样被这辆载重几十吨的大货车碰翻了，耳边响起一阵刺耳的轰鸣声，后视镜里检察院的车翻滚着跌到了高速护栏之外。

我还没来得及惊呼，前排座椅上的人回头大喊一声："动手！"我的双手被死死抓住，一只手从副驾驶位置上伸了过来，一块不知浸染了什么怪味的手帕快速捂住了我的鼻子，我稍做挣扎就完全失去了知觉……

我真的被绑架了！

3

恍恍惚惚，我知道自己又做梦了。

童年、少年像电影一般在脑海中流水而过，正和一个淡蓝色的女孩一起背诵唐初四杰王勃的《滕王阁序》。

……天高地迥，觉宇宙之无穷；兴尽悲来，识盈虚之有数……

恍然间我意识到一件事，《滕王阁序》作者王勃未冠而仕，旋即便被高宗逐出长安，然后被人诬陷锒铛入狱；出狱后，年仅26岁的王勃再次被害，只落得一个溺水身亡的下场。今年我也整整26岁，也是少年得志，旋即被人诬陷入狱，现在出狱了，难道客死他乡就是宿命吗？

……关山难越，谁悲失路之人；萍水相逢，尽是他乡之客……

淡蓝色的女孩一定是洛迎！睁着眼睛都想象不到的洛迎！关山难越，我们将永远是路人！萍水相逢，我们将永远是他乡之客！孟尝高洁，现在只能空余报国之情；阮籍猖狂，现在只能做穷途之哭！

一生就这样结束了？没有得到魂梦相牵的女孩，没有完成自己的事业，甚至连生命安全都难以保证了……突然间，心中腾起一股从未体会过的冲天怨气，父母恩未报，壮志未酬身先死，还有，再也没机会见洛迎一面……

一片酸楚中，淡蓝色的身影清晰起来，眉目之间像极了洛迎，却又似是而非！

眼前的身影好恍惚，我觉得自己走进了一个电影，一个关于我自己的电影、一个设计好情节的电影！我拼命想明白一件事，这到底是梦境，还是有人设计好的场景？不想再看下去，但是，恍惚得更厉害，什么也想不起来了。

冬日的下午，洛迎就坐在前桌，我手中的字条攥了很久，再次撕掉，还是交给她？

光影中的尘埃变幻无端，洛迎突然缓缓地回过头来。我觉得第一次看清楚了梦中的面孔，也能听到心在怦怦巨震。看着洛迎的目光，不知怎的，我瞬间就觉得已经知晓了未来。

如果错过今天，从此将永不相逢，十年、二十年、三十年、四十年、五十年……这是此生注定的结局。

如果现在把纸条给她，人生又会是怎样的结局？

心中不由苦笑，怎么会有这么愚蠢的想法？人生永远都是一张单程票，过去的事情怎么可能重新来过？

洛迎在微笑："你在后面撕了写，写了撕，到底是什么东西？给我吧！"

再抬起头来，她已经拿到了字条。我看到，洛迎羞涩地笑了笑，白皙的脸上浮起了两朵红云。然后，她小心翼翼地收起字条，静静地离开了教室。

一场春雪还没有消融，校园之外多少有些冷清。洛迎终于停下了脚步，她转回头，看到了身后追来的我。

那一刻，拥有整个世界都不如眼前女孩灿烂！

眼前的场景明明是千万次盼望的事情，可就是无法融入。别说真实的人生，再有一万次梦境也不敢想这样的事情吧？我有一种强烈的感觉，这场关于自己的电影，情节已经完全被人篡改。

我们终于高考双双落榜，洛迎的笑颜依旧美丽，她柔声劝慰，一起在小城生活，你不是说过，这就是你所有的期望吗？

曾经这么想过，可是，我更期望有一个辉煌灿烂的人生。半年后，我们还是分开了。她知道我原本就是一个热血的人，可是，她不是，她的愿望很简单，确实如我所想，只是平淡地在小镇上度过一生……

大学毕业十年了，我只是一家银行的小办事员，眼睁睁看着都市灯红酒绿。二十年了，我仍然是无名之辈，一入侯门深似海，在庞大的链条中，一个乡间少年凭什么脱颖而出？午夜梦回，我还会梦到美丽的校园、那个美丽的影子。夕阳西下，我会想着同一个问题：梦魂中的女孩，今生今世，我们还会再见面吗？

一生就在这样的无奈中度过，耄耋之年，我独自一人坐在午后的窗下长吁短叹，我知道，自己快要走了，离开人世的那一刻，会有洛迎的魂魄来接引我归去吗？

心好痛！

眼前的一切如此清晰，一幕一幕如同亲历亲为。像是在几秒钟内看到了一辈子，如果我最初就知道结局，还会做出同样的选择吗？

恍恍惚惚间天地再次旋转……

虽然洛迎父母极力反对，我们还是结婚了，就在我们出生的小镇上生活，她靠着父母的关系找到一份稳定的工作，我则做一些小生意。年年柳色、岁岁秋风……

十年后的某一天，我抬起头，发现洛迎的脸色好难看，因为，从今天起，我要出远门去淘金，追求所谓"理想"。迫于现实，洛迎同意了我的选择，她不知道我要去多少年，也不知道生活会因此改变什么。车站的汽笛并不因她的泪水停止嘶鸣，我，终于还是走了……

我有着与生俱来的商业灵感，每每却因为各种无奈而放弃，主要是缺乏资金，不敢承担风险。看着身边的朋友一个个事业如火如荼，我却只是一个无奈的看客。

二十年，我们同样要面对之前的种种无奈，又有了太多不堪；三十年后，我再也无法回到小镇，无法面对曾经深爱过的妻子和家庭。所有这一切，双方终于都无法再忍受，我们还是走到了尽头！

淡蓝的女孩再也没有在眼前出现，耄耋之年，我独自一人坐在窗下，午后的阳光显得斑斑驳驳，摸了摸脸上已经满是褶皱的皮肤，已经没有力气和心情去擦一擦被肮脏雨水污染的玻璃窗。几年来，我每天都会坐在这里长吁短叹：

一生就这样走完了吗？离开人世的一刻，会有洛迎的魂魄来接引我归去吗？

心好痛！

怎么会是这样？我像是《大话西游》中拿着月光宝盒的至尊宝，眼睁睁看到了故事的结局，无数次狂奔却无法阻止白晶晶自刎。人生只有一次，为什么我在不同节点做出不同选择，却得到了同样悲凉的结局！我还有别的选择吗？我真实的人生究竟是怎样的？

…………

我早就知道现在的思维不正常。人生本是一条单行线，一部已经拍摄好的电影怎么可能重写出无数种可能？可是，这样的思维根本无法停止，像是有人故意让我看到这些，同一时点做出不同选择却依然得到同样的结局。

更令人心痛的是，我敢肯定每一种选择、每一个结局都很真实，那样的节点、那样的心境我必然会做出那样的选择，也就必然得到同样的结局。

我不想要这样的人生，可是，偏偏命运已经无法改变！如同看到朱狗剩和洛迎走到一起，我疯狂了，只想毁灭全部的世界！

一片狂躁中我狠狠地攥着两个拇指，手臂上传来的酸痛让脑子有了些许清醒。我虽然活得很粗糙，却从来不是丧心病狂的人，从北京回来后就一直处于这种状态。如果这种情况持续下去，根本无法对日常事务做出正常判断，更别说上阵操盘了！

4

"你还想上阵操盘吗？"迷迷糊糊中听到一声嘶哑的狞笑，就像嘴里被人塞了一坨大粪一样恶心。

一桶冷水从天而降，激灵一下我就从浑浑噩噩中醒来。甩了甩头上的水珠，这才发现自己身处一间七八平米的黑屋子，双手被反铐在椅子背上，身体根本无法移动，就像电视剧里被审讯的地下党员。

"怎么，桑园古镇的高考状元、堂堂明德大学的高才生、S行行长，也有落到老子手里的一天！"

我宁愿看到中统、军统的恶魔也不愿意见到这个人，面前的人是我的同学，全镇最无耻的地痞，前几天还伺候我喝酒的人——朱狗剩！

"朱狗剩，怎么会是你！"

没有回答，迎面就是几记响亮的耳光，我的眼前冒出一片金色。一阵狂怒攻心，我不顾嘴角流出来的鲜血，把能想到的脏话全都骂了出来。

朱狗剩根本不理会我，抬腿就是一脚。看着我痛苦的表情，朱狗剩开心极了："只要老子拿下你，就能拿到正式的警察编制。你，当年桑园古镇的状元则被交易局开除了，你现在才是无业游民，小命就攥在我手里！"

朱狗剩要拿下我，还要拿到警察编制，这种人怎么能当警察？

马上，朱狗剩就用更为猛烈的殴打回答了我的疑问："让你他妈的学习好，让你他妈的考大学，让你他妈的进交易局！今天老子就是要把你办了，然后把你的糗事传遍全镇！尤其要告诉邢大壮，是老子办的你！"

骂着骂着，朱狗剩突然抄起远处一个水壶，一把捏开我的嘴巴，塞进来就开始往里灌。凉水入口的一瞬间，我立刻觉得青筋暴跳，恨不得用眼神杀死眼前这个畜生。

这种情绪非常熟悉，就如同返京车上我突然暴怒一样。狂怒烧红脑海之前，一个念头突然溜了进来：朱狗剩给我灌下去的不可能是普通凉水，不然不会有这么激烈的反应。

放下水壶，朱狗剩恶狠狠地说："再告诉你一件事，老子早知道你想玩洛迎。现在，姓洛的她爹跟你一样因为贪污被判刑了，家也被抄了，成了比我还穷的穷鬼。至于洛迎，早他妈的去夜场当小姐了，当年我还想拼着被判十年八年毁了她呢，谁想到啊，现在人尽可夫，哈哈……"

从自鸣得意的眼神中我看到了一种虚伪的满足，我拼尽了最后一丝力气吼道："放你妈的罗圈屁！朱狗剩，你真是个猪狗不如的东西……"

我还想骂下去，朱狗剩突然提起脚来再次重重地踹在我鼓胀的肚子上，刚被强灌下去的液体像水箭一样从口中喷出，巨大的痛苦让我颓然倒在椅子上，完全不能动弹了。

朱狗剩开心极了，嬉皮笑脸地说："坦白从宽，抗拒从严。说说吧，那点事？你平时是不是经常想她，想跟她干什么，玩她吗？"

对朱狗剩这种人来说，最好是腰都不弯就能捡到钱，不可能有耐心做任何事，怎么会对我的事情知道得这么详细？

看我无语，朱狗剩笑了，笑得那么自信："不说？不说我就不知道吗？我知道，现在你每天还在想着她，想那些龌龊事。说实话，就真的安排你去场子玩她一次，让你梦想成真！"

就凭你朱狗剩这种人渣也配碰洛迎一根手指头？我拼着最后的力气嘶吼道："你真是一个猪狗不如的东西！别忘了，你娘病重的时候是洛迎组织全班人冬天上街募捐，你娘才捡了条命。没有洛迎，十年前你就成了一个孤儿，能不能活到今天都不知道……"

提及往事，朱狗剩也被骂出了真火："少他妈搁我这儿放屁，洛迎要不是县长的女儿能有人捐款给她？老子的爹要是县长，还用去当协警？他妈的早天天风流快活去了！"说着，朱狗剩再次提起那个水壶，把整整一大壶凉水灌到了我肚子里，脑海再次被熊熊怒火烧红。

一般来说，随着被施虐时间越来越长，人就会彻底丧失抵抗意志。我不是这样，情绪完全失控，哥哥、孙立民的谆谆叮嘱早就抛到了九霄云外。我隐隐知道，再这样亢奋下去体能很快就要被耗光了。

"朱狗剩，你这个人渣！有本事你今天就弄死我，有本事别让我活着出去！"如果神志还清醒，我是不会用这种语言发泄的，丝毫不解决问题。

朱狗剩用棍子捅着我的额头："弄死你？哪有那么便宜？说实话吧，你以为我给你喝的是可口可乐吗？这里面早就放了'莫愁散'，他们说，普通人喝上一小杯会神清气爽，如果喝一大杯就会变得特别暴躁，你是用水壶灌下去的！过不了多久，你就会成为一个神经病！"

所谓"他们"应该就是"红桃K"和吴铮吧。吴铮曾告诉我，如果不按照他们的安排走下去，我最终会变成罪犯、神经病、乞丐。昨天我差点成了罪犯，今天就要变成神经病，明天就要沦落街头了吗？

朱狗剩站在那儿，仿佛在欣赏一件艺术品："还得再告诉你一件事，他们说了，'莫愁散'还有一样功效，只要消耗光了你的体能，变成神经病前你还会丧失所有主动意识，到时候问什么就说什么。我用洛迎刺激你，你果然急眼了。看在曾经是同学的面上，让你知道自己的结局吧：交易局只是把你免职了，没想到你受不了刺激成了精神病，出于人道主义，你会被送到精神病院。当然，你会从精神病院逃跑，然后，我们再把你扔到一个完全陌生的地方，让你成为街边一个要饭的，你那个在公安厅的哥哥也不会知道。古镇上第一个明德大学的高才生竟然成了要饭的，我一想就开心得不行，哈哈。"

是吗？这就是我命运的结局？一念之差，我真变成了一个神经病、一个自生自灭的乞丐？原来吴铮所说的一切是真的，如果一切可以重新来过，我会做出另一种选择吗？

心中的暴躁无法遏抑，却再也没有力气挣扎了。看着天花板，小屋子里的灯光从昏黄变为一片血色，继而一片绚烂，耳边好像听到了某种召唤，有人在引导我去某个美好的地方。

是到了最后的时刻了吗？

5

我清醒了，以一种极其特殊的方式。能感觉到还坐在那个椅子上，也知道身边站着两个人，但是，却无法指挥自己的身体，甚至连眼睛都没有睁开！

"如此剂量的'莫愁散'，他一旦昏睡过去就是询问的最佳时机，迟了他就会陷入完全的混沌。现在，可以开始了。"

天啊，这不是尼尔逊的声音吗？尼尔逊不是来自大洋彼岸的慈善家吗，怎么会出现在这里？难道他就是吴铮背后的老板，是指使朱狗剩的人？

不可能，尼尔逊是多么谦逊、和蔼的一个人啊，他是上帝的使者，上帝的使者怎么会做这样的事情！

"告诉我，在你冥想的时候，谁会第一个出现在眼前？"

分明是尼尔逊，真的是尼尔逊！

我又暗自庆幸，"莫愁散"的效力不过尔尔嘛！我现在很清醒，绝不会回答任何问题。这样想着，分明听到坐在椅子上的"我"轻轻地说出了一句话："洛迎。"

我想伸手捂住嘴巴，可惜，根本不能指挥双手，也不能控制身体的任何一个部位，甚至不再感觉到伤痕的疼痛。

这是怎么了？以往如果有这种感觉，怕是第一时间就暴跳如雷了，可是现在，我只是感觉自己在平淡地等待下一刻。

"洛迎曾经是你的女朋友吗？"

"不是，连接触都很少。我一直很喜欢她，偷偷地喜欢，从来没有忘记过。"

这是最隐秘的往事，除了邢大壮，我不想对任何人提起。就这么轻而易举地说出来了？我的脑子异常清醒，想到了一连串的问题：他们费了这么大心力，就想知道这个？这跟他们有什么关系？就因为这个，把我害成这样？

这样想着，我却没有任何焦躁，反而有种淡淡的冷漠：就凭你们这点手段，也想套取我的潜意识吗？

为什么这么想？已经什么都说了，还有什么资格淡定？

"你都想什么？"

"想再见她一面，想跟她重逢的时刻。"

"那你为什么不去真的见她呢？你原本有渠道再见到她。"

"不知道，只想默默地想她，不想打扰她。想她的时候心里会有丝丝酸楚，只有在那时我才真正做到平静。可能只是心底的一丝执念，并不真想得到洛迎，只是想要这种感觉吧？"

我怎么会这么说？可是，无法否认，这确实是心底最隐秘的潜意识，如果在清醒的时候怕也不肯承认，更不敢真真切切地说出来吧！

"冥想的时候洛迎会跟你交流吗？"

"有交流，但不是洛迎。"

虽然看不见，我也知道此刻乔治的眼睛突然迸发出贼亮的光芒，有一种气场令人不寒而栗，他接替了尼尔逊："那么，告诉我，那个人是谁？"

"不知道。"

"不是洛迎？"

"是她的声音，但我知道，不是她。"

"我"这是怎么了，此刻的"我"根本没有可能欺骗乔治。难道那声轻轻的叹息不是洛迎？不是洛迎，还能有谁？

乔治继续问："她给你的是什么感觉？"

"冷静、淡定、漠然、洞穿世事，把每一件事都计算得特别精确。"是吗？跟我对话的那个声音是这种感觉吗？楚牧儿不是说那是幻听吗？

"她会告诉你精确的涨跌时点，如何操纵市场吗？"

"没有，只是一些简单的交流，让我感知到某种情绪。"

因为刚才的对话，我觉得情绪应该很低落。但是，情绪没有继续低落下去，依旧波澜不惊。不知这样说是否能清晰地描述当时的感觉，我的意志已经被另一个有绝对压迫力的意志控制，所以，不是我想有什么情绪就能有什么情绪。最奇怪的是，我对这种控制没有感到一点恶意，反而觉得很正常，似乎原本就该是这样。

我不想再听尼尔逊和乔治问些什么，对控制自己的意志感兴趣起来。

"你是我吗？"

"嗯。"再次听到了一个冷漠的声音，仿佛我在自言自语！怎么，我竟然在这个时候开始了一场冥想，一场无聊的自我对话吗？

"那我还是我吗？"

"嗯。"还是简单的情绪。突然，我的心里一动，觉得想通了一件事情，有了一个大胆的想法。

"你如此高功大能，能不能带我去见一见洛迎，哪怕梦中也好。"

"再见，又能如何？……"

是啊，再见，又能如何？第一次，我感到两个意识同时有了一种撕心裂肺的疼痛。喉头突然涌上甜甜的鲜血，打断了这场冥想。

我再次听清了尼尔逊的话："亲爱的乔治，他不再回答什么了。我想，他现在已经陷入深度昏迷，没有正常人的意识了。华夏那句古话不错，百无一用是书生，方宏远事到临头却害怕了，擅自把'莫愁散'剂量减少了80%。你是怎么想到用朱狗剩这种人的呢？"

乔治用手托着下巴："了解交易首先要了解人性，他没有任何可失去的东西，一个正式编制就值得拼上性命，毫无底线的人本身就是恶魔。中国的独生子女幼年时家庭地位非常高，成年后社会地位又非常低，他对浮华的艳羡便会达到疯狂的地步。久而久之人性就会扭曲，所有比他强的人都会成为敌人。姚的成绩朱已经无法企及，就成了最大的仇人。"

尼尔逊拍了拍手，笑道："佩服佩服。姚原本就有幻听，现在已经吃下了'莫愁散'，只要把他送到鬼市，他就要跟老祖宗姚绍棠做伴去了。"

乔治极为罕见地眉头紧锁："没有那么简单。姚听到的声音不是幻听，而是内心深处的自我认知。我想，这个人极有可能跟姚绍棠一样难缠，一旦他的自我认知与本我融合，他不仅仅会成为一个交易者，很可能会达到交易者的巅峰——商者，难怪潜意识如此难以辨认。"

尼尔逊有些不解，问道："商者？"

乔治点了点头："对，商者。交易者的天赋被限制在金融市场，商者超强的潜意识却能看穿身边所有商机，可以在任何条件下为自己创造机会。遗憾的是，天道是公平的，上天在赋予他们某种天赋的时候必然也会加诸其他限制。"

尼尔逊更加迷惑了："限制？"

乔治继续面无表情地说道："商者必须以人类最最本性的感觉打开心结，也就是'交易之门'。每个商者的心结都不一样，他们无一不是至情至性之人，很多看起来非常简单的事情，商者却做不到。"

尼尔逊很震惊，我也一样。交易者？商者？酒后谈资中大家经常聊起交易者，还从未听说过商者。

"难怪我总觉得'莫愁散'不可能毁掉他的潜意识，如果他真是商者，'莫愁散'确实无能为力。"跟着，乔治又摇了摇头，"不可能！华夏'南商北姚'，商者向来出身商家，眼前这个姚是姚家的后人，怎么可能是商者？难道姚绍棠或者姚丹月的夫人是商氏家族后人？"

尼尔逊用一个小锤头敲了敲我的膝盖，然后说道："不用担心了，你看，连膝跳反射都没有。先把他扔到精神病院，过几天再随便找个地方一扔！无论他是商者还是交易者，都会成为大街上的乞丐！"

乔治很久没有说话，破天荒叹了一口气："愿上帝能原谅我们。"

6

渐渐地，我能清晰地看到周围的一切，也能正常思维。但是，身体却被一个不正常的思维左右。那种情形很恐怖，就像我作为一个正常人，眼睁睁地看着一个不正常的自己在演戏，还要跟他一起经历。

怎么也没想到，跟我一同被送入精神病院的还有朱狗剩！

不知乔治用了什么方法，再见到朱狗剩的时候他也丧失了神志，变成一个痴呆。是啊，乔治·尼尔逊一直以悲天悯人的面目见于世人，怎么能让背后的残忍展露于天下？更没想到的是，送我和朱狗剩进入精神病院的人竟然是方宏远！

在一间宽大的办公室，一个貌似医院领导的人奇怪地问："由交易局出面，我们肯定是信任的。不过，方处长提出的治疗方案需要家属签字。另外，从临床来看，病人没有到必须强化治疗的地步，如果病人原本就有狂躁症，这个方案反而会刺激病人，让病情恶化。"

方宏远对医生点了点头，一副高高在上的样子："我们尊重医生的专业意见，先介绍下情况吧。这个人年少得志，一下受不了免职刺激，局领导考虑就这样把他交给家人也太不人道了。就算犯了错误也曾同事一场，怎么也得尽尽心。天天跟他在一起，采取哪种治疗方案，我们最了解情况。有我们的公章、有我这个处长的签字，难道怕我们不付医疗费用吗？"

医院领导有些尴尬："哪里，我随口一说，没有不信任方处长的意思。"

方宏远坐在办公桌对面，两只手肘支在桌面上，双手握在一起，摆好一个姿势才接着说："你们一定要派出最好的医生，用最好的药品，给他最好的医疗条件，进口药、特效药，什么药好用什么，不要怕花钱。在治疗上，要不惜一切代价！"

有了这样的保证，医院领导忙不迭地说："请方处长放心，一定照办，这里的特护病房是全国条件最好的。我想，这位姚行长患有严重的精神分裂症，存在幻听、幻视，还有被迫害妄想症、狂躁症，确实要强化治疗。这么多年，我还从未遇到过如此棘手的病例，万一力有不逮……您知道，药医不死病，道度有缘人啊。"

医院领导明摆着撇清了责任，方宏远依旧很高兴，挥了挥手，说道："这个我们也知道，如果到了那一步，就只能尽人事听天命了，尽力就好。"

"那就好，我们就按您的意思安排他住隔离区特护病房。还有就是，同来的朱先生怎办？"

"无所谓，你们看着办吧。"

就这样，我进了精神病院。

我眼睁睁地看着大夫给自己做精神测试，看着自己在电疗椅中痛苦地挣扎，就是控制不住身体，更无法清晰表达意识。"我"在吱吱作响的电疗椅上嘶吼，语言却没有一点逻辑："我没有病，你们才有病，你们灌我毒药，打断我的肋骨，对我栽赃陷害，把我变成神经病，还要把我变成乞丐！刽子手，我不会怕你们，有什么手段尽管用啊，我不怕！"

观察室里的医生们一个劲地摇头。

"这个人有被迫害妄想症，大概以为自己是地下党员吧？"

"他的幻听、幻视也已经很严重了，测试的时候他说，有一个暗恋的女孩在指导着他做一切事情，实际他跟人家连几句话都没说过。幻听、幻视一般常见于幼年被虐待、社会地位不高的人群，还真没看到因为暗恋一个人就出现幻听的，都神经病了。唉，S行的行长、明德大学的硕士啊，可惜了！"

"院长是专家，怎么能给狂躁病人用这样的治疗方案，这不是把人往死里治吗？"

"嘘，别瞎说！"

很无奈，只能跟着意识不健全的"我"在精神病院住下来。隔离区都是重症病人，自我意识不强，虽然特护病房条件不错，还是跟监狱没什么区别，房间里的桌椅板凳都是焊死在地板上的，一个很小的窗户装着拇指粗的钢筋，让人望而生畏。夜深人静的时候常常会有一个念头冒出来：走出这所大监狱的时候，是不是灵魂也能走出桎梏？

每天会有放风时间，跟监狱差不多，在护工们的监视下，重症病人鱼贯走出病区，在楼前的大院子里享受两三个小时的自由。

精神病人也有一定的意识，知道放风是最开心的时候，有人会对着蓝天长吁短叹，有人会在院子里来回走动，有人则自言自语不知道说些什么。

放风的第一天就见到了一个熟悉的人——莫伯明！

就因为通知我，伯明竟然被害成这副样子。"我们"已经互相不认识了，莫伯明不知从哪里拔了一根稻草，边挥舞边对我喊着："吾乃大侠郭靖，手里便是屠龙刀，武林至尊，宝刀屠龙……"话没说完，就被一群护工冲上来按到了地上，他的屠龙刀立刻零落成尘辗作泥。原来，莫伯明的本心就是成为一个大侠，可惜，他手里只有稻草，没有屠龙刀。

"我"没有接近莫伯明，只是蹲在阴暗潮湿的角落里，就那么蹲着，一动不动。第一天，我就注意身边一个人，跟我一样也蹲在角落里，有时候护工会来驱赶他做运动，他不反抗，一旦有机会还回到那个角落蹲下。

不知过了多长时间，他好像注意到了我，而且是刚刚发现一样地惊奇："你在干吗？"

懵懂的"我"也刚发现他："啊？为什么要告诉你？你又在干吗？"

他抬起头来，"我"看到了一张颧骨突出、双颊凹陷的脸庞，特别难看。那人一脸天真地看着"我"，故作神秘："全世界所有的东西都在我的公司里！我可以赚到全世界的钱！"

看到他一副白痴相，"我"似乎有点惊讶，问道："那你的公司在哪里呢，我怎么见不到啊？"

他幸福地对我笑了笑："所以我才来到这里，有人说这里可以找到我的公司！"

"我"继续问道："那现在找到了吗？"

他摇了摇头，表情看起来依然很幸福的感觉："我知道，只要我在这里不停地思考，一定能发现这个秘密。"

"我"竟然顺手指了指地上的一块水泥地砖："那我告诉你吧，就在这儿。"

他很惊奇，竟然真的俯下身去仔仔细细地端详那块水泥地砖："这么小啊，这么小的地方连我自己都放不下，怎么能放下全世界呢？"

"我"兴致勃勃地跟他一起看着地上的水泥地砖，然后才认真地说："已经很大了，要做全世界的生意，根本就不需要什么地方。如果有地方，就不可能做全世界的生意。"

那人一口流利的英语冲口而出："Just message exchange will be Ok？（仅仅交换就可以了吗？）"看"我"有点惊诧，那人不好意思地笑了笑。

我也很诧异，不是惊异于这人讲英语，而是觉得他抓住了"message exchange"这个关键词。没有来得及细想，放风时间结束了，护工们像驱赶牲口一样把"我"和那个病友赶回了"监狱"。

进门之前，我还看到刚才那人向我回头一笑，好灿烂。

7

山中不知岁月，不知过了多长时间，天气已经很凉了。

今天没有放风，人群在一群护工的监视下鱼贯走出了隔离区的特护病房。医院里来了慈善家，我们要接受捐赠。

主席台上，一副典型的异域汉语腔正对着一群什么都不懂的精神病人在演讲，真不知道有什么意义。

"我们赞美上帝长青的智慧，对今天这个机会深感荣耀，请让我履行对上帝的誓言，这是我们的责任，请你们做证！"

台下前排位置，还坐着一个面无表情的外国老者。这两个慈善家化成灰我也认识：来自猎鹰慈善基金会的乔治和尼尔逊！毫无疑问，两人一定为我而来，他们害得我还不够吗，又要干什么？

捐助项目包括，为精神病院捐一笔安保经费，给每一个精神病人一袋食品、一身衣服，购买一次音乐理疗，等等。

践行对上帝的诺言，尼尔逊和乔治亲手把食品和衣服送到每一个病人手里。每个病人都有两名护工扶持，队伍站立得也算整齐，他们每经过一个病人，都会说一句："愿上帝保佑你。"

当乔治和尼尔逊走向"我"的时候，"我"畏惧地向后退缩。不能这样，也许把尼尔逊和乔治比作狗并不恰当，可就是这么回事：遇到一条恶狗，不去注意它，它就不会咬你，如果不停注意它，还露出了怯意，那这条狗一定会嗅到什么，转而向你攻击。

护工铁钳般的双手架着"我","我"根本无法逃避。"我"挺直了腰背，想像其他人一样轻松接过尼尔逊手里的食品和乔治手里的衣服。但是，我还是能觉出来，"我"的心里有一层深深的恐惧。

很小的时候起，我就能感知到身边人物的情绪，不是凭脸色和语气，而是凭心底里的一种意识。此刻，乔治温和的笑容带出了一种熟悉的气场，比祖归海更强大，让人的思维无所遁形。那种感觉就像一堵厚重的石壁向我压来，避无可避，如果他再走近我一步，一定可以感知到"我"的躯壳里还藏着一个精神正常的我。

千钧一发的一刹那，身后突然蹿出来一个人，不由分说一把抢走了乔治手中的衣服、尼尔逊手中的食品，顺便还狠狠推了我一把，然后笑着喊道："嘻嘻，罐头！"说完，就把食品袋里的玻璃瓶子罐头"咔嚓"一下砸在了我们之间的地上。

砸掉罐头的人正是我接触过的病友，他从地上捡起来几块汁水淋漓的水果就塞到了嘴里。更令人惊异的是，他又捡起来一块想塞到走在前面的尼尔逊嘴里，还一边说着："这么难吃的罐头，你吃，你全家都吃！"

所有人都被这一幕惊呆了，反应过来的护工冲过来想按住他，没想到，这位身手还挺灵活，他躲过了一名护工，凹下去的腮帮子一边大嚼着罐头里的水果块，一边从手里变出来一块玻璃碴（应该是罐头瓶子上的），伸手就在我身上重重划了一道！

"唰"，我的身上立刻流满了鲜血！

一见到鲜血，人群立即骚动起来。一场捐赠秀变成了一场乱局。院长手忙脚乱指挥护工护送两位"上帝的使者"赶紧离开现场，又指挥另一批护工把"我们"押送回病房。在护工拉扯下转身，我看到了尼尔逊一脸的不情愿和乔治眼神中流露出来的一丝震惊。

第二天放风的时候，"我"又和那位病友同样蹲在了角落里，尽管他还装出一副孩童般的天真，但是，眼神已经非常清明。

他凑过来，"我"故作神秘地用双手捂住了地砖："这是秘密，一个天大的秘密，我不会再告诉你什么的！"

"不知道昨天是否帮了你？"他的声音不再带有丝毫童真，而是沉稳、老练，"小兄弟，我知道现在说什么你都听不懂。可是，我还是要告诉你，来到鬼市是为了寻找天机，这个天机是你泄露给我的。"

"我"松开紧捂着的双手，露出了下面的那块水泥地砖，严肃地说："是这个吗？"

病友平静地说道："小兄弟，我想通了心事，几天前就已经恢复正常，之所以没有走，就是想等到放风时再见你一面。我不知道你是谁，也不知道你为什么来到鬼市，但我知道，鬼市悟道的真谛并非传说中可以在这里做什么交易，而是在于自悟。与人交易，莫若与己交易，唤醒自我，这就是天机。现在，能告诉我你的秘密了吗？"

感受到他的真诚，"我"似乎听懂了什么，又似乎什么都不知道，痴痴傻傻地说："我能再见到她吗？"

这位病友没有想到"我"真的有了点逻辑，愣了一下才问："她……还在吗？"

"我"的头脑还在混沌之中，即使如此，说出来一句听起来毫无逻辑的话："她在的，真的在，她在过去等我。"

如果一个正常人听到这场对话，一定不知道我们在说什么。眼前的人听懂了"我"的意思，他皱了皱眉，想了很长时间才认真地说："小兄弟，我觉得你不是在等她，你是在等你自己。如果还有相逢的一天，希望你还记得我。"

8

　　还真不知道精神病院隔离区有一个如此雅致的小院。走进小院，就连"我"这个精神病人都被震撼了。已是傍晚，夕阳只剩一抹余晖，门内被镀成了如画的世界：一步之遥便是一小片湛蓝的池水，目光所及，深秋的小院仍有成片的花坛，片片鲜红在晚风中摇曳，根本不似人间。

　　一片鲜红之中，一个身着红长裙的女孩已经坐在一炉檀香之后，身前放着一把古筝。"我"不认识她，我却知道，眼前的女孩正是陈若浮。

　　来到这个小院，是因为尼尔逊的捐助中有一次乐师调理。陈若浮精于乐音，莫非尼尔逊请到的乐师就是陈若浮吗？

　　"我"四处张望，便看到了坐在陈若浮身侧的尼尔逊。尼尔逊紧紧地盯着"我"，似乎想看穿一切。

　　护工把"我"带到了一把竹椅旁边，坐定之后我才看到，陈若浮已经泪水涟涟。夕阳下，那双含泪的眼睛愈显晶莹，她起身向我走来。一步之遥，护工阻止了正在走近的陈若浮："陈小姐，请您保持安全距离，病人有妄想症，随时可能暴起伤人。"

　　红色长裙在晚风中猎猎飞扬，遥遥相对，陈若浮向我伸出了手，又只得停在身前："姚兄……"一语未了眼泪便如断线的珍珠簌簌落了下来。"我"懵懂的神志竟也有了一丝惆怅，然而，不知道为什么，身体里的意识却异常冷漠，像是在看一场蹩脚的话剧，一个拙劣的演员正在台上无病呻吟。

　　尼尔逊在身后轻轻提醒说："陈小姐，我与这位姚志超先生也有数面之缘，他曾经是一位很优秀的操盘手、一个前途无量的银行家。如果您能够妙手回春，他或许能恢复几分神志，现在，让我们开始吧。"

清风送来一阵花香，我看到陈若浮无奈地回身坐了下来，突然就有了一种如临大敌的感觉。

"我"的心中好像很难过，开始咕哝一些谁也听不清的呓语。我知道，那是在念叨洛迎的名字。陈若浮一定也知道，这一刻，那双泪水盈盈的眼睛中根本没有任何怜悯，只剩下无限愤怒与杀机。

陈若浮坐在那里，秀发在风中飘扬，一种韵律呼之欲出，一瞬间，小院里的每一个人都感觉到了一种充满杀气的气场。那位陪同的医院院长打了个冷战，突然开口问道："尼尔逊先生，还有个小小的问题。音乐理疗在国内临床上应用还不广泛，这位陈小姐曾在贵国音乐学院进修，不知……不知西方也用我们的古筝吗？"

怎么，陈若浮曾经在合众国音乐学院进修吗？

尼尔逊转头看着那位院长，微微一笑，眼神却有着一万分不耐烦："院长先生，您知道人类脑部活动一定会有脑波产生，比如，α波、θ波、β波。音频疗法的原理就在于此，我们用音乐模拟出了脑波频率，在抑郁症、狂躁症的临床治疗上都取得了良好的效果。至于工具，无论西方的钢琴、小提琴还是东方的古筝、古琴，效果都是一样的，我想，古筝更适合你们东方人。"

院长没有说什么，心里却暗自奇怪：模拟脑波？如果把模拟脑波隐藏在普通音乐之中，足以令正常人产生幻觉，所以它有"音频毒品"的称谓，这玩意儿能用于临床吗？

看到院长面有难色，尼尔逊谦逊地说："没关系，如果院长先生认为不妥，我们也可以取消这次活动，重新签订合同。"

院长连忙摇头："不用，不用，只是随便问问。"重新签订合同？重新签订合同那300万美元的捐助还不定花落谁家呢？反正这群人已经是重症精神病了，还能再重到哪里去？

古筝轰然而响，天地之间只剩下一个音符在回荡，肆无忌惮地渲染着某种情绪，我和"我"同时看到了一个美丽的倩影，一袭淡蓝色的长裙，随风飘荡，是她吗？

这一刻，不但是"我"，就连我的意识也开始沉入凄婉的琴音……我明明可以摆脱这种沮丧的情绪，但是，阻挡不住心底的那种渴望。"明明看到你有片刻清醒，为何不肯醒来？"牧儿的话在心头闪过，转眼即被抛诸脑后。我看到，洛迎和人在一起，笑着、哭着、喜悦、悲伤……

一切都像是刹那，一切又都像是永恒。无论刹那还是永恒，我都只能默默地注视，我和洛迎处于不同的平行世界，我可以看到她的一切，却无法留下一丝痕迹。

这样想着，突然就有了一种说不出来的感觉，好像刚刚从梦中醒来，又像是刚刚走入梦中。

铮铮琴音重重地冲击着脑海，眼前的一幕幕根本避无可避。

"你吃！"一个男子的声音很熟悉，可想不起来是谁，我像幽魂一样躲在另一个平行空间里看着。

这个房间怎么这么熟悉，充满一种回忆的味道？天啊，这不是我在桑园古镇的家吗？即使真的有这么一天，他们怎么会跑到我的家里？

"迎迎，很小的时候我就想和你走到一起。那时每天在你身后默默看着，觉得能看到你的背影就很满足了。虽然考入了明德大学，还是觉得回到小镇，跟你在一起最好。"

不知道为什么，眼前的场景是黑白色调，人物有些虚影，就像一部历久弥新的纪录片影像。

这不是我想都不敢想的幸福吗，怎么男主角会是别人？有人偷走了我的命运，又硬生生地送给了别人！现在，我丝毫不怀疑乔治有这样的手段，眼前的一切在现实世界里完全有可能发生！

眼睁睁地看着命运被偷走，那种感觉就像一把剔骨尖刀活生生剜出了心！坐在那里，汹涌的恨意已经从眼中流出，我想一把打掉男子手上的东西，却根本不去想为什么洛迎和这个人会出现在眼前。

"嗯……我知道。"

"我很满足，这一辈子，每一天都是最珍贵的回忆，谢谢你，迎迎。"

这不是冥想时候我想说而无处可说的话吗？那些场景中没有洛迎，带着淡淡的酸楚，为什么今天看起来感觉鲜血淋漓？

强烈的对比让我一下惊醒，这是属于我一个人的场景啊！同样的场景，怎么会一次让我无比静逸，再一次就让我有了想杀人的感觉？人生本来不就是这样吗，爱别离、求不得、怨憎会？

痴呆地面对眼前的画面，突然就有了一种局外人的感觉。

洛迎的声音再次把我带了回来："上学的时候我就知道你默默地跟在身后，知道你让邢大壮狠狠地教训那个跟着我的流氓姚志超。从那个时候起，我也始终盼着这一天。"

一切混乱了，被教训的应该是朱狗剩，那个保护你的人才是我！

这时，整个场景变得愈发模糊，只有男人的面目渐渐清晰，我死也不愿意相信，竟然真的是朱狗剩！我的角色完全与朱狗剩对调，朱狗剩拿走了原本属于我的一切，我却成了朱狗剩！

我想冲过去告诉洛迎这一切不是真的，眼前的朱狗剩是一个十恶不赦的人，是他偷走了我的幸福！朱狗剩幸福地憨笑着，可我分明看到他眼角的余光落在了我身上，脸上带着一丝不易察觉的冷笑。

是错觉吗，还是他原本就知道我的存在？

我已经发疯了，只想冲上去杀掉朱狗剩，就像当年想用一把刀了结狂吠的魏华。一丝疑惑闪过脑海，当日痛殴魏华肯定是不对的，今天也是同样的道理吗？念及此，我甚至产生了一种错觉，眼前的场景是被人拼凑起来的，台词都是按剧本预先设定好的，目的就是让我信以为真。

如果信以为真，是不是就会永远地停留在这个世界？我一定知道些什么，就是捅不破那层窗户纸。

抬起头，温馨的房间变得异常诡异，朱狗剩的眼睛看着我，就像一条狗看着摆在面前的肉骨头。

沉默，死一般的沉默，仿佛天地间只剩下朱狗剩的眼神，他分明在告诉我，你还不过来吗？再不过来洛迎就是我的了！

朱狗剩在抚摸洛迎的面庞，洛迎闭上了眼睛，二人轻轻一吻："迎迎，我会永远珍惜你，不会再让姚志超这个流氓伤害你。"

再也无法忍受他们的热吻，我终于爆发了，怒吼着、挥舞着拳头向朱狗剩冲去！恍然间，眼前的场景不见了，天地间只剩下朱狗剩狞笑的面孔。仿佛意识交流一般，我立刻理解了他的意思：你终于相信了，从现在起你算是真的死了！

所有的场景都在瞬间消失了，眼前一片黑暗，我根本就懒得思考了。意识就要归于永远的沉寂，死亡将是最好的解脱。

死亡会是如此美丽吗？云水掩映之间，我看到了一个影子，渐渐由模糊转为清晰。是洛迎，她就站在我面前，依旧淡蓝，依旧美丽。

看来是真的要走了，我不是一直想象那一天到来的时候洛迎会接引我的魂魄归去吗？我伸出手，轻轻地问道："迎迎，是你吗？"

她没有回答，淡淡地看着我，只是那样淡淡地看着我。

面对这个影子，心中所有的怨念都淡去了：身死魂消，临行时见她一面，也该放下这一世了。心怀一份静怡、一份善意离去，不是更好？

"唉……"

我叹了一口气，"我"却突然听到了一声轻轻的叹息，犹如炸雷般在耳边响起，有了难得的一瞬清醒。一连串场景豁然在眼前流过，诡异的房间、朱狗剩的狞笑、洛迎的无知、我的死亡……

"我"懵懵懂懂，我却悚然心惊。是刚才我的叹息把"我"从濒临崩溃的边缘拉了回来，难道平日耳中洛迎的叹息是自己的潜意识？我突然明白了，一切都是幻境，而我归去前见到的洛迎是幻境中的幻境，正是幻境中的幻境把我从沉寂的边缘拉了回来。

这个时候无暇细想，下一刻，耳边就再次响起了铮铮琴音，带着久战不下的焦躁，极其凄婉，一波三折。

我的头部再次开始剧痛，刚才那种呼之欲出的感觉一下被打断，眼前再次变得恍恍惚惚。又看到了一个不同的场景，这一次，只有我自己。

荒漠小城，深夜孤灯，一切都显得无比苍凉。我不知道这是哪里，只知道自己已经独自在这儿流浪了很多年，每天只是思念，只是痴痴傻傻。

下雪了，今夜我又蹒跚而行。

看着茕茕孤影，我不由笑了，明成祖用交易者解缙才得天下，朱棣的隆武通宝终于战胜了朱允炆的大明宝钞。其后，解缙酒后终为朱棣埋葬在雪中，今日，我也要重复前辈的命运了。这样想着，脚步踉跄得更加厉害，终于栽倒在一个雪堆之中，一缕残魂终成旧梦。

又是一种孤独离去的命运！看着自己倒在无人知晓的黑暗中，恨意再次涌上心头，强烈的恨意立即绞碎了眼前的场景。

根本没有细想，我怎么会莫名其妙地知道解缙的故事，怎么会知道解缙是一个交易者？我只看到，现实中的"我"开始疯了一样仰天长啸："啊——"

眼前再次变成一片黑暗，我不想再思考下去了，心好痛！只要所有的意识归于沉寂，我就能永远离开悲惨的命运。我知道，死亡是美丽的，云水掩映之间我可以看到一个影子，那一刻，我就会见到洛迎。

洛迎果然没有让我失望，是她，她来了。那个影子再次出现在面前，终究还是见到她最后一面了！

真实的命运里，我归去前也会看到她吗？真实的命运？难道刚才的命运依然是虚构出来的？

我一下就愣在当场。

倏然，脑海中闪过了一个念头：朱狗剩的场景复杂而震撼，刚才的场景简单却更有穿透力，所有故事的结局都是戾气所化，求而不得的戾气。人生原本有多重结局，究竟应该走向何方不过就是最初一念，那一念才是我的命运，谁又能改变什么？

倒在雪地里的影像成为定格，我又被拉回到现实，我看到"我"坐在竹椅上痛苦地抚着胸口。

恍然间，胸中戾气全无。

其实这些转念就是一瞬间的事情，我看到"我"想强行睁开眼睛。心头闪过一个转念：可以睁开眼睛吗，睁开眼睛就要面对真实的命运了！

在一种说不清的感觉下，我莫名其妙地知道了自己真实的命运：一梦醒来，一定会脱胎换骨。感觉很模糊，与吴铮告诉我的几乎一模一样，却又完全不同，就像是镜子的另一个反面。

似乎看懂了，又似乎没看懂，只有我心里明白，不是没看懂，而是我根本就不想看懂。要达到脱胎换骨必须承认当年一念，那是一份更加沉甸甸的痛苦，根本无法承受。

"明明看到你有片刻清醒，为何不肯醒来？"

我第一次想到了答案：无论怎样的幻境，洛迎都会在眼前昙花一现，沾满了回忆。对我来说，什么都是假的，那一刻的幸福是真的。

这一生想要的，不过就是这样一次邂逅而已。

此时此刻，是我自己突然不愿意醒来。因为，真实的命运我同样不喜欢，不是我想要的结果！

如此，我宁愿永远在幻境中逃避！

我和"我"同时豁然摆脱了沉寂中的冥想，完全沉浸在琴音之中，不再做任何抗拒。天地间回荡的音符令人疯狂，我看到"我"睁开了眼睛，红色的血丝迅速在眼中凝成实形，什么也看不清了。

"我"开始大口喘粗气，双手捂住了胸口，"噗"的一声喷出了一口鲜血！这样，真实的命运就可以逃避了吗？

第九章

破茧

1

公主坟的羊汤馆突然关门了，房间里却比任何时候都热闹。

二十几平米的地方早就站着十几条汉子，林灵素和饭馆老板郑新杰站在这群人中央。郑新杰早已不再是平日无精打采的中年人，他站在那里，一把锤头在掌上熟练地转动。明眼人一看就知道，没有几十年的功夫，根本玩不到这个地步！熟悉格斗的人都知道，匕首、砍刀的攻击力远不如锤头，在近身肉搏中铁锤才是最有效的武器。

郑新杰用冷峻的眼光扫视着大家："要是没有天哥，我郑新杰当年早就死在日本了！大家都是受过天哥大恩的，兄弟们才会站到这儿。"

"早就想报答天哥了！""没有天哥，我生意早黄了，也就别娶老婆生孩子了！""当年欠了高利贷，天哥救了我全家六条命！"汉子们的话很豪爽，人们七嘴八舌喊了起来。

郑新杰挥了挥手："现在天哥要我们去做一件事！别问干什么，不愿意去的，现在就从这儿走出去。大家都有老婆孩子，没人会怪你，等我们回来咱还是兄弟！"

大家静了下来，没有一个人犹豫，也没有一个人露出为难的神色。每个人都知道，这条命是楚啸天给的，水里火里闭着眼闯进去就是了，何必多言？再说，以楚啸天现在的身份，也不会做什么太离谱的事。

林灵素咬了咬牙，眼神中露出了十二分的坚决："不枉有你们这些好兄弟！那好，我就开门见山了。兄弟们要帮一个忙，一会儿大家会以劳务派遣的方式进入一家精神病院当护工。明晚，大家悄悄把医院里一个精神病人弄出来，后面的事情我自会处理。"

以为是什么大事，原来只是去医院弄一个人出来。所有人都松了一口气："天哥，就这点小事？还以为啥事呢！""找关系把人弄出来不就得了，咱做医药代表，那家医院都有熟人。""我是做医疗器械的，这事太简单了！"……

大家七嘴八舌议论的时候，林灵素递给每人一份资料，脸色很沉重："如果就是找人这么简单，我一个人就办了，何必找你们？精神病院的安保很严，咱们未必能躲过，如果被人拦住，就说自己是病人家属，要求病人出院。实在不行就只能硬来了。被救的人叫姚志超，这份资料里有照片、地图、安保位置和病人房间号，明天凌晨三点动手。"

林灵素满意地看着满屋子的吵吵嚷嚷，突然，耳边传来了"咔嚓"一声！

羊汤馆的大门被人一脚踹开，嘈杂声立刻平息了。人们回过头，一个精神矍铄的老头儿缓步走了进来。

房间里都是称霸一方的人，没怕过谁。眼前的老头儿有些邪性，所有人都被一股凌厉的气势逼得向后连连倒退。

"林局长、林大首席、林灵素，本事见长啊！"

林灵素从人群中闪身而出，硬挺着说："老爷子，我们自己兄弟聚聚，您来这儿有什么事情吗？"

来人正是轩辕抱朴，他随意坐在了一张桌子旁，用手指点着人们说道："就是聚聚，手里的家伙是什么？放下屠刀，立地成佛，一时放纵就会毁掉十几年的修行，你们不懂吗？"

林灵素的眼中闪过一丝坚决："你可以袖手旁观，我也可以用自己的手段！"

轩辕抱朴霍然起身："你想得也太简单了！他们既然能把姚志超送进去，岂能容你探囊取物般把人救出来？看看这是什么！"

轩辕抱朴扔过来一份人员名单，密密麻麻上百人，所有名字的后面都有一栏标注：世界散打比赛季军、全国自由搏击比赛冠军、特级武术运动员、武英……

"猎鹰慈善基金会已经赞助了精神病医院三年的安保经费，随后撤换了所有保安，这就是现在的保安名单。林灵素，这些兄弟很热血，但是，你觉得他们能把人弄出来吗？"

林灵素的额头已经冒出层层冷汗，这份名单上随便拉出一个人来，所有人全上都不够看。

人们散去了，羊汤馆里只剩下轩辕抱朴和林灵素。

林灵素的焦急溢于言表："不用再稳住我，姚志超的事情，你到底怎样才肯出手，又准备怎么办？"

轩辕抱朴心不在焉地说道："我倒是觉得姚志超待在精神病院比被你弄出来安全些。"

林灵素气得拍案而起："你……"

一反常态，这一次轩辕抱朴突然也长身而起，一双眼睛紧盯着林灵素，一字一句地说道："意气用事，当初答应你验证姚志超的身份，就是不想让你参与太多。我告诉你LME铜期货盘局解法，是让你集中精力对付麻生泰男！可你呢，阳奉阴违，根本不听！你怎么不想想，难道就真没人留心猎鹰慈善基金会、没人保护姚志超？还傻乎乎地让姚志超操盘国裕系，不停地验证他的身份。只要国裕系不质押股份，任'红桃K'有通天彻地之能也无法完成并购，现在可好，如果不是韩志刚在鬼市融资，国裕系早就被收购了。"

林灵素愣住了，是啊，如果国裕系不在S行贷款，就不会用股份去质押，也就没有现在危若累卵的局面。

轩辕抱朴接着说："他们对姚志超的调查在两年前就开始了，姚志超的公开信息一早就被公安部门隐藏了，真等着你林大局长出手，尼尔逊连姚绍棠的祖坟都刨干净了。后来，如果姚志超留在检察院，就不会被人绑架，也就不会有这么多麻烦。可是你，抹去了那100万元的转账痕迹，彻底毁掉了太行贸易公司的注册信息，让检察院失去了留人的理由。原本光明磊落的事情，为什么要在背后捣鬼？你以为世界上就你一个聪明人吗？"

办这些事林灵素动用了非常特殊的渠道，轩辕抱朴怎么知道得这么清楚？林灵素一下子想到传说中的A部门。

灵光一现，林灵素像是知道了什么，吃惊地看着轩辕抱朴。

轩辕抱朴核桃皮一样的老脸突然笑了，两颗焦黄的门牙显得特别难看："你以为凭黑侠的本领就能稳坐交易局局长的位置，凭着交易技术就能打遍天下？如果没人在背后保着，以你的性格，十个林灵素也早被拿下了！看重你的品行才让你接掌交易局，没想到你江湖习气不改。"

　　林灵素用手指着轩辕抱朴："难道是你……"

　　轩辕抱朴坐在桌子边上："国际炒家打出来的牌面是自由市场，对抗他们怎么能动用交易局的力量？难道你不知道吗，真正连接国际市场的地方不是资本项下，而是最自由的市场？"

　　林灵素没心思在意老人笑得好不好看，说话几乎有些嗫嚅："你……你是……"

　　轩辕抱朴又变成了诱骗蓝精灵的格格巫："所以，这么多年来我才一直待在鬼市。"

2

几天前，精神病院组织病人外出散心，两名护工把我扔在了野地里。然后，我莫名其妙昏迷了，醒来已经到了一个边陲小镇。

我并不知道，这里是西海镇，一个几乎与世隔绝的镇子，唯一通向县城的"搓板路"要穿过一片漫无人烟的大戈壁，就算用最好的硬派越野帕杰罗、路虎、霸道或者悍马也要开上整整一天。很少有人知道，西海也是一个异常美丽的地方，每年秋天，碧水映照着茶色的胡杨林，一阵风吹过，漫天飞舞的落叶会把整个天空都染成胡杨林的色调。

春节前，人迹罕至的小镇上突然出现了一个年轻的乞丐，没人知道他到底是怎么来的。人们很快就看出这人已经精神失常，在民风淳朴的小镇上，有人扔给他几件旧衣服，有人拿给他一些剩饭，也有人上前问过几句话，却根本听不懂他的呓语。偶尔，他也会对着天空喊几句，更多时候则静静地蹲在那里。

最高兴的莫过于小镇上的孩子们，乞丐的出现给他们带来了莫大的欢乐。开始小朋友们对这个蓬头垢面的人还有些恐惧，很快，就有调皮的孩子开始用树枝捅他，用石块投他。那些棍棒和石块并没有真的落在这个乞丐身上，无论孩子们正面进攻还是偷袭，他都不闪不避，又总能在最后的时候轻松躲开。

武侠传奇永远是有市场的，就连边陲小镇也未能免俗。很快，小朋友们就把这个乞丐幻想成了一个丐帮的什么人物。可惜，一群小朋友天天跟在这个丐帮人物身后，却没有人知道他究竟是几袋长老。

这个梦境特别逼真，我不知道在哪里，也不知道过了多少时间，但能清楚地看到身后经常跟着一群小孩子，有时候会给我一点吃的，有时候会给我一些衣服，当他们拿石头或者棍棒袭击我时，一种本能的预知可以让我轻松躲过。

梦境里的寒冷如此真实，凛冽的寒风像刺骨的尖刀，剐掉了身上的每一份温暖。耳边总是噼噼啪啪作响，声音好熟悉，透着一种温馨，可我想不起来究竟是什么。

好像是一个下午，噼噼啪啪的声音响得更欢快了。梦境里，我毫无目的地在街道上走着，脚步却已蹒跚难移，脚下就像是踩着棉花。

凛冽的寒风在身边呼啸，我却丝毫不知道寒冷，反而想拼命呼出胸中的燥热。越来越多的噼啪声让我觉得很温馨，也让我觉得越来越心酸。在这些声音的背后一定有事情牵挂，可惜，想不起来，也无法继续想下去。

因为，我就快走不动了，每迈出一步双腿都犹如千斤。快倒下了吗？倒下的时候就能见到她了吧？

"爸爸，这个人是丐帮的武林高手。"

"快回来，哪有什么武林高手。别乱挥舞，开过刃的马刀会伤人的！妈妈也真是，过年也不能让你一个孩子拿马刀做玩具。"

突然间，我像是感应到什么，用尽全身最大的力气向斜后方错了一步，一把锃明刷亮的马刀贴身而过。

我根本没有回头就躲过了一次毫无征兆的偷袭，身后十几岁的孩子变得兴奋极了："爸爸快看，他又躲过去，真的又躲过去了。就说他是武林高手，信了吧。"

爸爸被突如其来的变故吓得脸色刷白，牧民家的孩子十几岁已经孔武有力，这一刀如果砍实了，眼前的乞丐不死也得重伤。然而，就这样被轻巧地避开了，只是有点踉跄。再没见过世面，这位父亲也知道普通人根本不可能躲过背后突如其来的偷袭，何况他是镇上唯一一家旅社的小老板，老张。

老张一下子就呆在了原地，然后跑过来看看我是否受伤。我原本就没什么力气了，刚才的步伐只是危急时刻的本能反应，耗尽了全力。看着眼前的老张，自己就像一摊烂泥一样软在了地上……

终于醒了。

刚才好像做了一个好长的梦，我变成了无名小镇上的一个乞丐，走着走着，好像就摔倒在地上了。

为什么清醒了还是睁不开眼睛？

耳边响起了噼啪的声音，是爆竹，应该是快过年了。一想到过年，心里有了一种温馨的感觉，过年，哥哥会把嫂子接回来，除夕我们会在爷爷家一起吃年夜饭，怎么记得爷爷好像告诉过我今年不必回家？

是这样吗？

脑海有点恍惚，曾经有人讲过一个故事。有一天，我变成了一个痴呆的乞丐，独自流浪在边陲小镇，跟刚才的梦境一模一样。

梦境的最后，我应该瑟缩在街头，冻饿而亡。

如果真有这样的结局，我后悔吗？

……我愿尽余之能力所及为投资者博得最高回报，凡我所见所为均应恪守秘密，愿我生命与职业能得无上光荣！……

默默背诵着自己的誓言，我想到很多事情，不知为什么觉得特别委屈、特别心酸，根本不愿意再想下去。

如果刚才的梦境就是现实，不也很好吗？什么也不记得，什么也不用想，无忧无虑、逍遥快乐，既然再也无法见到她，何必留恋现实世界。我不要回去，不要去触那无边的景、生那无边的情，留在这里很好……

我觉得困倦极了，不由沉沉睡去。

从来还不知道梦境可以连续，我又回到了上次梦境中的小镇。

蒙蒙眬眬间看到了熊熊炉火，刚一欠身，一个有力的大手按住了我："别动，小伙子，你正发着高烧。"

梦境里太糊涂，看着眼前的人，只能明白他是一番好意。老张听不懂我喉头发出的"呵呵"声，只能指着手里的一盘饺子示意我吃下去。

"你先在我这里住几天，我已经联系了镇上派出所的朋友，他们发出了协查通报，你很快就会回家了。"

　　"家，家……"吱吱呜呜，老张第一次听到我发出了一个完整的字。

　　端着老张递过来的食物，一种特别熟悉的温馨涌上心头，我记得有个特别的日子，那一天会有人给我做这个东西。

　　看我发呆，老张连忙催促："快吃饺子吧，过年了。"

　　过年？唉，怎么梦里连饺子都不认识了。每年过年都有人给我做饺子吃，那种噼噼啪啪的声音是爆竹声。但记忆也就停止在这里，我根本记不得谁给我做过饺子，更记不起来过年的时候应该回到哪里。

　　老张走了，我独自扒着窗台向外看。

　　小镇上的爆竹声已经响成了一片，绚烂的烟花在空中燃起，一个个小院落透出昏黄的灯光。每一盏昏黄的灯光下，一定都有着不同的琐碎，却有着同样的温馨。红尘风情万种，精彩到极致不过也就是现世经历平凡的幸福，只可惜，身处平凡的人们并不知道。

　　原本应该有一片灯光属于我吧？可惜，梦境里什么都想不起来。那种感觉好像被人硬生生地从原有的生活中连根拔起，然后玩偶般摆在了这个不知名的小镇。如果有人能把别人的命运当作玩偶，那么，原本真实的命运又该怎样？

　　等我清醒了，就该知道了。

　　念及此，脑袋轰的一声，我就像见到了魔鬼一样恐惧，一下就蜷缩在窗台下一动不动。不要，不要醒来，不要真实的世界，真实世界的酸楚让人撕心裂肺……

3

不要说正月十五之前，整个冬天都不会有人光顾西海小镇。

大年初八，开庙门的日子，小店刚开门就来了两位主顾。老张很惊讶这两个人是怎么来的，开门的时候就看到一个老头儿和一个少女已经站在门外，身后没有任何交通工具，脚下还大包小包放着一大堆行李。

西海镇冬天的气温至少有零下30度，门外那个老头儿却只穿着一件宽松的袍子。年轻的女孩则穿着一件纯白色的长身貂裘，看起来就价格不菲。两个人实在太不相称了，根本看不出是什么关系。

"大叔，过年好啊。今天开张了吗？"一个银铃般的声音在耳边响起。

老张连忙停止了胡思乱想，忙着招呼道："过年好！眼拙了，老客到门口了还不知道，快，里面请。新年第一天开张，这就去张罗酒菜，今儿二位老客的饭钱算在我头上。"

说着，老张连忙走下台阶帮两位客人收拾行李。低头忙活着，老张心里却突然一动，年轻的女孩倒是记清长相了，很漂亮；至于那个老头儿，他身材很高大，很难辨清实际年龄，只记得一双贼亮的眼睛，根本不像一个老年人。

老张抬起头来的时候，两位客人已经走入了院中。这是一处两进两出的大宅子，门房是小酒馆，前院是旅社，后院则是老张和家人住的地方。

老人还在继续前行，年轻的女孩却停在了前院当心。顺着女孩的目光，老张看到儿子正和街上捡来的乞丐嬉戏。七八天了，老张还是什么都没问出来，这个乞丐倒也安静，平时就蹲在地上画一些长短不一的线段。此时，调皮儿子正用脚把那些图形抹去，一边笑嘻嘻地把积雪踢到年轻人脸上。年轻人不在乎飞到脸上的积雪，嬉笑地看着儿子。

"爷爷，你看。"女孩的脸色一下就变了，用手指着那个乞丐说道。

走在前面的老人歪了一下头，看了看嬉戏的儿子和乞丐，淡然说道："走吧，孩子。谁让你执意要这个时候来西海镇呢，这时候哪有什么风景好看？"

"老张，你在吗？来给你拜年了。"堂屋厚厚的门帘一下就被掀了起来，一个穿着警服的年轻人风风火火闯了进来。

老张还没来得及拱手拜年，一把就被来人拉到了一边。年轻的警察低声对老张说："我说老张，你倒是带回来一个什么人啊？一般派出所只要发出失踪人口协查通报，几天内总能收到兄弟单位回复。可你那份呢，刚发出去一天不到就被撤销了。听说上面大为光火，说大冬天不可能有流浪者跑到西海镇，说我们危言耸听，严厉警告不许重发。除夕我值完班就走了，今天才回来，这不就赶着来告诉你。"

老张一下愣在当场，院子里的乞丐活生生摆在这里，上面说话也不能这么不负责任。女孩听到了警察的话，回过头来。

年轻的警察这才看清老张的院子里还有两位客人，一个是绝色美女。一瞥之间，警察像被电击的兔子，一下就蹦了起来，三步并作两步跑到女孩面前，立正，打了个很潇洒的敬礼，正色开口说道："您好！姑娘，我是镇上的警察杨峰，不知美女驾临，特意向您报到，请您出示身份证。"

院子里的女孩笑了："那要不要把电话号码也给你啊，杨Sir？"

杨峰也笑了："美丽的姑娘，欢迎你这个时候来到西海镇，电话号码您就是不告诉我，也能查到的，只是想请你记住我的名字——杨峰。为了您的安全，以后我随传随到，不传也到，草原人民就是这么热情！"

从这一天开始，老张小院里多了四个人：老人轩辕抱朴、美女楚牧儿、丧失神志的我，还有每天都能找到由头赖在小店里不走的警察杨峰。

轩辕抱朴和楚牧儿是来西海镇看风景的，可是，两个人从来不出门，每天只是坐在小酒馆里消磨时光。老张不知道这一老一少是怎样把几坛酒和一把古琴提到西海镇的，酒确实是好酒，琴更是好琴。

无聊的时候，轩辕抱朴会在院子里喝酒、散步、打拳，楚牧儿安静地在一旁抚琴，杨峰则饶有兴致地坐在院子里听琴看拳，偶尔蹭一杯酒喝，眼睛则始终盯着漂亮的楚牧儿。只有我，蜷缩在一个角落里不知在雪地上画着什么。

轩辕老人带来的几坛子酒实在是好，打拳的时候会摆上一大壶，老张原本好酒，也经常来凑热闹。

老张捅了捅身边的杨峰，小声咕哝："你是公安，看出来什么没有？"

杨峰奇怪地回头上下打量老张："看出来什么？"

老张示意杨峰低声，然后轻轻地说："我怎么觉得这两个人根本就是为了这个小乞丐才来的？"

这下杨峰有了兴趣，又问："是吗，你还看出什么来了？"

老张看了看杨峰才说："说了可别生气啊，看那个漂亮的大姑娘，弹琴的时候眼睛总是看着那个小乞丐，根本舍不得离开。还有，这琴弹得可真好听，就像她在说话一样，比夜莺叫声还好听。怪可惜的，这个乞丐一听到琴声就会打瞌睡，今天算知道什么叫对牛弹琴了。"

杨峰笑了："我说老张，你干酒馆真是屈才了，不如来当警察吧，破案绝对有想象力。"

这段时间我清醒的时间越来越长了，有人在用琴音把我从梦境里唤醒，而我却不愿醒来。那种感觉就像清晨起床，明明知道闹表已经响了，偏偏还要停留在似睡非睡之间。蒙眬的时候我有一种感觉，正站在门外的世界看门内，就是不愿意回去。

如泣如诉的琴音又在耳边响起，我甩了甩头，于是，小院里的人们看到我闭着眼睛开始嘿嘿傻笑，挣扎着想睁开眼睛。

那一刻，轩辕老人恰好走到身侧。看着我一副痴呆相，他知道，我就要睁开眼睛了，一旦看到真实的世界，就会立刻重陷混沌。眼睛似开非开的一瞬，轩辕老人突然把一张纸扔在了我面前："你是在画这个吗？"

入睡前人还会残存一丝清明，我现在也是这样，刚睁开眼睛就看到了地上的一张纸。图形实在太熟悉了，即使在混沌的时候也能立刻吸引我的注意。

我当然不知道这是近两个月大中华区T国独立货币T铢汇率走势图，只是觉得那张图好绚丽、好熟悉。

怎么好像又做梦了？梦到有人在眼前扔了一幅图，盯着那张纸，太复杂了，根本不知道画了些什么玩意儿，只是感到头晕目眩。

梦境里会有如此清晰的感觉吗？似乎这是天下最繁复的图谱，凡人根本无法看透。一瞬间，一个极为清晰的念头传入脑海：红尘风情万种，一入红尘，初生时那颗玲珑剔透心早被红尘所染，带着一份尘缘去看市场，焉能看透？

也在这一瞬，我突然觉得硬生生看懂了那些图形：那根本不是什么图形，而是一种玄妙的流动，分明就是一条命运之河！一个人的命运、一个群体的命运、一个国家的命运，回环曲折，在方寸图形间被悄然改变！

本来命运包含的东西太多了，在这里统统被简化为两个信号：涨或者跌。仿佛有一双翻云覆雨之手，在阴阳变幻间随意操控着别人的命运！

难道不是吗？

市场改变了一切，比如房价一路飙升，人们数十年的财富被无情搬运走了，失去了财富，自然也就失去了寿命、福气乃至整个人生，最后，就连安静度过一生都成了遥不可及的奢望！一个冷漠的意念在脑中闪过：清醒的时候，怕也看不透这张图吧？

我激灵一下像是想起了什么：一梦的时间也太长了，该醒来了吧！

人在梦境里很难想起现实的身份，现在，我同样觉得脑海中一片迷茫。嗯，不久之前我好像想清楚了一件事，很重要，关乎一生命运，还能想起来吗？

流水般的音节再次缥缈而来，仿佛含尽了世间沧桑，一缕缥缥缈缈的感觉直接印入了我的脑海，让我沉浸其中。脑海中不知不觉间闪过很多景象，万壑松风、水光云影、小桥流水、驿路断桥……

我说不清楚这种感觉，每一种景象都蕴含气象万千，让人觉得特别熟悉；每一种景象又都似是而非，根本无法捉摸。

混乱交织的时刻，我觉得心中突然一动。有点印象了，沉睡之前我觉得看穿了自己的命运，不知为什么却宁愿陷入沉眠。

难道我不愿意看到真实的人生吗？

现在的梦境一定是这样的结局。沦落边陲小镇，寒风中我会慢慢地失去了知觉，然后，在一个人人熟睡的夜晚，冻毙街头。镇上的人第二天会发现一具无名尸体，人们把他葬在一个不知名的地方。没有人会知道，这个在饥寒交迫中死去的乞丐曾是一代天骄，伴我尸骨的只有冷月凄风……

　　我与这个结局只差一马刀的距离，如果那天下午老张儿子不用马刀劈我……我一下就挺身坐了起来，像是见到了一件特别恐怖的事情，因为，这不是梦境，是现实！我现在应该就在一个边陲小镇上，等待着客死他乡的命运！

　　是什么样的原因让我宁可沦落街头也不愿意面对真实的命运？

　　真实的世界究竟是怎样的？

　　琴音让眼前更加模糊，历历往事在眼前飘过。

　　那时，正少年。

4

尘埃在光影中游荡，下一刻的飘浮永远未知。

又回到了那个冬日的下午，看着身前的洛迎，我能听到心脏怦怦巨震，终于默然把手中的字条递给了她。一念之间，无论结果如何，此后十年、二十年、三十年、四十年、五十年……我都不会后悔！

从懵懂到成熟，七年后，我们终于结合了，然而交易局的工作并不如意。可以为任何原因，也可以不为任何原因，我随时都会被魏华这个大肚腩狠狠修理。

在老祖办公室，望着那副故作深沉的面孔，我平静地说：你真的不知道魏华在干什么吗？是不是认为只要魏华把怨气发泄在我身上，就不会再去找你麻烦？

辞职报告甩在了老祖脸上，仰天大笑出门去，我辈岂是蓬蒿人！

一次偶然的机会让我结识了轩辕抱朴，此后，香港世纪金融大战、美欧货币大战、次贷大对决……经历了无数次生死劫难，我从未后悔过当初的选择。

一份惊天动地的人生，几十年过去了，即使再忙我也会抽时间回来陪她，哪怕只有短短几个小时。我们之间也有无奈，有恐惧，甚至有些不堪的经历。但是，所有这一切，我们都选择了一起面对，那个淡蓝色的影子时时刻刻在我身边。

多年之后，常常跟洛迎安静地坐在阳台上聊些往事，我的语调很平淡，惊心动魄不过是过眼云烟，身边的人才是最宝贵的财富。听到我的故事，洛迎从来都不会吃惊，在她看来，万亿量级资金的交锋不是白刃交兮宝刀折，不是两军蹙兮生死决，那只是我的一段经历，仅此而已。

耄耋之年，我独自一人坐在午后的窗下，她已经走了数年。现在，我知道，自己也快要走了，离开人世的那一刻，洛迎的魂魄一定会接引我归去。

一生，无悔。

眼前的场景明明是我想都不敢想的幸福，可是，我就是感觉到真实、异样的真实！一时间我恍惚了，这是梦境吗？还是原本就是另一种真实的人生？人生原本应该就是这个样子吧，怎么又会变成现在，原来一切都做错了？

是啊，我凭什么认为自己不能把握自己，不能把握地域与时空，不能把握这段感情，又凭什么不相信自己的爱人？

眼前就像无数部电影胶片被混合到一起快放，不同的光影在眼前一闪而过，那样真实，偏偏又无法捕捉。最后，所有光影都被定格在阳台上那个老迈的自己，无论经历怎样的节点，那个老人都得到了同样的结局。

看着那个老迈的自己，我就像《大话西游》里的至尊宝，"嗖"的一声回到了五百年前，直到开膛破腹才看清紫霞留在心底的东西，那是一滴眼泪。看清楚了，可是，我已经戴上了金刚圈，再也无法逆转时空回到从前。

人世间最痛苦的事莫过于此，如果上天真能够给我一个重新来过的机会，人生又将是一番怎样的天地？

此情可待成追忆，只是当时已惘然？

经历了这么多，我很清楚这是幻境，现实根本不可能重来，已经永远无法把时光逆转到那个冬日的下午。

真实的人生到底是怎样的结局？

略一转念，答案已经呼之欲出。

猛然，我的心一沉，那种结局好痛！如果必须面对这样的结局，我宁愿在边陲小镇做一名痴痴呆呆的乞丐！冥冥中，一个淡蓝的身影恍惚远去，忽然，一阵心酸，我一把就扯碎了轩辕老人的那张纸，挥舞着撒向了天空。

5

我终于睁开了眼睛，站在原地嘿嘿傻笑。

轩辕老人突然一声断喝："姚志超！"很多人以为名字只是一个符号，没什么特殊意义。实际上，每一个名字都是伴随一个人最长久的符号，包含着一生所有的信息，带着最强大的自我认同。呼唤一个名字，甚至能把人从死亡边缘暂时拉回来，就是这个原因。

很难想象一个老人的声音能蕴含着一股凛然之威，犹如洪钟大吕。我一阵眩晕，眼前立刻闪过了无数人影：爷爷、父母、哥哥、洛迎、林灵素、乔治、尼尔逊、祖归海、方宏远、陈若浮、韩志刚、魏华……还有就在眼前的楚牧儿和轩辕抱朴。

呼吸之间就能看到真实的命运，一旦看破结局此生一定将被重写。可是，我不愿去想，更不愿意回到现实。还是这样无忧无虑地过下去吧，那样的话，最后会见到她最后一面，她会接引我魂魄归去的……

老张被眼前的一幕惊呆了，他张大了嘴巴，手中的酒倾洒了一地。杨峰却突然变得很紧张，一双眼睛警惕地在整个院子里扫视。

此刻，牧儿的琴音突然从四面八方涌来，如泣如诉，更像是一个女孩在向我诉说心事：

……第一次听姚君诉说心事，牧儿就悠然神往。今生倘能得此情义，牧儿纵死何憾？时至今日，姚君依然不懂牧儿么？……

初见牧儿她亦是一袭白衣，后来，我们在S行朝夕相伴，曾经有一瞬我已对牧儿心仪。蒙眬间，牧儿的身影逐渐清晰起来，种种情谊涌上心头。

可以像对洛迎一样对牧儿吗？

不，不可能，牧儿怎么可能变成洛迎？再者，一旦真的被牧儿唤醒，牧儿……一种不祥的预感涌上心头。

我真的不能醒来，就算为了牧儿！我的眼神再次开始涣散，牧儿的琴音也从婉转倏然变得异常凌厉：

……姚君，就算你不懂牧儿，难道你也不为己怜？我愿尽余之能力所及为投资者博得最高回报，凡我所见所为均应恪守秘密，愿我生命与职业能得无上光荣！你忘记了吗？……

我向来性格暴烈，猜到牧儿的结局就更是万念俱灰。我很清楚此刻的状态：只要闭眼片刻就能醒来；如果执意睁开眼睛，将永远沉入一片混沌的梦境！

而今识得愁滋味，却只能欲说还休？

轩辕抱朴分明看到，我任由眼中的清明散去，嘴角流露出一丝喜悦。轩辕抱朴的声音已经有些焦急，口中的呼喝也变得更加凄厉："姚志超，何在！姚志超，归来！"

然而，没有用处。开始我的眼中还有些畏惧，很快就变成了一片茫然，轩辕老人的身影在我眼中渐渐模糊起来。

就在清明散去的最后一瞬，我突然觉得一阵眩晕，那种感觉就像有人推了你一把，让你站立不稳。事实是，一种前所未有的危机感在瞬间就布满了全身，根本不知为什么，我一下就明白现在已经到了生死关头，现实的命运接受也好，不接受也好，都必须马上做出决断，否则，真正悔之晚矣！

我能觉出来，轩辕抱朴也感应到了什么，只是不敢停止口中的呼喝，然而他的眼神已经异常焦急。

"唉……"

一声叹息，悠远而清晰，就像来自另一个遥远的空间。红尘风情万种，不去经历，躲在这里怎能真正跳出？去吧，悟彻诸天时就会明白，该你失去的、该你得到的，都是你的命，当年既已做出选择，又能逃到何方？

这个时候无暇细细去想，混沌的世界在眼中一下就变得异常扭曲，又倏然回复成一片清明。一切都是瞬间完成的，或者根本没有用时间，我看到，眼前的轩辕老人的额头已经布满了冷汗。

下一刻，我连想都没想就直接扑上去把他按倒在地上！

楚牧儿指下"铮"的一声弦断，而另一侧的杨峰竟然从腰间迅速拔出了手枪！

"乓！"

清脆的枪响划破了小城寂静的天空，一颗子弹打到我身侧的雪地里，发出"啾"的一声。如果刚才我再慢一秒钟，子弹就会把我和轩辕抱朴串成一串血糖葫芦。

我抱着轩辕抱朴在地上迅速打了几个滚，杨峰像只兔子一样蹿了起来，向堂屋里闪出的身影开枪还击。

"乓乓"，连续两枪。杨峰出枪的速度不可谓不快，但对方的身影更快，一击不中，立刻呈"之"字形向外逃窜，让人根本无法瞄准。杨峰追出去的时候，门外传来了汽车马达的声音，那个身影跳上不知何时停在门口的一辆帕杰罗，在杨峰恨恨的枪声中绝尘而去。

我揉了揉眼睛，有些眩晕，眼神已经变得一片清明。我彻底清醒了，终究还是回到了现实。楚牧儿喜极而泣地奔来，洁白的貂裘在风中舞动，我看着她跑到面前，看着她纵体入怀，看着她喜极而泣，毫无来由，心底流出一丝不忍与悲伤。祖归海曾经告诉过我，交易者没有凡人的感情，但凡走入交易者的生命的人，一定会被天道反噬！

但愿这次他骗了我。

杨峰回来了，楚牧儿完全无视他的存在，抱着我的脖子哭成梨花带雨。杨峰小声咕哝了一句："干啥哭成这样啊！"然后，跨步来到轩辕老人面前，再次打了一个潇洒的敬礼："首长好，西海镇二级警司杨峰向您报到。"

原来，老张在警务系统发出协查通报后的第一时间轩辕抱朴便得到了消息，进而封锁了消息。轩辕抱朴在拜见了爷爷后便和楚牧儿循踪而至，杨峰是派来保护我们的警员。尼尔逊看到轩辕老人和牧儿赶来，竟然瞒着乔治动用了杀手。

6

　　明天就会有直升机把我们接走，今夜，老张要用草原的最高礼节为我们饯行。当然，二级警司杨峰也来了。

　　老张说，是我让他这一生变得精彩起来。也许是吧，亲历一场枪战，拯救一个身陷绝境的传奇人物，最后又平安归来，怕是所有人都有过的梦想吧？若把一个普通人置身于枪林弹雨，时刻面临死亡的境地，大部分人才会真的疯掉。

　　最美不过一世平凡灯火，心为红尘所染，几人能懂？

　　刚才，牧儿哭了半天，因为一只可爱的小羊被杀了。现在，牧儿异常兴奋，老张、杨峰在院子里准备晚饭，她新鲜万分地跟着在院里忙活——没见过地窖子里架火煮全羊。

　　就在他们在外面忙活的时候，轩辕老人诉说了这段时间发生的一切。

　　原来，我被检察院带走的当天，S行就强行收回国裕系所有贷款、冻结了国裕系账户，更阴损的是，魏华真在全国主要财经媒体上公开发表声明，高调宣布了这件事。结果是显而易见的，当天银行几乎一边倒地停止与国裕系合作，国裕系在信贷市场再也拿不到一分钱贷款。

　　国裕曾经向S行质押贷款60亿，整个市场都认为，除了向S行转手整个集团，韩志刚已经别无他途。就在魏华得意扬扬要求交割国裕系股权的时候，韩志刚拿出了贷款合同，还有20%的下跌空间S行才能处置国裕股份。

　　魏华冷笑，迟两天又有什么区别吗？国裕系现金流彻底断裂，两个交易日一定是两个跌停，到时候一样要交割！

不需要两个交易日，一天韩志刚就扭转了整个战局，我预留的20%下跌空间挽救了国裕。

谁也没有想到，就在S行公布停贷消息第二天，国裕系同样高调出镜：公司已经获得充分的外部融资，立即清偿现有所有贷款。

一时间市场甚嚣尘上，一边倒地指责S行背信弃义。

轩辕老人看我一脸沉默，问道："难道就不奇怪吗，韩志刚是在哪里弄到这笔钱的？"

我微微一笑，说道："正在猜啊，一天就能筹集几十亿，然后顺利拿到钱，不可能是高利贷。"

轩辕老人没有卖关子："不是高利贷，来自天津资金市场。"

听过很多关于鬼市的传说，今天终于得闻其详："真的吗，我只知道天津有一个洋货市场，有人称其为鬼市。"

轩辕老人回答："洋货其表，金玉其中，70年前天津就能占到全世界黄金交易的一半以上，伦敦、纽约外汇牌价都是在天津市价的基础上加点形成的。虽然距离那个时代已经一个多甲子了，天津从来都未间断金融传承，始终是全世界最大的金融市场。所以，历年高盛、摩根士丹利这种顶尖的机构才会在天津组织全球私募基金大会，它们也不想来天津，只是不能不来。"

我还是无法理解轩辕口中的资金市场，摇了摇头，表示不明白。

这次见面，轩辕老人一直很正经。现在，那张核桃皮样的老脸再次露出特有的顽皮："其实，鬼市正确的名字应该是自由市场。所谓离岸市场、自由港、保税区都是地地道道的自由市场，强大到远远超出一般人的想象。不仅是我们，就连美国都要靠鬼市才能完成军火交易，这样的市场还有什么做不成的事情吗？"

"不过，事情依然很麻烦，"轩辕老人突然收起了嬉笑，"给，自己看吧。"

轩辕老人递过来的资料很厚，就在春节前的六天，2月13日，国际金融市场突然毫无来由出现了对大中华区的攻击。大中华区包括整个东方文明世界，除了自称脱亚入欧的日本，数年以来大中华区早就形成了货币联盟，以人民币为根基的亚元呼之欲出。

国际炒家把攻击点选在了太平洋南部的自由港——T国，这里不是中国领地，却是大中华区与西方世界争夺经济霸主的前沿。T国货币体系独立，货币篮子中人民币占比非常高，攻击T国货币体系就成了战争的第一块试金石。

2月13日，24小时内，T国货币监理署动用了20亿美金护盘，这才击退了来自国际炒家的进攻。货币监理署初战告捷，看起来国际炒家也不是这么可怕，更不会把风暴传递到整个大中华区。

真的是这样吗？

年初，亚洲开发银行公布《亚洲经济发展展望报告书》。报告坦言，T国将马上告别近十年连续的高增速，但是，报告依然将T国定位于AAA+投资区域，也就是说，T国仍旧是全球最值得投资的区域之一，尤其是股市、房市、汇市。

就因为这份报告，T国新年一片红火，股市、房市、汇市节节上涨，人们都以为这是一个红火的年景。

国际炒家试探性进攻被打退并不能说明什么，静默越久，危险就越大。一个词汇在脑海中蹦了出来——北欧雪狐！

果然，轩辕老人问道："像吗，北欧雪狐？"

这是一个比喻，北欧雪狐非常聪明，奔跑速度极快，枪支根本无能为力。北欧猎人一旦发现雪狐，唯一的方法是不停用火鸡引诱雪狐走出领地，今天放一只，明天放一只，每天都远上百十米，等狐性消除，一窝雪狐全部跑出来吃火鸡的时候，猎人才会一举放出成群的猎犬。

"是啊，北欧雪狐。2月13日T国货币监理署短暂的胜利并不能说明什么，有可能的是对手故意示弱，更有可能是猎人放下的最后一只火鸡。"

轩辕抱朴面沉如水："整整三年，9 000亿美元外债原本应该用于提高劳动生产率，他们却把7 000亿美元投入到了房地产中。T国投入到科技、研发、教育中的费用不足2 000亿美元，唉，科技教育与经济建设，一如武术中的内功，一如武术中的招式，没有内功却强练招式，本末倒置，大难已在旦夕之间了，就好像《天龙八部》里的鸠摩智。"

我想到一件事，当时没有注意。被检察院带走前看过一则新闻，去年以来，T国很多名不见经传的小出口商都能暴增几千倍贸易额。当时媒体将之解读为外贸出口强劲，现在看来，分明有人以出口的名义在囤积本币。

轩辕抱朴也不知到底在想些什么，过了很长时间才继续："T国一战，国际炒家已成志在必得之势。汇市之战是金融市场的巅峰之战，也是最为情绪化的战场。一旦猎鹰慈善基金会击溃T国货币监理署，必能在数月内席卷大中华外围。转年，再挟此威转战华夏香港，一定事半功倍！"

真正的战场寄身锋刃、蓬断草枯，国际金融市场交手战，闪烁的K线同样利镞穿骨、山川震眩，不同的是，战场只消灭肉体，金融市场却消灭灵魂。无论企业、家庭、个人还是代表国家的央行，一战而溃，没有了资金，就如同一堆失去灵魂的枯骨！

隆隆战鼓，万马奔腾，我平生等待的不就是这一刻吗？想到这里，我胸中顿生豪气："天下没有不破的盘局，布局T国不可能全无破绽，真当我大中华无人吗？"

轩辕老人笑了，笑容里有一丝悲凉："志超，一个优秀的主操盘手一定也能成为一个优秀的狙击手，两者都必须具备一个基本的素质：等待。在市场胜负手出现之前，所能做的只能是等待。你的市场灵觉突出，可是，从未经历过汇市交手战。也好，一起去T国看看吧，未必明事理啊。"

轩辕老人的话前半截我听懂了，确实，**无论建仓还是平仓，最重要的都是选择一个好的时机，在这个时机出现之前，必须消除所有的焦躁、贪婪、渴望，甚至可以说变成一架精准计算的机器。**但是，后半截就不知道是什么意思了，为什么我们只能去"看看"，就为体验一下外汇市场吗？

御敌于国门之外不是更好？

我刚想开口询问，老张和杨峰已经在前院大喊"吃饭"，楚牧儿也露出了小儿女状，在扑鼻的香气中大呼小叫。

老张所谓的最高礼节就是煮全羊。下午的时候前院地窖子里就架起了一口大锅，一只整羊被分解成七块，锅里没有放任何调料，包括盐。

冬日的小镇天黑得很早，入夜，我们围坐在忽明忽暗的火堆前。老张搅动着锅里的羊肉，喊了一声："行了！"说着，熟练地挥舞着手中的小刀切下去。一条滑润如玉的羊背子魔术般捧在了手上，羊背子是羊脊背上的一条肥肉，看起来显得晶莹剔透，油汪汪说不出的肥嫩。

老张把羊背子切成三段，胸腔吼出了一声悠扬的蒙古长调："尊贵的客人啊，请允许我将肥嫩的羊肉献上……"另一边，杨峰正向楚牧儿解释："每只羊只有这么一条羊背子，一定要献给最尊贵的客人，所以，千万不能拒绝。"

杨峰一脸正色，看起来不像耍人。看着一条肥肉，牧儿的眼中明显有了难色，其实我也一样：不放盐，净水煮出来，怎么吃啊？

没容得我多想，轩辕老人已经一口把送到面前的一半羊背子吸了进去，啧啧有声，就像吸一根长长的面条。看着面前的羊背子，我硬着头皮依样画葫芦，想闭着眼睛咽下去。没有想到，入口的一刻，整条羊背子就像雪花一样融化在嘴里，霎时整个身体都能感受到那种原始的醇香，仿佛是来自贺兰山之上最纯净的灵气！

我睁开眼睛，牧儿也是一脸陶醉，轩辕抱朴则在鼻子下晃动着酒杯，说道："对酒当歌，人生几何？譬如朝露，去日苦多。慨当以慷，忧思难忘。何以解忧？唯有杜康！诸位可知，我这坛中所盛的正是杜康美酒！"

说着，轩辕抱朴开始用手敲打着酒坛："酒色清澈，酒质绵醇，不枉阮籍'不乐仕宦，唯重杜康'！哈哈，好酒，好酒！老张，今日一别，再见之日当遥遥无期，我且敬你一杯。"

老张笑呵呵地递过来一把小刀和一碟辣酱。"老爷子这话说得就不对了，你老身体这么硬朗，什么时候想来都行啊，难道老张还差这一只羊不成？"

轩辕老人没有把话说明，我却已懂得。

对手祭出了闪亮的利刃，不见血焉能还鞘？此后两年还不知有多少场龙争虎斗，没开始杀手就出场了，不定会有多少牺牲。恰在此时牧儿递过来一方丝巾，突然鼻子里就有一种酸酸的感觉，我心里一动：懵懂时那种悲凉的预感，莫非牧儿……我不敢再想下去，真有这么一天，就算拼了性命不要也要护她安全！

看我们一个个都沉默了，杨峰加了几把柴火说道："姚兄弟，我知道纪律，不能问你们的事情。读书的时候看过几本经济学，说金融是有效配置资源的行业，当时我就觉得奇怪，资源需要配置吗？你看，草原上的羊儿、草儿啊都是一天天长出来的，无论怎么配置资源，还能让羊儿一天就长十斤肉不成？"

杜康酒醇香，却是酒性极烈的一种酒，老张的脸早就从黝黑变成了酡红。听完杨峰的话，也开口了："是啊，草场、羊儿总数是一定的，就算把天底下的草场、羊儿都放到自己兜兜里，也就那么多。把所有的东西都放到一个人兜兜里，别人可咋活哟！"

天下之财，止有定数！财富就像草场上的那些羊一样，在某一天必然是有数的。按照金融的理论，资源又要配置到最有效率的地方。没效率的地方呢？就比如这里，这里的生产肯定没有效率，人们就活该去死吗？

窗外月光皎洁，远处贺兰雪山早就变成一片银白，映照得大戈壁更加苍茫雄浑。两个草原汉子的话字字让人心惊：一个人就算费尽移山心力，在苍茫的天道面前又算得了什么？

第十章

猎鹿

1

　　今天天气不错，乔治一早就来到国会山，在这里，国会议员将对他进行公开质询，以确保他和他旗下的猎鹰慈善基金会不会危及合众国国家安全。对乔治来说，哪怕国会山议员群起而攻之也只是一群苍蝇乱飞，需要考虑的是如何单独面对元老院的大枭，他们可不会讲任何规矩。

　　会场一如既往嘈杂，万众瞩目之下，乔治根本不在意人们的目光，他潇洒地站在聆讯台上，不像是来接受聆讯，倒像在电视台做一次脱口秀。既要给足议员们面子，又要提点某些人不要太自以为是！

　　法玛议员是一名大学教授，也是一个虔诚的基督徒，他就率先毫不客气地对乔治发难："乔治先生，您和您的猎鹰慈善基金会向来以慈善著称，难以置信，媒体突然传闻您将进攻T国货币。您是否意识到，如果您获得成功，无数人将因此陷入赤贫，当地失业率、犯罪率甚至死亡率将成倍激增，一个经济体系就会崩溃。我想您不会不知道，消息一出那些地方的政要和人民称您为'带有很多钱的白痴'，甚至要求把您引渡到他们的国度接受审判。我相信，您永远不会踏上这些国家的土地，也不会接受审判，可是，您的所作所为有目共睹，如何坦然面对万能的上帝？"

　　乔治带着一种近乎谦恭的语气答道："尊敬的法玛议员，您知道，我们是一个信仰上帝的国度，也是一个自由的国度，有了信仰和自由，繁荣才历久弥坚。金融市场是自由的典范，规则平等就是市场的信仰。这里有着永远的机会，无论种族、男女、贫富、贵贱，只要看准走势，任何人都可以获得财富。

那些口口声声要惩罚我的人，他们既没有信仰，也不信奉自由，只是一群输红了眼睛的赌徒，只信任手中的权力！上帝知道，我所做的一切都遵循了游戏规则，从没有触犯任何法律，也没有做过不道德的事情！"

片刻之后，法玛议员再次发问："乔治先生，您应该很清楚，狙击一个新兴市场国家的货币，等于直接对一个国家宣战！您所谓的自由，就是用强势金钱去剥夺落后者吗？在强权面前，人们只能仰人鼻息，只能选择枷锁。这就是您所谓的自由、所谓的规则？在我看来，市场因您而丧失了自由，丧失了规则！"

乔治在心中暗自咒骂：该死的法玛，不过是搞过一点资本资产定价，还真以为自己是道德主宰！该死的国会，让一群屁事不懂的人坏事！

即使有了凶狠的念头，乔治的脸上依旧带着迷人的微笑，完全是一个温文尔雅的绅士："尊敬的法玛议员，您的提问让我更加清楚自己的使命。要提醒您的是，我不是金融市场中的强者，我的资产不足T国货币监理署百分之一，直接对抗无异于以卵击石！可是，我仍然要这样做，因为，那里的金融体系早已成为权贵聚敛财富的机器，它们的政府大量向外举债，再把美元兑换成本币用来暴炒房地产，用高房价来剥夺人们的财富。靠外债支撑的房地产市场，崩溃只是迟早的事情。即使这场灾难将当地居民卷入其中，也是咎由自取，每一个人都曾参与这种投机，就必然共同承担恶果！汇市博弈的结果是上帝的旨意，也是全世界投资者共同的选择，并非猎鹰慈善基金会所能操纵！"

大卫曾经是一名海军陆战队队员，现在是一名商人，也是国会议员："无论如何标榜，乔治先生，就跟战争一样，您还是在毁掉一个繁荣的城市，无数企业将因为您的行为破产，无数人也会家破人亡！"

乔治想了想，转而开始回击大卫："大卫议员，您早年从军，一共发射过多少导弹？"

大卫没想到乔治会转移话题，说道："不知道，总有上万枚吧。"

乔治穷追不舍地问道："就算知道那些导弹的目标是非军事目标，无数无辜的人会因此丧命，您还是毫不犹豫地下达了命令，是吗？"

大卫激动了："我们的目标不是杀戮，正义要得以伸张，一个民族要走上自由之路，必须有人以鲜血献祭！我不想再谈这个话题，还是说一说你吧。"

乔治依旧说了下去："不，这正是在说我的计划。明明知道无辜的人因此牺牲，你还是毫不犹豫地下达了发射命令。大卫议员，我丝毫没有责备你的意思，敌人的平民同样是敌人，没有平民哪里来的统治者？只是想告诉你，残酷、血腥，但是，有效、务实。所以，我是对的！"

…………

质询已经持续了几个小时，议员们的提问变得不着边际。议员们对国家安全并不感兴趣，大家在询问乔治如何投资、如何选择攻击目标，言下之意，就差问一问乔治应该买哪只基金了。

众议院议长内森抬头看着台上的乔治，乔治还在兴致勃勃地谈着他的投资理念："……不要跟我谈什么金融学，金融学是白痴才去看的东西，那些东西全部都是为了骗人才创造出来的！金融市场最基本的假设是均衡，价格在均衡状态会稳定。那么，先生们、女士们，你们在金融市场见过均衡吗？没有，从来都没有，市场永远在剧烈波动，不是涨就是跌，哪怕一秒钟也没有停止过！那么，为什么还有这么多人在谈金融理论呢？现在我来告诉大家，这是一个弥天大谎，金融学原本就是骗人的童话，有人在不断误导公众，最后自己赚得盆满钵满！所以，有人告诉你'市场永远是正确的'。啊，不，市场从来都是错误的！没有哪个引领世界的公司是被金融市场选择出来的，从当年的通用到今天的微软，相反，是金融市场把这些好公司变坏，变成一小撮掌握内幕的人的摇钱树！听信金融学家还不如相信一只猴子！①"

跟其他议员相比，议长内森是知道一些内幕的，乔治在台上口无遮拦，他再也坐不住了。内森敲击着桌子，粗暴地打断了他的演讲："乔治先生，请注意自己的身份，你今天来不是演讲，而是接受质询。在金融市场里人们把你称为'货币屠夫'，你敢挑战T国货币署，凭什么不会攻击自己的国家，让我们重陷1929年大危机？"

内森开始提问，乔治知道，这场戏终于快演完了，他不必为别人隐瞒一

---

① 普林斯顿大学经济学教授Burton Malkiel1973年著《漫步华尔街》（*A Random Walk Down Wall Street*），以金融市场数据证明了一个结论，如果蒙着双眼的猴子朝报纸金融版掷飞镖，选出的投资组合回报率也能超过十年内任何一位基金经理的业绩。

切，只有露出点端倪，那些人才会有所畏惧。

"尊敬的议长先生，您的提问让我深感卑微。我可以面对《圣经》发誓，我所做的一切都是为了捍卫合众国的利益。我们有着世界上最强的经济、最强的企业，也面临来自全球的竞争，在任何一个领域，全世界的矛头都指向我们，试图超越我们。我们不能束手待毙，我们要永远给全世界以希望，第二次世界大战时期要靠飞机与大炮，现在，必须靠金融市场来惩罚自以为是的后来者，只要能为合众国的历史做出更好的选择，为什么不能这么做？"

…………

质询会终于变成了议员之间的争吵，有人赞同乔治对金融市场的理解，有人要求乔治详细解释依靠金融如何捍卫合众国，有人甚至要求乔治发誓永远不打美元的主意……

为了防止外界光子探测，元老院会议室是一个全封闭的空间。这里没有任何记录设备，发生的一切都不会有人承认，但是，这里做出的决定都会以最高的效率在全球范围内执行。现在，乔治就坐在这里，即将到来的谈话让他很不舒服，他隐约能猜到这些无恶不作的人要做什么。

他不是不想这么做，尼尔逊已经失手一次，在他看来，鸽子不能这么用。

沉重的房门无声无息地打开了，尼尔逊等几个人陪同一位年轻人走了进来。这是一个穿着很随便的年轻人，还没有坐下就用近乎夸张的语气说："啊，亲爱的乔治，你总是这么淡定，现在还能安静地坐在这里。想一想吧，如果失手了，元老院、元老们，也包括你、你的基金会，还有白宫、五角大楼，大家会面临怎样的困境？"

来人是小克利夫兰，刚刚上任的元老院总顾问，合众国第一财团新的继承人，少年得志的张狂在脸上一览无余。

修为到了乔治的境界，心境已经古井不波了，他的眼神没有了质询会上的神采飞扬，一副淡淡的口气却永远高高在上："克利夫兰，你知道自己在说什么吗？如果你觉得我不能胜任这项工作，随时可以另请高明。"

这场会议一定会有争论，但没人想到一开始就剑拔弩张。封闭的空间充满了火药味，尼尔逊和其他人立刻屏住了呼吸。

小克利夫兰毫不在意地坐到了桌子边缘，眼睛直勾勾地盯着乔治："别这么说，亲爱的乔治，你不缺这点钱，可元老院需要击垮一切敌人，合众国需要持久的繁荣！"

乔治脸上没有任何情绪，平淡地摩挲着双手："三年前元老院授权我布局这场T国货币战争。现在，要么召集特别会议解除授权，要么，请不要指手画脚。"

克利夫兰笑了，从桌子上蹦了下来，走到乔治身前，双手撑住桌子："亲爱的乔治，你同样是一名元老，知道我不可能推翻三年前特别会议的决策，也不可能再找一位比你更优秀的交易者。我18岁参加沙漠风暴地面行动，明白战场之上瞬息万变，何况是一秒钟都不能等的金融市场！打开天窗说亮话吧，到底有没有把握对付那个'神'的后人？我们都知道，是那位'神'终结了1929年大危机，合众国至今还没有战胜华夏交易者的纪录。现在，轮到你出马对付'神'的曾孙，请给我一个确定的答案！能，还是不能？"

那双湛蓝的眼睛中闪过了一丝令人不寒而栗的精光，让小克利夫兰不由自主直起了身子。乔治眼中的光一闪即逝，脸上依旧平淡："克利夫兰，如果你要肯定的答案，现在就可以告诉你：**金融市场只有一件事是肯定的，那就是永远没有肯定的答案。**所以，他们也在赌博，赌一种可能性，绝大部分潜在的交易者终生都不可能打开交易之门，T国之战已经开始，上帝是站在我们这面的！"

小克利夫兰当然知道，眼前的老人是元老中最神奇的人，所有元老素来都会让他三分。小克利夫兰也知道，为了确定的结果，乔治最后一定也会妥协！因为，他有杀手锏。

小克利夫兰脸上的笑容开始捉摸不定，接着说："T国一战筹备了三年，所以，我不想听可能性，只要确定的结果！这里不是国会山，满嘴虚伪的辞令。别说你没动这个脑子，否则，就不会放飞鸽子！下决心吧，亲爱的乔治，想一想杰文斯、拉姆齐，这些年死于意外的顶尖经济学家还少吗！"

世界上有很多人英年早逝，其中就包括很多顶尖的经济学家，他们是能够识破、识破又无法被收买的顶尖经济学家。比如，边际效用学派的创始人杰文斯活了47岁，死于溺水；动态优化理论的创始人拉姆齐只活了26岁，死于肝病……错就错在他们太年轻、才华横溢，又不懂得利害、口无遮拦，也就只能英年早逝。

提到最深层的隐秘，乔治的脸色依然没有任何变化："不是一码事，这些人不属于交易者的圈子，却偏偏能看透一切。任由他们胡说八道，现在的主流金融学就会被否定。他们是全世界圈子共同的敌人，除掉他们不会有人说三道四。我不关心尼尔逊动用硬水公司，是因为那时只是要杀一个精神病人，跟交易圈子没有关系。现在姚已经恢复了神志，我们却一而再、再而三使出下三烂手段，全世界的交易者一定会看扁合众国。所以，不行！"

听完这句话，小克利夫兰愤然拍了桌子，挥舞着双手。"拜托，老乔治，你是不是老了，已经不敢拿枪了？还是念及你妻子Sara，不肯杀姚氏子孙？如果再说什么不行，我只能这么认为。为了确保最后的胜利，什么招数都得用！请不要再试图阻止什么！"

望着愤然的小克利夫兰，乔治眯起了眼睛。

一劳永逸解决所有问题，只有唯一一种方式，但这种方式不是暴力。只要陈若浮能替换洛迎，一定能彻底泯灭姚志超的潜意识。正确的方式需要等待，也存在极大不确定性。没有人喜欢不确定性，尤其是这样的惊天之局，元老院不会容忍一个巨大的威胁存于世间。

Sara是乔治的妻子，中文名字叫姚丹岑，是姚志超爷爷的妹妹，与姚志超是至亲骨血。小克利夫兰翻出这段历史，乔治已经无法阻止一切。

小克利夫兰把眼光投向了尼尔逊："尼尔逊，是你完成了鸽子的培训，做一个评估吧。"

尼尔逊向前一步，做了一个标准的立正姿势："报告，评估报告已经在一年前完成。结论是，Miss陈的战术能力和单兵能力都已经属于一流特工，加上前期成功渗透，她独立完成任务的概率是99.23%。"

小克利夫兰环视着房间里的人们，说："听到了吧，诸位？在统计学上，低于5%的概率在现实中是不可能发生的事情。现在，我宣布，执行既定方案，行动代号——猎鹿！"

一向沉静的乔治突然"啪"的一声拍响了桌子："克利夫兰，再等几天不迟！"

2

直升机降落的地点竟然是桑园古镇。一路上，轩辕老人没头没脑说了一句：回去代问老爷子好。我们家能在轩辕面前称为老爷子的只有爷爷一个，难道轩辕跟爷爷早就相熟？直升机上很吵，不能多问什么。落地后，轩辕老人没有停留就回天津了，还是没有机会问。临行时他说："决战在即，见一见家人就回来吧，直升机随时在原地待命，然后和林灵素一起去T国，记住，你们没有官方身份，只是最普通的游客。"

回家心切，根本没想先把牧儿送去迎宾馆，楚牧儿也没提醒。看到父母、哥哥、嫂嫂的一刻，我才意识到犯了一个重大的错误：和楚牧儿一起回家！

父母对我进检察院的事情并不知情，林灵素以官方身份告知哥哥，检察院只是幌子，我被派去执行特勤，无法联系家人。这和哥哥去年春节时做出的判断一样，他没再过多怀疑。现在，我和一个女孩子一起回家过年了，这很容易让家人误会。

看到亭亭玉立的楚牧儿，妈妈的眼睛一亮，立刻开始责怪："看看这孩子，真鲁莽，带女朋友回家也不通知一声，也好有个准备。"然后翻箱倒柜开始拿出好东西招待这个"未来的儿媳妇"。

听到妈妈这么说，楚牧儿满脸绯红，就是不肯说一个否定的字。

哥哥笑眯眯地接过牧儿手中的行李，还故意把我向牧儿的方向挤了一下，悄悄问了我一句："这个姑娘跟我在S市见过的不是一个人啊，也挺漂亮的。可是，陈若浮呢？"

家人的举动让我很尴尬，想要解释什么，又不知从何说起，只得唯唯诺诺跟大家一起走进家门。今年，我被家人冷落了，所有人都围着牧儿转，尤其是嫂子，拉着牧儿问这问那，更可恨的是，楚牧儿受之如饴，丝毫没有解释的意思。

嫂子一口一句"将来咱们一起去哪里""将来咱们一起如何"，牧儿则"好啊""好啊"地应着，我实在无法忍受哥哥笑眯眯的目光，慌忙说我去看看爷爷，就想逃出家门。

该死的楚牧儿，居然要跟我一起去！

看我一脸不知所措，哥哥终于出马了，他拦住牧儿："爷爷那里，随后再去吧。老爷子嘱咐过，志超回来后让他单独去。老人家规矩太多，志超今年过年没露面，肯定要被骂的，给他留点面子吧。"

怎么，爷爷知道我要回来吗？如果我在西海镇不能醒来，怎么可能回到桑园古镇？

自幼在爷爷的小院里长大，从来都是想都不想推门就进。今天，不知为什么，看着两扇虚掩的木门竟然不敢伸手，似乎推开这扇门里有一个完全不同的世界。一连串的变故早就让我风声鹤唳，就连爷爷的小院都会有离奇的事情发生吗？

我还在犹豫，一份熟悉的期许和欣慰出现在眼前，爷爷打开了门："畏首畏尾，身其余几？这扇门你总要进来的。"

爷爷依旧是平日那身深蓝色中山装，他站在那里，突然就有了一种惊奇的感觉，不是觉得他如此亲切，而是觉得他整个人都带着一种高贵的气息。这种感觉似曾相识，如同猎鹰慈善基金会的乔治；不同之处在于，乔治的气场像一剂令人发狂的毒品，而爷爷的气场则更像一杯令人心旷神怡的淡茶。

正在琢磨，爷爷已经回头向堂屋走去，他的脚步踩在小院的石径小路上，平生第一次看清楚那条从小就玩惯了的石径小路，长短相间的石板——分明就是市场天象，之前我怎么就从来没有想到呢，原来我就是在交易中长大的。

堂屋泥土地面早就磨得发亮，踩上去却比地毯还要舒服。爷爷的目光停在了南墙上，我惊异地看到那里竟然挂着一副家谱。

爷爷不是说家谱早就失传了吗？

"交易之道有夺天地造化之功，说穿了，不过是一群人想窥破天机，如此，焉能奢望得到福缘？我不是不知道你的苦处，但是，你是姚家的传人，首先必须学会忍耐。一年来经历了这么多，志超，你可怪我？"

我一下就愣在了当场，爷爷在跟我说话吗？难道一年来的经历爷爷都知道？爷爷的秘密就要揭开了吗？

爷爷对着家谱徐徐下跪："原以为家谱会随我过世湮灭世间。没想到垂暮之年子孙仍能再踏上交易之路，姚氏之幸！"

抬头看着家谱，最后一代是二十世，曾祖的名字赫然就是姚绍棠。

拜完家谱，爷爷和我坐在了八仙桌旁，那里放着一个玻璃相框。在一张黑白的照片里，爷爷正年轻。

天啊，这照片的背景竟然是华尔街！照片虽已经发黄，依然无法掩饰爷爷的一脸英气，他站在那里，就连身后的华尔街铜牛也相形逊色。照片上还有三个人，两个中国姑娘，一个老外，依稀竟是现在乔治的模样。

"想不到吧，猎鹰慈善基金会的乔治是我们家的至亲，我的妹妹姚丹岑就是嫁给了他。"

什么，我们的对手是亲人，这怎么可能？

在爷爷的娓娓解说中，家族的隐秘由此揭开。

姚家原本是鲁东一带的商人家族，明末魏忠贤作乱，祖先家财被阉党抄没，兄弟三人流浪他乡。此后，祖先来到了桑园古镇，十多年间三兄弟由码头苦力晋身为粮食贩子。十多年后恰逢天下大乱，粮食成为最值钱的商品。姚氏家族因粮食复兴，从此，几乎每代人都有精通商道的天才。

清末光绪年间，家族达到鼎盛，因为这个时候华夏大地上第一次出现了银行、证券、保险，还有就是股票！

曾祖那时正值盛年，是一个家族史上最杰出的奇才，他纵横捭阖于洋行、军阀等势力之间，最辉煌的时候曾经垄断了中国的白银贸易。

爷爷和小姑奶奶很小的时候就被送去合众国留学，在那里，爷爷结识了另一半。我的奶奶叫商素云，也是中国留学生，很快二人就结合了。乔治对小姑奶奶情有独钟，但是，小姑奶奶心里早就有了轩辕抱朴，乔治始终苦追不舍。

1929年大危机，曾祖应华府邀请赴美，而爷爷则开始了华尔街的工作历程。1931年的一天，曾祖突然要求家人跟他一起回国，却不肯解释为什么。那时，爷爷奶奶都已是华尔街极为优秀的操盘手，非常不理解。回国后，曾祖转行做白银生意，一年间成为全国最大的白银商。次年，在毫无预兆的情况下，国民政府突然宣布放弃了法币银本位，曾祖就在那个时候在上海暴毙，家族的白银生意亦是一败涂地。

只有爷爷和小姑奶奶见了曾祖最后一面，曾祖自承1929年违反天道，不该救助合众国脱离危机，暴毙自是天谴。叮嘱爷爷自此千万不可再入金融道，只能回乡本本分分做一个农人。

此后，姚氏门人一个接一个离奇死去。奶奶和小姑奶奶坚持认为国民政府害死了曾祖和家人，要出手报复，爷爷则坚持祖训，不同意。为此，小姑奶奶一怒之下远走合众国，再也没有回来。后来，轩辕抱朴多方打听，才知道小姑奶奶嫁给了乔治，不幸也是英年早逝，乔治则单身60多年。

爷爷诉说的时间很长，曾祖、他和奶奶的故事却简略异常。尤其曾祖暴毙根本不是正常情况，爷爷的眼中分明有着愤懑与无奈。

敏感地抓住了这一点，我问道："爷爷，曾祖如此高功大能，您难道就不知道他究竟是什么原因过世的？还有，为什么您从来不提奶奶？"

爷爷的眼神中先是伤感，而后渐渐恢复了平静，又答非所问："解放后，你奶奶突然不知所踪，几十年来音信皆无，不知从何说起。"

这样回答，显然无法再问家族的事情了。1929年大危机爷爷亲历，他应该知道很多重要的事情。想到这里，我问道："爷爷，'尾单13'究竟是谁？"

爷爷的表情严肃起来："1929年，你曾祖是唯一与'尾单13'交手又活下来的人，只有他才真正知道这个秘密。他有通天彻地的能力，也只能是欺瞒'尾单13'，结果反给自己留下无穷后患，家人一个个惨遭横死。'尾单13'不是合众国的'元老院'，元老院只是假扮成'尾单13'为祸市场，真正的'尾单13'存在了几千年了。"

几千年？人类有金融交易不过才几百年，"尾单13"怎么会存在几千年？

爷爷接着解释："1929年，民国政府曾应合众国要求查阅过历代刑部灾荒中投机商的判例，发现大灾之年的粮食投机交易记录尾数也是13，尤其是在末世王朝。所有涉及'尾单13'的事件只有一个共同点，这个魅影一旦出现，就一定会有惊天动地的大事发生。"

我想起来了，人类对13这个数字的恐惧由来已久：希腊神话中，出席宴会的第13位不速之客总是烦恼与吵闹之神洛基，一旦洛基出现，总有其他天神送命；基督教原始经文中，害死耶稣的犹大就是第13个弟子；到了近现代，每逢13号，歌德总在家睡大觉，拿破仑绝不用兵、俾斯麦不签署任何条约。1929年大危机后，罗斯福在这一天也从来不出门……

想到这里，我不由失声说道："爷爷，您的意思是，'尾单13'是一个从古至今始终就存在的组织？"

爷爷还是摇了摇头，说道："同样的问题，当年我也问过父亲，他只回答了我一句话：'尾单13'不是敌人。当年民国的卷宗同样调查了每一次封禅大典，唐玄奘、宋仁宗，每一次封禅大典也会有'尾单13'出现。"

这句话简直颠覆了三观，曾祖说"尾单13"不是我们的敌人，它究竟是谁？

爷爷一边缓缓地取下了家谱，一边慢慢说道："我能告诉你的也就这么多了。你一定要记得，市场荣衰就像月盈月亏，背后是天道，是命定，切不可自作聪明想去逆天而行。所行与天道不符，市场灵觉越强大，天道带来的反噬就会越强。交易之术运用到极致确实可以暂时掩盖真相，让人看到虚假的繁荣，背后牺牲却不知凡几。无论期市、股市、汇市，还是任何一种市场，用金融手段自能荣耀一时，一代人占尽后代之财，天运循环，代价会大到无法偿还。"

交易之术！我平静已久的心一动，这个名词我曾听乔治、祖归海说过，难道世界上真的有交易之术？

爷爷注意到了我情绪上的细微变化，他微微一笑，解释道："所谓交易之术，也没有什么。人类感情有着太多弱点，市场也就有着太多漏洞，大势归于天道，并不意味着市场情绪时刻顺应天道。交易之术就是利用这种弱点，以市场灵觉去感悟市场与天道之间的差异，然后加速、减缓直至改变市场走势。具体到方法，没有什么神奇之处，都是平时常用的方法，交易者知晓未明，自然能在最佳时点选择最佳工具。"

爷爷静静地收起家谱，慈爱地对我说："不用害怕乔治，他是交易者，也是人，是人就难以抹去上帝烙印过的人类特点。市场之上，没有任何人是不可战胜的，去吧，有很多事情等着你呢。"

3

已是傍晚，独自走在回家的路上，突然觉得身后有人注视自己。转过头，一个高大的身形映入了眼帘：虽然来人戴着墨镜，风衣领子遮住了半个脸孔，但熟悉的气息无法改变。根本无法想象，我在家乡小镇上碰到了祖归海！

魏华举报、进检察院、被绑架、流浪西海镇……他到底扮演什么角色？一连串疑问涌上心头，我立刻对眼前这位曾经尊敬的老祖充满了警惕！祖归海走了过来，我甚至没有习惯性地叫一声"祖局"。

默然跟着祖归海来到一辆路边的别克商务舱，他这才开口："你从精神病院失踪了几个月，我一直在找你，没想到你和轩辕抱朴在一起，知道他是谁吗？"

祖归海的话音很平静，也没什么感情色彩。尽管如此，依然能感觉到话里浓重的火药味。祖归海没有爆发，声音稳定而流畅："在交易行当里，轩辕抱朴的辈分比我还要高，30年前就已经无敌于华夏了。他是交易局的创始人，但是，他后来离开了，仅仅为了一个理由。"

说到这里，祖归海缓缓转过头对着我，即使隔着纯黑色的墨镜，我还是觉察到那双眼睛里流露出来的恨意。

祖归海的嘴里蹦出来一个字："钱！"轩辕抱朴直言来自天津鬼市，没想到他居然是交易局创建者。

说到这里，祖归海的语速快了起来，"世界上就没有他不敢卖的东西，他不知做了多少伤天害理的事情！偏偏他行走在灰色地带，任何人都拿他没有法子。"

我咽了一口唾沫，根本不以为然。老祖既然有本事找到我，之前，我被审查、被绑架、流落西海镇，差点客死他乡，那时候怎么没见你祖归海？曾经觉得唯一能救我的人就是你，可是，孙立民检察长却说你提供了可以对我定罪的证据，检方只能凭借经验判定我无罪。后来有人以交易局的名义绑架我，老祖怕也脱不了干系。

看到我的眼神有些不爽，祖归海刻意收敛了一下愤怒的情绪："汴州受训的事情不能对外直言，只能跟检察院说查无此事。我不停地跟检察院交涉，结果你被人捷足先登绑架了。找到你的时候你已经丧失了神志，只得送你去医院，没想到你又失踪了。志超，男子汉要有担当，不能因为这点委屈就跟轩辕抱朴走到一起！"

委屈？我愤怒了，这是委屈吗？是有人想要我的命！我什么也没说，反感的情绪已经充斥了整个车厢。

老祖的眼神迅速变得温和起来，这种变化让我有些吃惊，他还是那副亲切的表情："是这样的，近期局里想对S行班子进行调整，我不再兼任S行董事长，由你出任。聂国强他们都高兴坏了，都希望你能早一天到任。"

都到了什么时候了，还想用S行的位置来收买我吗？我不动声色地看着眼前的人，想着应对之策。

抬起头，我却突然发现老祖的表情已经严肃起来："S行有过千亿资产，放在哪里都是一笔巨大的资源。有了董事长的位置，就能人、财、物集于一身。近期我会出差去T国，具体事情不方便告诉你。所以，关键的时候才推荐你出任S行董事长，你是我看着成长起来的，走之前我必须替你安排好一切。"

严肃可以产生威严，可以让下属不自觉地听从命令。我心里一声冷笑，想都没想就要出声责问。可是，话到嘴边竟然说了一句："祖局，我知道，我明白，这辈子都不会忘记您，我会好好做好这个董事长。"

我这是怎么了？转念间又在笑话自己：邀买人心，谁说你买我一定就卖了？老祖这么做等于直接告诉我，去S行当董事长吧，不要和轩辕老人搅和到一起了。收下这份厚礼，谁规定就不能再跟轩辕老人一起混了？

我不会忠于某一个人，我只忠于自己的誓言！只在一转瞬间，一个计划已经在我脑海形成。

原本在爷爷家就待了很长时间，又在祖归海的车上耽搁了一会儿，走进家门的时候，家里已经开饭了。

哥哥替我打圆场："志超啊和爷爷可亲了，一见到爷爷话就没完没了，不过今天牧儿在，你怎么也该早点回来。"

楚牧儿丝毫没有在意，正惬意地享受着妈妈给她夹菜，笑靥如花："哎呀，谢谢阿姨了，我哪里吃得了这么多。"恍然间我竟有了一种错觉，一生企盼的不正是这样吗？在昏黄的灯光下有一个家，有欢声笑语，有热气腾腾的饭菜，有生死不分离的家人。每当万家灯火的时候，可以享受着属于自己的平凡……

整个晚饭，我说话很少，默默地看着哥哥、嫂嫂、父母跟楚牧儿聊着。饭后，哥哥对我使了个眼色，示意去陪牧儿。我心里暗自苦笑了一声，对牧儿说："牧儿，你不是一直想看京杭大运河吗？夜色很漂亮，我带你去吧。"

我家距京杭大运河很近，河畔是一条清末就有的石质小路，路面的石头早已被磨得镜面一般光滑。晚冬的风只有丝丝凉意，牧儿兴致很高，一边走着还一边哼着一首周华健的歌曲《最真的梦》："今夜微风轻送，把我的心吹动，多少尘封的往日情，重回到我心中……"

看着月光下的大运河，我说起了祖归海的事情。

听完我的叙述，牧儿一下兴致全无，气恼地说："姚志超，你怎么这样？到今天你还信任姓祖的？你的事明摆着是他捣鬼，轩辕爷爷和我父亲早就怀疑他了！"

我在嘴边做了一个"嘘"的手势，说出了自己的想法："答应他就一定要去S行吗？S行董事长任职需要一个程序，也需要你父亲批准，到时候只要你父亲说，我的病还需要观察，就能拖过一段时间。老祖总不能收回自己的提议，这段时间我跟你父亲去T国。免职需要你父亲批准，任职却需要祖归海提名，等回来后，S行的资源不就彻底脱离老祖控制了？"

牧儿愣了一下这才反应过来，撇了撇嘴说："姚志超，你在西海镇的时候是真的疯了吗？怎么觉得你变得阴险了，以后可得小心点了。"

我戏谑地看着楚牧儿："我阴险吗？我怎么觉得阴险的是你呢？"

楚牧儿一下就听出了言外之意，即使在夜色里，我还是能看到她的脸一下就变得绯红。她用手拍打着我的胸膛："谁阴险了？你才阴险，你最阴险！"说着，又像想起什么，突然害羞地低下了头，一言不发。

牧儿的手轻轻地垂落到我的腰部，在西海镇我曾拥抱过牧儿，此时，我却像突然触电一样向后快速退了一步。因为，这一刻，心脏就像被大锤重击了一样，远远的夜色中分明幻化出洛迎的影子，我在问自己：从此交好牧儿，可是，我能忘了她吗？

夜色中的大运河别有一番风韵，河畔欧式路灯把点点光芒洒在河面之上。已经没有多少行人，我们在沉默中走了很久，不知哪家商铺正放着音乐，同样是周华健的旋律，歌手却变成了陈慧娴：

随浪随风飘荡，随着一生里的浪；
你我在重叠那一刹，顷刻各在一方；
缘分随风飘荡，缘尽此生也守望；
…………
某月某日也许再可跟你共聚重拾往事，无奈重遇那天存在永远，他方的晚空更是遥远；
…………

一刻的重叠，早已天各一方，洛迎，重聚那天就只在永远吗？牧儿跟在我身后，她一定不知道，此刻我已经泪水涟涟。

4

没有人想到，T国房价在数日之间竟然跌掉了80%！

二月底，经历了几十年经济高速增长，T国市民第一次感到了经济的严冬。数日以来，无论是静水河畔的亲水社区，还是市政府附近的高尚社区，都被卖成了白菜价，昔日门庭若市的地产中介已经全都人去楼空。

人们默默地读着财经新闻，祈祷着奇迹会再次降临这个城市。

这几天，林灵素、楚牧儿和我刚好来到T国。这次是因私行程，所以，楚牧儿不顾所有人强烈反对，跟我们一起踏上了行程。其实我也不知道为什么拒绝楚牧儿随行，只是隐隐觉得此行并不安全，牧儿有着莫大的危险。

接待我们的是货币监理署署长杨光日，他祖籍普宁，与林灵素相熟。看起来他对房价暴跌并不太担心，毕竟最重要事情的是T铢汇率走势。二月中旬的强攻之后，国际炒家陷入了静默，只是房价突然毫无来由地暴跌。

杨光日看起来笑得有点惨："还算不错了，二月初外汇市场的攻势没有继续，否则，现在怕是跟三位谈话的时间都没了。对手的目标是攻破固定汇率，攻破固定汇率需要足够的本币，这样才能形成强大抛压，只要我们不吐出本币，对手自也无可奈何。"

林灵素说道："房价不会无缘无故暴跌，没想过一探究竟吗？"

杨光日叹了口气："去年年底T国写字楼的空置率就高达20%，T国一地空关的商品房就有40万套，原本市场就很低迷。前几天莫名其妙有人突然降价50%出手，跟着就有人连续抛单，降价60%、70%，这不，没几天整个T国房地产的标价就被拉下去足足80%。"

对一个新兴市场国家来说，一所房子就是一个家庭一生的积蓄，仅仅几天时间已经足以毁掉绝大部分人一生的财富。

林灵素冷笑了一声："真的莫名其妙吗？"杨光日还没来得及回答，楚牧儿就奇怪地说："杨署长，您不是说原本成交低迷吗，怎么还能卖出整栋写字楼？"

杨光日苦笑了一下："几位明鉴，哪里是什么真正的成交，分明是有人自买自卖，正是因为成交低迷，一栋写字楼的售价就足以给全市定价了。既然他们已经在低的价位成交了，别人的楼盘就只能照此执行了。"

楚牧儿更加奇怪，接着问道："就是说，对手宁可在房市上赔得很惨，也要把房价压下去？"

回答楚牧儿的还是杨光日的苦笑。

林灵素解释道："未必，这些人怎么会做赔钱的买卖呢？**当年他们用借来的T铢把房子盖起来，现在虽然贱卖，按固定汇率还是马上就能换成美元，现在的汇价多高啊。一旦T铢暴跌，就能用极少的美元换回T铢，再用T铢还上贷款，不但不会亏损，照样会赚一笔。**杨署长，房市关乎整个国家金融安全，就算贵国的投资者能够忍受，银行体系能忍受吗？"

杨光日叹了口气："房地产贷款占我们金融体系资产的50%，房价每暴跌10%，理论上金融体系就会增加2.5%的不良贷款，再过几个月银行业就会哀鸿遍野。只是，不能忍又能如何，T国货币署那点家底你又不是不知道。"

这个时候，我突然插了一句："杨署长，恕晚辈冒昧，如果楼市就是他们行动的第一步呢？背水一战，何若渡河未济，击其中流！"

如果房市是国际炒家的第一步棋子，就必须从源头进行遏制，推倒后面的多米诺骨牌，事态会更加难以控制。

杨光日再次露出了一脸无奈："姚小兄所言不无道理，可是，T国楼市的体量已经不是货币署财力所能及了。我们得到了消息，这些空关的商品房和写字楼一半以上都控制在外资手里，让货币署接盘，国际炒家马上就会把这些T铢换成美元，耗尽外汇储备也做不到啊。美元可是抗衡国际炒家的弹药，怎么能这么消耗？"

我想了一下措辞，尽量委婉地说道："这么说，贵地商业银行体系不良贷款已经暴增了？"

杨光日点了点头："是啊，整体不良贷款率已经到了7.9%，如果按照巴塞尔协议，我们的银行就要破产了！"

一个急匆匆的年轻人连门都没敲就走进了会客室，直接递给了杨光日一份资料，杨光日的目光一下就被吸引住了："会有这样的事情？"

年轻人点了点头："对，一个小时前的事，到现在额度已经超过5亿美元了。"

杨光日的眉头舒展开了，转而又带着一脸不解。我们三个人连忙起身告辞，这个年轻人一定有紧急的事情，我们这时候不方便打扰。

杨光日的眼睛还盯着那份资料，也就没客气，任由我们离开了货币署大楼。

晚间，我们三个凑在电视前看BBC新闻。今天下午开始，也就是2月28日三点左右，市场上突然有人以美元质押换取T铢，约定一年后以T铢还款。T国金融体系岌岌可危，货币署最缺的就是美元。

有人送来一份大礼，当然不能错过。据BBC新闻报道，2月28日下午，包括货币署在内的整个T国金融界都在发售这种合同，最初只有5亿美元，截止到新闻发稿，整个市场已经成交了210亿T铢，价值8亿美元，而这8亿美元也就真的流入了T国金融体系。

林灵素无语地坐在沙发里，转头看着我："毫无疑问是国际炒家在兴风作浪。如果你是杨光日，你会怎么办？"

攻击一国货币需要本币作为子弹，唯一的解释是前期国际炒家认为囤积的本币不足，可是，8亿美元的代价未免也太大了吧？

我摇了摇头，说道："不知道，看不出对手的意图。如果我是杨光日，不会接招，即使再缺美元也不会接招。实在看不清楚的时候我会等待，等待对手的下一步动作。"

操盘中我从来都是这么做，耐心地看着市场涨跌，算准胜负手才会出手。

林灵素凝神想了想："如果楼市不跌成这样，大多数银行也会选择等待。这几天房市跌得太惨了，银行在这个时候太需要一笔美元现金了。"

我很奇怪：银行拿到美元维持了流动性，那国际炒家拿到T铢之后呢？是啊，每一个人都想知道国际炒家拿到这些T铢之后想干什么，8亿美元只能兑换210亿本币，整个外汇体系内有数万亿T铢在流通，210亿又能做什么？

七天后，杨光日的秘书又把我和林灵素请回了他的署长办公室。就在昨天，3月5日，T国几乎所有银行门口都挤满了来提款的人，两天之内，T国方面已经发售了接近210亿美元/T铢的贷款合同。现在，这些人在同一时间提出了一个一致的申请：要求银行立刻兑付现金。

仅仅一个上午，T国市民就都闻讯而来，所有银行都人满为患，百万元以上的存单提款申请就达到了将近300亿元。

挤兑！

我的脑子里闪过这个可怕的名词，马上就否定了这个念头。210亿元只带来了90亿跟风提款，水平不怎么样。何况，300亿元本币现金就能搞垮一个国家的所有银行吗？这显然是不可能的，向一家银行挤兑300亿元还差不多。

对手要这么多现金有什么用？外汇市场都是电子化交易，拿到现金根本不能参与交易，等于一堆废纸放在那里。

恍然之间，我想通了一件事。对手的目标并非在市场抛售这看起来根本不起眼的210亿T铢，它们的目标就是要T铢现金。

拿到现金，然后就直接藏起来！

这是一招阴损之极的釜底抽薪之计。货币有很多种，流通最快的是现金。甲清晨起来用1元钱向乙买早餐，乙中午用这1元钱向丙买面粉，丙下午用这1元钱向丁付车费，丁晚上又用这1元钱买了一张报纸……1元现金实际做了4元生意。这个比例被称为"货币乘数"，把1元现金毁掉就等于流通中少了4元货币。T国的货币乘数通常来说是25，流通中失去了210亿元现金，相当于损失5500亿元本币，到了千亿级可就不是无足轻重了！

本币流通量一旦在瞬间收缩，整个外汇市场规模也就随之成倍缩小，银行流动性就会出现问题，企业就会减产，人们就会失业……更要命的是，在这个关键的时点，本币市场规模一旦缩小，对手的力量就会成倍增加。

一反一正又何止是5500亿元本币？天啊！

我和林灵素几乎同时喊出声："立即叫停发售T铢贷款！"

杨光日正在办公室里急速踱步，懊恼地抬起头："已经下令停止了，可是210亿本币已经放出去了。真是一帮强盗，不，比强盗还要恶劣，当年日本人打来的时候还要用枪、用炮，他们却杀人不见血！"

那位年轻的小伙子再次不宣而至，出现在杨光日办公室："署长，刚得到消息，猎鹰慈善基金会的乔治将在15分钟后通过合众国无线电视台向全世界发表公开演讲。现在，要我把电视频道接进来吗？"

杨光日一下站在当地，冷笑着说："他一个对冲基金总裁凭什么对全世界发表演讲？一家小小的对冲基金还要对T国宣战吗？"

杨光日的手重重地捶在身边的桌子上，大家都明白，攻击本币无异于宣战，只是货币署无法求助武装部门，警察也无法参与万里之外的金融市场，杨光日只能独自应对。

一个温文尔雅的面孔出现在电视屏幕上，赫然便是猎鹰慈善基金会的那个慈善的老人乔治！即使在电视屏幕上，那双眼睛依然精芒四射，给人凛若晨霜的感觉。

"我想告诉广大T国市民，你们的经济繁荣演绎的从来都是不真实的剧本，只是一场为权贵累积巨额财富的闹剧。但是，今天，此地，这场游戏结束了。金融世界永远遵从动物世界的丛林法则，强者只攻击弱者，这种做法往往百发百中。即使没有我，我不去攻击你们的市场，危机照样会发生。即使你们躲过了今天，强者终究还是会出现，出现得越晚，损失就越惨重。我的到来就是让你们认清真相，尽早离开一个迷幻的世界！"

杨光日握紧了双拳，愤怒地看着屏幕里的人自言自语："乔治，你真的以为能赢得这场战争吗？"

真不想再看到那个年轻人出入，他应该是杨光日秘书一类的人物，每次进入办公室，总有不好的事情发生。

乔治的电视演讲还没有完，这位年轻人就再次出现，拿来一份合众国之音的新闻稿，也同时给了我们几个一份。我只扫了一眼，那个标题几乎让我眼前一黑：《鲁斯米兰指出，T国败亡不可避免》。

终极大BOSS终于现身了，鲁斯米兰是合众国联邦货币署主席，全球金融界教父级的人物。今日凌晨，就在美股刚刚收盘的时候，鲁斯米兰发表电视讲话，公开表示T铢将快速贬值。鲁斯米兰引用了T国商务署官方数据，仅二月份T国出口增长率就从22.8%下降到–5.6%。**T国外债是最主要的外资流入，以短期外债为主，以房市、股市暴涨吸引短期国际游资，现在市场一片狼藉，外资流入是不要指望了，高出口增长率一旦断裂，就意味着T国作为一个地区的资金链断裂！**

所以，这位教父级的人物预测，T铢将很快不敌国际炒家，败下阵来！

在国际金融市场，鲁斯米兰言行向来以模棱两可著称。他曾经说过：如果你认为自己猜到了我的目标，那么你一定是错的。这样的人物，一言一行都足以在金融市场引起轩然大波，现在竟然公开明确预测T铢败亡！合众国不是一个官方介入金融市场最少的国度吗？关键时刻，合众国货币署主席这样神坛上的人物也会给国际炒家摇旗呐喊？

整个一篇新闻稿，鲁斯米兰没有提，整整十年，T国出口增长率、国际收支赤字只有这一个月在下降！

5

无论杨光日怎样不情愿，外汇市场的攻击都将如期而至！

3月12日，T国货币署宣布将经济增长率由原来预期的7.1%降至6%。就在这一天，外汇市场突然出现了攻击盘，气吞山河！

这次攻击异常诡异，当日凌晨三点，伦敦市场突然报出了30亿T铢巨单卖盘。之后，法兰克福、纽约、卢森堡、新加坡市场也出现了亿元以上的T铢抛盘。通过交易系统的数据可以知道，全球一共出现八只基金抛售T铢，四只在海外，四只在T国本土，它们从一开始就以尾单点明了自己的身份，强攻T铢生死线1∶26。

清晨七点，八只基金合兵一处围攻本土市场，正式打响了T铢汇率保卫战。几乎就在同时，T国货币署入市护盘，一出手就把所有筹码排在生死线上。

坐在货币署贵宾室里，屏幕上上下跳动的曲线，八只外资基金恍若八只灵动的蛟龙，引领着铺天盖地的洪水冲向T铢生死线。杨光日以外汇储备铸起了一道防线，那真像一道挡住了滔天洪水的堤坝，乱石穿空、惊涛拍岸，场面颇为壮观。

我想，杨光日一定想向全世界宣布自己的决心，就是耗尽储备也在所不惜，绝不向乔治这些国际炒家低头！

但是，金融市场对手战从来不是这样的。

全球外汇市场不是股市，在全球投资者面前，没有谁能占绝对优势，无论一国央行还是国际炒家，大家都不是理所当然的"强庄"，都有可能被对手湮

灭。市场的真谛永远是太极拳的"四两拨千斤"，以微小的资金量挑动市场情绪，让整个市场都认同你的方向，最后形成羊群效应。一旦整个把市场引导向某个共识，全球投资者都会冲向同一个方向，到时候，任你有再多护盘资金也不可能挡住大浪滔天！

我渐渐明白了国际炒家的招式，国际炒家最初分兵八路，并非想对海内外市场各个击破，它们想宣示自己的实力，让人们看到漫山遍野的军旗，告诉人们这是一次全方位攻击，招招封喉！

不过，现在的攻击肯定是虚招，以某一笔巨单震撼市场，所以，才把最大的卖单放在伦敦市场，那里T铢交易本就清淡，更能吸引眼球。

市场立刻变得风声鹤唳，双方刚刚交手，市场中就弥漫着莫名的负面情绪，无数散户在追随国际炒家报盘。弈局中，T国货币署就像一只笨重的大象，身上爬满了啃噬血肉的蚂蚁，偶尔国际炒家也会悄然出现，狠狠咬上一口，散发出来的血腥更让散户蜂拥而至。

盯着盘面，蓦然，T铢汇率开始扬头向上。这是怎么回事？杨光日已经排出了严防死守的阵势，难道这么快就要反攻了吗？

变阵的不是杨光日，是国际炒家，围攻T铢本土市场的八只基金突然全线收缩，再也见不到主力报盘！

无论国际炒家出于什么目的，这都是向前推进阵地的良机，对方主力退缩，拉高汇价不会遇到丝毫阻力。哪怕能留出一步的空间，国际炒家要抵达决战前线就必须付出代价，也就为主导市场情绪留出了足够的空间。

然而，杨光日不敢放弃生死线！

市场没有让我失望，杨光日不敢，未必所有人都不敢。买方主力死守、卖方主力消失，短线买入等于稳赚不赔。一批散户开始掉头反戈，几分钟过去了，T铢汇率回升成为市场共识，1：26.8107、1：26.8108、1：26.8120……

T铢汇率节节回升，国际炒家仍旧没有任何动作。这也太诡异了，国际炒家不可能放任形成这种市场共识，更不可能收兵罢战，他们出手就把杨光日逼迫到死角，断然不会给对手逃出生天的机会！

一抹阴影在我心里升起，攻击一定会继续，何时、何地……

就在T铢汇率接近26.8190的一刻，突然，伦敦、纽约、吉隆坡、孟买四家外围市场再次连续出现了亿元以上抛盘。外围市场没有布防，瞬间外围市场T铢汇率就被砸穿了1：26.8000的生死线！

在国际货币市场，同一种货币在不同市场报价会有差别，向来都是外围市场以本土市场为基准，加减几个点位而已。历史上，操纵海外市场率先突破汇率生死线的行为不是没有，这么做的象征意义大于实际意义，向来被视为赤裸裸的挑衅，更像是剧情预告：我就是要攻破你，看，这就是你的下场！[①]

糟了！

这种挑逗是莫大的侮辱！如果杨光日愤怒，事情就糟了。

太不幸了，我的感觉被证实是真的。很快，货币署在本土排盘开始减少，资金转移的目标就是外围市场！反正外围市场国际炒家势单力薄，杨光日一旦出手就能大显神威。此情此景，我紧紧握住拳头，国际炒家的目标就是挑逗杨光日分兵海外，这样，无论他们下一步在本土市场做什么，货币署的有生力量都已经被消耗！

太情绪化了！

T国货币署完成了资金阵地转移，外围市场也出现了上亿的高报买盘，伦敦、纽约市场汇价被瞬时拉回1：26.8100。看着高高扬起的分时走势图，我仿佛看到了杨光日得意的表情。更令人惊讶的是，面对反击，国际炒家竟然还是丝毫没有动作，像是在外汇市场彻底消失了。

海外市场走高！

本土市场空方消失！

散户不断拉高汇价！

以上种种，任何一件事都是国际炒家不应该容忍的，现在却全部都发生了，国际炒家究竟想干什么？

静默，可怕的静默！

危机感还在心中弥漫，突然，本土市场魅影再现，八只基金重回本土，几乎在一瞬间就吃掉了刚刚被散户拉高的汇价。

---

① 外围市场突破生死线并不可怕，本土市场立即会有资金转到海外套利，瞬间就可以补平差价，所以，这样做不可能赚钱。

外围市场突破生死线是假的，本土市场汇率下跌可是真的，会以更大的力度带动海外市场下挫！这些信息会通过电缆以光速传递到外围市场，一旦看到本土市场暴跌，国际炒家根本不用出手，不费一兵一卒，就可以围歼海外市场的分兵。

接下来，跟预想的一样，随着本土市场被砸回生死线，外围市场则做了一次深度下探，伦敦T铢汇率甚至被砸到了1∶26.7613的位置，国际炒家连手指都没有动，杨光日的分兵就被无声无息地干掉了。

这次攻击来得如此突兀，我看着屏幕上的狂泻目瞪口呆。

国际炒家给市场以希望，然后又以更大的力度一举砸盘，反复循环，就一定能彻底摧毁市场信心！

是这样吗？

第十一章

攻伐

1

国家之间的金融战争一定会把战场设在汇市，打破一国固定汇率体系，获益会多到无法想象。固定汇率体系之所以称为"固定"是因为汇率恒定，平时波动只有万分之几，没有人会疯狂到买固定汇率下跌几个百分点。但是，固定汇率体系一旦被打破，即期远期都会有几十万点跌幅（一个基点是万分之一），对赌就会带来巨额收益。

汇率市场至少是1∶10的杠杆，动辄就是几十万亿、几百万亿的交易量，极难操纵。要攻破固定汇率制度，最重要的条件是获得充足的本币，否则，抛压的时候没有本币，就等于战场上没有子弹。然而，这是一个不可能的任务，最大的本币供应者是母国央行，通过虚构国际贸易等手段拿到几十亿、几百亿本币还有可能，让央行对上万亿本币流出视而不见，等于杀人犯要当面告诉受害者：去，把你家的菜刀拿来，老子要用这把刀杀了你。

如何拿到本币，这就要看攻击方的操盘艺术了，欺骗也好，敲诈也罢，总之要让母国央行吐出本币，其中攻伐也最为精彩。

非常奇怪，一次凶悍的攻击之后，国际炒家再次销声匿迹了。足足过了16天，再没有任何动静。外汇交易是连续交易，交易时段按分钟计算，国际炒家竟然能断档16天！如果这是街头斗殴，等于双方拉开架子就等着动手了，国际炒家却放出半个多月来让对方找板砖！

对手不可能这么仁慈，一定又是陷阱，杨光日根本猜不透对方意图。每次见面，他都像一只困在斗室里的狼，焦急地来回踱步。

3月30日是周一，早盘T铢就拉出了新高。这些天，国际炒家沉寂得实在是太久了，一批散户终于蠢蠢欲动，不停吃进T铢。外汇市场完全是短线，几分钟内完成进出，形势如此，吃一笔是一笔，赢在当下就行。

盯着屏幕，那抹鲜红分明散发着丝丝阴冷，让人感觉整个屏幕都雾蒙蒙的，看起来不是很清晰。我知道，K线图的颜色没有问题，因为心底有了某种不安才有如此感觉。皱了皱眉头，觉得这种感觉似曾相识，在操盘国裕股份的时候曾经碰到过。既然涌起了危机感，就一定有危险会发生。

几乎就在同时，一股凉气从心底升起，令人每一根汗毛都竖立起来。下一刻，我在一闪即逝的交易明细中看到了一单报盘——"尾单13"！

与在国裕股份中的震撼登场并不一样，这条尾单只是众多交易明细中的一条，报盘数量也不是特别大，不仔细看甚至不会注意到。不知为何，我就是一眼看到了这条明细，传递着某种情绪，神秘、冷酷、残忍……

突然间，"尾单13"连续报出了一串卖单，由于报盘速度太快，滚动的盘面上出现了一连串"尾单13"，轻易地吃掉了盘面上所有的散户，瞬时间就将汇价砸回了生死线。下滑的汇价在屏幕上勾勒出一条长长的上影线，1分钟K线由阳转阴，就像在屏幕上悬挂了一把利剑，这是绝杀的信号——死亡之星！

死亡之星是K线中一种普通的十字星，上影线长一些而已，实战意义不大，倒是十字星所处的位置十分重要。这颗"死亡之星"偏偏就出现在最重要的位置上：16天来多次上攻，一次比一次位置高，一次比一次交易量更低。价涨量缩，意味着护盘方已不堪重负，这样的位置出现"死亡之星"是典型的见顶转势信号，大势将回到寻找底部、持续低迷的轨道中去。

随着市场挂出"死亡之星"，分时走势图仰起的头像被重重砸到了一般，瞬间低头向下。下一刻，本土市场"尾单13"像是玩腻了猫捉耗子的游戏，带着无往不利的杀气，以大单把汇价死死按在1∶26.7800生死线上。

双方开始在生死线上硬碰硬，或者说"尾单13"想要靠自己的实力，硬性吞噬护盘的所有资金！**在多头市场买入后，价格却一直无法形成有效突破，不多久又开始急跌，这种情况下有效方法之一是立即平仓，反戈做空。如果有投**

资者已经动用了杠杆融资，具有赌徒心理，为挽回前期损失他们往往会成倍放出空单。如此一来市场下跌的速度就会不可遏抑，2015年A股市场深度振荡的部分原因可能就是因为这种操作模式。

震撼的场面让贵宾室的工作人员发出一声惊呼，显然，大家都感觉到了"尾单13"带来的震撼。各种指标线都被打成了死叉，那颗高高悬挂在屏幕之上的"死亡之星"更是向人们宣示，这是决战！

对手之间本来就不可能相互配合，更不可能强行压缩交易量，所以，一般认为"死亡之星"一定是自然形成的，是绝杀的信号！外围市场的挑衅、本土市场的收缩，一切的目标都是诱使散户跟进，在量价配合上做出这颗"死亡之星"。

在国际炒家的打法中，第一次双方主力停止博弈，散户躁动下T铢价格、交易量很快就会上去，然后，国际炒家不惜代价将其砸下来；接下来，国际炒家以不再报盘的代价引诱散户再次做多，他们算准了第二次上当的人更少，也算准了必然会价涨量缩。上涨一旦乏力，国际炒家恰恰就会选择这个时点出手，以极小的交易量就能砸低汇价，勾勒出一颗真正的"死亡之星"！

明明是决战的信号，盯着屏幕，我却有了一种戏谑的感觉。那颗高悬在屏幕上的死亡之星似乎变成了乔治的笑容，他坐在那里，手中的雪茄散发出淡淡青烟，一抹狡黠的笑容中蕴含着无限杀机。

不安的感觉愈发强烈，死亡之星虽然震撼，但对杨光日这样的高手来说真不算什么，一闪即逝的图形怎么可能决定整个盘局。可是，我就是觉得特别不舒服，以至于全身肌肉在瞬间收缩，看起来像是打了一个冷战。

看我动作有些夸张，一边的楚牧儿有些诧异："你没事吧，要不把空调温度调高一些？"

我本来想随意解释些什么，却突然把脸转向贵宾室里的工作人员，语气笃定而坚决："马上联系杨光日署长，有急事找他。"

说完这句话，在场的人全部惊呆了。他们都知道我们三人以林灵素为主，在这样的紧急时刻，以我的身份联系杨光日署长，显然不合规矩。

没有人知道，这一刻，我心中的震惊也无以复加。我不想这么说，更不明白为什么要这么说。刚才，没有任何前兆的情况下，我的意识和身体再次被一个具有绝对压力的意识支配，根本不知道为什么，嘴里就说出了这么一句话！

那种感觉好像自我一下进入休眠，一言一行完全被人控制，我看到了一个一模一样的自己在说话。

工作人员为难地看着我，就连林灵素和楚牧儿的眼神也变得十分不解。

林灵素说："你要干什么？"

2

只是一瞬间的事情，我马上就恢复了正常。略略凝神，我说道："不好意思，那把股市和期市切到主屏幕上吧。"

风波就这样过去了，主屏幕上增加了股市、期货市场。盯着屏幕，我的脸色越来越郑重。股市果然出现了微妙的变化，T国股指是STA指数，已经在7444点附近横盘很长时间了，"4"历来在股市中被视为不太吉利的数字，投资者对此一定很敏感，况且"久盘必跌"，怕是有什么事情要发生了。

就在这个时刻，交易室里所有屏幕上都跳出了新闻提示：根据货币署命令，即日起盘天、洋京、汇泰、运鸿四家银行宣布将贷款最优利率提高150倍，隔夜拆借利率从10厘上调至1500厘；货币署决定，对所有银行设定贷款金额上限，对违规者将处以高额罚款，事前违规贷出的资金也要处罚。更离谱的，将曝光那些为国际炒家服务的机构、人员，让这些公司、这些人无法在T国立足！

如此，那些曾经对国际炒家借出本币的银行将面临天价罚单，国际炒家也将因缺乏T铢而延迟攻击。

杨光日的爆炸招出手了！

看完屏幕上的新闻，我一下就明白刚才为什么要找杨光日了。旁观者清，T国货币署现在还不能出杀招，不能强令银行提高贷款利率，不能动辄处罚借款机构，更不能采用非市场手段曝光所谓的名单。

杨光日的爆炸招变成了昏着，T国股市遭殃了！

决战时刻，国际炒家一定要在本土银行贷款才能获得更多本币。所以，必须禁止银行对国际炒家提供本币。当然，不可能禁绝国际炒家获得本币的所有渠道，另外一个有效的方法是抬高本土贷款利率，只要利率提升，国际炒家成本将大幅上升。

两招合一，货币署就能基本封死国际炒家获得本币的渠道。

"尾单13"现身，强行在技术图形上做出了一颗"死亡之星"，内外分进合击也确实带来了决战效果，这一切都让杨光日感到恐惧。他一定以为，国际炒家出绝招了，所以，他也该出爆炸招了。

整个逻辑看起来是没有错误的，实际上，这样做是绝对错误的。爆炸招的威力极大，但爆炸招的副作用也极大。一切都是国家炒家的虚招，这些天外汇市场运作的全部目标就是诱导杨光日出爆炸招。

货币市场对禁贷令极其敏感，股市对利率就更敏感，任何利率上升的消息都会被解读为重大利空，利率暴涨会立竿见影地抬高所有人的炒股成本。原本股市就在下跌，如此利率飙升还不得把股市砸没了底啊？

外汇市场的攻击还在继续，货币市场的利率已经应声而起，银行间隔夜拆借利率报价瞬间就到达了1800厘，也就是说借款日利率是18%。要知道，2013年6月大陆货币市场出现30%的年利率人们就胆战心惊，大喊"钱荒"来了，何况是日利率1800厘。

STA指数应声而落，短短五分钟内就急速下挫了600多点！

恐慌性暴跌中，任何公司都无法幸免，就连一线成分股T国信息、T国石油（相当于A股市场的中国移动、中石化）也跌得一塌糊涂。看着市场一片狼藉，贵宾室里的工作人员有些不知所措，人人都知道这是国际炒家作祟，却不敢相信竟然轻松就搞定了股市！

我紧紧地盯着屏幕，却只能眼睁睁地看着盘面暴跌，急躁得不知怎样才好。突然，一个意识在脑海中若隐若现，带着一丝鄙夷，带着一丝不屑，好像在对我说：交手战向来都是智慧的较量，惋惜、犹豫、愤怒、沮丧根本都是有害的情绪，你不懂吗？

冥想世界有过自问自答，从来没有不受控制的意识出现，刚才的感觉就像有人在耳边说话一样。

脑海突然有一丝淡蓝,却全然不似往日。我能看到一个人,面孔模糊迷离,身上透出的气场却极为清晰。她站在那里,不像是一个女孩,倒像是大自然雕琢出的秀丽山峰,根本不带有任何凡尘的感情。我的心境渐渐从焦躁变为冷静、淡定,竟然像是一个虔诚的教徒看到了如来庄严法相。

转眼间,市场又出现了新情况。

距离收盘只有一两分钟了,屏幕上再次跳出新闻提示,两家著名的海外投行公然在资金拆借市场做起了"对敲"生意,一家借给另一家100亿T铢,双方约定的隔夜拆借利率竟然定在了2000厘!

摆明哄抬物价、趁火打劫,人为推高货币市场利率!可是又有什么办法呢?本土行绝无可能在这个时候借出T铢,如此大额报盘,整个市场除了外资已经没有机构能提供资金,独家报价根本就在市场规则之内!如此新闻报出,STA指数下降得更为迅速,几分钟内,大盘整整1000点的跌幅!

有一个工作人员开始顿足捶胸:"今天是股市期货的结算日啊,整整1000点的跌幅,市场要失去多少鲜血啊!"

话音未落,屏幕上再次跳出新闻:继两家投行"对敲"之后,一批海外著名投行开始强势入场,不惜成本对敲T铢,隔夜拆借利率已经被暴炒到3000厘,也就是说,日利率被炒到了30%,这在世界金融史上恐怕都是一个奇迹!

我一下就明白了,原来如此!国际炒家的目标是击溃固定汇率,但手段在股指期货,只要赢得股指期货对赌,就能获得足够的本币!他们从一开始就没想过从银行体系获得本币,眼睛始终盯着股指期货。今天,3月30日是T国股指期货的结算日,只要提前卖空大盘,诱使杨光日提高利息、禁止贷款,货币市场利率就会飙升,外资投行再煽风点火,货币市场利率就会快速飙升,股市就会一败涂地。

3月30日,股指期货结算之后,国际炒家就得到了充足的T铢本币!这些全部在规则之内,杨光日搬起石头砸了自己的脚。

3

3月30日，国际炒家在股指期货上大获全胜，显然，他们没有玩够。4月份刚开始，对手就放出了大量股指期货淡仓，赌定4月份股指交割日STA指数再次大跌。为了4月末的股指期货交割日，国际炒家做足了小动作，整个市场处处都是他们的影子。

——4月10日，愤怒的杨光日在办公室拍着桌子大骂：是哪个该死的把消息捅给了媒体？当日，《华尔街报》转述本国报道，4家外资机构在T国本土把210亿T铢现金用专机运抵纽约。210亿T铢对整个盘子其实没什么影响，但是，专机空运现金这样的新闻出现在头条，对市场信心的打击绝对是毁灭性的！

——4月11日，穆迪公司将T国几家大银行的信用级别由A2降到A3级，随即调为垃圾级。这意味着国际融资市场已经对T国关上大门，从此，他们将独自面对凶险的国际炒家。

——整个4月，银行间市场利率都在暴涨，银行业风声鹤唳，短期利率和长期利率已经迭创新高。

与国际炒家无所不在的威吓相比，杨光日的最大底牌是以政府的名义号召社会力量护盘，然而，面对魔鬼的屠刀，不是每一个人都能拿出英雄的气概。有个段子，孙子问爷爷，你这辈子做过什么惊天动地的大事吗？答：我满仓满杠杆保卫过股市。那只是一个笑话，当眼睁睁看着自己鲜血淋漓，每一个人都会选择逃跑，哪怕明明知道这是非理性选择。这又是一次典型"囚徒困境"，没有人能逃过。

仿佛为了衬托大战前的紧张，4月29日，4月份股指期货交割日，凌晨，T国国家气象台发出了雷暴预警，T国将有一场史无前例的大雷雨。玻璃墙被豆大的雨点打得噼啪作响，一道又一道沉闷的雷电划破阴沉的天空，仿佛要将世间污垢洗尽。

在货币署署长办公室，我们又见到了已经三天三夜没有入睡的杨光日，他的眼中布满了红丝，一眼看去就跟魔鬼一样恐怖。事情明摆着，今天又是股指交割日，一旦股指再次狂泻，国际炒家月初囤积的股指淡仓就会变成真金白银，对手积攒了足够的子弹，T铢保卫战的胜利就将成为泡影。

作为全城最高财经首脑，杨光日别无选择。他摊了摊手对我们说道："面对侵略者，一百年前人们可以拿起刀剑对抗枪炮，起码有一点胜利的机会。现在，暴力、搏杀、血腥都不见了，变成了金融市场上的阴谋。他们要的不仅是现在的财富，还有子孙后代的未来！今天找几位来就是想听听你们的看法，希望诸位知无不言，言无不尽。"

来T国原本就有为杨光日当参谋的意思，我们不能把自己仅放在观察员的位置上。林灵素问道："以本币在股市强行护盘，可以吗？"

之前，我跟林灵素商量了很久，觉得这是有效的办法之一。本土股市不涉及外汇交易，不需要耗费美元储备，1997年香港金融保卫战就是这么做的。

听我们说完，杨光日却非常犹豫："前期的情况二位也知道，我的担心有两条，一是货币署直接进入股票市场护盘会引发非议，二是硬性接下所有卖盘等于货币署直接向对手输送本币，我们已经输不起了。"

杨光日的担心不无道理，只不过，两害相较取其轻，如果STA指数狂跌，对手在股指期货上的斩获会成倍翻番。

杨光日闭上已经血红的眼睛，痛苦地说："就没一点其他办法了吗？"

如果杨光日不敢硬性接盘，我还想到了一个后招。林灵素看了我一眼，我犹豫了一下才说："办法倒是有，不过兵行险招，不知杨署长可否敢于试一次？"

杨光日一下倾起上身，激动地问："什么办法？到了这个时候，什么办法都得试试看了。"

国际炒家现在同时出手股市、期市、汇市，杨光日顾此失彼：救股市，期市就会吐出本币危及汇市，力保汇市又必须维持高利率，就会打压股市、期市。股、期、汇三栖作战，最重要的是汇市，只要最后保住汇市固定利率不破，就等于赢得了最后的胜利。

要想保住汇市，就不能让对手拿到本币，唯一的方法是不在股市中接招。不在股市中接招，股指期货就会输，对手就一定能在期市中拿到本币。

看起来国际炒家给杨光日做了一个循环套，总之，杨光日是一定要上钩的。

看起来不可能的事情，还是有可能的。

打压大盘股指，国际炒家囤积的股票一定是一线成分股（即中国市场的超级大盘股，中石油、中石化、中车等等），抛压这些股票才能最大力度打击STA指数。我的思路是，**任由对手抛盘一线成分股，货币署转而全力炒作二线成分股（即中国市场上招商银行一类的中型流通盘），一样可以托起大盘指数，对手没有股票，就不可能在股市攻防中拿到现金。**

拉动一只二线股只需少量资金，但二线股狂飙同样能让股民赢利，赚什么钱不是赚？只要二线股涨幅足够狂野，一定会有足够的跟风盘，就能形成市场情绪。到时候，国际炒家囤积的一线成分股就失去了砸盘的作用，更不能从期货市场赚到足够的本币。

听我娓娓说完，杨光日一扫刚才的疲倦，双手一拍大腿："神来之笔，太好了，就这么办！姚小哥，今天起，你跟林兄来我署长办公室一起看盘。"

4月30日，注定是一个波澜壮阔的日子。

比如A股市场，一般来说不可能开盘就某一个方向形成共识，无论暴跌还是暴涨，一般都在开盘一个半小时以后才能看出端倪，对散户来说早盘收盘前才是建仓的好时机。一般来说汇市也是这样的，清晨交易时段不会有太强烈的波动。今天不一样，在国际炒家猛烈攻击下，开盘后仅仅几分钟，STA指数竟然狂泻200个基点！

对方操盘的手法很纯熟，他们没有在同一时间全部抛售所有股票，而是选择了在不同板块间轮换。先是地产股、金融股，然后是商业板块、公共事业板块，全部都是本地股，既能最大限度打击市场信心，又能留出时间培养恐惧情绪，不同板块联动下跌还能最大限度节省资源，进而促使整个市场加速循环下跌。

如果说上一次攻击还带着试探的意味，这一次则是国际炒家全方位立体进攻。从开盘起，铺天盖地的卖盘呼啸而来，显示着冲垮一切的决心。

谁也没有想到，杨光日根本不在股市接招：一线股在暴跌，二线股也在暴涨。

其中的道理在于，国际炒家不可能全线抛压，只是借势而为，对市场打击最大的力量来自跟风盘，不是国际炒家自身。既然对方依靠制造市场情绪打压STA指数，T国方面同样也可以依靠拉动市场情绪护盘，而且不用给对手输送本币。

二线股之所以被称为二线股，是因为总盘子远低于一线股，正是这个原因，二线股的操作成本也要小很多。跟风盘说白了就是散户，操作没有一定的目标，什么赚钱就干什么，一线股亏得一塌糊涂，二线股赚得一塌糊涂。这种反差太鲜明了，飞起来的二线股马上吸引了一批跟风盘，走出独立行情。

刚一开盘股市情势就人所共知了，国际炒家在攻击大盘，货币署在炒作二线股，以货币署的实力炒作二线股，如果股价不被炒上天反而是怪事了。

很快，狂泻的一线股开始逐步减少，最后只剩下13只一线成分股还处在深跌位置，对手的弹药库位置终于曝光！

任何机构都不可能在整个市场布局，国际炒家砸盘之前不可能囤积大批二线股，他们应该只在这13只一线成分股股票上有囤货。反克制的途径不是没有，但成本极其高昂，必须不计成本跟风买入二线股，等囤积到足够的筹码才能发动反击。这样做至少要等到尾盘，等于让国际炒家反手攻击自己！

强弱之势逆转，STA指数稳稳地站上了7000点，我们在署长办公室里击掌相庆。

4

上午不知楚牧儿去哪里了，中午才回来，T国股市下午三点才开市，我赶紧招呼她吃饭。不知为什么，楚牧儿好像特别开心，可能市场情绪感染了她吧。

饭后，大家来到贵宾室休息。看看身边没有了外人，楚牧儿递给我一个厚厚的档案袋，封条上还带着"★"的机密标识。我疑惑地看着牧儿，她看起来既有些兴奋又有些调皮："刚从使馆取回来的，看看吧，你们家陈若浮究竟是何许人也。"

陈若浮究竟是何许人也？她不是《中华资本市场报》的记者吗？

林灵素看着我，表情有些尴尬："牧儿缠着我，非要拿陈若浮的背景调查资料，说要让你警醒一下。我觉得，陈若浮确实是一个非常重要的人，轩辕老人也这么认为。你还是看一看吧。"

我把档案袋放在了茶几上，没有打开，问了一句："老祖、方宏远呢，还有'红桃K'？都有消息了吗？"

林灵素没有直接回答，隐晦地说道："调查已经开始，没有人可以一手遮天，真相就快大白于天下了。"

我打开了档案袋，也翻开了陈若浮的曾经……

首先掉出来一叠沉重的旧照片，每一张照片都框着一份幸福。

——第一张照片上有三个人，一位青年军人，一个少妇，怀中还抱着一个褓褓中的婴儿。照片的背景是一处破旧的院落，铁皮大门上斑驳的红十字提醒着人们，这是一家医院。那个年代特有的灰色掩不住这对夫妇脸上的灿烂，年轻的军官紧紧靠着自己的妻子，两只手托着褓褓里的生命，像是要托起孩子的一生。

——第二张照片上，那对夫妇相依而立，男子手边有一个竹质小车，一个洋娃娃般的女孩坐在其中，依稀便是今天的陈若浮。

——母亲正为一个小女孩试穿一件新衣服，那件衣服绣着杏黄色的花边，胸口处还绣着一个小小的装饰，这种衣服一看就是母亲的手艺，精巧无处不在。

——小女孩长大了，陈若浮的影子越来越重，她的身旁有一架崭新的古筝。

…………

当年的岁月，能在每一个时刻都留下记忆，能买得起古筝，那么，这个家庭一定富足得让人羡慕。

一切在最后一张照片上停止了，最后一张照片上，英姿勃发的青年军人变成了遗像。照片上，陈若浮捧着遗像走出殡仪馆，身后的中年妇女已经不能行走，看情况是被人扶着。

我开始翻阅其他资料，原来，陈若浮的父亲是一名消防军官，1992年在一次执行任务中牺牲。档案里有一份"二等功臣"证书、一张"烈士证"，我不知道英雄的称谓给这个家庭带来了什么荣誉，却知道一个令人心碎的结果：女儿失去了父亲，妻子失去了丈夫。

接下来是一份某纺织厂的下岗名单，这张纸很陈旧，其中一个名字被新鲜的笔迹做了标记，在旁边写着"陈若浮之母"。

就像中国第一部肥皂剧《渴望》中的刘慧芳，这个家庭大概把什么恶心事都摊上了。接下来，我看到了一份医院病历，上面同样写着陈若浮母亲的名字，诊断结果赫然是"尿毒症"。

曙光终于出现了，陈若浮的名字出现在松江大学新闻系新生名单之中。心底刚刚得到一丝安慰，我突然想到那时中国大学开始全面收费，每年四五千的学费对这样一个家庭可不是小数。背负着沉重的家庭负担，我不知道陈若浮是怎样开始大学生活的。

档案资料显示，陈若浮大学成绩很糟糕，第一学年就挂了一批红灯。

成绩单和中规中矩的官方档案当然看不出什么名堂，好在档案里有陈若浮和一个闺密李莉明的书信。李莉明是陈若浮幼年最好的朋友，她很珍视这份感情，保留了和陈若浮的所有来信。

现在，这些信笺被收入了档案，字迹很清秀，正是陈若浮的笔体。

"……明明，我恨透了这所大学，我不知道同学们整天谈论什么，可我知道每一个人都对我充满了不屑。学校活动要求穿皮鞋，可我连一双皮鞋都没有。从未这么窘迫，高三时邻居阿姨家死了几条金鱼，姆妈竟然趁没人偷偷捡回来，煎了来吃，还说是打牙祭。当时我心酸了好久，现在就连这样的机会都没有了……

"……看到《中国大学生》上刊登了一篇关于贫困大学生的报告文学《落泪是金》。真是笑话，眼泪永远都不能变成金子，甚至不能换来廉价的怜悯，那是无能的弱者在痴人说梦。我不是没碰到过'好心人'，他们抱有某种目的。想一想，亲舅舅都能躲着我们不见，还能指望谁？我不是祥林嫂，不会相信眼泪，只相信自己……"

若浮醉酒的那夜说了很多醉话，我曾经猜测她的家境并不富裕，没想到竟然窘迫到这个地步。

连忙继续看下去：

"……明明，这几天好开心，无意间跑到金融系的课堂上，听了一门证券投资学。我不懂什么是证券投资，可还是觉得老师讲的东西错了，证券投资不应该是这样的。世界打开了潘多拉魔盒，终究留下了希望……

"……明明，现在天天去证券公司，很喜欢那些上下跳动的曲线，就像印在脑子里一样，我甚至能想象出它们下一刻的走势。上市公司真的很多，只要用心感悟一下，大概就能从列表中挑出今天涨幅最高的几只股票。我不知道为什么，可是，就是知道。已经试验了无数次了，这种感觉真的很神奇，其实我什么都不懂……"

信笺上娟秀的字体开始飞扬，我也有过这种经历，有过这种感觉，第一次见到中国股市的时候，那些曲线是那样亲切，就像是我用笔随手画出的一样。

没有人告诉我为什么，我都觉得自己在狂想，可是，这种感觉是如此真实，让人不得不相信！

"……明明，我从未向你开口借过钱，现在我必须开口了。3月底国债期货市场出事了，那里都是来自机构的投机资金，我断定这些资金很快就会涌入股市，现在是4月初，这次机会最迟不会晚于5月中旬。这是一次绝好的机会，一定要抓住，我甚至会把替姆妈看病的钱放进去……"

上证"5·18"行情，如同后来的"5·19"和每一次爆发，没有人意识到一场大牛市突如其来地降临在A股市场。这是中国股市的一次爆发性事件，从5月18日开始，上证指数三天内上涨了近乎一倍。现在回想起来都令人心有余悸，就在那三天，市场升势之快、多方手法之凶狠令人瞠目结舌，与期货市场的逼仓如出一辙，显然是国债期货市场炒手们在股市抢盘。当时我同样预见到了"5·18"行情，只是不敢像陈若浮一样把妈妈的性命赌进去。

这个女孩，市场灵觉不是一般强大啊！

"……明明，谢谢你帮我筹到了钱，赚的钱足以支持姆妈治疗费用。一年里肯定还有别的机会，只要市场有机会我就一定能抓住，如果市场没机会，我甚至觉得自己可以创造机会，我会有钱的。明明，想到这些真的好开心，多谢你……"

天啊，陈若浮竟然想创造机会，第一次涉足股市就想改变市场轨迹！我忍不住流下了冷汗，不敢想象一个市场灵觉超强的人这么做会有什么结果。一个微弱的信号就能洞开市场的贪欲或者恐惧，然而，控制市场的贪欲或恐惧就不是那么容易了，又有谁能真正掌握人类对财富的渴望呢？

陈若浮用真实身份在证券公司开户，看起来并没有隐藏自己的意思。监管部门出具了她的所有交易记录，虽然略逊于我，却也非常辉煌，四年内本金从6500元翻到320万元。

一个念头恍然闪过脑海，"红桃K"难道就是陈若浮？最初意识到建天系临阵换将，又感觉到盘面上有莫伯明的味道，莫非就是陈若浮在幕后指挥，由莫伯明完成操盘细节？

果然如此，资料显示，离开S市的时候，我明明记得培训中心前台告诉我，若浮的房间里发现了一个遗失的硬盘，当时只知道硬盘是空的。轩辕老人恢复了里面的数据，删除的数据正是国裕股份的操盘记录。

难怪那段时间我特别想知道开盘的时候陈若浮在哪里，方宏远总是说她在房间里写材料。现在想来，陈若浮只要一部电话就能指挥莫伯明操盘。而莫伯明在明大西门鸿发苑曾经提醒过我，我没有在意；后来，莫伯明想再次提醒我什么，却来不及了。

陈若浮娟秀的字体又出现在我面前，还是给闺密李莉明的信。

"……明明，每天在这个市场里，耳濡目染了很多事情，有人埋怨没有内幕信息，有人埋怨本金不够。不是这样，金融市场的桎梏不在于有多少信息，不在于有多少资本，只在于一个人在交易时能留下多少本心。每个人小时候都向往正义，思维就是本心，随着大千红尘洗练，便不再视钱财如粪土。本心一灭，就会有贪婪、恐惧、焦躁，市场能放大一个人的本心，让人成千上万倍地赢利；也一定能放大一个人的贪婪，让人成千上万倍地亏损。有时候我在想，早就赚够了姆妈治病的钱，还是不肯收手，本心去哪里了？……

"……面对股市，我第一次觉得恐惧。今天我在证券公司看盘，不知道为什么，我突然觉得市场上那些跳跃的图形变成了流动的鲜血，变成了每一个人的命运，人们的血脉被切断了，命运被偷走了。我赚了这么多钱，也在吸别人的血吗？在偷别人的命运吗？唉，我太善良了，我曾经穷到捡垃圾堆里的金鱼，没钱替姆妈看病，被全班同学鄙视，谁在乎过我的命运？我不相信命运，只相信实力……

"……今天经历一件事，我想应该告诉你。有一个陌生人在证券公司大厅找到我，他没告诉我他是谁，只给我出了一个题目。题目很简单，让我畅想一下未来某年资本市场如何暴涨。他说，如果对我的答案满意，就安排我去合众国读书，送姆妈去合众国治病。你知道，这是我最盼望的事情，之前连想都不敢想，现在竟然有了这样的机会。无论这将给我今后的人生带来什么，为了姆妈，为了自己，我还有其他选择吗？……"

房间空调给得很足，我却连续擦着额头上的汗水。我已经猜到了那是一篇怎样的文章，陈若浮的胆量和市场灵觉都已经称得上惊世骇俗了，这样的人如果不懂得克己、不懂得底线，反而刻意在市场里做什么，种下的因果足以让整个市场崩溃。

10月，陈若浮突然汇给李莉明30万元钱，此后便中断了所有书信来往。李莉明一直奇怪，她是不是遇到了什么事情。

资料还有很多，我接着看下去。

后面一份资料是出入境管理局提供的报告：10月8日，陈若浮和母亲从上海出关，直接去了合众国。

调查组秘密搜查了陈若浮在上海的家，找到了一份手稿，是陈若浮的笔体，正是《世纪初一场牛与熊的对话》。调查小组研究了陈若浮留下的所有文字，包括作文、书信，从用词习惯、连词频率、句式长短、介词用法等各个方面进行了分析，证实《世纪初一场牛与熊的对话》正是出自陈若浮之手。

原来，陈若浮就是寻而不见的"红桃K"。陈若浮有本事掀起滔天大浪，那么，慧眼识珠的又是谁呢？

调查报告给出的答案，不是我所猜测的祖归海，而是一家海外机构——黑鹰公司。陈若浮出国后既没读新闻，也没读金融，而是在合众国音乐学院主修音乐表演。

我愕然了，因为，接下来的报告内容实在太离奇了……

资料说明，在合众国音乐学院，除了令人惊艳的美貌，这个中国女学生没给人们留下太多印象——只是安静地上课、读书、练习，除此之外终日在租住的公寓里闭门不出。

合众国音乐学院坐落在波士顿，自从有了这个中国女学生，波士顿警方异常紧张。一批又一批不速之客来到了这个城市，这些人都是催眠大师，而且臭名昭著，每个人的犯罪记录都有一人高。

警方曾经特别紧张，不知道这些人来波士顿究竟干什么。事实证明，警方的紧张是多余的，这些人在波士顿什么都没做，只是简单地住上十天半月就走。这些人唯一的共同点就是，住在陈若浮的公寓附近。

数年后，陈若浮回国，供职于中华资本市场报，我认识她的时候恰好就是国裕系出事之前。

这份材料同样说明了黑鹰公司的性质，这是一家雇佣军公司，可以派兵参加国家之间的战争，也可以为世界上任何一个人、任何一家公司派出杀手。虽然猎鹰慈善基金会千方百计洗脱与黑鹰的关系，但有人认为，黑鹰最大的雇主就是猎鹰慈善基金会，甚至黑鹰公司根本就是猎鹰慈善基金会建立起来的。

黑鹰最著名的案例不是某一场战役、刺杀某一个人，而是搞垮全世界知名的公司，以金融业为最。1995年，黑鹰公司的鸽子轻易搞掉了英国巴林银行和日本大和银行。这是两家有着几百年悠久历史的老店，也是欧洲、东亚最强大的投资银行，竟然毁在两个不及弱冠的年轻人手上。

英日当局马上介入调查，却又草草收兵，对调查结果讳莫如深，仅将错误归咎于两个员工违规动用高杠杆，在日经期货上出现了巨亏。

这是当时震惊世界的新闻，曾被广泛报道。要知道，1995年1月17 日本关西大地震，就连白痴都知道日本股市要暴跌，两个号称操盘手的年轻人竟然在赌日经指数上升，混过了银行内部所有的检查！

这简直是天大的笑话，圈里没人相信，而是流传着另外一种说法。1995年合众国要求美元贬值，这恰恰是欧日金融机构所不能允许的。于是，那两个来自黑鹰公司的年轻人分别混入了两家银行，通过日经期货搞垮了两家强大的投行。此后，美元汇率对欧亚主要货币一路狂跌20%，没遇到一丝一毫反抗。

大家心里都明镜一样，黑鹰背后的人就是大名鼎鼎的猎鹰慈善基金会。为了合众国财阀的利益，搞垮一家百年银行都易如反掌，杀人就更像碾死一只蚂蚁！

调查组怀疑，陈若浮就是黑鹰公司培养的杀手，被称为"鸽子"。杀人不一定用枪，每一只鸽子都是某一个领域的专家，比如，金融交易、机械设计等等；鸽子也精通一项到数项非常人拥有的技能，比如，催眠术、格斗、用毒等等。

5

　　快开盘了，我合上了陈若浮的资料，牧儿在身边笑吟吟地看着我："怎样，你的若浮原来如此厉害，是猎鹰慈善基金会派出的'鸽子'！"

　　听女儿这么说，林灵素的表情突然严肃起来："不许这么说，一个小姑娘懂什么鸽子？现在只是怀疑，还没有定论，如果陈若浮有违法事实自会有警署插手，轮不到你在这里说三道四。"

　　牧儿随口一说，林灵素怎么会有这么大的反应？他还能护着陈若浮不成？牧儿撇了撇嘴，没说什么。

　　不能再看资料了，已经开盘了。

　　刚刚开盘，市场上所有可以交易的股票全部出现了抛压，二线成分股涨势被死死压住。一股阴冷暴戾的情绪渐渐从市场上升起，我甚至能感觉到护盘方的情绪也开始波动。

　　早盘国际炒家已经识破了玄机，只是没有办法阻止升势。现在看来，他们已经在第一时间开始囤积弹药，杨光日借助二线成分股阻挡大盘跌势，他们也开始收购非成分股，下午一开盘就抛售整个市场所有股票。

　　宁可自残肢体也要把STA指数砸下来！

　　事先跟杨光日讨论过这种情况，得出的结论是，仅仅半个交易日的时间，国际炒家不可能囤积足够的股票，护盘方选择硬性接盘也不会有太多损失。

　　我突然担心起来，此时此刻，杨光日不能有丝毫犹豫，只要稍有示弱，整个市场信心都将受到重大打击。

他能坚持住吗？

十分钟后，可怕的事情发生了，有十几只二线股在几秒钟内出现了19%的狂跌。军事战略中攻击讲究"伤其十指，不如断其一指"，歼敌一千人的效果远不如消灭一个整编连，军队成建制被围歼对士气的打击实在太大。金融市场同样如此，全方位对盘的情况下，只要有一批这样的股票跌幅巨大，市场情绪就可能逆转。

杨光日没有让我们失望，就在对手展开攻势后几秒钟，护盘方开始强行买入深跌股，股价立即止跌企稳，此后价格开始在某一个点位上胶着，硬是把连续十几根1分钟K线排成了水平线！

1分钟K线变为水平线，交易量又毫无来由大增，这是典型的多空博弈态势，后面不是暴涨就是暴跌。护盘方要的就是这种图形，就是要让市场看到，护盘实力和国际炒家在伯仲之间，敌人并不拥有绝对实力！在股市中，这个图形同样异常重要，这意味着多空双方势均力敌，正在激烈角力，一旦有所突破，必然出现暴涨或者暴跌。如果1分钟K线被压成波幅极小的水平形态，那么，一定要在破位的第一时间建仓，必有斩获！

我眼睛盯着屏幕，隐约中，又出现了那种模糊的感觉，还没弄明白是怎么回事，下一刻，有一只小盘股就报出了一单100亿的卖盘，尾单赫然就是"131313"。

幽灵般的"尾单13"终于挂在了交易屏幕之上，署长办公室里的每一个人都感觉到了那种无所不在的气势。每一个人都知道，"尾单13"今天一定会登台表演，恐怕没有一个人想到"尾单13"登场如此华丽，在股市上出手都是百亿量级的大单。

林光日的呼吸声变得粗重起来，面对"尾单13"的致命攻击，他的心里已经有了恐惧。根本不知道为什么，我突然觉得现在的盘局很好笑，脑海中出现了老乔治的形象。很夸张，乔治正拿着一杆丈八蛇矛站在一座小桥上，身后则有几个外国佬骑马拖着树枝在狂奔，马蹄和树枝带起的不是尘土，而是一片片的红雾……

这种想象只是一瞬间的事情，我立刻明白了，就像张飞喝断当阳桥，百亿元的报盘完全是虚张声势，他们并没有这么强的实力。

金融市场有码盘之说，也就是虚盘。先在某一个价位上报出天量，威慑市场，一旦达成目标，很快报单就会被撤掉。比如A股市场，以天量大单直接封死涨停，封死涨停的时间越短，耗费的资金量就越少，虽然报出来天量买盘，最后不一定成交多少。看到涨停，相当一部分人就会期盼着第二天继续涨停，坚不出货。一旦形成这样的态势，庄家再撤回天量报单。这样做只是打一个资金的时间差，往往比缓慢拉盘还要节约成本。今天乔治就是在玩这个花样，他以100亿在赌，赌杨光日心中的恐惧，赌杨光日不敢硬接！

杨光日不愧为T国第一交易高手，深深吸了一口气，然后就毫不犹豫地跟国际炒家展开了白刃厮杀。百亿元的单子不可能在一瞬间全部成交，从双方对盘的一瞬开始，每一单成交的尾数都是131313！

"13"的尾数占据了整个屏幕，仿佛带着碾压一切的气势！

难道我的判断出现了失误？明明感悟到对手在码盘，怎么会突然间转化为真实的成交？

国际炒家如果化虚为实，就必须付出真实的100亿元筹码，国际炒家怎么可能有这么多的筹码？成交又拿不出筹码，将面临无法承受的罚单，国际炒家不可能这么蠢。如果护盘方硬性接下100亿元股票，就必须吐出100亿元现金，对杨光日来说同样难以承受。

这不是金融交易，是一场胆量的较量！

谁都出不起100亿元的代价，但是，谁也不可能在这个时候退缩，双方都在赌，赌对手会中途撤招。

目不转睛地看着盘面，我突然觉得眼睛发胀，正想伸手揉一揉，突然，脑袋里"轰"的一声巨响，一种冰冷的力量一下就包围了全身。我明明睁着眼睛看屏幕，却转头对杨光日说道："把主交易员的耳麦给我。"

这个要求实在太离谱了，主交易员的耳麦不只是一个耳麦，是T国所有资金调度权。所有子市场的主交易员都听命于从这个耳麦中发出的指令，我竟然要杨光日交出战争指挥权。

林灵素马上对我说："志超，你疯了吗，向林署长要主交易员的耳麦？"

杨光日惊讶地看着我，对林灵素摇了摇头，又点了点头，没说同意，也没有说拒绝。这时，整个房间里的人都觉得我一定发生了什么变化，整个人的气势在一瞬间突然提升，话音带着一种不言而喻的威势。

看着署长办公室里的几个人，有一种冰冷的感觉在脑海中愈发强烈，带着亘古不变的苍茫。

我最后一个意识是：怎么，上天的力量是冰冷的吗？

就在这时，市场再次出现了断崖式暴跌！

第十二章

窥天

1

　　署长办公室的人都眼睁睁地看着我，我却已然失去了对身体的指挥权，那种感觉就像在精神病院一样：一个清醒的意识看着另外一个自我在表演。不同的是，另外一个"我"不再懵懂，而是带着一种莫名的气场，一下就吸引了在场所有人的目光。

　　我知道，脑海里出现了各种推演和计算，在往常任何一项计算都必须借助SAS或者MATHLAB软件。这些计算很繁复，却不精确，只能判断大概的方向，就比如省略了小数点后几位数，只用一个整数。即使如此还是觉得难以承受，在某一个瞬间繁复的算法甚至让人无法承受，出现了短暂的失明。

　　我自己都迷茫了，原来这些算法还可以如此组合，平时不要说算清楚，就连算法之间的勾连关系都无法想清楚。现在却在一瞬间推演了股、期、汇三个市场。那个曾经的"我"不是一个神经病吗，为什么能在瞬间推演出这么繁复的算法？

　　仅仅三分钟，那只小盘股的成交量就接近极限，STA指数开始剧烈抖动。

　　楚牧儿发现我在自言自语，她知道一些情况："姚君，是你吗？"

　　没有任何回应，我被压制在完全静默的状态。

　　STA波幅越来越窄，杨光日每次反扑都会被对手死死压制。所有股票都出现了"乌云盖顶"的图形，1分钟线、5分钟线、15分钟线，每一种图形都是一根长阴包裹了所有上攻的阳线，始终无法反击。

　　能看得出来，货币署已经非常吃力。

与此同时，汇市的攻击愈发猛烈，随着股市成交量大增，汇市成交量也成倍增长。从节奏来看，两个市场交易量遵循同一种韵律，给人一种感觉：攻击T铢汇率的本币就来自不断增长的股市成交量。

汇率市场所有人都会动用杠杆，一百亿本币在几十倍杠杆下可以放大到几千亿，从而对外汇市场形成巨大压力。只要股市还有人接盘，国际炒家就有源源不断的子弹，攻击就可以肆无忌惮。杨光日汇市护盘美元不多，按照目前的速度消耗下去怕是很快就会支撑不住。

眼前的屏幕纵横交错，我突然猜到了答案。

好心计！

在外汇市场摆出一副决战的阵势，最终目标就是攻破汇率。但是，汇市不是主战场，击溃STA指数是他们今天的目标，只有击溃STA指数才能攻破汇率。

贷款、拆借从一开始就不可能，唯一的途径只有通过股指期货。只要在股指期货上拿到足够的本币，T铢将不战自亡；所以，当时他们才敢毫无顾忌地向本土银行发出要约，大肆以每月收购"T铢/美元"远期；现在这种不要命的攻击就是为了拖垮杨光日的信心，给汇市造成巨大压力，让杨光日放弃股市护盘。

署长办公室的人们目瞪口呆地看着滚屏上闪过的"尾单13"，每次报盘都能带来数十倍的跟风盘，市场情绪已经无法遏抑了。

对手在各市场的排盘都带着强大的气势，压迫感让人觉得身处狂风肆虐的旷野，无法躲避，无法移动，甚至根本无法呼吸。这一刻，就连我也真切感觉到了杨光日的绝望，他在想尽一切办法，刻到骨子里的恐惧却如影随形。他越来越珍惜手里的筹码，每次报出来的都是实盘，根本不敢码盘。

这样的情景，"尾单13"突破盘局是分秒间的事情，但是，他在玩猫捉老鼠的游戏，含而不发的形势让恐惧情绪迅速在市场上发酵，每一个看多市场的投资者都感到了绝望。

我觉得STA指数分时走势图已经化为一把穿心利刃，心底陡然升起一种绝望的感觉。下一刻，杨光日的股市护盘力量就将狂降，跟着就会失去了报盘。

终于，13只一线成分股跌入了深不见底的深渊。失去了货币署护盘资金支持，二三线股票同时拉出了断崖式暴跌，STA指数更是几乎在图形上画出了一个直角。市场一下陷入了极度悲观，再也看不到护盘的力量，一瞬间，银河垂落九天。

如果有人还记得当日T国股市，那种场景一定让你记忆犹新，无论切换到哪只股票，任何一条交易记录的尾单都只有一个统一的尾数"131313"，"尾单13"如铺天盖地的乌云压满了整个市场。

T铢，今日断无生理！

杨光日突然转过头，把主交易员的耳麦递给了我，脸色凝重地说："姚小兄，T国2000万市民就拜托了！"

2

我毫不客气地戴上了耳麦，没有焦急，没有畏惧，在心底深处，甚至连获胜的渴望都没有，只是一种无思亦无念的境界。一片混沌之中，"我"再次开始了飞速的计算，眼睛中只剩下屏幕上的一点光芒。

推演了各种可能性，"我"得到了确定的答案：股市早盘开始国际炒家就在不惜成本收购二线股，砸盘的同时又在托盘。只有这样才能得到下午震撼的结果，否则，对手怎么可能有这么多攻击筹码？

护盘方无法理解、市场无法理解，神秘感会赋予他们毁灭性的打击力量。

如果真的是这样，现在唯一的方法就是从外汇市场回兵，立即救股市！一场决战终于开始了！

不再顾忌汇市，"我"没做任何保留，突然在股市全线压上。包括刚才暴跌的13只股票在内，所有股票都在同一时间出现了天量交易，市场交易量再次被放大到亿/秒量级，无论怎样变换排盘方式，对手总是以"尾单13"报盘。也就是说，对手完全控制了交易节奏，每一只股票的交易记录上都写满了"尾单13"。

对盘是庄家之间绝招尽出，图穷匕见的时候不会再留后手，交易量会在瞬间被放大。这样的搏杀，哪怕只有一只股票也会极其惨烈，何况全盘抛压。

这是一场输不起的战斗，一旦失败，不仅会输掉财富，还有尊严、地位，从此牛耳操于人手。

我拿起电话。

下达命令的一瞬，脑海中突然出现了一阵轰鸣，意识被一种无法抗拒的冰冷包围，一时间分不清楚究竟是我还是那个冰冷的意念在思考，或许两者已经合二为一。

冥冥中突然感知了一种意念，没有任何具体的语言，我却明白了这个意念的意思。那是一种操盘方法，跟"我"之前想过的类似，出手更加凶悍，更加大气磅礴！我突然有了一个疯狂的想法，那就是，我已经接触到了虚无缥缈的天道！

"立即逼空5月STA期货指数，不惜代价，一定要把5月份STA期货逼到4000点。"

5月份期货指数原本就在下滑，加之护盘方刻意操作，马上就直奔预定点位而去。对手肯定看到了5月期指变化，也知道这意味着什么。下行的5月期指立即遇到了强大的阻力，冥想中的市场再次出现了一个奇景：明明是保卫T国金融市场，T国护盘方在拼命打压，国际炒家攻击方却在拼命托市！

双方再次在5月期指上展开了攻防战，"我"有了一个意念，淡然之中多了一丝沧桑："终究是人，也会心怀恐惧，最终原形毕露了吗？"

今天，从开盘的第一刻起，双方就不惜成本展开了白刃战，都试图对市场显示不达目标誓不罢休的决心。为迷惑市场，乔治甚至不惜自残肢体大规模收购二线股。

看似暴风骤雨般的节奏，并非全无破绽。

如果国际炒家今天有必胜的把握，断然不会移仓5月份股指期货。只有今天得不到足够的筹码，才会转向5月份股指期货。但是根据轧差原理，一旦4、5两月股指期货价格差异过大，空方移仓成本将无法移仓。

在周润发以"赌"为题材的电影中，只有一副小牌的人也可以诈倒别人，国际炒家就想以小博大，以少量资金带动整个市场情绪，形成无与伦比的羊群效应。当然，一般"赌神"也会留一张底牌，以便最后的时候可以变腐朽为神奇，5月份的股指期货指数就是他们的底牌。

换句话说，5月份股指期货是国际炒家的退路。如果今天不能在股指期货上收购到足够的T铢，就会把主战场转移到5月份股指期货。只要护盘方率先在5月份股指上放空，国际炒家就不可能在5月份股指中获益。

断掉国际炒家退路，就是要把他们的恐惧公之于众！让所有人看到，他们并不是无往不胜的，一样心存恐惧。

没有犹豫，"我"迅速写下了一句新闻稿，全国所有电视节目都将在第一时间插播：国际炒家已经意识到今天即将失败，想转战5月份股指；可惜，不会再有机会，他们曾经无往不胜，曾经横扫全世界，但是，今天他们的战绩将永远停止在T国！我们呼吁广大市民，不要再有任何金融交易，以免被误伤或者影响护盘判断！

呼吁广大市民不要再有任何金融交易，也就切断了跟风盘，是这样吗？

当然不是。

如果已经确定前面有人白送现金，有一个人笑眯眯地告诉你：不要去，危险。有多少人会不去？如同不让大家跟风卖出，不让大家跟风买入也是无效的。诱惑远比命令有效，有时候真实的意图必须隐藏在虚假的"道义劝告"之中，以激将法反衬市场情绪。

…………

第一次，4月30日开盘以来，铺天盖地的买盘出现在T国股市。这一刻，国际炒家败局已定。

…………

"我"平静地看着盘面，感受着心中一种强烈的力量在涌动。那是天道的力量，是任何人无法抗拒的规律。下一刻，"我"突然切断了所有交易员的所有交易权限，独自一人操纵几个盘局，抚在键盘上的手指快到已经带起一片重影。

署长办公室里的人们已经惊呼出声，不是因为我独自操盘的速度，而是因为报出的买盘数量！

每一只股票、每一次报盘、每一次操作，无论以怎样的尾数报出，市场上总有一些与我同时、同价报出的买盘。这本无可厚非，每一个时刻总有人的判断是一致的，同一只股票也就必然出现同样价位的买盘。

令人惊讶的是，从独自报盘的一瞬，报出的所有买盘都会和一批市场盘面集结，显示到交易屏幕上，恰好都能汇合出一个尾单数字——131313！

这种报单尾数与国际炒家所报出的"尾单13"完全不同，国际炒家在盘面上做出的"尾单13"只能体现在自己的每一次报盘之中，是人为做出来的。我所报出的"尾单13"浑然天成，是每一只股票在每一瞬间的总成交量，里面甚至有国际炒家的配合，最后把这个数字悬挂在交易系统右上角。

这种买盘气势磅礴，带着巨大的威势，却没有令人感到一丝一毫的压迫感觉。每一次报单的拉升幅度都不是很大，可每一次拉升都能在市场上掀起滔天巨浪，令对手根本无从抗拒。看似缓慢的拉升实际极为潇洒，闲庭信步间摧毁了对手所有防线，反攻之锐利根本就无法阻挡！

市场根本不可能出现这样的巧合，可是，这种巧合偏偏就出现了。

3

T国金融攻防战终于胜利，林灵素和楚牧儿详细询问了我那天的情况，为什么我会出现一副令人望而生畏的神态，当时究竟在想什么？

冥想的场景极为震撼，如同亲历，我记得每一个细节。我原原本本把当时的感觉告诉了他们，林灵素激动地拍了大腿，楚牧儿则一脸惊讶的表情。她无法解释这种心理现象，幻听、幻视只是简单的一个影像，不会有如此清晰的逻辑。

恰在这几天，轩辕老人连续来电催我们回京，又不解释原因。牧儿原本还想再玩几天，轩辕老人的语气越来越严厉，不由分说就派来了几个保镖。林灵素像是意识到了什么，罕见地拂逆了女儿的意思，不过，他也没听轩辕抱朴的话，问清楚保镖的行程，预订了提前一班的机票。

因为，林灵素始终觉得轩辕抱朴对他不放心，派几个保镖来监视。

久别重逢的人们在机场宣泄着离别之苦，有人甩开手中的行李车奔向亲人，有人平静地走过，有人在一望无际的人群中寻找，欢笑中的哭泣、哭泣中的欢笑……

看着眼前的一切，我就是提不起精神来。

"怎么，结束第一次跟我同行的旅程心里不舒服？以后我可以经常陪你出来玩啊！"牧儿笑着说。

我摇了摇头，那种不适的感觉更甚，不是烦闷，心底满满都是悲伤。我环顾四周，一切的一切都正常，没有任何迹象会出事。

难道感觉是错的？

胸中的悲伤还是一次一次袭来，望着眼前的牧儿，我竟然有一种生离死别的感觉。一下就联想起轩辕抱朴派保镖的事，如果真的有事，瞒着轩辕抱朴启程就是一个不明智的选择。

时间还早，林灵素喜欢抽烟，我们就留在机场外，倒也随意。林灵素掐灭了手中的香烟："总有些心神不宁，我可以忍一忍，咱们赶紧登机吧。"

听爸爸这么说，牧儿看了我一眼就想走向登机口。就在这个时刻，我却突然感觉到了什么，突然紧紧抓住了牧儿的手，下意识地想把她拉在身后。

其实这是我第一次主动去拉牧儿手，牧儿吃了一惊，却没有甩开我的手："怎么这样一副表情？临走了还干坏事，趁机拉人家手？如果想表达什么，众目睽睽，这种场景，不觉得应该给我一个拥抱吗？"

身为父亲，林灵素有些忍无可忍："姚志超，你小子检点一下，我这个当爹的还在身边呢！你们又没确定关系。"

我涨红了脸，当着人家父亲拉女孩子的手，确实不应该。我在胸前搓了搓手，尴尬地说："你不知道，刚才我特别紧张，特别特别紧张，真不是有心占你便宜啊。"

尴尬的感觉一闪即逝，看着一步之遥的牧儿，悲伤的感觉越来越强烈。牧儿和林灵素奇怪地看着我，我不知道怎么跟他们说。

林灵素的眼睛突然望着远方，皱着的眉头更紧。

顺着林灵素的目光望去，一行人风尘仆仆走来，除了大踏步前进的轩辕抱朴，还有一些不认识的人。

轩辕抱朴也看到了我们，老远就瞪着林灵素喊了一句："就知道你不听话，我老头子是为你个崽来吗？我是为志超和牧儿！"

轩辕抱朴边走边喊，步伐却没有加快。这个时候我才发现，他们身边的人都是很酷的大汉。看起来这些人的间隔很大，走动也很随意，不过，稍微注意就能知道，他们走的是一种久经训练的护卫阵型，每一个人的每一步都是计算好的，恰巧踏在与另一个人的空隙之间，封死了所有角度，外人根本无法插入这个看似松散的群体。

轩辕老人亲自带领保镖出场了，我的心里一宽。接着，心里又沉重起来，事情到底有多严重，要动用保镖？

楚牧儿已经奔向了轩辕抱朴，看着牧儿轻快的步伐，我的脑子中好像有颗炸弹被引爆，"轰"的一声，一股巨大的危机感笼罩了全身！

我强行稳下心神，马上跟着牧儿跑过去。刚跑一两步，根本不知道为什么，我的眼光却停留在前方一个机场清洁工身上。她刚才就在那儿，佝偻着腰背对我们，如果要跑到轩辕抱朴面前，一定要经过这个清洁工身边，现在牧儿处在一个跟她平行的位置上。

我连想都没想一把就抱住了身前的牧儿，转头就想向后跑。回头的一瞬，我看到，轩辕抱朴一行人不再顾及阵型，一起飞奔起来！

原本想把牧儿拉到身后，牧儿却一把将我推向相反方向。她一个小姑娘，却爆发出一股巨大的力量，直接让我失去了重心，向前猛跌了一个趔趄。牧儿却在这一瞬跟我侧身而过，挡在了我刚才的位置。

只听到牧儿痛苦地喊了一声"啊"，然后再无声息。这个时候我刚刚站稳，还没来得及回头，已经感觉到身后有利刃破空的声音，连忙向一边跳去，一把冰冷的匕首擦身而过。

最快的几个保镖同时赶到，和我背后的人搏斗起来，我这才有机会回过头。回眸之间，我真希望双眼看到的是幻境。

牧儿的身体正慢慢倒下，保镖的对手正是一个穿着清洁工衣服的人，那张面孔赫然便是陈若浮。天使般的面容之下，陈若浮手里竟然拿着一把匕首，一把美国陆战队的军用匕首，刀锋闪着湛蓝的光芒，刀尖上还滴着鲜血。

天啊，她怎么会出现在这里？她就是刚才的老妪吗？又怎么会有如此身手？那份该死的报告根本没有提及！

来不及细想。下一刻，陈若浮从一个奇异的角度摆脱了保镖，我只看到一片蓝色刀光在眼前舞动。

在近战中，匕首远比手枪可怕，尤其是喂过剧毒的匕首。手枪击中运动物体的概率不高，只要被这种匕首划破一点皮肉都有性命之忧。赤手空拳面对这样的敌人，不能转身逃跑，一旦把背后让给对方，只会死得更快；也不能搏斗或者躲闪，正面交锋，不可能一点都不接触，触者立毙。唯一正确的方法是就势倒地，逼迫对方俯身，为自己赢得时间，能拖一秒是一秒。

牧儿和保镖延迟了陈若浮的攻击时间，我想就势倒地一滚，离开。然而，没有用处，舞动的匕首已经封死了我倒下的路线，陈若浮的嘴角浮现出一丝冷笑："跟你的牧儿在一起，很惬意吧！现在就送你去跟她做伴！"

无数念头在心头电闪而过，在S市难怪两个彪形大汉都拉不动她，就这个身手，配上一把匕首，几十个人怕是不够看。可是，此前她有无数次机会，为何没有动手？心中有无数疑问，却只能眼睁睁地看着匕首闪烁着蓝光呼啸而来。

我也要死了吗？我曾经无数次幻想临终之时是洛迎接引我的魂魄，现在却是陈若浮来送我魂归，真是一个天大的讽刺！

就在刀锋即将刺中我的一瞬间，林灵素赶到了，顺势用不知哪里捡来的一根棍棒戳向陈若浮的眼睛！棍棒戳来的速度很快，所以，前进的陈若浮必须回刀自救，否则，就算她能杀掉我，眼睛也会被刺伤。

千钧一发的时候，陈若浮硬生生回刀拨开了，我逃过了一次生死劫难。也是这一两秒钟的时间给了我们机会，所有保镖都已经赶到，挡在了我跟陈若浮之间。他们想围住陈若浮，那张漂亮的面孔上流露出了一丝轻蔑的冷笑，一个刀花就把保镖们逼迫得后退了一步。跟着，陈若浮跳出包围圈，转头对我冷冷地一笑，看着这样的笑容，我想都不想就突然向左侧移了一步。几乎就在我移动的同时，一道寒光擦身而过，陈若浮对我投出了匕首，根本没有看到她如何扬手、如何投掷。

有两名警察冲了过来，边拔枪边向这边大喊："放下武器。""不许动。"匕首飞行的速度非常快，正中其中一名警察。我看得很清楚，应该没刺中要害，这名警察竟然一声没吭就倒在了地上，刀锋上果然有剧毒，完了！

另一名警察见状，连忙蹲下做出了瞄准的姿势。他大概做梦也想不到，就在他蹲下、瞄准的几秒钟内，原本以为只是观众的五六个人同时出手开始攻击我们。

保镖们对付这样的人当然不在话下，但是，当保镖们放倒了这伙人后，陈若浮的身影已经从容地在混乱中消失了，整个过程不超过30秒……

轩辕抱朴他们全部赶到了，我和林灵素冲过去抱住了倒下的牧儿。刚才是牧儿用生命替我挡住了致命的一刀，现在一袭白裙上沾满了鲜血，胸口被划出一条特别长的切割线，如此重伤，即使刀锋上没毒，人也熬不过去了。

我慌乱地查探着牧儿的鼻息和脉搏，已经没有任何生命体征了。一个鲜活的生命、一个豆蔻年华的少女、一个刚才还在眼前的女孩就这样逝去了，凶手竟然就这样凭空消失在我们的面前！

我抱着牧儿蹲在那里，整个人都已经麻木了。

牧儿连一句话都没有留下就永远地闭上了双眼，那张俏丽的面孔上已经没有痛苦，反倒有着些许的满足。

刀锋上的剧毒应该让她在瞬间就失去了意识，最后的一刻，她为何而满足，又在想什么呢？看着牧儿最后的笑颜，我觉得她在向我诉说，诉说自己的心事。那究竟是什么，也许永远不会有人知道了。

可是，我就是懂了。

警察已经拉起了警戒线，林灵素疯狂地用双手摇晃着我的肩膀，让我把牧儿还给他。也有人不断地拉扯我们……这些事情我都不知道，我只知道，要抱着牧儿。

天道真的公平吗？牧儿究竟做过什么，就这样夺走了她年轻的生命！如果未来几十年要面对这样一种无法偿还的愧疚，我宁愿死去的人是我！不知道蹲在那里抱着牧儿有多长时间，只知道胸口好像有一团燃烧的烈火，全然不知如何发泄。突然，我站了起来，"啊"地狂吼了一声，跟着，眼前一黑，晕了过去。

4

好像过了很长时间，恍然间，我再次看到了身畔的楚牧儿，我们依然身处机场。不同的是，这里很清静，只有我们两个人。不对，这里不是机场，这里只是一个离别的站台，我将在这里送牧儿归去。

心里一凉，怎么，牧儿要归去？我抓了抓脑袋，还是没有弄明白。刚才好像发生过什么事情，偏偏这段时间的记忆成了一片空白。

牧儿的眼睛依旧明亮，如同那一夜在清苑居里看透我所有心事。小心翼翼地拉起了牧儿的手，却只敢握住她的指尖。

我知道，曾经主动拉过她的手。

怎么，我主动拉过牧儿的手了吗，就在刚才？

牧儿任由我牵着她的指尖，我没有一丝欢喜，因为，根本感觉不到手上的温度，也猜不出将要发生什么。牧儿的眼睛盯着前方，前方是一片无尽的白色，无边无际。她的脸上不再有平日的俏皮，取而代之的是一种平淡："她是谁，你想到了吗？"

我知道，牧儿是在说洛迎，我记得第一次她这样问我的时候，我暴怒了，把她赶出了S行。

无边的白色让心绪平静下来。她是谁？我曾经以为知道答案，无疑是我深爱过的洛迎。现在，答案却越来越模糊了，心底里那个指挥我的意念就是洛迎，但她又不可能是洛迎，洛迎不可能有如此冰冷的气场，更不可能精准地计算一切。她也不可能是别人种下的影像，世界上没有谁会给我种下这样的影像，时刻提醒我，时刻护佑我，甚至几次帮我摆脱生死危机。

我根本就不知道她是谁。

于是，我对牧儿摇了摇头，无奈地说："不知道，开始只是一声叹息，跟着是一种清晰的意念，后来，她已经可以控制我的身体，我反而觉得越来越模糊，根本猜不透。"

牧儿的眼光终于停留在我的脸上，轻轻地说："我就要走了，你们世间的事情反而看得更清楚了。知道吗，她不是你曾经遇到过的洛迎，她只是一个影子，你自己的影子；她是一个信念，你自己的信念。她就是你的交易之门。在此之前，有人一直想刻意磨灭你心底的自己，那些经历让你把自己弄丢了。只要你能找回自己，就可以打开交易之门，成为一名真正的交易者。"

这些念头我偶尔也有过，洛迎是我追思的一个影子，这个影子就是我自己，我自己的信念。当这个影子出现的时候，心底的潜意识就会替代现实中的我，按照市场灵觉做出正确的交易抉择。

知道了这些又能怎样，我根本不懂得什么交易之门，更不知道怎样让内心深处的自己跟现实中的自己融为一体。

牧儿的表情很高深，很像轩辕老人不装蒜时的样子。

我看着她，突然觉得抓住了事情的重点，于是急急地说道："牧儿，你刚才说就要走了，你要去哪里？还有，你说你们世间的事情，难道你不存在于这个世间，干吗这么说？"

牧儿沉静地望着我，慢慢地回答："茫茫人海，没有人能说清什么是交易之门。我猜想，所谓交易之门只是一个契机，让交易者自我认同某种坚定的信念，只有这样才能把市场灵觉发挥到极致。可惜，原来我无法悟彻诸天，更不能在琴音中给你种下这种意念。"

我不知道牧儿何时变得如此深沉，只是觉得心底的悲伤越来越重。我用力抓住牧儿的手，没有理会她沉重的话题，接着焦急地问道："牧儿，先告诉我，你要去哪里？"

牧儿的脸上露出了一丝微笑，终于回答了我："我要去哪里，你知道的。跟以前对待洛迎一样，你的本心认为，真实的答案会很痛苦，所以，你选择了忘记。面对我，很高兴你也能这样选择。"

牧儿脸色渐渐带出了一丝坚决，她凝视着我，接着说道："嗯，是告诉你的时候了。姚君，所见即所悟，你难道不知道，此刻站在你眼前的已经不是牧儿了？我只是你记忆中的一丝意志，懂我若斯，所以，你眼前的我也是真实的我。之前不懂什么是'心弦'，离开的那一瞬，我觉得自己懂了。"

我一下觉得自己糊涂了，什么是我记忆中的意志？牧儿又怎么可能拨动本不存在于凡尘的"心弦"？

我想握紧牧儿的指尖，告诉她不要胡思乱想。不想，牧儿的身影却在一瞬间变得灵动起来，我还没来得及说什么，她的指尖就已经离开了我的手掌，像滑沙一样倏然远去。

我抬起头，再次看到牧儿，她好像距离我很近，就在咫尺之间，又好像距离我很远，已经遥不可及。

她就站在那里，白衣飘飘，掩映在天地之间。

我看着牧儿，她双手之间已经隐隐闪烁出七根琴弦，变幻出七彩的绚烂。七弦在牧儿手中从若无到若有，终于凝结成了实形。宫、商、角、徵、羽、少宫、少商，七弦始终在柔羹之间做着无端变幻，恍若无常的人生。

望着牧儿指间的七彩，我觉得自己被吸引了，时而忽喜忽悲，时而无喜无悲。这必定就是"心弦"，以灵魂力奏响的乐章，否则怎么可能传递人世间所有情绪？

一时间我心里有些茫然，心弦用灵魂力才能奏响，牧儿怎么会突然精进如斯？想想到灵魂力，我又有些清醒，就在马上想清楚的一瞬，牧儿已经拨动了身前的琴弦，一缕缥缥缈缈的感觉直接印入了脑海。

此刻身体的感受绝非尘世任何一种乐曲所能做到，我似乎听到了某种乐章，又似乎什么都没听到，心境也跟着缥缈多变，脑海中不知不觉间闪过很多景象，万壑松风、水光云影、小桥流水、驿路断桥……我不知道自己是否能说清楚这种感觉，那就是每一种景象都蕴含气象万千，让人觉得特别熟悉；每一种景象又都似是而非，让人觉得玄而又玄，根本无法捉摸。

心弦之下，或许根本就没有任何景象，只是我心底所悟而已。

我的眼睛已经看不到任何东西了，脑海中只剩下琴音中那些无端的变幻。琴音似乎把所有情绪都传递给我，又似乎只送来一片无法言语的静逸。

天地之间似乎充斥了各种各样的情绪，又似乎隐藏了所有情绪，混乱交织的时刻，牧儿断喝了一声：也罢，就让你看清楚真实的命运吧，希望你能自悟！

一瞬间，我觉得思维有些不对劲，连耳边铮铮琴音也听不到了，脑海中空蒙得令人几乎不可捉摸，一时间恍惚得更加厉害……

眼前突然出现了一丝淡蓝，洛迎竟然真真切切站在我的面前，就连衣袂随风飘摆的感觉也如此真切。高中毕业八年了，无论冥想、梦境还是现实，这是我第一次如此真切地看到了洛迎！

我的喉头激烈地嚅动，根本无力说出曾经千百次在心中默念的名字。

"你好吗？"几乎不敢相信自己的耳朵，洛迎对我从来都是不言不语，现在竟然亲口问出了我在心中默默想过千万次的那三个字。再也无法压抑心中的情绪，泪水无声地潸然而下，滴滴滑落在脚下的尘土之中。

洛迎轻轻拉住了我，"记得吗，我们最后一次见面？"

最后一次见面？怎么会不记得？

那一天，我坐了几个小时火车来到你所在的城市、所在的大学，想亲口告诉心爱的你，自己去交易局了。

那一天，我在那所大学里整整转了一天，终于在宿舍楼门口见到了洛迎。看到我，洛迎什么都没说，冷冷地转身就走。

那一天，我没有追上去。

如果我追上去，会是一个什么结果？

洛迎默默注视着我，四目相交的一瞬，仿佛穿梭了时空，诉说了所有真相：无数次在上学、放学的路上，我都故意让你遇到，又无言而过，我喜欢你在背后悄悄看着我的感觉；高三冬日，你递给我一份复习资料，后来你走了，我用了一天时间才把地上的碎纸片拼出六张字条，上面都写着"我喜欢你"；复读的那一年，我也曾旷课去北京，远远地只为望你一眼，那一天，我依然穿着一条淡蓝色的连衣裙……

难道这才是现实，我不肯面对的现实？

钻心的疼痛让我几乎难以自持，透过那双如水的目光，传来的意念字字滴血。

同窗六年，我怎不知你！相识十三年，你第一次来学校找我，竟然不是为了向我诉说衷肠，而是告诉我你去交易局！你太不自信了，自己都不相信自己，又怎么能让我相信！我转身离开，并非没给你机会。只要你肯追上来，迈出那一步，未来还是一样。我以为，这么多年的感情能让你迈出这一步，谁知你那么不堪！

原来，我自己错过了自己的命运！

这一刻，终于体会到什么叫万箭穿心！

我太没有自信了，无论做什么都心怀恐惧，我曾经把自信系在一份工作、一个机构、一个位置上，可是，无论多好的工作、多高的位置最终都没有给我自信，唤醒自己还是要靠自己的力量。

获得自信，这不就是我最大的心结，最大的渴望吗！跨出这一步，一切就可以如己所愿！今天，晚了吗？

掌心似乎还有一丝伊人余温，可是，淡蓝色的身影却不再做丝毫停留，以不可思议的速度淡去。

我伸出双手，拼命想留住眼前的虚影，就在这一刻，一种虚无缥缈的意念再次传来，带着洪荒般的苍茫，又有着无法抗拒的冰冷："人生原本有多种选择，一念之间，山可无棱、海可干竭。不过是当年一念，便是你对命运做出的选择，已然无可更改。今天，你还不自悟吗！"

5

再次抬起头，回到那片洁白的空间。轰然奏响的心弦之下，脑海却陷入了绝对寂静，无声、无思，亦无念，觉察不出有任何情绪，就像是自然而然把自己掩藏在天地之间。不知道这种无思无念的境界持续了多久，突然，脑海中出现了一声天崩地裂般的震响，混沌的洁白空间瞬间被肆虐的狂风撕裂，冥冥中心底那个苍茫的声音响起：

鄙人敬谨直誓：无论身至何处，遇贵人或普通人，我愿尽余之能力所及为投资者博得最高回报，凡我所见所为均应恪守秘密，愿我生命与职业能得无上光荣！

…………

听到声音的一刻，我第一次觉得内心深处有种同样的意志被唤醒，询问的意念与本我的意志融合为一体，在身体的每一寸回荡盘旋。一个信念在心中变得无比坚定：人生只有一次，一定要让生命流光溢彩，只要相信自己，天下何事不可为？

成为交易者，手中是多少身家性命，承接有多少血脉，必须放弃所有凡尘的思维，此后，喜、怒、哀、乐、怨憎会、爱别离、求不得，人生七苦都不再属于我，只有永远的淡定、永远的冷静。

我懂了，恐惧、自卑、愤怒、怨恨都是无用的情绪，既然无用，就要彻底舍弃!

随着这种坚定的信念在灵魂中彻底爆发，狂暴霎时间再次化成一片荒野般的平静。我觉得自己看透了红尘万象：本心一念，悟道如斯，人生原本就应该是自己的选择!

牧儿的衣袂在狂暴中飞扬，她看着我癫狂，看着我呐喊，看着我自言自语，眼睛里流露出欣喜的色彩。然而，她没有再次拨动琴弦。相反，指间的琴弦正在消失，七弦先是变为三弦，再变成单弦，眼见就连单弦也终于消失了。玄幻的七彩融于天地间，一片洁白，就在这样的瞬间，天地间分明已经寂静无声，我脑海中的乐意却从未如此汹涌。

大音希声，我知道，这股乐意已经包含了人世间所有的情绪。闭上眼睛，一阵阵大喜大悲像波涛一样涌上心头，我不知道为何悲，也不知为何喜，我只知道，在各种情绪转换的巨浪之间，心性开始像礁石一样岿然不动，任由一个又一个巨浪抽打。

绝对静怡的思维中，脑海中再没有一丝杂念，迎着汹涌而来的情绪，我分明觉察到自己的心弦已经被自己拨动!

鄙人敬谨直誓：无论身至何处，遇贵人或普通人，我愿尽余之能力所及为投资者博得最高回报，凡我所见所为均应恪守秘密，愿我生命与职业能得无上光荣!

…………

是我在复述誓词，与心底的意念声声相和，带着共同的苍茫与冷静，带着对世间一切的精确计算，终于，在誓词复读完毕的一刻，我的声音便和那个意念融为了一体，再也不分彼此。

我突然明白了，心弦一旦拨响，就打开了交易之门。T铢保卫战中，我的报单曾经形成"尾单13"，因为，"尾单13"原本就是不可更迭的天道，就像雪花无论怎样变幻永远是六角形。天道之下，无论怎样报单最后总的成交量也一定是"尾单13"，而不是乔治或者陈若浮做出的每一单"尾单13"!

难怪曾祖曾经告诉爷爷，"尾单13"不是敌人。在这个世界上，我才是真正的"尾单13"！

看我已经平静，牧儿的声音再次在耳畔响动：她是谁，你知道了吗？

我知道，当然知道！

她就是我，是我的市场灵觉，是市场灵觉幻化出来的影子。在我不甘而又不敢的时刻，她替代了自我，成为了本我。丝丝寸寸，洛迎的形象在脑海中渐渐清晰，又变得虚幻，进而无法辨认，却再次以不可思议的速度凝结成实形，那个身形只是我自己！

如今，我回来了，本我与自我融为一体。

我站在洁白的空间里，看透了一切，又把所有情绪掩藏其中，就像一棵青松，历经百年风雨，却仍郁郁葱葱。

牧儿引我奏响"心弦"后显得相当疲惫，就连身影都虚幻了几分。我轻轻地说："牧儿，现在你就要走了吗？"

开口的一瞬，我的记忆全部复活了。刚才，就在刚才，牧儿为我挡住了杀手的利刃，此刻，面前的她应该只是我记忆的残片，我读懂了她最后的意志。她就要走了，最后的意志也将变成永远的回忆。

这一刻，将是真正的生离死别！

牧儿恢复了小儿女的神态，她对我笑了笑，掩不住眼神里的一抹凄凉："你终于懂了。现在，我要走了……不用悲伤。天下没有不散的筵席，分别只是迟几天、早几天的事情，所以，这是注定的结局，对吗？"

交易者要时刻冷静、淡然，此刻，面对为你牺牲生命的女孩，还能处之淡然吗？心底叹了一口气：不淡然，又能如何？

我却突然伸出手："不，先别走……"

牧儿看着我，眼神变得更加哀伤："你已经打开了交易之门，该知道此刻已为虚空。我不想此后成为你交易的负累，更不想成为你心底的另一个洛迎。"

牧儿，你不愿意，我又何尝愿意？

我的心底有了一丝惊讶，脑海中转过这些念头的时候心境竟然仍旧古井不波。我告诉自己：交易者并非没有感情，只是理智地对待感情罢了；红尘练心，莫过于生离死别，斯人已去，道消身死，前尘往事也就一笔勾销，若不能看破，只能是无法排遣的痛苦。

我几步走到牧儿面前，手还是伸了出去："刚才你说我欠你一个拥抱，如果真有下一世，愿来生再见，那个时候，我会还你一生的守候，不再让你受到任何伤害。现在，让我抱你一抱吧，就当是对来世的承诺。"

牧儿笑了，带着无比的凄凉。她没有靠近我，反而退后几步说道："交易者不可能有凡人的感情，你可以放下的，是吗？"

我追上一步说道："少年的懵懂，洛迎只停留在虚幻的过去，你却是一份现世的幸福。造化弄人，你为我挡住致命的一刀，我欠了你一世的守候。如果命运真的能够选择，我宁愿从来都不认识你。"

牧儿的神情更加悲伤，她的声音幽幽传来："其实，那一刻我很自私，当时在想，如果我为你死掉了，就会永远留在你心里。"

说着，牧儿前进了一步，又忽然后退了一步，哀伤的神情依然带着一丝俏皮："不，你今生欠我的，不让你还，来世你要拥抱我一生一世。你是交易者，知道欠债是有利息的。"

说着，牧儿美丽的眼睛已经流下了眼泪。我想伸手去擦掉她脸上的泪痕，不想，我的手却根本触不到眼前的女孩，那些泪水从牧儿的眼中滴下，又从我的掌心穿过，消失在一片混沌之中。牧儿像是感觉到什么，她也伸出手，指尖同样无法触及我的脸颊，只能从我身体中穿过。我的鼻子有些发酸，眼泪也滴落下来，同样穿过了牧儿虚无的手，掉落在那片混沌之中。

只能这样望着，牧儿的身形越来越淡，丝丝归于虚无。牧儿终于向我扑来，我听到她在嘤嘤哭泣："不，我不要等待来世，我要你现在就抱我……"

没有拥抱，就在相拥前的一瞬，她竟然化作点点光斑散去。这些光斑迅速布满了整个空间，就像那个冬日下午阳光中摇曳的尘埃，在你身边，却根本无法把握。飞舞的流光在眼前化为万千牧儿的盈盈笑颜，我再次伸出手，想去触摸她，不想就连那片光芒眨眼间也已远在天际，像夜空中最绚烂的流星，一闪而过，再也不会回来……

当我归去的时候，牧儿会来接引我的魂魄吗？归程中真的会有鲜红的彼岸花吗？如果花香会抹去尘世所有的记忆，牧儿，来世你可还记得我，记得我们的承诺？

多年之后，我无意间再次听到了那首歌，依然瞬间就泪流满面：

……随浪随风飘荡，随着一生里的浪，你我在重叠那一刹，顷刻各在一方……某年某月某日，也许可再跟你共聚重拾往事，无奈重遇那天存在永远，他方的晚空更是遥远……

当年，尚可以奢望共聚重拾往事；现在，重聚那天真的只在永远了。

在一片焦急的喊声中我渐渐转醒，看到了轩辕抱朴焦急的面容，看到了已然哭晕过去的林灵素，还看到了身边出现了一大群警察，在吆喝着什么。

刚才过了多久，是分分秒秒还是三五十年。又有什么分别呢？很多人一生的命运片刻就被决定了，此后三五十年的时光始终在诠释那片刻的分分秒秒。

一个警察长官模样的人在对我们大吼，两个保镖扶起了混沌的我，有人悄悄告诉我，T国警察要我们马上跟他们走，因为，有一群重要的人物马上就要经过这里，来自全球货币基金会的慈善家将在T国组织一次盛大的捐赠会。

远处，一群T国人正陪着几个西方人走来，为首的人正是尼尔逊。肯定来不及清理我们了，一排警察迅速站在我们面前，想把一切隔离开。谁也没想到，尼尔逊分开人群，带着一脸悲天悯人的表情走了过来。他摇了摇头，用汉语对我说道："真可怜，可惜啊，如花的年华！"说着，尼尔逊递给我一张字条：

弱者的宿命注定会被强者吞噬，这才是真正的天道！只要人类还有交易，就会有贪婪和恐惧，我的力量永远不会枯竭。未来的世界，我们很快会再次相遇，到时候你就会明白。

——乔治·坤图

尼尔逊是杀害牧儿的仇人，如果林灵素此刻清醒，我丝毫不怀疑他会杀了尼尔逊！而我却只是看了他一眼："天道承认竞争中的强者，也从来不允许泯灭弱者，弱者存在本身就是天道！如果注定会在市场上相逢，我很期待！"

跋

我是一个从1994年起就关注A股市场的老股民，后来也热心过期货和外汇市场。那时，咱哥们儿正年轻。

股道炼心，20多年市场里的所想所悟就写在小说里。

小说里涉及了一些投资策略，有些来自股市，也有很多是期市和汇市的手法。先声明，不要试图模仿，那怕您的投资策略与我完全相反，站在您的位置也许才是最正确的。每个人的人生都不可复制，环境不同，目标必定不同，面对同一盘面瞬间的心理反应就更是千差万别，世界上根本不可能有可以完全复制的策略。

诚如小说里所言，每个人都有自己的潜意识，甚至连本人都不清楚，转念间的杀伐决断才是决定成败的关键。

天道有常，在一个人的世界里，这是比天道还大的事情。一念间，恐惧还是贪婪，赢输早定。

天道要做的，只是最后的惩罚或者奖赏。

相信很多人是这一观点的见证者，没有当初一念，生命完全是另外一个样子。桃李春风一杯酒，江湖夜雨十年灯，觥筹交错之间也会再有转念，能想清当年对错吗？

油断一刻，误我一生。

好了，脱离玄而又玄的形而上，回到骨感的现实。

曾经，很多人反反复复问我两个问题：究竟买哪只股票？你怎么看现在的大盘？

每次遇到这种情况，我都一笑了之，最熊的市场也有赚钱的主儿、再好的股票也有赔钱的人，这两个问题有意义吗？这半年，没有人再这样问。因为，大家都觉得自己是股神，盆满钵满了。

神的不是某一个人，而是整个市场，正因为市场有如此魅力才让一代又一代股民竞折腰。然而，在这样火爆的市场中，我一反沉默常态，不停谆谆告诫身边的朋友：必须控制仓位，要选大盘蓝筹，绝不能碰市盈率上百倍的股票，尤其不能在股市中加杠杆，真有这份技术和胆识您早就不炒股了……

不屑一顾，他们告诉我，包括基金经理在内，现在的市场主力是80后、90后，我那个时代的思路早被扔进了垃圾堆。

我是一个很简单的人，要求更是简单，无论多么火爆的市场，只求每年30%的收益，哪怕大盘翻了几番。在某些"玩家"甚至在普通散户眼里，30%简直就是小儿科，有人居高临下对我说：年收益率30%，您还玩股票干什么？

愧对诸位了，即使这样的目标我也不能每年都实现，只能无限趋近于。

金融市场是永不落幕的话剧，一幕喜剧不代表幕幕喜剧，现在安全跟未来安全也完全是两个概念，正如小说中乔治的一句话："金融市场只有一件事是肯定的，那就是永远没有肯定的答案。"

时间不灭，市场不死。也许，这才是金融市场的可怕之处，在贪婪驱使下变成了财富的绞肉机。

市场真的可怕吗？

水无常形、兵无常法，在进入市场的第一时间就应该知道：这里不是遍地黄金，而是白刃交兮宝刀折、两军麾兮生死决的沙场；这里永远遵循一个残酷的法则：用你的钱为更有钱的人服务。

即使人品超级大爆发，也不可能永远顺水顺风。如同习武要先学会挨打，投资者要做的不是去看账面上的浮盈，而是守住底线：尽可能少赔钱！所以，我从来不在市场中滚加盈利，早就试过：无论多好的市场，滚加盈利操作的唯一结果就是折戟沉沙。

因为，市场总有转熊的时候。

操作偏离这个目标，很遗憾，只能说，如同《天龙八部》里的鸠摩智：本末倒置，大难便在旦夕之间了。

机构也好，散户也好，金融市场的投资者是人，一定抹不去上帝涂抹上的本色。所以，金融市场必定是极端情绪爆发的地方，数百年前的荷兰人报价用手势，200年前梧桐树下的报价被写在黑板上，100年前我们有了电子报价系统，金融市场的本质变了吗？

从来没有！

1719年南海泡沫是这样，1929年全球大危机是这样，2008年全球金融海啸还是这样，变来变去，再过一千年年，该赔的钱还是要赔。

因为，我们是人，一定无法克制恐惧与贪婪。

恐惧与贪婪，是西方经济学最基础的假设，亚当·斯密将之称为"经济理性"。没有恐惧与贪婪，金融市场将不复存在。然而，究竟是理性还是非理性，金融市场能否有哪怕一刻价格均衡？行为经济学、实验经济学、新制度经济学、新古典经济学……无数经济学流派、无数诺贝尔经济学奖得主，没人能将这事说清楚。

既然这样，有人问我，为什么还要写这本小说？

教育投资者吗？不能够，咱还没有如此宏伟的理想，而且，就算手把手把所有投资要诀都说出来，我也敢对灯泡发誓，心境达不到，也一定做不到。

闲着无聊吗？不能够啊，我有自己的工作，写这本书拿出了吃奶的力气，简直都快累吐血了。

1884年，当道·琼斯指数登陆华尔街，没有人知道未来涨还是跌，此后一百多年，道·琼斯指数一直在震荡上行。所以，技术分析学派最基础的假设是：历史会不断重复，A股市场也一定是这样的方向。

小说里有些金融市场对手战以及汇市保卫战确实有原型，有些文字也直接引用了当时的新闻报道，股、期、汇三栖立体战术是1997—1998年索罗斯在东南亚、香港金融市场的手腕，我将两个事件结合在一起，虚构后再现而已。书中交易者那种"冷静、淡定、漠然、洞穿世事，把每一件事都计算得特别精确"的感觉只是一种理想，也许有高手真的可以达到物我两忘的境界，反正我是做不到。

给自己取名"钱本草"，并非自诩悬壶济世，假唐代名臣张说千古奇文《钱本草》之名。金融市场便是这样一剂药方，味甘、大热，至于见山是山还是见山不是山，那就要全看本心一念了。

最后要感谢一位多年知交，也是本书主人公原型姚志超先生，姚先生是一位优秀的交易员，小说中很多投资理念源自我们的日常交流。对我来说，没有姚兄相助，对金融市场的理解恐怕要迟到很多年。

至于故事情节，纯属虚构，如有雷同，纯属巧合！

钱本草

于2015年9月5日午夜